U0604808

7

中国社会科学院
文学研究所 总纂

张如法 编

绿原研究资料

LÜYUAN YANJIUZILIAO

中国文学史
资料全编

现代卷

知识产权出版社

内容提要：

　　绿原，原名刘仁甫，现代著名诗人。本书分生平与文学道路资料，评论文章选辑，著译系年和研究资料目录三个部分，全面收集整理了关于绿原的研究资料。

责任编辑：马　岳　　　　　　　**装帧设计：**段维东

图书在版编目（CIP）数据

绿原研究资料/张如法　编. — 北京：知识产权出版社，2009.5
（中国文学史资料全编·现代卷）
ISBN 978-7-80247-731-5

Ⅰ. 绿…　Ⅱ. 张…　Ⅲ. ①绿原—人物研究　②绿原—文学研究　Ⅳ. K825.6
I206.7

中国版本图书馆 CIP 数据核字（2009）第 099155 号

中国文学史资料全编·现代卷
绿原研究资料
张如法　编

出版发行：知识产权出版社
社　　址：北京市海淀区马甸南村 1 号　　　　邮　编：100088
网　　址：http: // www. ipph. cn　　　　　　邮　箱：bjb@cnipr. com
发行电话：010-82000893　82000860 转 8101　传　真：010-82000893
责编电话：010-82000860 转 8171　　　　　　责编邮箱：mayue@cnipr. com
印　　刷：北京市兴怀印刷厂　　　　　　　　经　销：新华书店及相关销售网点
开　　本：720mm×960mm　1/16　　　　　　印　张：25.25
版　　次：2009 年 8 月第一版　　　　　　　　印　次：2009 年 8 月第一次印刷
字　　数：370 千字　　　　　　　　　　　　定　价：50.00 元
ISBN 978-7-80247-731-5/I · 098（2577）

版权所有　侵权必究
如有印装质量问题，本社负责调换。

汇纂工作小组
名单

（按姓氏笔画排列）

王润贵　刘跃进　刘福春　严　平

张大明　杨　义　欧　剑　段红梅

编 辑 说 明

　　中国社会科学院文学研究所向来重视文学史料的系统整理与深入研究，建所50多年来，组织编纂了很多资料丛书，包括《古本戏曲丛刊》、《古本小说丛刊》、《中国现代文学史资料汇编》、《近代文学史料汇编》、《当代文学史料汇编》以及《文艺理论译丛》、《现代文艺理论译丛》、《古典文艺理论译丛》等。其中，介绍国外文艺理论的三套丛书，已经汇编为《文学研究所学术汇刊》9种30册，交由知识产权出版社出版。该书出版后，国内一些重要媒体刊发评介文章，给予充分肯定。为满足学术研究的需要，2007年初，中国社会科学院文学研究所与知识产权出版社商定继续合作，编辑出版《中国文学史料全编》，将以往出版的史料著作汇为一编，统一装帧，集中出版。

　　这里推出的《中国文学史料全编·现代卷》就是其中的一种。本卷主要以《中国现代文学史资料汇编》为基础而又有所扩展。《中国现代文学史资料汇编》的编纂工作启动于1979年，稍后列入国家第六个五年计划社科重点项目。该编分为《中国现代文学运动、论争、社团资料丛书》、《中国现代作家作品研究资料丛书》、《中国现代文学书刊资料丛书》即甲乙丙三种，总主编陈荒煤，副主编许觉民、马良春，具体组织主要由徐迺翔、张大明负责。此项目计划出书约200种。至20世纪末，前后20多年间，这套书由数家出版社陆陆续续出版了80余种，还有数十种虽然已经编就，由于种种原因，迄今尚未出版。"现代卷"将包括上述已经出版的图书和若干种当时已经编好而尚未出版的图书。

　　这项工作得到了中国社会科学院文学研究所和知识产权出版社的高度重视，为此成立了汇纂工作小组。杨义、刘跃进、严平、张大明、刘福春等具体负责学术协调工作，于2007年11月，向著作权人发出《征求〈中国文学史料全编·现代卷〉版权的一封信》，很快得到了绝大多数编者的授权，使这项工作得以如期顺利开展。为此，我们向原书的编者表示由衷的谢意。为尽快将这套书推向社会，满足学界和社会的急需，除原版少量排印错误外，此次重印一律不作任何修改，保留原书原貌，待全部出齐，视市场情况出版修订本。为此，我们也诚挚地希望广大读者能给予充分谅解。

　　《中国文学史料全编·现代卷》出版后，我们将尽快启动"古代卷"、"近代卷"和"当代卷"的编纂工作，希望能继续得到专家学者的大力支持和热心参与。

现代卷汇纂工作组

目 录

绿原小传（张如法）·· 1

绿原生平年表（张如法）···································· 5

生平与文学道路资料

《集合》后记（绿原）·· 26

"怎样写诗？"（绿原）

　　——武汉人民广播电台空中大学播讲稿········· 27

《从一九四九年算起》后记（绿原）··················· 36

为诗一辩（绿原）·· 37

《白色花》序（绿原）······································· 48

《人之诗》自序（绿原）···································· 55

《人之诗》编后（绿原）···································· 64

《人之诗续编》序（绿原）································· 66

答问（关于《西德拾穗录》）（绿原）················· 72

秋水篇（之一）（绿原）···································· 76

酸葡萄集（绿原）·· 85

《葱与蜜》题解（绿原）···································· 96

"夜里猫都是灰的"吗？（绿原）

　　——一个读者对于译诗的几点浅见················ 99

绿原关于外国诗的评介一斑（绿原）················· 115

温故而知新（绿原）
　　——关于"七月诗派"的几点记忆和认识 ·············· 123
诗之我见（绿原）
　　——并就教于复旦诗社诸君子 ····················· 131
答《未名诗人》问（绿原）·························· 134
我写绿原（罗惠）······························· 138
绿原的一段冤枉（张如法）
　　——从诗人到"特务"的前前后后 ················· 153

评论文章选辑

关于绿原（路翎）······························· 156
诗的步武（节选）（铁马）
　　——从《文汇报》和《大公报》的诗特辑想起的 ········· 158
内战窒息了新文艺的发展回顾歉收的一年间（节选）
　　——一个文艺工作者的座谈会 ··················· 160
新缪司九神礼赞（节选）（郭沫若）·················· 162
"患麻疯病的疙瘩们"（耿庸）······················ 163
为人民的方向（节选）（洁泯）····················· 166
绿原片论（亦门）······························· 168
诗的新生代（节选）（唐湜）······················· 181
论绿原的道路（李瑛）··························· 183
评《又是一个起点》（天风）······················· 193
片感（方亮）
　　——关于《又是一个起点》······················ 199
《中国新文学史稿》（节选）（王瑶）················· 201
溅了血的《童话》（节选）（痖弦）·················· 205
《中国新文学史》（节选）（周锦）·················· 208
《中国现代抒情诗一百首》《雪》（节选）（璧华）········ 209
《中国现代文学史》（节选）（唐弢　严家炎主编）········ 210
绿原的《小时候》（罗青）························· 213

七月派诗人（许定铭）…………………………… 218

无罪的诗人（姜牙子）…………………………… 222

四十年代战斗的声音（节选）（湘绯）

　　——访牛汉谈《白色花》………………… 223

读《白色花》（节选）（郁梅）

　　——兼评七月派诗人的创作特色…………… 227

时代激情的冲击波（节选）（屠岸）

　　——读二十人集《白色花》………………… 230

并没有凋谢（节选）（牛汉）

　　——评二十人集《白色花》………………… 233

不曾凋谢的鲜花（节选）（孙玉石）

　　——读《白色花》随想……………………… 239

他们的诗曾经是血液（节选）（杨匡汉）

　　——评《白色花》…………………………… 241

荆棘和血液（牛汉）

　　——谈绿原的诗……………………………… 246

读《白色花》（节选）（邵燕祥）………………… 252

献给他们白色花（节选）（谢冕）

　　——读诗集《白色花》……………………… 255

射向敌人的子弹和捧向人民的鲜花（张如法）

　　——论绿原的诗……………………………… 260

试论"七月诗派"（节选）（文振庭）…………… 278

罗雷莱在远方歌唱（杨匡汉）

　　——读《西德拾穗录》……………………… 282

关于《夜记》（张香华）………………………… 288

绿原的诗（罗洛）………………………………… 289

《白色花》学习笔记（节选）（公刘）………… 296

《拾穗》随拾（吴嘉）…………………………… 300

绿原和他的诗（曾卓）

　　——读《人之诗》…………………………… 306

诗心似火（蒋力）

　　——读绿原的诗 ………………………………………… 321

霹雳的诗（木斧）

　　——从绿原的诗《你是谁》想到的 ………………… 332

绿原的《小时候》（吴奔星）………………………… 337

听绿原讲演兼介《另一只歌》（华子）…………… 341

风铃小作（五则）（张念青）………………………… 343

从《另一只歌》谈起（黎之）

　　——谈谈绿原在挫折中对诗的追求 ………………… 347

那些音色悲哀的歌（陈嘉农）

　　——七月诗丛时期的绿原 …………………………… 350

论绿原的《童话》（张如法）………………………… 360

著译系年和研究资料目录

绿原著译系年 ………………………………………… 372

编后记 ………………………………………………… 391

绿 原 小 传

张如法

诗人绿原，原名刘仁甫，1922年11月8日生于湖北省黄陂县东乡下刘湾。父亲刘玉珂以照相及竹篁雕刻为业，母亲徐氏为农村妇女。童年丧失父母，依长兄刘孝甫（教职员）抚养。另有胞姊四人，身世均悲苦。

1930年绿原在故乡私塾发蒙念"四书"。1932年进武昌教会三一小学三年级，开始学英语。1935年进湖北省立第二中学。1938年10月初中毕业后武汉沦陷，单身流亡鄂西，进湖北省立联中恩施高中，赖公费伙食维生。1940年高中未毕业即离开恩施，辗转至重庆，年底在民营中国兴业公司钢铁部职工俱乐部任阅览室管理员。在此期间，有机会阅读《新华日报》及各种进步书刊，并开始学习文学写作。第一首诗《送报者》署名"绿原"，刊于1941年8月11日重庆《新华日报》副刊。此后即以"绿原"、"流吟"、"周遂"等笔名，在重庆《国民公报》、《时事新报》、《大公报》、《诗垦地》、桂林《诗创作》、《诗》、福建永安《现代文艺》等报刊发表诗作，开始受到诗坛注意。

1942年，绿原借用他人的高中毕业证书，考入重庆复旦大学外国文学系。并与邹荻帆、姚奔、曾卓、冀访等人合编《诗垦地》丛刊。同年年底，第一本诗集《童话》被收入胡风编辑的《七月诗丛》第一辑，在桂林出版。从此，绿原成为"七月派诗人"之一。

1944年初，国民党军事当局为来华参战美军征调国统区各大学学生充任译员。绿原在被征调之列，先被分配"航空委员会"，报到前又因"思想问题"改调"中美合作所"。当时他在友人的帮助下拒绝前往，并为逃避国民党特务的迫害，离开重庆，到川北岳池县新三中学教书。同年冬天，在岳池与童年女友罗惠结婚。

抗战胜利后，1946年至1947年间，绿原分别在重庆广益中学、市立第一中学和汉口育德女中教英语。其后在汉口美商德士古油公司当职员，开始接触地下党。1948年底在武汉加入中国共产党。

从抗战后期到解放前夕，绿原在国统区利用业余时间，积极从事诗歌创作，在《希望》、《中国作家》、《呼吸》、《蚂蚁》等刊物上，陆续发表《破坏》、《给天真的乐观主义者》、《终点，又是一个起点》、《伽利略在真理面前》、《复仇的哲学》、《你是谁》等著名政治抒情诗。这一时期，绿原更加明确了他的创作使命："诗决不能成为与世隔绝的孤芳自赏或顾影自怜的独白，而应当是射向敌人的子弹，捧向人民的鲜花，激励和鞭策自己的入党志愿书。"这些政治抒情诗在绿原的创作道路上，被认为是一个新的"起点"。这些诗篇在国统区反内战、反压迫、反饥饿的青年学生中间引起了强烈的反响。

1949年5月武汉解放，绿原应邀前往北平（即北京）出席第一届文代大会。会后回武汉，在中共中央中南局机关报《长江日报》文艺组任副组长。1953年初，调中共中央宣传部国际宣传处任组长。1955年6月因胡风案件被隔离审查。隔离7年间，自修德语。1962年6月恢复工作，被分配到人民文学出版社编译所，以"刘半九"笔名译介德语文艺理论著作。1966年"文化大革命"初期即被"专政"，1969年下放湖北咸宁文化部五七干校。1974年干校结束，调回北京，进国家出版局版本图书馆翻译组，从事国际政治书籍翻译。

1977年4月，"四人帮"倒台后半年，绿原被调回人民文学出版社，负责德语文学作品及外国文艺理论著作的编辑工作。1979年应邀出席第四届文代大会。1980年胡风错案经中共中央平反，绿原恢复党籍，并重新开始发表作品。1982年由中国笔会中心吸收为会员，同年夏天出访联邦德国。1983年4月起任人民文学出版社副总编辑，兼任全国外国文学学会理事及中国翻译工作者协会理事，并多次担任中国社会科学院外国文学研究所与北京大学德语文学硕士研究生评审委员。1984年底出席作家代表大会，被选为中国作家协会理事及本协会中外文学交流委员会委员。1985年8月再次应邀访问联邦德国，并出席国际日耳曼语学会第七届代表大会。同年12月作为"中国书展"代表团成员访问香港，并应邀向香港文艺界作关于中国新诗现状及发展趋向的专题讲演。

建国初期，绿原继续利用业余时间从事写作，曾在武汉报刊及《人民文学》、《文艺报》、《新观察》等刊发表少量作品。1955年起被迫中断写作20余年，1980年起重新发表诗作，如《重读〈圣经〉》、《歌德二三事》、《西德拾穗录》（曾获"诗刊"社一等奖）、《终于没有揭开神像面纱的席勒》、《秋水篇》等，在风格上显示了作者的新的探索和新的发现。绿原的诗集计有：《童话》（《七月文丛》第一辑之一，1942年桂林南天出版社初版，1946年上海希望社再版）、《又是一个起点》（《七月文丛》之一，1948年上海希望社版）、《集合》（《七月文丛》第二辑，1948年上海希望社纸型，1951年上海泥土社版）、《大虎和二虎》（故事诗，1949年上海泥土社版）、《从1949年算起》（1952年上海新文艺出版社版）、《白色花》（二十人集，绿原、牛汉编选，绿原作序，收录绿原诗作九首，1981年人民文学出版社版）、《人之诗》（1983年人民文学出版社版）、《人之诗续编》（1983年宁夏人民出版社版）、《另一只歌》（新诗集，1985年四川人民出版社版）等。

绿原平反后除诗歌创作外，还写了不少中外文学评论，其中包括对阿垅、路翎、牛汉等人身世及创作的评介，以及《悼念为艺术真理而献身的胡风同志》（刊《人民文学》）、《追忆雪峰同志的几点风范》（刊《鲁迅研究动态》）、《炽热，纯青，肃穆，高洁》（评雪峰诗作，冯雪峰创作讨论会专文）等文。有关外国文学评论将结集出版，有关诗歌评论已结集成册，题名《葱与蜜》，1985年由北京三联书店出版。

绿原除创作外，还长期从事外国文论翻译。主要译著有：《文学与人民》、《苏联作家谈创作》（上二种书1951年由中南通俗图书出版社出版）、《黑格尔小传》（1978年商务印书馆初版，1980年商务印书馆再版）、《德国的浪漫派》（［丹麦］勃兰兑斯：《十九世纪文学主流》第二分册，1981年人民文学出版社版）、《莎士比亚笔下的少女和妇人》（收入《海涅选集》批评卷，1983年人民文学出版社版）、《美学初探》（［德］梅林著，连载于中国社会科学院外国文学研究所编《外国文艺理论译丛》）、《现代美学析疑》（［美］马尔库塞著，1987年文化艺术出版社出版）、《请向内心走去：德语国家现代诗选》（1988年湖南人民出版社出版）、《叔本华散文》（2008年人民文学出版社出版）等。"文化大革命"期间，作为"任务"，还参加过一些不署名的翻译项目，如《西德的贫困》、《福特传》、《林肯传》（［美］卡尔·桑德堡著）、《美国能打赢这场战争吗？》等。

除创作、翻译活动外，绿原还在人民文学出版社的负责岗位上，参加编辑《外国文学名著丛书》、《外国文艺理论丛书》、《二十世纪外国文学丛书》及各大作家文集、选集等。

绿原生平年表

张如法

1922年   1岁

11月8日　生于湖北省黄陂县东乡下刘湾，取名刘仁甫。父亲刘玉珂以照相和竹篁雕刻为业；母亲徐氏为农村妇女；绿原有一个哥哥和四个姐姐。

1925年   3岁

父亲刘玉珂逝世。从此，母亲带着他和四个姐姐，依靠比他年长十九岁的胞兄刘孝甫当教员和邮局职员过活。一家人过着十分清苦的生活，绿原很小就认识"当票"上面一些难认的字。

1929年   7岁

从乡下到了汉口，住在京汉铁路路基下一座简陋的倾斜的木楼里。绿原常在一条阴湿而狭窄的小巷里，和小孩、大人厮混着。

1932年   10岁

1月28日，日本帝国主义侵犯上海，十九路军和上海人民奋起反抗。在武昌私立三一小学三年级读书。

据阿垅回忆，童年时代的绿原"善于猜谜，曾经荣誉地被目为'神童'"（《绿原片论》）。

1934 年　　　　　　　　　　　　　　　　　　　　**12 岁**

母亲徐氏去世。母亲去世后，几个姐姐都给人家当了童养媳，有一个甚至被环境逼迫自杀了。

据绿原的爱人罗惠回忆，徐氏去世前不久，曾把绿原狠狠地打了一顿，一是为了要他"争气"，二是想要他忘记她，但绿原却始终忘不了他的母亲，并且寄希望于自己快快长大，"似乎长大了就可以摆脱童年的种种不幸"（《我写绿原》）。

1935 年　　　　　　　　　　　　　　　　　　　　**13 岁**

在武昌私立三一小学毕业。同年考入湖北省立第二中学。

绿原在小学就开始读英语，他的英语在大哥的辅导下比同学们成绩都好。他又喜欢中国古典文学，在初中时就把《三国》、《水浒》、《红楼梦》等著名的旧小说和《聊斋》、《阅微草堂》、《子不语》等笔记小说都读过了。

1936 年　　　　　　　　　　　　　　　　　　　　**14 岁**

开始系统地阅读鲁迅的作品。

据绿原回忆："1936年鲁迅先生逝世的时候，我正在初中的课堂上，为他家后院两株著名的枣树同老师进行答辩。虽然逢人就叨念着，只觉得那两行名句甘美异常，我却讲不出一个所以然来……尽管老师说，'这是鲁迅写的，要是别人，就叫做罗嗦！'我却一直固执自己那点幼稚的审美感。"（《〈人之诗〉自序》）从此，绿原便悄悄地爱好起鲁迅来，贪婪地读着《朝花夕拾》、《野草》、《呐喊》、《彷徨》，以及一本接一本的杂文。这些作品把绿原一步步地引向了广阔而深奥的人生，并使他觉得它们无不比一切形式上的诗更接近诗，更属于诗。

1937 年　　　　　　　　　　　　　　　　　　　　**15 岁**

7月7日，由日本帝国主义挑起的卢沟桥事变爆发，全民抗战开始。

8月13日，日寇大举进攻上海，上海军民奋起反抗侵略。此后，上海、南京相继失陷，各大报刊集中在武汉出版。

此年，绿原初中毕业。他通过在武汉出版的各种进步报刊，读到了一些惊心动魄的战地报告，同时知道了中国有延安、八路军和共产党。他沉浸在救亡的情怀中，天天和邻儿一起高唱救亡歌曲，虽然他的嗓子并不好，还常常走调，但他激动异常。

1938年   16岁

10月，武汉沦陷，绿原开始离家流亡，毫无经济援助，后到湖北联中恩施高中分校读书，靠公费伙食维生，同时练习写作。

在流亡途中，他开始接触蒺藜和陷阱所构成的社会，感受到灾难深重的祖国和人民的痛苦和不幸。他的艺术观也发生一些变化。绿原说，当时"一侧耳就是空袭警报和戒严的口令，一抬头就是飞机炸弹和盘查的眼光，一迈步就是无家可归的难民群和失踪、落水的遭遇"，他随身带着心爱的卞之琳诗集《鱼目集》，虽然"仍能从中感到一些艺术魅力"，但是"诗里的幽趣同严酷的现实怎么也协调不起来。我望着那本诗集发呆，就象故事里说的，沙漠上一名渴得要命的过客，狂喜地拾到了一个水袋，不料打开来，竟是一满袋子猫儿眼。这时我由于感情上出现空白，不免有一阵迷茫的哀愁：原来任何美妙的艺术都脱不了时间和空间的限制，不可能是普遍的和永恒的。"（《〈人之诗〉自序》）

1939年   17岁

处女作小说《爸爸还没有回来》发表于重庆1939年《时事新报》上。署名绿原，据说因为他欢喜绿色，欢喜宽广。

1940年   18岁

9月，恩施高中未毕业，即离校流亡。

12月，辗转至重庆，在中国兴业公司钢铁部当练习生，负责管理职工阅览室。此时，他阅读了《新华日报》和不少革命理论书籍，文学与政治开始在他的心目中具有同样的重要性。绿原正式开始诗歌创作——神圣的抗战在摧毁陈旧趣味的同时，向他发出了不可抗拒的律令：为祖国而歌；抗战进入了相持阶段，大后方的政治经济压迫日趋严重,第一次反共高潮刚刚过去,全民总动员的热烈情绪被浇了一盆冷水,他心中充满了不平和反抗之气;艾青、田间等诗人直接从战斗生活中发掘出的诗行,猛烈地冲击着他的心灵,迫使他一定要发出自己的声音来应和,来伴奏,来回响。

作诗《憎恨》,后收入诗集《童话》中。诗人牛汉认为,这首诗"不仅是抒发他个人的憎恨,这憎恨显然是对大后方残酷现实社会的控诉。"(《并没有凋谢》)

1941年   **19岁**

1月,蒋介石消极抗日,积极反共,制造了震惊中外的"皖南事变"。

作诗《夜的风景诗》,载1942年3月31日《诗创作》第9期。

3月,作诗《小时候》,后收入诗集《童话》中。据罗惠回忆:"他的母亲很钟爱他,但没法把爱表现在物质上,只能天南地北地给他讲一些民间故事,来鼓励他上进,争取改变自己的生活。绿原的《小时候》这首诗,据他对我说,不是什么想象的产物,简直就是一次白描。"(《我写绿原》)

作散文《沙原上》,载1941年重庆《时事新报》《青光》副刊。

5月,作诗《送报者》,载1941年8月11日《新华日报》。这首诗是为纪念勇敢的《新华日报》报童们而写的,绿原自己认为,"诗本身很稚拙,并有一些不健康的感情痕迹,但决不是为艺术而艺术的尝试——生活和时代决定我走不成这一条道路。"(《〈人之诗〉自序》)

作诗《哑者》,载1941年12月15日《诗创作》第6期(题为《喑哑者》),后收入诗集《童话》中。

6月,不断为延安抗日民主根据地的成就所鼓舞,作诗《星的童话》,载1943年11月5日《文学杂志》第1卷第2期,1941年12月改作后又载1942年3月31日《诗创作》第9期。

8月,作诗《我们也是这土地的儿子》,载1943年7月《文学杂志》创刊号。

9月,作诗《黑店》,载1941年12月15日《诗创作》第6期,后收入诗集《童话》中。

10月，作诗《乡愁》，载1941年12月15日《诗创作》第6期，后收入诗集《童话》中。

作诗《雾季》，载1942年《诗垦地》第1期《黎明的林子》，后收入诗集《童话》中。《诗垦地》的主要编者邹荻帆是绿原的朋友，又被绿原称做诗歌创作上的"一位引路人"，绿原投稿此作以支持《诗垦地》所坚持的抗战以来直接从生活出发的新诗风。王瑶认为："《雾季》写工人的劳动，显示了作者诗底素材的很强的组织力，使诗篇如彩色画面似地展示出来；诗中情感的爱憎也很分明。"（《中国新文学史稿》）

作诗《落雪》，后收入诗集《童话》中。

作诗《夜记》，载1941年12月15日《诗创作》第6期（题为《夜》），后收入诗集《童话》中。

作诗《小歌》，载1941年12月15日《诗创作》第6期。

作诗《我确信着大地底丰收》，载1942年4月11日《国民公报》《文群》副刊。绿原在此期间，得到了《文群》编者靳以先生的热情爱护和鼓励。

作诗《萤》、《标本小集》，载1942年4月16日《国民公报》；《萤》后收入诗集《童话》中。

作诗《厕所》，载1942年4月31日《诗创作》第10期。

11月，作诗《越狱》，载1941年12月15日《诗创作》第6期。

12月，作诗《今夜》，载1942年3月10日《诗丛》创刊号。

1942年　　　　　　　　　　　　　　　　　　　　20岁

1月，作诗《在今夜》，载1942年3月31日《诗创作》第9期。

作诗《前进，歌唱》，载1942年4月31日《诗创作》第10期。

2月，作诗《花朵》、《这一次》，载1942年3月31日《诗创作》第9期，后收入诗集《童话》中。

3月，有感于法国沦亡，作诗《读〈最后一课〉》，载1942年5月25日《现代文艺》第5卷第2期，后收入诗集《童话》中。

作诗《惊蛰》，载1943年3月1日《诗垦地》第四辑《高原流响》，后收入诗集《童话》中。

4月，作诗《弟弟呵，弟弟呵……》，载1942年11月《诗》第3卷第4期，后收入诗集《童话》中。

5月，毛泽东同志作《在延安文艺座谈会上的讲话》。

6月，作诗《碎琴》，载1943年3月1日《诗垦地》第四辑《高原流响》，后收入诗集《童话》中。

作诗《催眠》，载1943年《诗垦地》第三辑《春的跃动》。

作诗《旗》，后收入诗集《童话》中。唐弢、严家炎主编的《中国现代文学史》认为，此诗"歌颂劳动创造、赞扬革命进取"，"刚健清新，有一定的感染力"。

9月，在朋友们的建议和帮助下，借用一位同学（周树藩）的中学毕业文凭，考入重庆复旦大学外文系。与邹荻帆、姚奔、曾卓、冀汸等人合编诗刊《诗垦地》。绿原的大学生活非常清苦。据阿垅回忆："……那是一个冬夜。他住到我那里。当外面的棉袍脱了下来，那一件衬衣，——那是怎样一件衬衣啊！破烂得万国旗一样！""有一次，他把一口箱子寄放在我底住处……这口箱子，不重，也并不轻，我想，当然是所谓'财产'了。我只好打开来，在咬了一个洞的黑布棉袍中捉到了四只或者五只初生的小鼠。这是一件这箱子里面的仅有的衣服，后来知道还是借用的。箱子底重量，主要在一堆书籍，那些文学的小册子；在十本左右的英文版的《国际文学》里面，却夹了几本《灯迷大观》。"（《绿原片论》）

作诗《工作——我从钢铁工厂回来……》，载1942年10月25日《现代文艺》6卷1期，后收入诗集《集合》中。

作诗《响着的刀》，载1943年5月10日《文学报》新第1卷第1期，又载1943年6月10日《诗月报》创刊号，后收入诗集《集合》中。

10月，作诗《颤抖的钢铁——悼念一群死在敌后的民族战士》，后收入诗集《集合》中。此诗歌颂死于一年前的"皖南事变"的烈士们。

作诗《给C·T·》，载1943年1月23日《国民公报》。

12月，作诗《圣诞节的感想》，载1943年5月10日《文学报》新第1卷第1期，后收入诗集《集合》中。

第一本诗集《童话》由胡风编入《七月诗丛》（第一集），在桂林出版。从此，绿原被称为"七月派诗人"。胡风编辑的《希望》杂志第1期介绍《童话》时说："如果童话是提炼了现实的精英而创造的世界，那么，童话式的诗是现实人生情绪更美的升华。从星星，从花朵，从囚徒，从季节，从一种情绪状态，从一篇作品，……诗人都能构成一个情绪的集章，而这些里面却都活跃地跳动着时代的脉搏。"路翎认为《童话》"虽然流露了时代的与人生的感激之情，但与现实生活的斗争，却是接触得并不强的"（《关于绿原》）。罗惠认为《童话》的内容与绿原的现实经历不相一致，"可能仍然是他的受压抑的童年感情无意间的流露"（《我写绿原》）。绿原不久读到了冯雪峰的《灵山歌》，使他发现诗还有更其广阔的未开垦的荒地，启发他另辟创作的新路。《童话》对后辈诗人有一定的影响。被称为台湾"天才诗人"的杨唤，其诗作不管在精神背景上，或是在字句上，均受了绿原《童话》的强烈影响（台湾诗人痖弦《溅了血的〈童话〉》）。

1943年　　　　　　　　　　　　　　　　　　　　　　　21岁

6月，辑成《圆周》组诗（包括《生日》、《错误》、《想象》、《一个人》、《愿》、《存在》、《有一个同志》、《自杀》、《信仰（1）》、《闪》等十首），后收入诗集《集合》中。

11月，作诗《我睡得不好》，后收入诗集《集合》中。

1944年　　　　　　　　　　　　　　　　　　　　　　　22岁

2、3月，国民党军事当局征调重庆各大学学生充任来华美军译员，绿原当时随同学一起被征调，先由译员训练班施以短期训练，结束后，绿原被分配至航空委员会，尚未工作，反动当局认为其"有思想问题"，改调到中美合作所。经胡风、阿垅等朋友的指点与帮助，绿原决定开小差，坚决不去中美合作所报到。因此，他受到国民党当局的密令通缉，而在重庆四处躲藏。阿垅的家曾是绿原的"三窟"之一。在此期间，曾把阿垅的一包关于国民党军事编制、部署图表之类的材料带到胡风处，以后由廖梦醒同志经手，转到了延安。

不久，在朋友们的帮助下，绿原逃离重庆，到四川岳池新三中当英语教员。在新三中，绿原与当地的一些地下党员和本校的进步教师经常讨论国内外大事。就在这里，他阅读到毛泽东同志的《在延安文艺座谈会上的讲话》，深受教育和鼓舞。绿原觉得，"毛泽东同志所批评的知识分子作家们身上的缺点，我几乎都是有的；但他所指出的根本方向同样极大地鼓舞着我，使我更自觉地领悟了鲁迅的那份诗教"（《〈人之诗〉自序》）。

9月，作诗《不是忏悔》，后收入诗集《集合》中。

冬，与童年女友罗惠结婚。

12月，作诗《给天真的乐观主义者们》，载1946年3月《希望》第1集第3期，后收入诗集《集合》中。这是绿原最早受人重视、获得好评的政治抒情诗。胡风在《希望》第1集第3首的编后记中指出："……单说《给天真的乐观主义者们》这期怪诗说罢，以真正诗人或正统诗人自命的诗人大概要投以冷嘲热讽的，象句子太长，用字不妥，甚至技巧不巧之类，但我们有着平凡的感受，有着平凡的悲愤的我们，却是不能不为作者底痛切的控诉所动的。"绿原从写《童话》到写政治抒情诗，其中创作倾向的变化，曾得到胡风的帮助。罗惠回忆说，"绿原在转入政治抒情诗阶段以前，也有过一阵徘徊和苦闷。记得他初到这个偏僻的县城，由于被暗令通缉，和重庆的朋友们通信很不方便，心境一度很灰暗，曾写过一些形式雕琢的讽刺诗，写得很吃力，读起来也很艰涩。胡风这时在重庆主编刊物《希望》，来信向他要诗稿；他寄了一些去，但大都没有被采用；胡风来信说，感情要自然，不要过分压抑，更不要追求'绮语'——这些话，我当时并不十分懂，后来才觉得，他说中了绿原的要害"（《我写绿原》）。

作诗《是谁，是为什么》、《不要怕没有同志》，后收入诗集《集合》中。

此年冬天到1945年春天，辑成《破坏》组诗（包括《破坏》、《虚伪的春天》、《游记》、《坚决》、《给化铁》、《给我的女人的嘱咐》、《集合》、《无题》、《自由》、《死刑》、《猫头鹰》、《是和应该是》、《一个人》、《观念论者》、《是的》、《扬子江》、《小甲虫有火光照着的梦》等17首）。其中《破坏》、《虚伪的春天》、《游记》、《坚决》、《给化铁》等5首载1946年1月《希望》第1集第2期。17首诗皆收入诗集《集合》中。

1945年   23岁

8月10日，日本政府发出乞降照会。14日，日本政府宣布无条件投降。毛泽东同志指出："中国人民的艰苦抗战，已经取得了胜利。抗日战争当作一个历史阶段来说，已经过去了。"但是，"蒋介石要坚持独裁和内战的反动方针"，"要下山来抢夺抗战胜利果实了"，因此，"新的情况和任务是国内斗争"（《抗日战争胜利后的时局和我们的方针》）。

11日，作诗《给CF》，后收入诗集《集合》中。

13日，作诗《终点，又是一个起点》，载1946年4月《希望》第1集第4期，后收入诗集《又是一个起点》中。此诗写于日本政府发出乞降照会后的第三天，在革命形势和任务开始发生巨大变化的关键时刻，及时地警告人们："我们要保卫用多少回失败换来的胜利/粉碎/一切肥皂泡般的/保护色；/用新的号召！用新的战斗！"表现了诗人敏锐的政治嗅觉。以这首诗为代表的绿原此时期的政治抒情诗，被认为是"已经跨越了他自己底《童话》时期而远行"（亦门《绿原片论》）；"正如它的名字所标志的，在作者绿原发展的道路上'又是一个起点'"（方亮《片感——关于〈又是一个起点〉》）。这类政治抒情长诗，曾不止一次地被平津、京沪、武汉、蓉渝各地朗诵，在进步学生运动中起了积极的宣传鼓动作用。

10月19日　鲁迅忌辰，作诗《我是白痴》，后收入诗集《集合》中。

1946年   24岁

5月，作诗《复仇的哲学》，载1946年10月18日《希望》第2集第4期，后收入诗集《又是一个起点》中。此诗鼓励向暴君复仇，表现了对反动统治的强烈的愤怒和憎恨。

6月，作诗《咦，美国！》，载1946年7月《希望》第2集第3期，后收入诗集《又是一个起点》中。王瑶认为，"当时美帝还正在装着'公正'的面孔来调停中国的内战，文学上的反美作品也还很少，但诗人已愤怒地警告美帝"（《中国新文学史稿》），是很有意义和价值的。

作诗《伽利略在真理面前》，载1946年11月19日《大公报》，又载《文艺》第8期，后收入诗集《又是一个起点》中。此诗一发表，就在上海的大小集会上被朗诵过。

9月，至重庆广益中学教授英语。

1947年   **25岁**

1月1日，作诗《人和沙漠》，后收入诗集《集合》中。

24日，作者的好友、西南联大学生、四川岳池新三中教师万有禄投奔解放区途中，不幸病故，此日为其二七忌辰，作诗《轭》，以志纪念。

2月，到重庆市立第一中学教授英语。

3月，作诗《悲愤的人们》，载1946年7月《希望》第2集第3期，后收入诗集《又是一个起点》中。郁梅认为，它"是对四十年代国统区现实的深刻的揭露和真实的写照"（《读〈白色花〉》）。

5月，作诗《你是谁？》。最初在《荒鸡》丛书之一《天堂底地板》上发表的时候，题目为《口号》，结尾并有"我底熟悉的和陌生的读者呵。/在喊口号，贴标语的今天/这能是一篇诗么？/如果只是一篇诗/我又何必写它呢？"一类的诗句。后来在1947年10月1日《中国作家》创刊号上发表的时候，为了应付当时国民党反动政府的书刊审查制度，把题目改为《你是谁？》，并删掉了上述诗句。此诗后收入诗集《又是一个起点》中。诗中的"为了打死它/我们要学习它底残酷！/专门对它，和/对它底种族"等思想，曾经激励过许多参加反内战、反压迫、反饥饿运动的青年学生。

8月，作组诗《我们是怎样活着》（包括《我们是怎样活着》、《动物园》、《雾》、《我的一生》等四首），后收入诗集《又是一个起点》中。

自重庆回武汉。罗惠回忆说，"绿原终于回到他别离九年的故乡，他已经成人了，但贫困的童年给他的记忆抹上了一层化不开的阴影。他不喜欢这个城市，但他仍然象童年一样离不开它。"（《我写绿原》）

回武汉不久，曾与邹荻帆等人创办《大江日夜流》丛刊，第一期借用绿原《人和沙漠》的诗意，取名为《沙漠的喧哗》。这份丛刊只办了两期。

10月，至汉口育德女中教授英语。

翻译惠特曼、桑德堡诗抄及维尔哈伦的剧本《黎明》。前者散刊于《希望》杂志和《大刚报》的《大江》副刊上；后者连载于1948年10月7日至12月16日的《大刚报》的《大江》副刊上。

11月，至汉口美商德士古油公司当职员，此时开始接触中国共产党武汉地下组织。绿原曾向党表示要求去解放区，但党告诉他，现在不必去了，应该和大家一起留下来，为迎接全国解放而奋斗。这个消息极大地鼓舞了绿原。

1948年   26岁

10月，诗集《又是一个起点》，由青林诗社出版。绿原自评道，"这些诗今天来看，情绪阴郁、浓烈而凌乱，语言粗犷、直白而急促，明显地反映了我当时在平凡、狭隘而艰苦的生活环境中那种困兽犹斗的焦躁性情。当时已有一些同志和朋友对这些诗作提出过批评，或者嫌它们'声嘶力竭'，有些刺耳；或者指出它们'不合语法'，算不了诗；或者认为它们'受外国的影响'；或者责难它们'简直歪曲了人民斗争'。这些批评不能说没有根据，更不能说对我没有好处。不过，我只想说，存在决定意识，环境决定性格，我当时确实丧失了诗人必备的任何优美的感情，也从来不善于把并不优美的感情弄得优美起来。""但是，没料到这些不算诗的诗，由于偶然适应当时愤怒群众反饥饿、反内战、反压迫的政治需要，竟在青年学生中间产生了一些影响。这个事实与其说给我带来安慰，毋宁更使我感到痛苦。因为，这不恰巧反证了，当时水深火热的国统区人民是多么无告，他们的痛苦生存和反抗要求是多么需要诗人来代言，因此才在我的即使再拙劣的诗篇中，勉强听到了一点点回声么？"（《〈人之诗〉自序》）

作诗《给东南亚》，载1948年11月7日《大刚报》，后收入诗集《集合》中。

至年末辑成组诗《亲爱的阿Q》（包括《中国，看你的》、《百年战争》、《敌人和公正人》、《自由主义者》、《给亲爱的阿Q》、《一个中国母亲》等6首）；又辑成组诗《微雨》（包括《微雨》、《论英雄崇拜》、《为了自由》、《无题》、《小鼓手和将军》、《生命在歌唱》、《诗与真》等7首）；此两个组诗后均收入诗集《集合》中。

作诗《一个什么在诞生》、《荒野的力量》，后收入诗集《人之诗续编》。

12月，加入中国共产党。

1949年　　　　　　　　　　　　　　　　　　　　　　27岁

1月，作诗《诗人们》，后收入诗集《集合》中。

作诗《中国，一九四九年》，后收入诗集《从一·九四九年算起》中。

辑成组诗《踏青小集》（包括《孩子和泥土》、《手》、《清明节》、《早晨》、《月光曲》、《到罗马去》、《草》、《航海》、《晴》、《诗人》、《春雷》等11首），后收入诗集《集合》中。其中，《诗人》一诗被认为是表达了"七月派""这一群诗人共同的心声"（屠岸《时代激情的冲击报》）。

5月，为迎接解放，绿原利用职业的便利，搜集整理了武汉外国资本的情报。本月16、17日，武昌、汉阳、汉口相继解放。绿原陪同军管会代表征调外资。

任《大刚报》的《大江》文艺副刊编委。

作诗《五月速写》（5首），后收入诗集《人之诗》中。

6月，到《长江日报》（中共中央中南局机关报）社工作，任文艺组副组长。又兼任华中文联筹备委员会委员、《长江文艺》编辑部文艺顾问等职。

7月，被邀参加全国第一次文代大会。

9月，作诗《"九一八"，第十八年》，后收入诗集《从一九四九年算起》中。

11月，作诗《党日》，载1950年《长江文艺》1月号，后收入诗集《从一九四九年算起》中。

12月，作诗《为重庆〈新华日报〉复刊而作》和《从一九四九年算起》，后均收入诗集《从一九四九年算起》中。

1950年

1月，作文《读诗速记》，载1950年《长江文艺》2月号。

3月，作《答读者问诗》，载1950年《长江文艺》4月号。

作英文小说《一个新女性》，载1950年7月15日上海《密勒氏评论报》。

10月，作诗《战斗的朝鲜》、《一分钟不能忘记》和《中国人民志愿军之歌》，后均收入诗集《从一九四九年算起》中。

11月，译著《文学与人民》（苏）由武汉通俗图书出版社出版。

12月，作《〈集合〉后记》，希望"读者们从这本小诗集能够隐约地看出旧中国性格底沉重负担的一面和英勇突进的一面，并且愿意帮助我克服残留在我身上的一些近乎创伤的败坏的感情因素，使我有力量再向前跨进一步"。

1951年

1月，《集合》诗集由泥土社出版。其纸型1948年初春即打好，因故未能出版，由梅志保存下来。

作诗《不是羊，也不是狼》，后收入诗集《从一九四九年算起》中。

2月，作诗《不准！——为反对美帝国主义重新武装日本而写》，后收入诗集《从一九四九年算起》中。

6月，叙事诗《大虎和二虎》由上海泥土社出版。

7月，作诗《七月一日唱的》，后收入诗集《从一九四九年算起》中。

作文《怎样写诗》，后作为附录，收入诗集《从一九四九年算起》中。

1952年

2月，作诗《和青年学生们谈话》，后收入诗集《从一九四九年算起》中。

7月，作诗《亲爱的党，伟大的党》，后收入诗集《从一九四九年算起》中。

1953年　　　　　　　　　　　　　　　　　　　　**31岁**

3月，调至北京，在中共中央宣传部国际宣传处工作。

5月，作诗《儿童节献诗》，载1953年6月1日《大刚报》。

作组诗《北京的诗》（包括《沿着中南海的红墙走》、《天安门》、《公园》、《雪》等4首），其中一、三、四首载1954年《人民文学》3月号，第二首载1954年4月6日《北京日报》。《沿着中南海的红墙走》和《雪》两首后收入诗集《人之诗》中。

7月，诗集《从一九四九年算起》由新文艺出版社出版。《后记》说："上面几首诗，都是在一九四九年以后写的。大部分是为了及时地响应一定的政治号召，或者说，是为了'赶任务'，但每一首也原有一种幼稚的情绪作基础的。""这几首诗在形式上的芜杂，很明白是反映了感情的薄弱和紊乱，不能证明作者偏爱什么'规格'的。"罗惠认为，由于"当时在'政治标准第一'的前提下，诗人们都不免要写一些'赶任务'的作品；在写作方法上，民歌体和旧诗词的格律体风行一时，自由诗无形中被视为资产阶级或小资产阶级的异端"，因此绿原"写了一些同他过去的风格迥然相异的作品"，《从一九四九年算起》"对绿原来说，这是一个失败的纪录"（《我写绿原》）。

1954年　　　　　　　　　　　　　　　　　　　　**32岁**

作诗《向第五个十月致敬》，载1954年《新观察》第19、20期。

作诗《听一位诗人谈诗》、《唱歌的少女》、《快乐的火焰》、《给一位闹情绪的同志》、《火车在旷野里奔跑》、《小河醒了》、《王府井的人行道》、《演说家》、《记住那句话》、《短短十年》、《给一个外国同志》、《书店》、《反官僚主义》、《明朗与晦涩》、《劳模笔记》等，后分别收入诗集《人之诗》和《人之诗续编》中。

1955年　　　　　　　　　　　　　　　　　　　　**33岁**

作诗《老实的小毛驴》，后收入诗集《人之诗》中。

受胡风错案株连，长期被隔离审查，丧失了七年的工作时间。

1956年　　　　　　　　　　　　　　　　　　　　**34岁**

年初，通过组织要求罗惠给他送去一箱子书籍，以后又要求为他购置德文书刊。自此，绿原在隔离的环境中系统地阅读了一些马列经典，一些历史著作和古典哲学，一些世界文学名著；此外，他除了温习原来学过的几门外语（英语、法语和俄语），还自学了德语。

1959年　　　　　　　　　　　　　　　　　　　　**37岁**

作诗《又一名哥伦布》，后收入诗集《人之诗》中。此诗抒写了他在单身监禁中的一些奇特的幻想，"既表现了他当时失去自由的痛苦心情，更表现了他对前途的信心"（罗惠《我写绿原》）。

1962年　　　　　　　　　　　　　　　　　　　　**40岁**

6月，恢复工作，调人民文学出版社编译所，负责德语文学编辑工作。但未能恢复发表作品的权利，仅以"刘半九"为笔名翻译介绍一些德国文艺理论，如里普斯让波尔、海涅等人的文论。

1969年　　　　　　　　　　　　　　　　　　　　**47岁**

随文化部下放到湖北咸宁五七干校。

作诗《断念》，后收入诗集《人之诗续编》中。

1970年　　　　　　　　　　　　　　　　　　　　**48岁**

作诗《重读〈圣经〉》，载1980年《芳草》，后收入二十人诗集《白色花》中。此诗是对十年内乱中那股黑暗势力所发出的一篇犀利的檄文，被评论界认为：表明绿原的创作，从形式到内容，都更严谨了。

作诗《谢谢你》、《母亲为儿子请罪》、《往往》、《但切不要悲伤》等，后均收入诗集《人之诗续编》中。

1971年　　　　　　　　　　　　　　　　　　　　**49岁**

作诗《信仰》，载1981年《长安》第3期，后收入诗集《人之诗》中。

作诗《给一个没有舌头的人》，载1981年《长安》第3期，后收入《人之诗续编》中。

1972年 50岁
作诗《陌生人之歌》，后收入诗集《人之诗续编》中。

1974年 52岁
文化部五七干校撤销，调至国家出版局版本图书馆翻译组，从事国际政治书籍的翻译工作，如《西德的贫困》、《美国能打赢这场战争吗？》、《福特传》、《林肯传》等。

1976年 54岁
10月，党中央领导全国人民粉碎了万恶的"四人帮"。绿原一家人欣喜异常。

1978年 56岁
4月，调回人民文学出版社外国文学部，负责编辑德语国家文学作品及文艺理论著作。

作诗《一点光明》，载1980年《文汇月刊》第4期，后收入诗集《人之诗》中。

作诗《不是奇迹》，后收入诗集《人之诗》中。

译著《黑格尔小传》由商务印书馆出版。

作文《〈阴谋与爱情〉序》、《〈玩偶之家〉序》、《〈格林童话〉序》等，分别收入人民文学出版社1978年出版的同名译书中。

年末，党的十一届三中全会召开，这使"绿原和我们一家人真正得到重新做人的机会"（罗惠《我写绿原》）。

1979年 57岁
应邀参加全国第四次文代大会。绿原非常激动，他表示"党和人民对我的关怀，我衷心感激并将永远珍惜。虽然自己已经年老，还希望能为人民写下去，为此需要好好学习"（《〈人之诗〉自序》）。

作诗《给诗人钱学森》，载1980年《诗刊》3月号，后收入诗集《人之诗》中。

作诗《为新歌手们鼓掌》，又名《尽管我再也不会唱》，载1981年《长安》第3期，后收入诗集《人之诗续编》中。

作诗《燕归来》，后收入诗集《人之诗续编》中。

撰写文学评论稿：《中国人民欣赏德国文学》，载1979年《中国建设》（德文版）第2期；《一本反映歌德精神面貌的书》，载1979年5月29日《光明日报》；《德国浪漫派和海涅的〈论浪漫派〉》，载人民文学出版社1979年版海涅《论浪漫派》；《〈十九世纪文学主流（丹·勃兰兑斯著）〉序》，载人民文学出版社1979年版《十九世纪文学主流》；《喜读〈外国文学家的故事〉》，载1979年《读书》第3期；《曹雪芹不是叔本华》，载1980年《红楼梦研究集刊》；《它山之石，可以攻玉》，载1979年《新文学论丛》第2辑；《〈绿衣亨利〉序》，载人民文学出版社1980年版《绿衣亨利》。

1980年   58岁

长达25年的胡风错案得到平反。据中央76号文件恢复党籍。

作诗《献给我的保护人》，后收入诗集《人之诗》中。此诗的写作缘由，绿原在《〈人之诗〉自序》中作了说明"……到了六十年代后期，象那样践踏幼苗，滥伐森林，水土流失，沙漠蔓延，更令人心惊肉跳地预兆了一场冲毁一切的大水灾。这个杞忧终于没有成为事实，不能不敬佩以马克思主义为指南、挽狂澜于既倒的党，不能不敬佩永远相信党、永远跟党走的革命人民。我虽然已经沦落到人生的底层，'自惭形秽'变成了条件反射，但在'四人帮'倒台以后，在深感自己渺小和短视的同时，仍不由得'僭越'地想到，自己归根到底是同党和人民血肉相连的！尽管有人甚至在'四人帮'倒台后几个月，仍不顾党的审查结论，继续在报纸上、书刊上对我进行有意无意的诽谤，我对党和人民的眷眷之情是怎么也扑灭不了的！这点痛苦的坚决的心情，后来反映在为纪念一九八〇年中央第七十六号文件的那首《献给我的保护人》中"。

作诗《给你——》，后收入二十人诗集《白色花》中。

　　撰写文学评论稿：《安徒生之为安徒生》，载1980年《读书》第1期；《为诗一辩》，载1980年《读书》第1期；《记阿垅》，载1981年《大地》第1期，等等。

　　作《〈白色花〉序》，载1981年《当代》第3期，后收入二十人诗集《白色花》中。郁梅认为，"七月派作为一个流派的起源、性格和特色，绿原已在序言中作了扼要的说明。如果我说，他的说明是符合实际的，这大约并非溢美之辞"（《读〈白色花〉》）。

1981年　　　　　　　　　　　　　　　　59岁

　　《白色花（二十人集）》由人民文学出版社出版，绿原、牛汉编，绿原作序，其中收录了绿原的诗歌9首（《憎恨》、《小时候》、《给天真的乐观主义者们》、《伽利略在真理面前》、《诗与真》、《诗人》、《航海》、《重读〈圣经〉》、《给你——》）。

　　撰写外国文学评论稿：《〈十九世纪文学主流〉浅说》，载1981年《文艺报》第9期；《特里林：〈弗洛伊德与文学〉》，载1981年《美国文学》第1期；《歌德：〈自然〉并前记》，载1982年《艺丛》第1期；《诗，科学，教科书》，载1981年2月13日《文学书窗》；《〈论德国文学与艺术〉序》、《〈阴谋与爱情〉序》、《〈蔡特金文学论文选〉序》、《〈茨威格小说四篇〉序》、《〈玩偶之家〉序》、《〈豪夫童话〉序》等，均载人民文学出版社所出之同名书籍。

　　译著《德国的浪漫派（〈十九世纪文学主流〉第二分册）》由人民文学出版社出版。

　　翻译德、奥、美现代诗选，散载1981年《诗刊》、《世界文学》、《外国文学季刊》等杂志。

1982年　　　　　　　　　　　　　　　　60岁

　　被中国笔会中心吸收为会员。

　　作诗《歌德二三事》，载1982年《诗刊》第2期，后收入诗集《人之诗》。牛汉从此诗谈起，批评"绿原诗里一直有着一种时起时伏、若明若暗的理念化倾向"（《荆棘和血液——谈绿原的诗》），而绿原"他个人却喜欢《歌德二三事》"（罗惠《我写绿原》）。

为人民文学出版社编自选诗集《人之诗》；并写《〈人之诗〉自序》，载1982年《当代》第6期；写《编后》，载1982年《文汇月刊》第9期。

为宁夏人民出版社编自选诗集《人之诗续编》；并写《〈人之诗续编〉序》。

撰写外国文学评论稿《歌德：文学史上的一颗恒星》，载1982年《文汇月刊》第3期；《美国现代诗简介》，载1982年《外国文学季刊》第3期；《浪漫主义故乡的浪漫派》，载1982年《外国文学季刊》第4期，等等。

7月，赴西德考察。作诗《西德拾穗录》，载1982年《诗刊》第12期，颇得好评，获《诗刊》诗歌创作一等奖。"他的老友说他回复了青年时代的风格"（罗惠《我写绿原》）。

1983年　　　　　　　　　　　　　　　　　　　　　　**61岁**

1月10日，为《作品与争鸣》杂志撰稿《答问（关于〈西德拾穗录〉）》。

3月，作文《活的诗》（介绍牛汉的新诗集《温泉》），载《读书》杂志。

4月，由人民文学出版社外国文学编辑室副主任，改任人民文学出版社副总编辑。

《歌德二三事》德译本刊于《法兰克福学报》第2期。作《丈八沟杂记》，载《长安》第12期。

1984年　　　　　　　　　　　　　　　　　　　　　　**62岁**

作《酸葡萄集》（组诗），载《诗刊》1月号。

作《谢幕》，载《十月》第2期。

作《你的重庆，我的重庆》，载《红岩》第3期。

作《一个读者对译诗的几点浅见》，载《外国文学研究》第3期。

作《十九世纪文学主流和〈十九世纪文学主流〉》，载《读书》第4期。

作《海外诗人郑愁予》，载《读书》第7期。

作《秋水篇》，载《延河》第7期。

作《泪之谷》，载香港《诗风》终刊号。

作《紫禁城漫与二题》，载《紫禁城》第27期。

6月，参加作协主办"作家访问团"访问深圳、珠海等经济特区，写《深圳的启示》，载《文艺研究》第5期。

8月，参加国际日耳曼语学会为会员。

12月，参加第四次作家代表大会，被选为中国作家协会理事。

1985年   63岁

作《一九八四年诗抄》，载《中国》第1期。

作《〈葱与蜜〉题解》，载《随笔》第1期（《葱与蜜》为"今诗话丛书"之一，由三联书店出版）

作《路翎这个名字》，载《读书》第2期。

作《终于没有揭开神像面纱的席勒》，载《诗刊》第6期。

作《悼念为艺术真理而献身的胡风同志》，载《人民文学》第7期。

4—5月，参加"黄鹤楼诗会"，写旧体诗10首（刊于《长江日报》及新诗4首（将刊于《长江文艺》）。

8月，第二次访问联邦德国，并参加国际日耳曼语学会第七届会员代表大会。

12月，参加香港中国书展，并作讲座《中国诗坛现状和发展趋向》。

1986年   64岁

诗作《哈尔茨山游记》、《听低地德语女诗人朗诵》、《后悔》、《修道院》、《卡夫卡说他的幻觉》、《一个星期天上午》、《暮色苍茫访绿蒂》等，载《诗刊》3月号。

生平与文学道路资料

《集合》后记

绿 原

　　收辑在这本小诗集里面的，是一九四二年到一九四八年所写的一部分习作。今天来看，它们已只能是一堆激动的情绪底表白了。虽然可以说，当时客观的历史情况限制了一般知识分子底感受和认识，但自己对于时代底真实没有顽强的追求，却是明明白白的。我将多么感激，如果读者们从这本小诗集能够隐约地看出旧中国性格底沉重负担的一面和英勇突进的一面，并且愿意帮助我克服残留在我身上的一些近乎创伤的败坏的感情因素，使我有力量再向前跨进一步。

　　今天我们须要做和能够做的事情实在太多。从任何细小的工作都可以通向"为人民服务"这个崇高而严峻的真理。我希望，今后自己能够更实际沉进广大人民底精神海洋，从那庄严的大欢乐里汲取勇气，努力生活下去。

　　这本小诗集底纸型是一九四八年初春打好的。感谢友人T，他一直为我将它保存到现在。

1950年10月25日夜

（原载泥土社《集合》1951年1月初版）

"怎样写诗？"

——武汉人民广播电台空中大学播讲稿

绿　原

同学们！

　　武汉人民广播电台要我和大家谈谈诗歌写作的问题，并且给我出了一个题目："怎样写诗？"这个题目，老实说，也不是我能够回答的。今天，我只能谈几个你们也能够回答的问题，算是交换交换意见。

　　那就是：

　　一般人对诗有些什么看法？

　　怎样分辨什么是诗、什么不是诗？

　　诗底形式是什么？

　　诗和其它文艺作品有什么分别？

　　我们应该怎样准备写诗？

　　先看看一般人对于诗有些什么看法罢。

　　现在，写诗的人很多，读诗的人也很多；有很多人欢喜诗，也有很多人讨厌诗。大家对于诗的看法是很多的，不一致的。

　　有人说：有节奏的，有韵脚的文字就是诗，否则不是。

　　又有人说：有想象的，有譬喻的文字就是诗，否则不是。

　　又有人说：诗有一定的格式：一首分几段，一段又分几行，以及一行几个字，都得按一定的规矩，否则不是诗。

　　又有人说：诗随便怎样写都成，一行两行，百行千行，一字一行，几十字一行都无所谓；重要的是把句子写漂亮些，优美一些……等等，等等。

这些说法多半是一些欢喜写诗和读诗的人们底意见。还有一些人看见新诗就要摇头的，他们呢？

"唉，捡起来罢。这算什么诗呢，不过是些'分行的散文'罢了。我要象这样写，一天可以写它十几首。"

同学们，这些说法哪一种对呢？

当然，摇头派底意见是不对的。我们一听就晓得，这种意见除了叫我们搁笔，或者叫我们也学着见了新诗就摇头之外，对我们没有什么好处，既不能纠正我们写诗的缺点，也不能鼓舞我们写诗的热情。当然，这种意见虽然不对，也不能干脆不理的。从它可以认识到，我们所写的新诗还不够好，还不够使人人满意。我们应该认真努力，把诗写得让每个人都欢喜读，这是很明白的。

那么，前面几个正面的意见对不对呢？

这个问题慢慢研究罢，我且先谈谈自己学诗的经验。记得我开头学诗的时候，也曾经到处打听过诗底定义。有人告诉我：诗要押韵；诗要念起来有板有眼；诗要按规矩分段分行；或者诗要比散文更美一些，更华丽一些……老实说，这一大堆"定义"当时搞得我头昏脑胀。好在我很喜欢诗，就是再难写，我也要试试看。于是，我常常背着同学和老师学着写，一首两首，写出了不少。

当然，我所写的一首两首以至几十首，很少是真正的诗，或者根本不是诗。但是，那时我怎么会这样相信呢？反之，倒以为自己会写诗了，快成为"诗人"了。在这种兴奋的情绪下，我把我的作品寄了出去，满以为自己的"大名"和"大作"不久就会在某个报刊上出现。但是经过好久好久，结果不难预料：一首两首给退回来了，一卷两卷给退回来了，几乎所有寄出去的都给退回来了。不用说，我非常丧气，觉得编者对我这个初学写作者有成见，瞧不起我这个无名小卒。不然为什么一首也不发表呢？难道我没有押好韵吗？没有分好行吗？

是的，在我所写的"诗"里面，韵脚倒押得挺自然，段落也分得相当清楚；说字句要优美一点罢，我也搜罗了不少的形容词，每行每段多少有些呕过心血的描写。可是，我的诗就是不能发表，或者干脆一点承认吧，我当时所写的那些玩意儿，根本就不是诗。

虽然自己的努力没有收成，没有搞出什么名堂来，我还是不灰心，还是埋着头写。这样写，不满意，就那样来写。久而久之，我又写了不少。当然，那些还是不能算是诗的。但值得一提的却是，我愈来愈觉察到，真正的诗不是象前面那些说法所规定的，往一个死的形式一套就能产生的东西。不是吗，我照着一些成功的作品套过多少回，一次也没有套成功。

失败的尝试也能给人一些好处。我这样才知道：诗可以押韵，但是押韵的却不一定是诗；诗可以分行，但是分行的却不一定是诗；诗可以有譬喻、想象……等，但是只堆积这一些，却不能组成一首诗。足见，前面几个说法，是不全面的，只指出诗底次要的特征，没有接触到根本的东西，也就是诗底内容。足见，如果不从诗底内容来学习，只从它的外表用功夫，一定是会碰壁的。我自己的经验给我作了证明。我想，大家也可以用自己的经验来证明这一点。

那么，究竟什么是诗，什么不是诗呢？

大家或许有过这样的经验：读了一首好诗，心里感到一阵说不出的欣喜，或者用一般的说法，"简直感动得要流泪了"。

一首好诗会有这样的效果，难道是它的韵脚押得悦耳，段行分得顺眼吗？当然不是的，急口令和九九表就没有这种效果。那么，究竟是什么道理呢？我想，不能不这样来看：原来这首诗底作者，通过自己对于社会生活的一些感受和认识（当然，这同时必须是正确的，和尽可能深刻的），用新颖的、独特的（就是说，不是平庸的、一般化的）、并且往往是他第一次采用的表现方法，将我们（读者）在实际生活中已经朦胧地感觉到、或者可能感觉到的一些事物抓出来了——而且是那么准确地，是那么完满地，立刻使我们的情绪奇怪地振动起来。读了这首诗，我们感到很兴奋、很激动，这就是和作者发生了所谓"共鸣"；而这种"共鸣"底结果应该就是面向生活的勇气，对于工作的愿望，和对于战斗的要求。显然，一首诗能有这样的效果，这不单是它的形式的功劳，主要是那些使作者在生活中成为一个战士的主观和客观的因素得到了真实的反映。因此，我以为，要认真写诗，根本不能迷信什么外在的技巧，而是得看一个人底品质、修养和生活经验的。

有人说：写一首诗，要有真实的感情。还有人说：光有真实的感情还不够，还得研究如何表达它。这些说法都是不错的。

分辨一首诗写得成功不成功，当然得看作者和读者底感情能不能通过这首诗联系起来，交流起来。假使作者写的时候，本来就缺乏真实的感情，那么他的诗一定是干瘪瘪的，叫人读不下去。就是有了真实的感情，但没有一定的表达这种感情的能力，作者也还是写不出好的诗来的。可是，这里值得警惕：千万不要把那种能力理解为某种可以凭藉人工获得的技巧，认为它和感情和诗底其它因素彼此是孤立的，可以先谋这一桩而后求那一桩，或者相反。——不，不是这样。这二者在作者身上实际上是同时生长，并且相互催促的。一个作者底感动过程，同时也就是争取表现的过程，而表现过程，由于牵动了作者底整个的内在（也就是他的精神活动的世界），则往往又加深了感动过程。这样才有了创造底意义。

同学们问："我的感情自认是真实的，表现能力也还有一些，但写出的诗，还是不能被人叫好，这又是什么道理呢？"

我不知道大家怎样理解"表现能力"。一刻也实在谈不清楚它。不过，假定感情是真实的，表现能力也还不错，而诗仍然写不好，我看，问题还应该从自己的感情进行追究：看自己认为是真实的感情，究竟是怎样一种感情。假使你的感情还欢喜风花雪月，那么再"真实"，也只算是你自己的"真实"罢。

一般说，我们都是知识分子，我们的感情还有毛病。如果不改掉这些毛病，反而把它们写进诗里去，这种尝试是吃力不讨好的。应该这样理解：诗一定要有真实的感情，但必须是健康、进步和广大人民相通的感情，而不是过去一些旧知识分子们所欢喜的、一两个人能懂的"感情"。

总的说，诗是一个人底思想、感情以至品质、修养底准确而完满的表现，是客观事物在主观感情上的表现。好的、先进的、大众的感情，就能产生好的、先进的、大众的诗。坏的、落后的、少数人底感情，就只能产生坏的、落后的、少数人底诗。真感情就产生真诗，假感情就产生假诗。

我们的思想感情一天一天进步，我们写诗和读诗的能力也应该一天一天进步。要学着写好诗，写真诗，不要写坏诗，写假诗。

我们不能忘记：诗就是一种武器。写诗不是为了娱乐任何人，而是为了参加斗争。因此，好诗，真诗，除了能够激发和鼓舞一切向上的、前进的事物外，同时必然和社会上一切堕落的、倒退的事物相排斥。随着新与旧的斗争向前发展，我们坚决相信：好诗、真诗一定会胜利。

诗底形式是什么呢？

从前面的理解出发，我认为，形式就是内容底一部分。诗底内容是靠诗底形式表现出来的，否则就不成其为内容。前面所谈到的"表现能力"，就是指为一定的内容创造一定的形式的这种能力。

一定的形式和一定的内容分不开，甚至和一定的作者分不开。一个作者为自己的诗创造了一定的成功的形式，达到完美地表现内容的目的，这时他就会有了一定的"风格"。假如正确地理解形式，把它的美感和内容联系起来，那么可以说，成功的形式就是"风格"。"风格"是和作者分不开的。

因此，诗底形式应该由作者自己创造，不能从模仿着手。人们底生活感受、创作情绪各有不同，人们的风格也就各有不同。把诗底形式中立起来，甚至硬性地规定起来，割断它和内容之间的直接关系，显然是不对的。这样无异于把它当成一只酒杯，一只茶盅一样，但可惜人底感受和情绪不能够和水一样，不能随便灌进哪一种固定的容器里去。诗底情绪是典型的环境下面的典型的情绪，诗底形式必须是和这种情绪相适应的形式。有人不懂得或者反对这个道理，欢喜用"孟姜女哭长城"之类的调子来写翻身农民底积极情绪，结果不但弄得读者啼笑皆非，而且暴露出他首先就没有为农民底翻身事业所感动。

说诗底形式得由作者自己创造，意思是它必须适合内容底需要，不能是故意标新立异。谁也不顺眼的"创造"，当然会出毛病；这样得来的形式必然游离了内容，因而破坏了内容。

再说一遍：形式和内容是有机地结合着的，形式就是内容底一部分。不能表现内容的形式，和不能通过形式表现出来的内容，对于一个成熟的作者，都是不可想象的。那么，在实际的创作过程中，让我们把形式底成败看作是内容底成败罢，让我们更严肃地走向真实。

关于诗底形式，我只讲这点意见。另外还有很多问题，需要用各人底经验和劳动来解决。

诗和其它文艺作品有什么不同？

这个问题，大家都能够回答：诗是分行，小说、剧本是不分行的。这样回答，对不对呢？当然对，但这只是从形式上着眼。诗和其它文艺作品在内容上也应该有所分别的。

小说和剧本底目的，是藉一定的人物和故事来传达客观事物底真实的。写小说，写剧本，同样需要作者有思想，有感情，不能空空洞洞，也不能冰冰冷冷。但，作者底思想、感情却不宜在作品中直接地和读者见面，而应该通过他所创造的人物来表现。例如我们写一位战斗英雄，就不一定要在小说、剧本里大喊："伟大呀！光荣呀！"而是要忠实地刻划出这位英雄底伟大的、光荣的行为。

诗呢？诗一般没有什么故事；就是有故事，如叙事诗，其情节也不能过于复杂的。诗底人物也不多，作者自己算一个，或者所歌颂的对象也算一个。写抒情诗也罢，写叙事诗也罢，因为诗和其它文艺作品在性质上不相同，作者不必也不可以对于生活细节从事繁琐的描写，而应该最恰当地、最简练地从生活选择一些素材，将自己被它们引起的感情内容最完整地、最饱满地、最明朗地表现出来，争取读者赞同自己的感觉、自己的情绪以及自己的思想。为了达到这个效果，在一首诗里，作者自己往往必须很大方、很坦白地站出来的。

当然，诗和其它文艺作品的这种区别，也不能绝对化起来。从广义上说，任何文艺作品，只要作者底感情经过高度的锻炼，被表达了出来，也可以算是诗的。

我们读毛主席底划时代的政治文献，读鲁迅先生匕首一般锋利的杂文，有时碰到成段成篇的文字，简直感到这不是诗，又是什么呢？这些文字不但贯穿着作者底雄浑的思想力量，而且由于这里面庞大的思想内容和作者长江大河一般的英雄感情相结合，同时也产生了诗底力量！这些文字一方面用不可抗拒的逻辑领导了我们的理智，另一方面却以这股诗底力量推动了我们奋勇前进的热情。

最后，我谈谈应该怎样准备写诗。

为什么我不直接了当地谈谈"怎样写诗"，而只谈谈"怎样准备写诗"呢？已经很明白，"怎样写诗"这个问题得靠自己摸索，靠自己从实践中解决，不能依赖固定的条规。什么诗用什么体裁，什么体裁用什么字眼，这些问题都得根据实际情况决定，不能一概而论的。关于"怎样准备写诗"，这却是一个日常应当注意的修养问题。平时有了各种准备，临写时才不致感到吃力。如果不注意平素的修养，只希望旁人给你一个"秘诀"，以便不费吹灰之力，一首两首，象机器一样出产……那恐怕会耽误你一辈子。

那么，平日我们应注意些什么呢？为了写好诗，当然不单是为了写诗，我想应该注意这样几个根本问题：

第一，我们应该认真进行自我改造，思想感情的改造。这是一个很重要的问题，任何人，做任何事情，都不能忽略。当然，同学们年纪很轻，旧社会一些坏思想、坏感情在大家身上的影响还不很深。但，由于同学们有很多不是工农家庭出身，自己的感情和广大人民群众的感情，有时还有一些距离。我们的感情没有改造，和新社会格格不入，我们的诗自然也就和新社会底胃口格格不入，这是很明白的。因此，为了写好诗，写人民大众所欢喜的诗，写为新社会服务的诗，我们不能不首先锻炼自己的思想感情，排除一切个人主义的杂质，提高自己到一个集体主义战士底水平。

第二，和自我改造同时，我们应该加强学习，特别是政治理论的学习。我们要写好诗，首先必须正确地认识并理解我们的社会生活。政治学习，对于马克思列宁主义和毛泽东思想的学习，正是使我们的思想感情获得正确方向，能够探索和掌握现实底真实内容的根本办法。有些写诗的人，讨厌学习政治理论：那只能说他还不懂得什么是诗，也不明白为什么要写诗。

第三，我们应该争取参加一切社会活动，扩大生活，深入生活，培养对生活的广泛的兴趣。有些诗歌工作者不是这样的：他们往往把写诗看成他最重要的工作，甚至是他们唯一的生活内容，对一切社会

33

活动不感觉兴趣，深怕参加了这些额外活动，会打扰自己的创作情绪。他们有时也到处走走，"参观""参观"，但只是为了替自己找一个可以写诗的"题材"。这种情形，不用说，是非常之糟糕的。

写诗应该严肃、认真，因为生活就应该严肃、认真。不写诗，也需要参加社会生活；写诗就更其需要。如果一个人脱离生活去写诗，我敢说，他至少在写作上不会有什么前途，因为他和诗底源泉绝了缘。

第四，学好祖国底语言。不少写诗的人只欢喜诗底调调儿，不肯在一般的语言上用功。他们的诗可能写得相当顺嘴；请他们写篇文章什么的，那就有些作难了。纵然写得出来，却往往是结结巴巴，文法、逻辑都不通。一个中国诗人写不好中国文字，当然是个笑话。笑话终归是不合理的。一个中国人必定要把中文写好，一个中国诗人更应该把中文写好，这样才能深刻地认识祖国文字底丰富和美丽，才能把自己的诗写得更生动，写得更好。

除了提出以上四个根本问题外，我还想就具体写作过程谈几点意见：

第一，写作是一种紧张的、日常的劳动。我们应该勤写，不怕失败，要在屡次的失败中求进步。不要等"灵感"。"灵感"有没有，我不知道；但我知道，在写作上，忍耐能够创造奇迹。

第二，写完一首诗，自己多看几遍，多改几遍。说不定你会最后发现：原来所写的，竟完全不是自己所想的，有一部分，甚至于全部分，需要唤回原来的情绪，从新写过；这时，你会高兴，幸亏原稿还在手边呢。有些人似乎很相信出口成章的神话，写完一首诗，自己一遍也不再看，就赶着寄到编辑部去。这个习惯，如果只是妨碍他写诗，不致于在其他工作上闯乱子，我看，那真是万幸。

第三，诗写好了，多找几个人看看。旁人的意见，无论对不对，对自己都会有些好处，可以帮助自己进行自我批评。一个不懂自我批评的诗人，不认识自己的缺点的诗人，到头来是会失败的。

第四，不要给"出名思想"控制了自己。老老实实地写，诚诚恳恳地写，为忠实地表现广大人民底思想、感情、生活、事业而刻苦，而不断努力。切莫认为写好了一首诗，从此可以享受无上的荣誉，从此就奠定了自己的社会地位。这种想法最危险不过，会助长自己盲目的骄傲；而骄傲恰巧是任何一个工作者底最大的敌人。多少先例证明：偶然碰出了一首好诗，就为胜利冲昏了头脑，一定写不出第二首好诗来的。

同学们！因为时间的限制，我只能讲这几个问题，而且还不能把每个问题讲得很透彻。以上的意见是不是正确，希望你们通过自己的实践来批评罢。

1951年7月

（原载新文艺出版社1953年7月初版
《从一九四九年算起》附录）

《从一九四九年算起》后记

绿 原

　　上面几首诗，都是在一九四九年以后写的。大部分是为了及时地响应一定的政治号召，或者说，是为了"赶任务"，但每一首也原有一种幼稚的情绪作基础的。

　　近几年来，忙于学习一些另外的生疏的业务，我没有经常地考虑写诗。显然，更由于本身生活上和思想上的限制，在偶尔的写作过程中，一触及几年来那个天翻地覆的雄大的内容，自己便感到分外无力，那些作为写作基础的情绪，因此都没有取得较成熟的锻炼。

　　这几首假如谈得上风格，那是很不一致的。有些押韵，有些没有押韵；有些是所谓"自由体"，有些则是几句一段、几句一段似的。一个作者是否需要创造并保持固定的风格，题材和情绪的变换会不会影响风格的变换，或者——究竟什么是风格，这些问题我都要进一步地思考。不过，这几首诗在形式上的芜杂，很明白是反映了感情的薄弱和紊乱，不能证明作者偏爱什么"规格"的。

　　《怎样写诗？》一文，是针对特定的对象写的。里面的若干意见，表达得不很充分；严格地审查，也可能不尽稳妥。附录在一起，只不过作为一般性的参考，没有印证前面的作品的意思。

1953 年 3 月 1 日，在汉口。

（原载新文艺出版社 1953 年上海 7 月版

《从一九四九年算起》）

为 诗 一 辩

绿 原

不，不，我不会反驳你，请尽情讲下去。

于是，你皱着眉头说："诗的路子越走越窄，几乎日暮途穷，百无聊赖；打个不客气的比方，这几十年不过是一片空白。"说着，你又搓起了双手："知道吗，而今崛起了新的一代，他们在向诗的传统挑战；那片空白将由他们来填补了……"

果然，你讲出了一点事实。但事实象月亮一样：初一咏它是个钩，十五咏它是个圆盘；至于它的背面，除非宇航员，谁也莫名其妙。你既讲了诗的"初一"，让我也来讲讲它的"十五"；至于它的"背面"，留给精神界的宇航员去探讨吧。

你所说的"诗"，当然是指区别于旧体诗的新诗，也就是"五四"以来摆脱传统格律束缚的各种自由诗。大半个世纪以来。新诗跨过了风花雪月，幽径芳草，又历尽了枪林弹雨，惊涛骇浪，虽说秋霜满脸，却已饱经世故，照说应当更能体贴人民的情愫、传达人民的心声了。想不到老境颓唐，每况愈下，到处看脸色，不是嗤鼻，就是撇嘴，新华书店卖不出去，图书馆借不出去，真有点"奉送一百块大洋也没人要"之概。然而，新诗的不景气久矣夫，又岂自今日始？"四人帮"时期不说了，"十七年"又如何呢？难道不正是"四人帮"倒台以后，新诗才稍稍缓过气来，微微发出了一点声音吗？难道不正是到了今天，勇敢的"小草"们才恢复一点光合作用的本能，开始低声歌唱起来吗？

但是，同其它文学品种相比，新诗的境遇还是够惨的。象西方童话里的灰姑娘一样，——不，象寒碜的蓖麻一样，它凭借自己的生命力，散生在山坡上，田塍上，跟正牌的五谷简直不可同日而语。

不能不令人想起烽火连天的抗战年月。那时不论在解放区还是在大后方，不论在延安还是在重庆、在桂林，新诗同祖国、同人民共命运、共呼吸。人民需要诗，在寻找诗；诗需要人民，在表现人民。诗是重炮，是轻机枪，是匕首，是手榴弹……和人民一起参加了民族革命战争的庄严行列。

不能不令人想起当年的诗人艾青。那时，即使在再低沉的政治气压下，只要什么刊物发表了他的新作，他的读者（多么可爱的青年读者啊！）无不奔走相告：今天读到了他的《雪落在中国的土地上》——我一口气念完了《火把》——我背得出《假如我是一只鸟》——不，还是《向太阳》好……

难道只有艾青一个人？当然不。还有比他年老的，或者比他年轻的；有跟着他学步的，或者同他唱反调的；有写得同他一样好，甚至在某些方面写得更好的……但是，诗人艾青是那个时代的领唱的歌手，他的一重唱引起了千万重的大合唱。那是怎样一副令人激奋的景象啊！诗人艾青在为他的读者写作，他的读者在期待、在催促、在祝祷他写作。诗人有幸找到了他的读者，读者有幸找到了他们的诗人。

而今天，谁来关心一首诗的发表呢？谁来关心一个诗人的成长、病痛和衰老呢？一首诗再好再坏，在社会的池塘里简直激不起一圈涟漪或一颗泡沫。当然，也有些诗人在勤奋地写作，他们的勤奋也不会不感动一些读者。一些青年读者凭借自己对于诗的朴素的直觉，在新诗园地里摸索、寻找，也不会找不到偶然同自己的情愫相适应的娇花嫩草。然而，整个说来，饱经沧桑的读者对于新诗是失望的，失望之余便是厌弃和冷淡。今天诗人的遭际怎能同当年的艾青相比呢？就是今天的艾青，也未必比得上当年的诗人自己（难道不是这样吗，艾青同志？）。

诗为什么这样凋零？诗的园地为什么这样萧索？难道生活里就再没有诗？难道张志新、遇罗克就不是你的姊妹兄弟？难道官僚主义就不需要你"象狼一样去把它吞噬掉"？难道人民的苦难、祖国的新生就引不起你的灵感的火花？诗人啊，为什么只有一株或几株小草在歌唱？

要回答这个问题，真比猜斯芬克斯的哑谜还难。但千万不要去向一贯敌视新诗的反对派求教。他们除了召唤金丝鸟重新回到笼子里去，除了召唤新诗向旧体诗的声韵格律投降，实在没有任何高见。麻雀诚然是丑陋的鸟类，它论声论色比不上画眉、黄鹂，但它却有后者怎么也比不上的一种酷爱自由的天性，它宁死不屈，也决不肯在笼子里载歌载舞，以换取生存的权利。新诗从没有一概否定旧体诗，它将努力继承一千多年中国诗的光辉传统，但新诗在文学史上体现了诗体变革和进化的规律，它将永远在自由而广阔的天空飞翔，决不回头。

然而，新诗今天的确遇见了危机。新诗的危机不在于摆脱了旧体诗的束缚，不在于不符合一部分人的胃口，更不在于缺乏与生俱来的生命力。让我们离开那些反对派，超脱他们的怜悯和轻蔑，认真地进行自我批评吧。

还是来谈艾青。诗人艾青之为一代诗风的代表，老实说，除了他个人的才能和成就，还少不了一批爱他、懂他、睁着惊奇的眼睛期待他的文学青年。须知，正是这些读者的敏感的心灵，为诗人艾青准备了精神的土壤，使他的灵感得以象种子一样播撒开来，不断地绽放出新的花朵，反过来把他已有的成就衬托得更加鲜艳。设想没有这样一批读者，让诗人一个人在沙漠里呆着，他能写出什么来呢？他除了披发大叫，以泄郁愤，又怎么写得下去呢？艾青之为艾青，难道不正因为他有一批知心的读者？不正因为这批读者通过自己的审美感觉，延长、扩大和普及了他的创作灵感吗？这里用得着一点美学理论了：美感正是美的客观性触发了审美者的主观性而产生的。贝多芬的交响乐对于非音乐的耳朵是不存在的，艾青的诗对于当年一些纸醉金迷的发国难财的市侩们也是不存在的。然而，贝多芬的交响乐对于音乐的耳朵确是真正的艺术，艾青的诗对于当年那批可爱的青年读者也确是真正的艺术。回头来看今天，唉，诗人们的读者在哪儿呢？他们早已不欢喜诗，纷纷离开了诗人，去寻找荒诞的故事、离奇的情节去了；他们对于情绪、情感、情操都失去了兴趣，任你低吟高歌，莺啼虎啸，都引不起他们的欢喜、愤怒和悲哀。马克思说过，诗人需要亲切的抚爱。❶今天的读者对诗冷淡到家了，这叫诗人的日子怎么过？……

青年读者也许会抗议：什么，我们对诗冷淡？！我们需要诗，期待诗，在到处寻找诗啊。可是，什么叫做诗，老师在学校里从没给我们讲过。我们从小都没见过诗，老师自己就讨厌诗，更叫我们怎能欢喜那些分行的散文？

老师会觉得委屈：责任怎能推到我们身上来？君不见大大小小的报刊，特别是富有权威性的大报副刊，成年累月发表一些绢花似的小玩意，似是而非的小警句，从没认真想到有责任为诗的复兴出一臂之力。正是这种无言的提倡和推广，使得一批批假诗、丑诗、坏诗充斥市场，把一代青年的胃口彻底败坏了，叫我们有什么办法来保护他们品尝真诗、美诗、好诗的味蕾？

报刊编辑也会耸耸肩，摊开双手：我们不过为人作嫁，量体裁衣，能有多大能耐？难道批评家不比我们更应承担责任？——可不是，哪个批评家认真严肃地研究过诗，更不用说整个诗人了。多少年来，就按"两个标准"办事，而且"总是以政治标准放在第一位"。照说，真正运用政治标准的批评，也完全可以写得扎扎实实，有血有肉，于作者读者都有教益，卢那察尔斯基批评马雅可夫斯基和布洛克就是例子。但象这样即严峻又亲切地帮助作者的批评家，我们又哪里碰到过？相反，我们的"政治标准"的概念狭隘而简单：任何作品都只属于"两家"：不属于"资产阶级"这一家，就属于"无产阶级"那一家，"两家"之间似乎蠹立着一堵老死不相往来的高墙。结果，"以政治标准放在第一位"的批评变得不是残酷的审判就是肉麻的捧场，诗人变得不是屡教不改的惯犯就是初登龙门的新贵，甚至在同一个诗人身上，还会发生朝戴桂冠暮负荆的奇怪现象。❷——这样的"批评"多年来对于我们可怜的诗人，试问有过什么教益啊。至于另一个"准"，本来就和政治标准不可分割的"艺术标准"，则莫名其妙地形成一个危险的禁区，连最勇敢、最有权威的"批评家"都望而却步，变成和

---

❶ 参见《马克思恩格斯全集》第28卷第474页。

❷ 记得一位诗人偶然"望"了一下"星空"，就闯下了"把伟大的祖国同死寂的太空相比"、"发泄个人主义怨气"的大祸。

诗人一样可怜的懦汉。哪个"批评家"真正是个批评家，既不审判，也不吹捧——而是和诗人站在一个台阶上，作为他的诤友，同情他的甘苦悲欢，指点他的得失成败，预示合乎他作为诗人的发展规律的前进方向，同时帮助读者真正成为诗人的知己呢？还是来说我们的艾青吧，几十年来有哪位批评家认真研究过这位杰出的诗人❶，研究过创作规律在他身上发生作用的有机形态：研究他怎样从三十年代的"现代派"开始，通过同人民相结合，开创了一代的新诗风；研究他的作品怎样获得那么巨大的形象力，字字深入人心，没有一点废墨；研究他的成就决不单纯在于技巧，而在于贯穿整个创作过程的对人民、对祖国的热爱，在于诗人把自己和人民打成一片的高尚的情操；进而研究同一位诗人又如何饱经忧患，逐渐变得衰老，……再也写不出当年那样激动人心的诗篇来？

于是，批评家会咆哮起来：住口！你胡说什么？！别看批评在指手划脚，它永远只能跟在创作后面。没有伟大的创作，不会有伟大的批评，连这点文学史常识都不懂？看看你们新诗人，先天不足，后天失调，论文化素养比不上古代和外国的同行，论创作艰苦比不上同代的戏剧家、小说家，到今天仍然只会用新式的老调吟风弄月，伤春悲秋，或者难得到了国内外什么名胜地，忍不住写几句"到此一游"之类，和祖国人民目前的大痛苦、大愤怒、大欢喜、大希望有什么相干，有什么相干？这难道不是事实，又是"帽子"、"棍子"吗？

可怜诗人只会歌唱，不善雄辩，他面对义正辞严的申斥，只好眼泪汪汪，哑口无言，手足无措了。

然而，更大更真的事实是：多少年来，我们的"灰姑娘"不知是什么缘故，被挂上了"小资产"的黑牌子，到处受歧视，到处受排挤。到了"四人帮"当道，真正的诗更是在惨酷的政治炼狱中受尽诬蔑和虐待，几乎完全失去了生存权利。在那个有诗就有罪的时代，哪个读者敢读它，哪个老师敢教它，哪个编辑敢发表它，哪个批评家敢推荐它？倒真是"四人帮"倒台以后，诗才稍稍缓过气来，微微发出了一

41

❶　关于艾青的评论不能说一篇没有：三十年代有过胡风的《吹芦笛的诗人》，四十年代有过吕荧的《人的花朵》，五十年代又有过一些评价完全相反的"诗话"……

点声音。

然而，诗偏又是最娇嫩的，最经不起摔打的。"四人帮"摧残了百花，受伤最厉害的却要数诗，特别是抒情诗。小说、戏剧尽管同样蒙受打击，它们凭借客观叙述的手段，还能利用性格和情节争取和恢复读者的信任。唯独诗，它的主人公就是诗人自己，诗人必须直接面对人生，面对现实，代表人民同一切恶势力作斗争。如果不能放声歌唱，就只有哑然失声：这正是诗人的命运。

今天，我们的祖国又在经历一个脱胎换骨、方生未死的历史时期，人民在党中央的领导下进行更艰苦的新长征。诗人必须歌唱，为人民歌唱，和人民一起歌唱……是的，小草们歌唱起来了，嫩绿的诗芽破土而出了。但更多诗人的嗓子却怎么也高昂不起来，吞吞吐吐，欲说还休，使读者失望，使人民伤心。——不妨解放一下思想，敢问一个过去想也不敢想的问题：开国三十年来，出现了一批又一批的诗人，其中颇不乏才华照人、出类拔萃之辈，为什么一个个停滞在各自的高原期，很少再向前向上跨进一步，有的人甚至倒退以及搁笔？这种不合理的衰飒现象，似乎不能简单地诿之于过火的政治运动或生硬的领导作风，恐怕还有更深刻的历史原因和理论原因吧。

诗的遭遇也许真象一个月亮：它的背面到底是怎么回事呢？

"得，得，停止你伤感的独白吧。且看新的一代正在崛起，他们正在向传统挑战，他们要挣脱一切束缚，他们义不容辞要填补那一大片可悲的空白。"

请原谅，我孤陋寡闻，没有充分理解你的意思。但，在燠热而沉闷的斗室里，我确已闻到一股新鲜的湿润的田野气息。是他们吗？是他们吧。他们的作品，我读得不多，但也不少。人贵诚实，我必须承认，读了几首，实在感到惊喜。可是，张三李四在议论了：他们的诗读不懂……

果然，最近还听说诗坛上发生了罕见的争辩——好极了，就辩得脸红脖子粗，也比万马齐喑的局面好十倍。各抒己见吧，不要一听见不同意见，就摆出正统的架子，视对方为异端。争辩下去，把意见都摆出来，说不定会有奇迹出现——甲方说：你们的诗读不懂！我们不需要！乙方说：你们读不懂，自有人懂得，你们的儿子会懂得，你们的孙子会懂得！

如果我可以插嘴，我真不懂得诗怎么可以这样来讨论。难道诗真的需要"读懂"吗？难道又真有"读不懂"的诗吗？诗的基本因素是感情，不是哲学概念，它首先要求和读者的同质的感情发生共鸣和交流，而不要求读者利用理性的武装来"读懂"它。诗的欣赏过程对于读者来说，也就是主动挥发自己的同质的感情，向诗人的呼唤发出回响的过程。这个过程实际上是读者在想象中重复以至扩充诗人的创作活动的过程，是读者自己变成第二个诗人的过程——这时，读者和诗人在感觉、感情以至整个感性的创作活动中合而为一，其深刻程度又岂是一般所谓"读得懂"这种冷淡的机械的被动关系所能比拟的呢？因此，读者首先不用感情而用理性来读诗，或者诗人写诗，不是争取而是拒绝、不是胜任而是无能同读者的感情发生交流，应当说都违反了诗的基本功能。

然而，崛起了新的一代诗人，毕竟是可喜的现象。他们在"四人帮"造成的精神废墟上成长起来，深刻感受到人民的苦难，要用自己独特的艺术手段把人民的喜怒哀乐表现出来，无论如何是值得欢迎、值得鼓励的。一个诗人就是一颗种子，只要落进了适宜的土壤，就会自己生根、发芽和开花。因此，用不着吹捧他们，也不要责难他们，让他们写下去吧。即使是被认为"读不懂"的诗，也让他写下去吧。他们的诗之所以"读不懂"，我看在相当大的程度上，是人们多年养成的非诗的读诗习惯和它们不相适应的缘故。即使他们有癖好，坚持按照自己的艺术特点来写"读不懂"的诗，我斗胆说一句，这未尝不也是对于人们多年来恣意蹂躏艺术创作规律的抗议。你虐待了诗，诗就要报应，不是吗？

然而，"读不懂"的诗流行开来，又毕竟是一时一地的一种自发势力的表现。特别希望一些理论家们读读中外文学史，不要只看新诗人们在成长过程中偶然出现一些共同点，就把他们生硬地纳入理论家自己杜撰的什么流派。诗人善变，他不甘心停滞，他永远在探索，在探索中创新，到头来他会以自己也无从预测的发展，使理论家们张口结舌的。倒不如老老实实，和新诗人们一起研究一下诗的本质问题，会更有意义。

　　中外文学史一致证明，诗始终是人类感情的交流工具之一，本无所谓"读不懂"的诗。屈原、李白、苏东坡；歌德、拜伦、惠特曼；以至当代的艾青、桑德堡、聂鲁达——哪一位又是读不懂的诗人呢？中国虽早有"诗无定诂"的说法，也未必是说诗要"读不懂"才好，毋宁是说对于诗可以有多种感受的方式，这倒是符合诗的本色的。某些传统的诗学家认为，诗必须对现实作出合理的解释，一首好诗必须具有连贯的散文意义，才能把诗人的微妙的感受传达给读者。这个说法也许有嫌迂腐吧，日本籍美国学者小泉八云则提出了一种"赤裸的诗"，他宣称真正的诗、依仗本身诗意而存在的诗，是可以通过任何语言翻译而不变味的诗。同时，另一位美国诗人罗伯特·弗洛斯特却说：一首诗是真是假，如有怀疑，试翻译一下看：能翻译过去的都是散文，剩下来的才是诗。这两种说法貌似相反，实际上都只说诗有其独立的存在，只可意会，不可言传，并不完全依附语言而存在。不论你同意不同意（我个人偏爱小泉八云一说），他们都没有主张诗的不可解（"读不懂"）。

　　从十九世纪末叶起，西方陆续出现了法国的象征派、英国的意象派、德国的表现派……尽管各有一套宣言，却一致认为诗作为一种语言结构，是一个以想象为现实的圆通自在的宇宙，只用暗示而不用直接陈述来传达印象，因此才有诗越读不懂越好这一说。这些流派在西方反对了新古典派和高蹈派的僵硬诗风，开拓了新诗的领域，共同形成一个反传统的潮流，其成就和功绩也不是可以一笔抹煞的，它们的作品也未必绝对不可解。即使是在弗洛伊德学说影响下产生的超现实主义，第一次大战以后出现的达达主义，以及第二次大战以后出现的"黑色幽默"，即使它们怎样宣传超理性、超传统，只依仗梦中的想象……那些作品也未必绝对不可解。从词法上看，它们有意混淆词的意义，抹煞感官对象的固定属性，用颜色形容声音，用音量形容气味；从句法上看，它们有意割断"意象"之间的联系，不用"虽然"、"如果"、"因为"、"但是"等连接词；推而广之，把所有语法规律扫地出门，从根本上否定莱辛在《拉奥孔》中所确立的界限，到头来便真象梦幻者一样，只凭大脑皮质的几个兴奋点来反映世界了。

　　如果说存在的就是合理的，所谓"读不懂的诗"不正是西方知识分子的个人主义传统在资本主义异化社会中日益支离破碎的鲜明反映吗？又有什么读不懂的呢？又有什么需要读懂的呢？然而，在人民和反人民、民主和反民主长期反复激战的中国，这类诗却决没有相应的土壤。二十年代也曾一度出现过"读不懂的诗"，出现过"你听不着就该怨你自己的耳轮太笨或是皮粗"的"音乐"，然而一切如过眼云烟，早已什么也没有留下，只留下了鲁迅的绝妙的戏拟：

"……慈悲而残忍的金苍蝇，展开馥郁的安琪儿的黄翅，唵，颉利，弥缚谛弥谛，从荆芥萝卜打玎琤淜洋的彤海里起来。Brrrrtatata tahi tal 无终始的金刚石天堂的娇袅鬼茉萸，蘸着半分之一的北斗的蓝血，将翠绿的忏悔写在腐烂的鹦哥伯伯的狗肺上……" [1] 你不懂吗？"怨你自己的耳轮"吧。——不过，鲁迅这里不仅是在开一些诗人的玩笑，更是在从事争取文艺人民化的严肃斗争。这里援引鲁迅的这段戏拟，也并没有借古讽今的意思，而是衷心希望今天的新诗人们，能关心这场远没有完结的严肃斗争。

"五四"以来的中国新诗按照文学史的通例，摆脱了旧体诗的格律的束缚，一开始就用普通白话直抒胸臆，努力争取表达人民大众的思想感情；直到三十年代后期，它才在民族革命战争中走上了真正与人民相结合的广阔道路，逐渐形成一个坚实的战斗传统。这个传统包括两条战线的斗争：一方面，它以人民的喜怒哀乐为喜怒哀乐，排斥一切个人主义的、脱离人民的伤感，抵制一切反人民的思想逆流，把自己放进了人民革命斗争的行列；另方面，它伸出敏锐的感觉触手，在生活的矿山中探寻诗的素材，以朴素、明朗而丰满的意象来反映人民的生活和斗争，排斥和抵制一切形式主义的、与生活绝缘的假嗓子和雕琢气，把自己放进了世界进步艺术斗争的行列。中国新诗的这个战斗传统随着民族革命和人民革命的发展日益壮大，为抗日战争和解放战争的胜利作出了应有的贡献。即使在"四人帮"统治时期，这个传统受到了堵塞，几乎呈现枯竭的状态，但实际上它并没真正枯竭，仍然在艰苦地潺潺向前……

"挑战"？中国新诗的战斗传统敢于接受任何挑战。一个公民愿

---

[1] 《集外集·"音乐？"》

意诚恳地忠告新诗人们，你们从人民中来，必须记住自己是人民的歌手。你们要为人民歌唱，必须继承、开拓和发展这个光辉的战斗传统，而决不应当同它相背弃、相决裂。愿你们以大智大勇的姿态，黄钟大吕的声音，把中国自由诗的成就推向新高峰，创作出无愧于祖国人民殷切期望的优秀诗篇来。

"嘿嘿，你开头一段自怨自艾，倒还是点真情流露；怎么一同我们谈话，就不由得老腔老调，装腔作势，教训起人来了？老实说，你刺刺不休的那个'传统'，在我们看来，不就是一大块空白吗？"

岂敢，让你产生这个印象，真有点遗憾。我并不奢望，经过一番争辩，真会出现奇迹：我竟然说服了你。不过，记得法国十八世纪思想界的怪杰伏尔泰说过，"我完全不同意你的意见，但我愿意牺牲自己的生命，来保卫你发表意见的权利。"我想，你还不至于因为他是个资产阶级，就在这一点上同他"对着干"。在我们伟大的祖国，人民大众经过"史无前例"的教育，"百花齐放"不但是应当的和可能的，而且已经是不可逆转的历史的必然。那么，在文艺创作领域里，让各种流派、各种风格各持己见，各行其是，在相互切磋中由未来的实践去检验吧。为了便利你的批驳，我愿把几点微意综述如下：

首先，请允许我尊重历史，尊重"五四"以来的新诗成就，暂时回避了你的"空白"说——附带也讲句老实话吧，"空白"说尽管口气很大，实则并无新意，它不过是历来一切欢喜自我作古者的幻想游戏。

但我决不满足现状：新诗目前的确面临"信任危机"，这个危机的起源是复杂的，一言难尽的。对于诗人自己，只有面对现实，拿出勇气，不断创新，才能前进。

我却不悲观：新诗本身有与人民同命运、共呼吸的生命力，一定会从人民的新斗争、新胜利不断汲取新血液。

我更不迷信和盲从：一定要为从人民中来的深厚的艺术内容、为到人民中去的优美的艺术形式而斗争。千篇一律的诗、一览无余的诗，以及同人民格格不入的诗，存心让人"读不懂"的诗，决不是我们的方向。

我倒有坚定的信心：诗必须是诗，必须是人民的声音，朴素、自然而明朗的真诚的声音。诗一定会胜利,新诗的战斗传统一定会胜利!小草在歌唱、大树也将歌唱的诗的复兴时代一定会到来!

1980年11月

(原载《读书》1981年第1期)

《白色花》序

绿 原

承人民文学出版社倡议，这本诗集才得以呈献到今天的读者面前。

按照编辑人的初衷，年轻的一代更是这本诗集所属望的对象，尽管里面作者们的名字一个个对于他们都很陌生。在文学史上，作品的生命从来并不取决于作者的名望；任何文学作品一旦问世，都将凭借自身的质量和价值，来接受不同时代的读者的检验。本集的作者们将怀着感激的心情，不揣自己在文学史上几近湮灭的存在，期待年轻的月旦家们的评骘。

这二十位作者除个别情况外，大都是在四十年代初开始写作的，或者说是同四十年代的抗战文艺一同成长起来的。那时期，民族危机笼罩着整个神州，蒋介石、汪精卫们出卖着祖国，人民在水深火热之中，中国共产党肩起了抗日救国的大旗，给人民指出了前进的方向。在中国历史上，二十世纪的四十年代是反动的年代，也是进步的年代；是黑暗的岁月，也是光明的岁月；是悲惨的绝望的时刻，也是战斗的充满希望的时刻。这些作者是在这样尖锐的矛盾环境中提笔写诗的，严酷的政治形势不能不对他们产生极大的影响；他们当时大都是二十岁上下的青年，没有也不可能经受正式的专门的文学陶冶，现实生活才是他们的创作的唯一源泉。四十年代的现实生活空前动荡而又空前广阔，他们有的在解放区，有的在国统区，有的在前线，有的在后方，有的在农村，有的在城市，有的在公开的战斗行列中，有的在秘密的艰苦的地下。不论他们的处境如何相异，他们都生活在中国的苦难的土地上，生活在中国人民的炽烈的斗争中。他们在政治上有共同的信仰和向往，坚信并热望共产党所领导的人民革命斗争的最后胜利；他们多数是共产党员，同时又是普通人民的一分子。在当时的历史条件下，他们和先进人民相结合的程度可能是有限的，但他们的向往和追求却恳切而热烈，并带有鲜明的倾向性。这种倾向性，以及体现这种倾向性的艺术手段，可以由他们的作品本身来作证。

当然，每个诗人都有自己独特的风格，这二十位作者也不例外，他们在艺术上都只能是他们自己。但不妨指出，他们尽管风格各异，在创作态度和创作方法上却又有基本的一致性。那就是，努力把诗和人联系起来，把诗所体现的美学上的斗争和人的社会职责和战斗任务联系起来，以及因此而来的对于中国自由诗传统的肯定和继承。中国的自由诗从"五四"发源，经历了曲折的探索过程，到三十年代才由诗人艾青等人开拓成为一条壮阔的河流。把诗从沉寂的书斋里、从肃穆的讲坛上呼唤出来，让它在人民的苦难和斗争中接受磨练，用朴素、自然、明朗的真诚的声音为人民的今天和明天歌唱：这便是中国自由诗的战斗传统。本集的作者们作为这个传统的自觉的追随者，始终欣然承认，他们大多数人是在艾青的影响下成长起来的。不过，接受影响决不等于模仿和因袭；相反，他们从艾青学到的，毋宁说是诗的独创性。没有独创性，就没有诗，也就没有人和他的战斗。因此，他们尽管成绩菲薄，却努力争取走出自己的路。然而，企望在诗艺上真正有所建树，把自由诗传统向前推进一步，那又谈何容易？充其量只能说，他们各自进行了诚实而艰苦的探索，并由于气质和风格相近，逐渐形成了一个相互吸引、相互感染、相互激励前进的流派，这倒是他们始料所未及的。而且，即使这个流派得到公认，它也不能由这二十位作者来代表；事实上，还有一些成就更大的诗人，虽然出于非艺术的原因，不便也不必被邀请到这本诗集里来，他们当年的作品却更能代表这个流派早期的风貌。单就这二十位作者而论，他们在艺术上的造诣和成就也各不相同：有些当时已经开始产生较大的影响，有些当时还只是一个"初来者"。但是，作为一个流派，这些作者都分别通过自己的艺术实践，为它作出了呈献。此外，如众所周知，胡风先生作为文艺理论家，他对于诗的敏感和卓识，以及他作为刊物（《七月》、《希

《望》）编者所表现的热忱和组织能力，对于这个流派的形成和壮大起过了不容抹煞的诱导作用，这一点也是可以由四十年代的文学史料来作证的。

既然只是一个流派，本集作者们在潺潺汇聚并向前探索的同时，不能不承认其它流派的存在。事实上，在四十年代，由于神圣的抗日战争的推动，中国的整个诗歌运动是非常蓬勃的，各个流派的诗人们都为祖国人民的抗敌救亡事业作出了应有的贡献。特别是在解放区，在党的文艺方针的指导下，诗歌运动更取得了崭新的丰硕的成果。本集作者们充分认识到，他们的一点精神劳动所得，同人民诗歌的海洋相比不过是微微的涓滴。今天，他们在党的"百花齐放"政策的鼓舞下，请求读者对他们重新加以检验，正是诚恳地抱着"涓滴归海"的希望。

既然作为一个流派，他们对于诗的本质又自有他们的共同理解。他们究竟怎样来理解诗呢？

与其说"诗必须是诗"，还不如说"诗决不是非诗"。首先，他们认为，诗的生命不是格律、词藻、行数之类所可赋予的；从某种意义上讲，诗在文字之外，诗在生活之中；诗在写出来之前就蕴藏在客观世界，在什么地方期待、吸引和诱发着诗人去寻找，去捕捉，去把握。诗又不是现成的，不是可以信手拈来，俯拾即是的；它执拗地在诗人眼前躲闪着，拒绝吹嘘"倚马千言"的神话，尤其抗拒虚假的热情和侥幸的心理，要求诗人去发掘，去淘汰，去酝酿，去进行呕心沥血的劳动。然而，诗的主人公正是诗人自己，诗人自己的性格在诗中必须坚定如磐石，弹跃如心脏，一切客观素材都必须以此为基础，以此为转机，而后化为诗。不论字面有没有"我"字，任何真正的诗都不能向读者隐瞒诗人自己，不能排斥诗人对于客观世界的主观抒情；排斥了主观抒情，也就排斥了诗，因此诗中有希望，有欢快，有喜悦，也有憎恨，有悲哀，有愤怒，却决没有冷淡的描绘或枯燥的议论。

其次，他们认为，自由诗的形式并非如它的反对者们所设想，没有规律可循，爱怎么写就怎么写。恰巧相反，诗人十分重视形式，正因为他重视内容，重视诗的本身。形式永远是活的内容的形象反映，必须为内容所约制，不可能脱离对内容进行发掘、淘汰、酝酿的创作过程而先验地存在。因此，诗的形式应当是随着内容一齐成熟，一齐产生的；如果把后者比作灵魂，形式便是诗的肉体，而不是可以随便穿着的服装。因此，诗的形式就不单纯是一般意义上的形式，而是和内容不可分割地成为整个诗的有机的组成部分。内容创造形式，有时也会破坏形式；形式表现内容，有时也会窒息内容。内容和形式的和谐统一，才是诗的极致。

诗的客观性和诗人的主观性之间，诗的内容和诗的形式之间，存在着辩证统一的关系。关于这几点，本集作者们和不同流派的诗人们应当没有什么分歧。但由于历史环境、时代性格和个人经历对于诗人的主观性的教育作用，他们进而要求自己在创作过程中，必须通过严格的自我审察，争取同人民大众的思想感情相通——即使是个人色彩最浓的爱情诗，也必须象阳光下面的一滴水珠，反射出时代和人民的精神光泽——而不能象在抗战以前的书斋、讲坛中一样，让诗成为与世隔绝的孤芳自赏或顾影自怜的独白。前面说过，他们努力把诗和人联系起来，把诗所体现的美学上的斗争和人的社会职责和战斗任务联系起来。这就是说，对于四十年代的这一批文学青年，诗不可能是自我表现，不可能是唯美的追求，更不可能是消遣、娱乐以至追求名利的工具；对于他们，特别是对于那些直接生活在战斗行列中的诗人们，诗就是射向敌人的子弹，诗就是捧向人民的鲜花，诗就是激励、鞭策自己的入党志愿书。试用理论文字来说明，他们坚定地相信，在自己的创作过程中，只有依靠时代的真实，加上诗人自己对于时代真实的立场和态度的真实，才能产生艺术的真实。脱离了前者，即脱离了自己所处时代的血肉内容——中国人民在共产党的号召和领导下同国内外敌人进行生死搏斗的血肉内容，是不可能产生真正的诗的；同样，脱离了后者，即脱离了诗人为人民斗争献身的忠诚态度、把人民大众的解放愿望当作自己的艺术理想的忠诚态度，也是不可能产生真正的诗的；而且，如果不把两者结合起来，没有达到主客观的高度一致，包括政治和艺术的高度一致，同样也不可能产生真正的诗。要研究这个流派——一般称之为"七月派"——在文学史上的特色，这种创作态度应当说是他们的最基本的特色之一。文学史家们如能对当时整个创作情况掌握比较全面的资料，当不难理解"七月派"诗人们所坚持的这种创作态度的必要性和必然性。

当然不能说，他们的作品完全做到了他们希望做到的。人是复杂的社会个体，他们有时也会在不健康情绪的支配下，写出一些脱离人民的消极的作品；但他们能够觉悟到，这类作品不论是谁写的，即使是自己写的，也决不是严酷的壮烈的四十年代所应有的。事实上，尽管他们主观上要求在自己的艺术中体现人民大众的解放愿望，但限于生活环境和工作岗位，他们当时大都还难于甚或不可能同工农群众有更直接、更广泛、更密切的联系。加上一般说年纪都比较轻，因此对生活内容的理解和对艺术方法的掌握也都还不够成熟。这些主客观的限制反映在他们的创作上，便是题材较狭隘，言词较迂远，感情的知识分子气息也较浓。综观这本诗集，作者们早期的作品写在爱国主义热情尚未衰退的年代，创作的情操比较单纯，生活的旋律比较欢快，作品的色彩也比较明朗，那些历史的限制还不太显著；后期的作品则是更其复杂的历史环境的产物，作者们不但继续面临民族的大敌，而且在生活周围的各个角落，都遭遇到空前反动的、反共反人民的黑暗势力，人和诗在原来的生活环境下便日益感到那些历史的限制，作品的情调也不得不日见沉郁和悲怆起来。对于那些主客观限制，诗人们并非没有自觉；正是为了突破那些限制，求得和先进人民的结合，他们不少人都是在抗日战争胜利前后，纷纷进入了解放区。随着解放战争的爆发和进展，他们更多人告别了过去，甚至告别了自己心爱的诗，和全国人民一起，准备迎接伟大的祖国的新纪元了。

以上就是本集作者们作为一个流派的起源、性格和特色，以及他们对于人和诗的关系的一些理解。他们在有限的创作历程中所积累的一点甘苦，究竟正确与否，不必也不可能按照抽象的普遍的理论根据来评断，它更需要由实践来检验，不仅要由他们自己的创作实践来检验，还应当由其它流派以及后来者的创作实践来检验。一种艺术见解的正确与否，提倡者本人未必会有充分的实践和成就来证明，反倒更能由不同流派的同代人和后来者，经过批判性的实践加以肯定和提高，这在中外文学史上是屡见不鲜的。对于中外文学遗产，本集作者们从不抱虚无主义的态度；他们尊重古今一切有成就、有贡献的诗人，但他们坚持要走自己的路。他们认为，只有在自己所走的路上有所前进，即在争取与人民相结合的生活过程中，能用自己经过锻炼的情绪、想象、意境以及形象思维的凝聚力，帮助扩大了诗的独创性的领域，才是对那些可敬的同行们和先行者们最谦虚、最诚恳、最忠实的态度。趁本集问世之便，把作者们的几点共同理解写出来，没有其它任何用意，只不过为他们在四十年代的一段努力作一点诠释而已。

　　说到四十年代，已经有人指出，在某些新文学史家眼中，它仿佛不过是一片空白。其所以这样看的理由和原因，这里无庸详究；但历史本身将会证明，这个看法是不公允的，也不正确的。德国的浪漫派欢喜把历史学家称作"向后看的预言家"。如果中国的新文学史家并不驰心旁骛，也可算这类预言家之一，他至少应当根据精神世界的"周期律"，预言在三十年代和五十年代之间，还有一个不容忽视的"未知的元素"，从而鼓励人们去探讨。事实上，在新文学史中，四十年代不论从什么角度来看，都应当说是一块巨大的里程碑。单就新诗而论，随着抗战对于人民精神的涤荡和振奋，四十年代也应当说是它的一个成熟期。如前所说，不但诗人艾青的创作以其夺目的光彩为中国新诗赢得了广大人民的信任，更有一大批青年诗人在他的影响下，共同把自由诗推向了一个坚实的新高峰，其深度与广度是二十年代和三十年代所无法企及的。本集作者们一致认为，这个"高峰"的意义应当从两方面来看。首先，自由诗作为一种艺术形式，经过四十年代的优秀诗人们的努力，已经在中国新文学史上奠定了自己的发展基础。当时一些有代表性的自由诗作者们在形式上所表现的弹性和动力，在词句上所散发的新鲜气息和感情色泽，在形象上所反映的个人独创性和社会内涵的一致，无不说明自由诗不需要任何假借和依傍，可以而且应当直接来源于生活。从这个意义来说，自由诗力图恢复诗的本色，正是一种在文学创作上追本溯源的劳动，同时也是一种克服以"流"为"源"的异化现象的斗争。其次，同样重要的是，中国四十年代的优秀的自由诗是同民族的、人民的苦难和斗争密切相连的，它的发展过程也必然是同当时诗歌领域里一些固有的封建性思想感情、以及一些外来的现代派的颓废思想感情相排斥、相斗争的过程。如果说诗是历史的回声，四十年代的自由诗运动正是从这两方面完成了它的庄严的任务，从而使诗作为人民的心声达到了真诚而纯洁的境界。本集这二十位作者也正是在这个四十年代，在伟大的抗日战争和接着发生的解放战争的洪流中，为自由诗运动的兴起和发展起过了一点促进作用。他们从事自由诗创作的这一段努力，虽然难免种种可指摘的缺点，不也隐约地反映出整个四十年代痛苦而崇高的精神风貌么？仅就这一点来说，相信公正的历史也不会永久忘记他们的。

然而，到了五十年代，由于大家都知道的原因，这批诗人一齐被迫搁笔了，有的接着相继谢世（如阿垅、方然、芦甸、郑思、化铁等）。他们今天能够重新与读者见面，正显示了党的实事求是优良传统的恢复。但，文艺写作毕竟只是一种个体精神劳动，这些诗人的已有成就既然各不相同，他们今后的发展也都难以逆料：他们作为一个流派而存在，只是指历史上的情况而言，这本诗集主要地记录了他们当年所走过的一段道路。他们有些人或者已不再能写诗，或者一直坚持写作，但在进行新的探索，他们所走过的这条道路却并没有封闭，永远会有后起之秀在继续前进，并取得更好的成绩，这无疑是使他们感到欣慰的。

由于资料散佚，搜求困难，本集所选未必是各人最有代表性的作品，更不足以概观某些多产诗人的全部创作成果。加之篇幅有限，编辑人只就力所能及，向读者展示一下他们风姿的一片投影而已。要对其中一些重要作者进行全面评价，还有待于他们各自的专集问世。本集题名《白色花》，系借自诗人阿垅一九四四年的一节诗句：

要开作一枝白色花——
因为我要这样宣告，我们无罪，然后我们凋谢。

如果同意颜色的政治属性不过是人为的，那么从科学的意义上说，白色正是把照在自己身上的阳光全部反射出来的一种颜色。作者们愿意借用这个素净的名称，来纪念过去的一段遭遇：我们曾经为诗而受难，然而我们无罪！

1980年11月30日

（原载1981年《当代》第3期）

《人之诗》自序

绿 原

　　为自己的作品写序，仅仅为了申辩它们的生存价值，本是大可不必的。因为就常规而论，作品总位于作者和读者之间，读者是通过作品来认识作者的，作者很难越过作品来祈求读者的宽容。但是，我今天能把自己的所谓作品编印一下，读者的宽容似乎倒是一个先决的因素。因此觉得不妨破除常规，写一篇序或类似的东西，一来表示自己的感激和欣慰，附带也说几句平常未必想说的话。

　　回顾自己一生，断断续续，磕磕碰碰，同诗打了几十年交道。在漫长的摸索过程中，有过一口气写到最后一行的愉快，也有过怎么也写不下去的苦恼；有过在美的幻影面前流连忘返的迷误，也有过"模糊中偶然见着一点光明"的追求；有过突然被迫搁笔的绝望，也有过究竟为什么要提笔的反省。到头来才认识到，写作决不是个人的什么"名山事业"，不过是为人民服务的一种方式；任何一点成绩都只是人民的乳汁和眼泪的结晶，而一切艺术上的颓败则是作者自己游离和疏隔人民的结果。这点认识很平凡，但平凡的认识往往需要昂贵的代价——我不幸没有能够一开初就懂得这一点。

　　一九三六年鲁迅先生逝世的时候，我正在初中的课堂上，为他家后院两株著名的枣树同老师进行答辩。虽然逢人就叨念着，只觉得那两行名句甘美异常，我却讲不出一个所以然来；老师当然比我有学问，可他的指教并没有说服我。的确，我至今也弄不清楚，为什么鲁迅的那两句话那样有味，又为什么我会那样欣赏（如果可以借用这个词儿的话）。尽管老师说，"这是鲁迅写的，要是别人，就叫做罗嗦！"我却一直固执自己那点幼稚的审美感。真所谓"趣味不可以争论"，此后我再没有向人请教过儿时第一次碰到的这个学术难题。但由此开始懂得，莫名其妙的艺术趣味原来因人而异，同数学上的公约数是大不一样的。

于是，便悄悄地爱好起鲁迅来。对于鲁迅，我的那个起点当然十分可笑。但，鲁迅是这样一位奇特的作家：读了他的一篇，不愁不去读他的一本；读了他的一本，更不愁不去设法读他的全集。正是这样，《朝花夕拾》、《野草》、《呐喊》、《彷徨》，以及一本接一本的杂文，把我一步步引向了广阔而深奥的文学——不，广阔而深奥的人生。然而，从那幼稚可笑的起点一迈步，路就越走越艰难，越走越险峻了；原来一点唯美的趣味久而久之，在汗液、泪水和血浆的渗透中简直化为乌有。直到今天，我还不能对诗提出一则可靠的定义；鲁迅本人也从来没有写过人们今天所谓的诗；但是鲁迅的任何一篇作品，包括杂文在内，我总觉的，无不比一切形式上的诗更接近诗，更属于诗。这是怎么一回事呢？想来想去，我想无非就是，先生一辈子为了唤醒同胞，鼓舞他们向前向上，并向一切黑暗势力作斗争——正是为了这个庄严的目的，他充分发挥了文艺作为手段或武器的性能；先生从来不为艺术而艺术，但也从来不为某一主题思想而牺牲艺术，他的艺术和他的思想永远融为一体，他为人民解放事业贡献出他全部的最高的艺术才能。伟大的志向，宽广的胸怀和高超的艺术才能的统一，应当是他对后辈最基本的诗教吧。

但是，鲁迅先生的这份诗教，象一切真理一样，不经过生活的实际教育是无从真正领悟和实践的。我开始懂得它，已经是很晚的事；而要做到这一点，恐怕更是一个永远的憧憬。但是，另一方面，也是在初中的时候，偶然从同学的案头发现一位前辈诗人的诗集，简直象发现了一盘珍珠，虽然它的题目偏偏叫做《鱼目》。那时是"五四"运动后将近二十年，新文学已经跨过几个阶段，新诗已经出现了不少流派。然而，我孤陋寡闻，第一个总是最好的，这位前辈诗人于是引发了我的模仿本能。如果生活的小河平静的流淌下去，我想我也会写出那一派虽然不算好、但也坏不到哪里去的诗作来。没有别的意思，而是说我当时在艺术上只是一张白纸。对于没有经过生活磨练的白纸似的作者，他的爱好和勤奋大概只有模仿一条出路。

然而，时代象一团烈火，我的平静的生活不过是老家一只积满水垢的小水壶，尽管感应迟钝，温度一高，也就失去了稳定平衡。"七七"事变爆发，全民抗战开始，一切小资产阶级幻想的诗情画意一扫而空。我，一个初中毕业生，便天天和邻儿一起高唱救亡歌曲，养成了每天非看报不可的习惯。各种报刊一下子打开了我的眼界，我读到了一些惊心动魄的战地报告，同时知道了世界上还有延安、八路军和共产党。接着，家乡（武汉）沦陷，我变成了孤儿，独自怀着近乎自我陶醉的悲凉心情开始了流亡。流亡途中，我开始接触蒺藜和陷阱所构成的社会，模糊地意识到灾难深重的祖国和人民。有时也悄悄翻开那本心爱的诗集来读，而且仿佛仍能从中感到一些艺术魅力（其中个别篇章我至今还能背诵），但一侧耳就是空袭警报和戒严的口令，一抬头就是飞机炸弹和盘查的眼光，一迈步就是无家可归的难民群和失踪、落水的遭遇……诗里的幽趣同严酷的现实怎么也协调不起来。我望着那本诗集发呆，就象故事里说的，沙漠上一名渴得要命的过客，狂喜地拾到了一个水袋，不料打开来，竟是一满袋子猫儿眼。这时我由于感情上出现空白，不免有一阵迷茫的哀愁：原来任何美妙的艺术都脱不了时间和空间的限制，不可能是普遍的和永恒的。

神圣的抗战在摧毁陈旧趣味的同时，却向全国诗人们发出了不可抗拒的律令。为祖国而歌！这才是诗人义不容辞而且至高无上的职责。于是，从天南到地北，从荒僻的农村到紧张的城市，从严峻的前线到混乱的后方，一时间合奏起一阕慷慨激昂的抗战交响乐。每个诗人作为其中的一个音素、一个音符或一个音阶，各自在岗位上，在行列中或者在无组织的人群里，一致抒发着自己最真诚、最美好的爱国主义的情愫。诗人和人民结合起来，而且结合得如此密切，这实在是一个空前罕见的、永远令人神往的历史现象。特别是艾青、田间几位诗人，他们直接从战斗生活中发掘出的诗行，对于当时年轻的敏感而饥渴的心灵们，更是一种冲击，一种挑战，一种进攻，迫使他们纷纷发出自己嫩脆的声音来应和，来伴奏，来回响，于是现实土壤下面应有、将有、还没有的诗的新生命一个个破土而出了。爱国主义的正义战争不仅催生了一大批青年诗人，同时还创造了一个善于感应、勇于鉴别的读者群，他们经历了抗战初期转调过程所引起的一段感情空白，终于发现现实生活中并不是没有诗。他们一反过去静观欣赏的习惯，大胆地认为，中国新诗到今天才真正获得了生命，才真正成为饱经生活风露的鲜果，而不再是按照中外格律制作出来的优美的工艺品。

象人们惯于眷恋童年一样，我总忘不了我初学写作的四十年代，但那远不是一个"金色的童年"。抗战进入了相持阶段，大后方的政治经济压迫日趋严重，第一次反共高潮刚刚过去，全民总动员的热烈情绪被浇了一盆冷水。就在这样的时空背景下，我开始学着写诗了。朋友邹荻帆是我的一位引路人，他介绍我认识了另几位青年诗人，大家正在拿出自己微薄的所有，编印一本诗刊《诗垦地》。《诗垦地》当时可以说是寒露、霜降以后相当惹眼的一丛野雏菊，它坚持了抗战以来直接从生活出发的新诗风。谢谢同气相求的诗友们，我就是在这个刊物上同读者见面的。不过，我的第一首习作却发表在1941年重庆《新华日报》的副刊上，题名《送报者》，是为纪念勇敢的《新华日报》报童们而写的。诗本身很稚拙，并有一些不健康的感情痕迹，但决不是为艺术而艺术的尝试——生活和时代注定我走不成这一条道路。但是，我的生活毕竟很贫乏，我对时代的理解毕竟很肤浅，我写不出战斗的先行者们那样坚实的诗篇，只能试图用朦胧的语言来表达当时同我一样没有见过世面的青年们的苦闷和追求。那些梦幻式的小诗除了见于《诗垦地》，还发表在桂林的《诗创作》上和靳以编的重庆《国民公报》副刊《文群》上。靳以先生是我的前辈，他对青年作者的爱护和亲切是令人难忘的。他对我的习作没有提过什么意见，只是鼓励我多写，写了就交给他发表。

一九四二年，胡风先生从香港回到桂林，为我出版了第一本诗集，那就是《童话》。他为纪念七月抗战而创办的文艺刊物《七月》早已停刊，这位一贯热心培植新诗的理论家和诗人正着手编印《七月诗丛》，《童话》就是那个诗丛中的一个生客。这本幼稚的习作出版后，仅仅由于其中一些当时显得新鲜的想象，一度引起了注意。但是，对于作者来说，它只是一个偶然的开始，同时也是一个必然的结束。原始的童音是不能持久的，我此后再也没有写过那样的诗，而且要写也写不出来了。值得一提的是，我不久读到了雪峰的《灵山歌》，诗人仿佛是在用隐显墨水写作的深沉风格使我感到惊异，我发现诗还有更其广阔的未开垦的荒地。

一九四四年，我在国民党特务的迫害下离开了大学，辗转流落到了川北的一个城镇。这时，我才读到毛泽东同志的《在延安文艺座谈会上的讲话》。这篇《讲话》的直接对象虽然是解放区的文艺工作者，但它的原则意义却适用于一切立志为人民而写作的作家们。毛泽东同志所批评的知识分子作家们身上的缺点，我几乎都是有的；但他所指出的根本方向同样极大地鼓舞着我，使我更自觉地领悟了鲁迅的那份诗教。但是，毛泽东同志的文艺方向也象一切真理一样，必须通过实际的生活实践才能化为作家的血肉。我这时在国统区，作为一名低级知识分子，虽然也在一定程度上体验了当时到处存在的人民群众的疾苦，虽然周围不绝于耳的喘息和呻吟使我为《童话》里的浪漫憧憬感到惭愧，但是同在党的领导下进行斗争的革命人民还是距离很远的，我要在写作上来一个突破还是很难的。胡风这时给了我一些必要的帮助，他批评了我当时在苦闷中产生的伤感情绪、冷嘲笔法和追求"绮语"的倾向。

在抗战胜利前后，我开始以《破坏》、《给天真的乐观主义者们》为转机，写了一些政治抒情诗。这些诗篇或者是对全民性政治大事的直接反应，如《终点，又是一个起点》、《咦，美国！》；或者是就个别历史人物或现实人物的政治遭遇的间接抒怀，如《伽利略在真理面前》、《轭》；或者是对于当前政治迫害和经济剥削的正面控诉，如《悲愤的人们》、《复仇的哲学》、《你是谁》等。这些诗今天来看，情绪阴郁、浓烈而凌乱，语言粗犷、直白而急促，明显地反映了我当时在平凡、狭隘而艰苦的生活环境中那种困兽犹斗的焦躁性情。当时已有一些同志和朋友对这些诗作提出过批评，或者嫌它们"声嘶力竭"，有些刺耳；或者指出它们"不合语法"，算不了诗；或者认为它们"受外国的影响"；或者责难它们"简直歪曲了人民斗争"。这些批评不能说没有根据，更不能说对我没有好处。不过，我只想说，存在决定意识，环境决定性格，我当时确实丧失了诗人所必备的任何优美的感情，也从来不善于把并不优美的感情弄得优美起来。就我当时的心情而论，可以说我是存心"要用狰狞的想象，为娇贵的胃，烹一盘辛辣的菜肴！"今天如能用长焦镜回顾一下那个酷烈的时代，读者当不难想象：那时濒于崩溃而趋于疯狂的国统区，真不啻一座失火的森林：济慈的夜莺和雪莱的云雀早已飞走了，也见不到布莱克的虎和里尔克的豹，只剩下"一匹受伤的狼，当深夜在旷野中嗥叫，惨伤里夹杂着愤怒和悲哀"。今天当然容易觉悟出，这种心情是十分不健康的，不符合已经如火如荼的人民革命斗争形势，更不提它同中外传统的温柔敦厚、静穆淡远、雍容华贵的艺术理想相去十万八千里。但是，没料到这些不算诗的诗，由于偶然适应当时愤怒群众反饥饿、反内战、反压迫的政治需要，竟在青年学生中间产生了一些影响。这个事实与其说给我带来安慰，毋宁更使我感到痛苦。因为，这不恰巧反证了，当时水深火热的国统区人民是多么无告，他们的痛苦生存和反抗要求是多么需要诗人来代言，因此才在我的即使再拙劣的诗篇中，勉强听到了一点点回声么？今天，事过境迁，这些作品已没有别的客观意义，只会时刻提醒我认识自己的无力，不能抒发人民要求解放的迫切感情于万一，同时更使我痛切地坚定了这个艺术信念，如果游离和疏隔了人民的喜怒哀乐，诗人又何必要提笔啊。

一九四九年，中国人民几千年的奴隶地位终于结束了。在中国共产党的领导下，人民第一次有机会主宰自己的命运。新的时代，新的人民，需要有新的诗，也应该有新的诗。这时我参加了党的宣传工作，由于任务紧张，业余写作时间很少，有时勉强挤出几首，也没有一首是自己满意的。而且，我还觉得，在解放初几年，新诗创作整个说来赶不上伟大时代的需要，个中原因是十分复杂的：诗人们的主观世界的改造固然是一个迫切的问题；同时，对于诗本身，还出现了一些不应有而竟有、亟待克服而又无从着手的分歧意见（例如在形式问题上）；加上长期以来对于新诗，存在着先天性的反感、偏见以至奚落；更严重的是，艺术见解的分歧一搞不好，就被视作政治立场的分歧。于是，新诗几乎面临自然选择的窘境了。到一九五三年，在北京遇见牛汉同志，在他的天真信念的鼓动下，两人约定摆脱一切习惯上和陈规上的束缚，试写一些新式的直抒心臆的抒情诗，来歌颂我们盼了几十年的新生活。记得两人埋头写了不少,但有机会发表出来的却不多。

接着发生了一九五五年的大风波。六十年代中期更是一场全党全民的灾难。二十余年来,除了默然承受被认为应得的惩罚外,我倒有机会成为一名真正的读者,即不再为写作这个劳什子操心的读者。在漫长的隔离期间,我读了一些书,想了一些问题,唯独很少读诗和想诗了。对我来说(也不仅对我来说),人生有比诗严重得多、紧要得多的问题,这些问题是根本无法靠诗来解决的。到了六十年代后期,象那样践踏幼苗,滥伐山林,水土流失,沙漠蔓延,更令人心惊肉跳地预兆了一场冲毁一切的大水灾。这个杞忧终于没有成为事实,不能不敬佩以马克思主义为指南、挽狂澜于既倒的党,不能不敬佩永远相信党、永远跟党走的革命人民。我虽然已经沦落到人生的底层,"自惭形秽"变成了条件反射,但在"四人帮"倒台以后,在深感自己渺小和短视的同时,仍不由得"僭越"地想到,自己归根到底是同党和人民血肉相连的!尽管有人甚至在"四人帮"倒台后几个月,仍不顾党的审查结论,继续在报纸上、书刊上对我进行有意无意的诽谤,我对党和人民的眷眷之情是怎么也扑灭不了的!这点痛苦的坚决的心情,后来反映在为纪念一九八〇年中央第七十六号文件的那首《献给我的保护人》中。党的十一届三中全会以后,"双百"方针得到贯彻,我被邀请参加第四届文代大会,并恢复了写作的权利。党和人民对我的关怀,我衷心感激并将永远珍惜。虽然自己已经年老,还希望能为人民写下去,为此需要好好学习。

人民文学出版社约我把过去的诗作编印出版,使我得以回顾一下自己这段学诗的坎坷历程。这本诗稿是我过去全部所写的一部分,大体包括五个阶段:第一是《童话》时期的摸索阶段,第二是政治抒情诗阶段,第三是解放初期的欢跃阶段,第四是二十年喑哑阶段(虽然只留下了一首诗),第五是跟着党和人民继续革命的新阶段。每个阶段所选作品为数不等,谨请相识和不相识的读者们批评指教。

唯愿一切苦难都会带来好处,人民的文艺事业经过几十年的曲折发展过程,近年来呈现了空前繁荣的崭新局面。不但小说、戏剧达到了引人注意的广度和深度,诗坛更不断出现一批批有才华、有胆识的新秀。人们有理由预期,中国的新诗只要真正忠于人民,忠于人民的喜怒哀乐，在党的"双百"方针的保护下，完全能够在世界上开放独异的社会主义的鲜花。

但是，也不能不看到，诗本身并不是目的，它和其他文艺部门都只是反映人生、促进人生的手段——用今天的话来说，都只是反映和促进祖国精神文明建设的手段。我国人民经历了其他各国人民都没有经历过的种种考验，他们对文学艺术的要求越来越高。在新的形势下，诗人遇到的挑战也越来越严峻，诗的道路也似乎越来越崎岖。

柏拉图把诗人撵出了他的"理想国"，因为他认为，诗人欢喜撒谎，混淆真伪，容易软化人们的性格。对于社会主义中国的诗人们，这个古老的西方典故未必不是一个耐人寻味的启示。在解答人生的困惑方面，诗当然比不上马克思主义哲学和现代科学；在表现人的情绪和意趣方面，它也不见得强似音乐和绘画；即使在文学范围内，它的叙事能力显然不及小说和戏剧，而在抒情方面，搞不好甚至会见笑于散文。从广义来说，诗在历史上固有的领地，有一大半已为其他艺术部门所蚕食、所鲸吞。这是无可否认、也毋庸否认的事实。但这个事实并不一定产生悲观的结论。诗为了求得生存和发展，有必要（既有必要就有可能）开拓新的荒地，创造出其他艺术部门无从呈献的成果。在这方面，我相信自由诗仍有广阔的前途；我相信经过提炼的现代口语仍然具有生命力；我相信通过自然、凝练、富于内在节奏的形式，努力追溯、体验、表现人民群众在斗争和建设的典型环境中向前向上的典型情绪，仍然是中国新诗唯一的出路。

著名的易卜生写过一篇不很著名的寓言诗，题名《记忆的力量》，大意是：你知道熊是怎样学会跳舞的吗？原来训练者给它在脚上绑了一个铜罐，在铜罐里面烧起了火，然后对它反复奏起同样的曲子；一当温度增高，熊便被迫跳起舞来；此后，每当对它奏起那支曲子，即使不再烧火，跳舞的精灵也立刻钻进了它的头脑。诗人于是感叹道：他也被绑上了一个铜罐，铜罐里面也有地狱之火在熊熊燃烧，因此他也不得不用韵脚跳起舞来。这个美妙的寓言不也可以借喻我们社会主义国家的诗人吗？不过，我们被绑上的铜罐是对人民、对祖国的责任感，烤炙我们的烈火是人民和祖国在艰难险阻中奋发图强的革命精神。没有这个"铜罐"，没有这团烈火，我们又怎么能够跳舞呢，我们又何必要跳舞呢？

是为序。

1982年5月1日

（原载《当代》1982年第6期）

《人之诗》编后

绿 原

是对大自然的第一次临摹
是向生活探险的第一阵颤抖
是永远没有回响的第一首情歌
是永远喝不完的第一杯苦酒

是石头缝里一茎绿色的生命
是浩渺蓝天下一缕微弱的呼吼
是没有揩干的一滴眼泪
是遗忘在嘴角的一丝抽搐

是眉间尺激越悲歌的一组音符
是女娲氏肉红色天地的一粒色素
是五十年代超声波的折射
是六十年代九级浪的洄流

是又一名哥伦布对海洋的祈祷
是折翅苍鹰对悬崖的追求
是最难溶化的信念的一撮沉淀
是最难实现的志愿的一层蒸馏

是哲学门外惘然的徘徊
是对艺术之窗无意间的轻叩
是严酷人生嗫嚅的交代
是伟大时代卑微的记录

是对先烈们的一瓣心香
是对后秀们衷心的颂祝
是对过去最沉痛的诀别
是对未来最欣慰的问候

1982年

（原载1982年《文汇》月刊第9期）

《人之诗续编》序

绿 原

作者已将自己从一九四一年到一九八一年的一些习作编成一集，取名《人之诗》，交由人民文学出版社出版。在《人之诗》的自序中，试把自己学诗的经历大致分成几个阶段，每个阶段都选入了一些反映相应时代内容的作品，共七十二首。

应当承认，这种编法是对时尚的模仿，无非想让个人的渺小经历沾上一点伟大时代的色彩。按照实际而论，人生可不是那么段落分明的。

一些诗人很幸运，他们一开始就找到了自己的风格，此后在各种环境和遭遇中，都能够从容不迫地源源抒发自己的情愫，真令人有"如闻其声，如见其人"之感。而我——我的写作和我的整个生涯一样，却象一盘远古传下来的象棋残局，只有一条狭窄的出路，毫无左右逢源的机缘。因此，几十年来，每想写一点什么，总象第一次提笔一样感到窘迫和惶遽。我终于发现，诗对于我永远是陌生的，或者说，我对于诗也永远是陌生的。

我的整个写作过程，便不能不始终是一个摸索的过程。这就是说，我在诗歌领域一直在寻找自己，而又一直没有找到自己。如果我一旦找到了自己，真正创造出自己的风格来，我那些生涩而凌乱的习作便可按照歌德的名言——"儿童是成人的父亲"——来冒充某种风格的萌芽了。然而，从我的气质和见解来说，大概没有这样的可能。因此，这些习作便只能是一个摸索者踽踽于人生河滨的、荡漾不定的侧影或倒影了。

按照上述几个阶段把《人之诗》编选完毕，我从未入选的余稿中发现，还有不少篇什虽然不便归入某一阶段，却似乎更流露了我的摸索心情。例如，我写过反映内心活动的比较朦胧的心境诗（《人和沙漠》），也写过短小而明朗的讽刺诗（《观念论者》）；写过象征意味的《我的一生》、《我睡得不好》之类，也写过近乎民歌体的《大虎和二虎》；写过政论式的《咦，美国！》、《是谁，是为什么》，也写过一韵到底的抒情叙事诗《燕归来》……这些作品从情绪、想象到语言、结构都相去甚远，颇难看作同一作者的手笔。时代、年龄、生活、情操的变化使然，固然也说得过去；但同时更足见，我在诗这片精神异域作为一名陌生的流浪汉，不但在气质上一贯见异思迁，不善于循规蹈矩，而且似乎存心在实践某种偏见：诗人是在生活之中，不是在舞台之上。生活远比舞台更宽广，更复杂，更严峻，更难通向大团圆的结局。因此，诗人只能够、也只应该按照生活的多样化的本色，来进行探险式的创作，而不能是、也不应该是舞台上常见的、用一种程式向观众展示一段既定人生的表演艺术家。中外文学史可以回答：除了少数例外，哪个诗人的一生会是一首风和日丽的田园诗？哪个不是被迫在写一篇没有写完、也写不完的芜杂的散文？从散文的生活土壤生长出来的诗，又怎么会是一种颜色、一种姿态的花卉呢？

鲁迅所谓"倘有取舍，即非全人，再加抑扬，更离真实"，正说明了我们熟悉的某些古诗人的风格，大抵都是选家们的劳动成果；诗人们的"全人"和"真实"因此则很少为后人所知，也是一种无可奈何的现象。回顾自己既无足取、更无足扬的一生，自不敢妄援鲁迅的名言以自解，只觉得既然已经走过来了，同样不愿为了什么原故，而把本来面目加以渲染、修饰，留下一个经过感光的似我非我的侧影或倒影。正是这样想，才在友人们的敦促下，编出了这一本《人之诗续编》。

为了同正编有所区别，续编就不分阶段，只按写作年月的先后排列下去。这两本加在一起，虽仍不是我四十年学诗的全貌，却大致可以反映我走过的一段道路。论成绩，实在太菲薄了，对人对己只能起一点前车之鉴的作用。为此我当然感到惭愧，但亦并无后悔之意。相反，所以不揣菲薄，同意出版，倒是为了勉励自己；只要我活下去，总想再写下去；只要我再写下去，总想写得更好一些。

在诗歌领域，什么叫好，什么叫不好，就很难说了。几十年来，虽无成绩可言，却积累了一些偏见。这些偏见之于我，无形中成为"总想写得更好一些"的准绳，但说不定也正是接近这个准绳的障碍，因为它们大都是从一系列失误中无意产生的。

先从诗的形式谈起。当然，用不着附和以形式为一切的形式主义。但是，对诗来说，形式问题也决不纯然是"非本质"问题。如果可以说，本质本来是一个多层次、多级别的概念，那么在文学作品中，题材和主题诚然重要，也只能各自分居作品本质的一个层级，而且它们之能进入各自的层级，是离不开形式的作用的。只要不在形式和本质之间作形而上学的分割，就不难看出，如果取消了形式，本质的全部深刻性和丰富性势必消解为零，或者充其量不过是神学意义上的"存在"。其次所谓形式，在文学作品中，特别是在诗篇中，并非如一般论者所想象，是一个固定的、可以适于任何人、可以注入任何质料的器皿，甚至也不是象捏一团湿泥巴一样，想要它干了以后是个什么样子，就捏成一个什么样子——不是哪种与质料本身无关的、由作者任意附加上去的模形。诗的形式在成熟的作者手中，无不是从质料内部产生的，是从质料本身发展出来的，恰如具有生命的胎儿的机体。再从创作实践过程来说，题材客观地摆在人人面前，主题思想随着题材作用于作者主观而逐渐成熟，只有形式才能使一个诗人区别于另一个诗人。形式不等于风格，但可说是静的风格；风格不等于形式，但可说是动的形式。所谓"风格即人"这句被引用过千百遍的名言，正说明了形式与作者个人的特殊关系。

这些抽象思维只是我在长期摸索过程中偶尔停顿下来的一点反思，未必真能解决我进一步会遇到的难题。对于摸索者，倒不如走一步看一步，来得更稳妥。开始使我着迷的是自由诗，我后来学写的也是自由诗，我一直敬佩的前辈诗人也大都是自由诗人。几十年来，为此曾受过不少奚落和斥责，仍没有影响我今后对自由诗的爱好、探讨和坚持。那么，什么叫做自由诗呢？

恐怕没有什么比自由诗更排斥任何定义的了。如果容许偷巧，那么，凡是以自由的形式写在纸上，而能以诗的效果来感动读者的诗，就叫做自由诗。这就是说，自由诗在反形式主义的前提下，要求诗的内容的自我肯定，要求内在韵律的自我表现。也就是说，自由诗之为诗，正在于它别无任何依傍或假借，只能是诗本身的缘故。更明确地说，对于自由诗，内容和形式都必须是诗本身。

一些诗论家可能不以为然，会认为没有格律就没有诗，因此自由诗算不上中国诗传统的正宗嫡派，不过是本世纪的舶来品的移植。对此我不敢离开事实来进行答辩。事实是，不论在中国或外国，自由诗都比格律诗有更久远的历史；更不说"五四"以来，中国的自由诗自有它不容抹煞的成绩在。

我至今仍坚持自由诗有广阔的前途。一定要说出什么道理来，那末最可靠的一条恐怕就是，它比其它任何格式要自然，而自然作为感情的真实形态，我以为正是诗的生命。

然而，达到诗的自然境界是多么不容易！诗人至此才能让读者自然而然、毫不费力地体验到他的诚挚而饱满的情怀，新鲜而蕴籍的美感，独特而深邃的意象；至此才能让读者发现他的作品不是别的，正是他自己久欲发而未能发的心声——也就是说，诗人至此才能让读者在某种意义上重复他的感动过程和创作过程，而成为第二个诗人。友人曾卓说过，如果是真诗，长则人不觉其长，短则人不觉其短——这大概就是指的自然境界了。英国济慈讲得更生动：诗应当写得象树木长叶子一样自然，否则干脆不要写。

看来，自然不自然是对任何形式的最严格的考验，并不仅是形式方面的问题了。因为，从广泛的实践而论，自由诗并不一定保证自然，格律诗也不一定就不自然。不自然的自由诗不算好诗，正如自然的格律诗恰是好诗一样。但是，格律诗毕竟比自由诗更容易不自然，为了押韵或保持固定行数或字数而有意削足适履者更常见；自由诗又比格律诗更容易散漫，散漫也是一种不自然的表现。因此，如能兼有自由诗的自然和格律诗的凝练，我想大概就接近了真正的诗。

一首自由诗也罢，一首格律诗也罢，如果是真正的诗，即对读者产生了真正的诗的效果，我总觉得，它的形式决不仅是形式，而是和内容化为一体，成为一种超形式的东西。格律诗的主张者们想必知道，他们所推崇的古今中外格律诗，除了格律之外，还有他们十分激赏的另外的东西，或者它的格律已经和这个另外的东西化为一体，成为非

69

外在的因素了。自由诗的实践者们也想必知道，自由诗作为一种艺术体裁实际上并不是自由的，不但它的内在韵律有限制，它的内容更得在自由的形式下面遵守各种法度，否则它的一点诗的生命势必被窒息在非诗的不自然的形式中。由此可见，诗自有语言（形式）以外的本质，正是这个本质使诗成其为诗；同时，语言（形式）又是和这个本质结合在一起的，前者脱离了后者，将成为毫无价值的躯壳。

使诗成其为诗的那个本质又是什么呢？古今中外的批评家为它伤过许多脑筋。诗人们并不满意，曾经试图自己来解答。艾青在《诗论》中细致地区分了诗和一些非诗的东西。戴望舒的《诗论零札》十六条，更有不少言人之所未言的精当见解，例如"诗不能借重音乐"，"诗不能借重绘画的长处"，"单是美的字眼的组合不是诗的特点"，"韵和整齐的字句会妨碍诗情"等等。这些见解应当说是我国新诗的艺术实践的宝贵收获。但是，诗的本质究竟是什么呢？没有一位诗人正面回答过。我想，不回答是聪明的，因为任何回答的不妥当，都近乎判断变色龙是灰色的或绿色的。

难道诗真是那样不可知吗？如果答错了不扣分，我以为，凡是依仗与之和谐的美的形式而能鼓舞读者向前向上的东西，就可称之为"诗"。

人们会说：不见得，诗有想象才行。果然，想象对于诗是十分重要的，诗缺乏想象无异于肉体缺乏血液。但经验告诉我们，问题不那么简单。首先，单纯的想象力并不就能产生诗。想象力泛滥，同想象力贫弱一样，都会伤害诗或窒息诗。这是因为，任何一首诗都必须提供一个完整的意境，而完整不仅意味着消灭缺陷，更意味着消灭多余——也就是要求节制，要求掌握主观想象对于客观自然的黄金分割；而单纯的没有节制的想象力则往往通向凌乱、模糊和歪曲。其次，不仅诗需要想象，非诗的思维同样需要想象。不仅写诗需要想象，读诗同样需要想象。在认识过程中，想象是为理解服务的，在审美判断过程中，理解则是为想象服务的：这虽然出自康德的批判哲学，但已为人们的生活经验所证实。因此，我觉得，想象对于诗固然十分重要，但却不是唯一的因素。在创作过程中，如何认识和驾驭自己的想象力，使它充分发挥积极的建设作用，而不是相反，正值得诗人们、特别是以想象见长的自由诗作者们注意了。

和想象相对的，是所谓"概念"。有人主张，诗必须排斥概念，只能包含诗人的感觉和想象——至于一篇诗究竟写的什么？让每个读者自己去体会。古人所谓"诗无定诂"，成了这派主张的论据。但经验告诉我们：问题也不那么简单。从概念出发，通篇是分行的议论，固然要不得；但一大堆不知所云的感性材料，也未必就是好诗。我以为，诗作为人类的一种审美创造，不可能是无意识的，不可能是唯美的，不可能没有普遍的稳定的思想效果。问题仅在于：那种思想究竟是死的、是从身外捡来的，还是活的、是从实际生活中生发出来的。如果是后者，它必然带有感情的血肉，具备诗的成分，而拒绝任何既成概念的形式。我以为，鲁迅的杂文无不是诗，就充分证明了这一点。

人类的生命是无穷尽的，诗的生命也是无穷尽的。因为，永远会有儿童的微笑，和老人的沉思；永远会有女性的温柔，和男性的勇敢；永远会有战士的胜利，和劳动者的收获。唐人似乎把诗写穷了，宋人又把散文、杂文入诗，从而开拓了新领域；唐诗的爱好者可能不爱宋诗，但怎么也不能否定它。同样，十九世纪的西方诗似乎也写穷了，二十世纪的现代诗人打破旧格律，也开拓了新领域；前一类的读者可能不爱后一类作品，但也同样不能否定它。我因此对中国的新诗（包括自由诗在内）一直抱有信心和希望。尽管仍会有不少人看不惯它，甚至继续对它加以奚落和斥责，只要它不脱离生活的土壤，不回避人民的喜怒哀乐，永远致力于以与之和谐的美的形式鼓舞人们向前向上，它就是谁也否定不了的。

1982年8月

（原载宁夏人民出版社1983年版《人之诗续编》）

答问（关于《西德拾穗录》）

绿 原

　　诗要象小燕手里的小泥人，有了一块胶泥，想捏个什么样子就是什么样子，那该多好。要不，象小月手里的方程式也好，只要老老实实照着规矩解下去，总会有个正确的答案。可恨它两样都不象，古怪，调皮，不听话——材料和手艺、规矩和逻辑都拿它没办法。可不是，常常想写点什么，它偏不照你想的写出来；写出来的又常常不是你原来想写的。这不是存心把诗"神秘化"，一切麻烦只怪自己，怪自己生活实践和艺术实践不够，缺乏一下子把诗抓住不放的本领。

　　去年夏季，和几位同志一起，出访了一次联邦德国。时间不长，跑的地方不少，印象繁芜而浮泛，都不象是诗的材料。但，习惯成自然，也写出了十几首诗，后来挑了几首请《诗刊》的同志们看，承他们错爱，给发表在去年第12期上，就是《西德拾穗录》。本刊编者一定要我谈谈，这组诗是怎么写出来的？——就整个写作过程来说，首先得坦白承认，我原来想写的终于没有写出来，写出来的却大都不是我原来想写的。

　　我原来想写点什么呢？说来未必教人相信，一离开自己的国土，一跨进花花绿绿的异国，特别是除了几位同行者，一连十几天听不到一句中国话，看不到一张中国人的脸，我莫名其妙地开始患起了怀乡病。不是语言隔阂，人地生疏，也不是水土不服，生活方式不习惯——而是我发现，千真万确，有一根看不见的橡皮筋，把自己同祖国和同胞连接着；平日在一块儿不觉得，一旦别离便把这根橡皮筋给绷紧了，它时刻在提醒我：我是个中国人，我是属于中国的。看见人家生活水平高，不能不想到自己家里还贫穷；看见人家绿化搞得好，不能不想到自己家里还有荒山秃岭；看见人家彬彬有礼，不能不想到自己家里，十年动乱毁掉一切优良传统，害得多少年轻人出口就带脏字儿。几千年历史证明：中国人决不比别的任何民族差，中国的英雄豪杰决不比别的任何民族少，何况我们的社会制度、我们的党、我们的"十二大"、我们新的奋斗目标，更是我们在世界上值得引以自豪的。多特蒙德市有位华侨 S·先生，他含着眼泪告诉我们，国外生活再好，总归没有根，长年孤寂苦闷，时刻怀念祖国，希望祖国一天天富强起来，也好为自己增点光。S·先生的这种孤寂感和我所患的"怀乡病"，我想是可以相通的。身在外国，心在祖国，落叶归根，总是自己的祖国好，这种隐秘而微妙的感情，事实上，每个有志气的中国人离开祖国时都会油然而生。一开始，我正是想把这种感情写成诗。

然而，我终于没有写出来。或者说，我没有能够用活的自然的诗的语言把它表达出来。有的诗友认为，这种感情诚然真挚动人，但成分复杂，未必宜于做诗的材料。我目前还不能认识到这一点。不过，要把它写成诗，写成言微而旨远、语浅而情深的真正的诗，真还需要在生活认识和艺术处理两方面下功夫，对自己最初的直觉和感动进行分析、淘汰和提炼。我没有走好这一步，难怪写来写去，没有写出来。

结果写出了什么呢？倒是这几首原来没有想过、近乎信手拈来的短诗。所谓"原来没有想过"，只是说我当时并没有想到要这样来写，不是说这些诗没有原始的感动、酝酿过程；所谓"信手拈来"，只是说写的时候不象写别的诗那样磕巴，不是说没有经过琢磨和修改。

《少女雕像》和《鹅姑娘》的原始感动过程本来很简单：看见那座少女雕像，我和大家一样感到它"栩栩如生"，甚至唯愿她就是活的；听了鹅姑娘的传说，也和大家一样乐，接着就感到诧异，她为什么一直没有把鹅送给那些来献殷勤的人。于是，就用白描的手法把这两点人人都会有过的感觉写出来了。这种诗读起来很轻松，其实不大容易写，只因它对自然性的要求很高，稍一做作，就会把诗连同两座雕像都写死了。

《贝多芬故居》和《科隆大教堂》同上两首一样，也无非是一般人都会有的感觉。贝多芬故居有一座半身像，真是"横眉冷对千夫指"，令人过目难忘；联想到这位艺术家的轶事，据说他临终时还捏紧拳头朝着天上的雷电挥舞，便不由得想象出一个在告别世界的时刻仍然愤愤不平的灵魂。至于科隆大教堂，当我登上它一百多米的最高层，望着外面和下面，望着熙熙攘攘的人群、车辆出神时，突然间意识到，祭坛（上帝的会客室）不就在我们的脚下吗？人不是比上帝还站得更高吗？要把这两点感觉或想象变成诗，当然还需要一番铺陈、推宕和渲染，这是不言而喻的。

《怪石群》倒纯粹是我个人的一点独特想象。笔下虽说"渺小的人类"，其实正是以人类伟大的身影为背景。

从"古典画廊"到"现代画廊"，有一段不容易跨过的美感距离，就象口里衔着橄榄去嚼一块口香糖一样别扭。但是，对于现代派的画，我虽然水平有限，欣赏不了，却觉得它至少应当有点理解，尽管没有欣赏的理解和没有理解的欣赏一样不可思议。于是，借用向导的口吻，把他们的"理论"宣扬了一番（那些话大都是我根据最初印象编出来的），但没有吹捧现代派的意思。

过罗雷莱时，原来只想到我们的长江比莱因河更豪迈，我们的三峡比罗雷莱更峭拔，我们的神女比这位洋神女更温柔更美丽更可亲。因此，这首诗也只是想表达一下上面说到的那种感情。但改的次数太多，不免显得有点雕琢。

《白云书简》，可以说是一封家书原件的副本，同样想表达一下那种感情，也同样没有写好。最后两句——"异国是爱国主义的培养基，别离是爱情的维生素"，不过是两个诗意很淡的警句，带有硬凑的痕迹。落笔之前，原来只有中间两句——"窗外是从中国飘来的白云，和映在白云上的你的脸"，想再铺陈出一些意识流的错综场面，借以烘托一下眷恋的心境就完了。想不到一写出来，竟是这模样。我一生很少写情诗，不习惯那甜蜜蜜的情调，但这次却忽然想写它一首，结果也没有写好，很对不起我的爱人。不过，她说，诗里的"她"除了指她外，也可以指我当时时刻眷恋的祖国和同胞。这一点倒说对了，因为"我们刚搬了家"，也可以理解为我们的国家和人民"刚搬了家"——今天，整个国家和每个家庭过日子，可不都是一天比一天更好吗?

为了把诗写活,而不是写死,写得天趣盎然,而不是匠气十足,诗人恰好需要酝酿,琢磨,推敲,斟酌。哪怕是一首短诗,乘一时兴会,遽尔命笔,拣到篮里便是菜,也往往难以有出息。我平日忙忙碌碌,除了在公共汽车上或自行车上,很少有同自己呆一会儿的闲暇。这几首小诗的确是挤出来的,深度广度不够,坏痕裂缝不少,充其量不过是一点"眼前景",几句"口头语",谈不上什么"弦外音"、"味外味"。如有机会再写,总希望写得象样一点。

1983 年 1 月 10 日匆草

(原载《作品与争鸣》1983 年第 3 期)

秋水篇（之一）

绿 原

1. 读 桑 戈 尔

（当代最有文化
因此最痛苦的非洲诗人）

无意间
发现了一个
泪之谷。
没有草没有树
四周只有
褐黑色一片
冷峭的悬崖
中间是一个
万丈深潭，和一条
在潭面喘气的
鱼。
多象一只
汪着泪
孤凄的
眼睛
圆睁着，仰望着

欧洲上空的繁星
星星俯视着它，认为
它也是一颗
星，是它们中间
被贬谪的表亲。
但它不是
星，明明是一只
孤凄的眼睛
也不是
眼睛，而是一个
泪之谷，是
古老的非洲母亲的
泪之谷啊。
泪水停留在
谷里，不能变成
流水，去冲淡
海水的咸味
便显得
十倍的酸苦
我无意间
发现了这个
泪之谷，可惜
相隔万里，不能够
走近它，走近它那
幽暗的潭面
要是能够，相信我会
从里面看见
自己的影子，就象
幼儿小燕站在镜前
指着镜面惊呼
你就是我。

是的，你就是

我——

桑戈尔

当枯渴的撒哈拉

吸干了你同胞的

泪水，而使他们

脸象石头一样

冷漠，你不由得

为童年王国，为它

怒容满面的夏天

唱了一只

水的哀歌

你感激上帝

以偏爱的公正态度

把你培养成为诗人

你更祈祷他

为干涸的人间降下

一视同仁的倾盆大雨

你甚至呼吁

雨下在印度和中国

哪怕淹死四十万人，可救活了

一千二百万人❶……

可是，桑戈尔

那场宽恕的大雨

一视同仁的大雨

终于没有降下来

而你的哀歌

好不容易

留下了这个

---

❶ 《桑戈尔诗选》（1983，人民文学出版社）

泪之谷。

谷啊，潭啊，眼睛啊，你

就是我、一个中国人；我就是

你，一个非洲人

我就是你潭里

靠泪水活命的那条

鱼，就是你眼睛里那个

寂寞的瞳仁。

2. 读 聂 鲁 达

偶然从录音带里

听见自己的声音

嘶哑如废磨

空洞如枯井

陌生得象外国话

遥远得象迷航的陨星

这是怎么回事

我简直不相信

却骇然证实了

我的苦闷：怪不得

诗没有写出来

总是那么美，那么灵

离心那么近

一旦写在纸上

却总是那么远

那么丑，那么笨

哪谈得上什么"高真"？

诗人啊

我到了末路

才知道

你的诗是

一只张飞鸟

一落到人手

就拼命啄撕

自己的羽毛

一关进了笼子

就横冲直撞

自己死掉。

你只好

让它飞，在空中飞

飞着又唱着

唱着又飞着

连同它那

只有婴儿才懂得的曲调，

你只好让它

爱飞向哪儿

就飞向哪儿

飞向深山，飞向大泽

飞向小溪，飞向土台

飞向最神奇的名胜古迹

飞向最朴素的花布口袋

飞向智利不知名的村落

飞向大世界的任何小世界

飞向小世界任何人的

欢喜、愤怒和悲哀，

这种诗才是天籁

灌不进任何

无论怎样 hi-fi（高真）的

录音带

3. 读里尔克

他写不出诗来
便向大师诉苦
大师罗丹指点他
放下笔吧，到
植物园去，去
独自凝视
笼子里的动物
凝视下去，凝视下去，直到
它显出了
它的粗暴和窈窕，直到
狭小的囚笼变成了
险峻的山坳，直到
你自己通过
它的喉咙
发出了自己
绝望的吼叫。
他照办了，于是
写出了
名篇《豹》
并自以为懂得了
诗的诀窍。
从此便到处寻找
心的空间，倾听
雕像的呼吸，涂抹
听得见的风景，并为
迷失在死胡同里的语言
找出路——
可惜再也
写不出一首

活的或者曾经活过的
野兽。

4. 读 惠 特 曼

伟大的诗人
在奴隶拍卖行
灵感象嬉戏的
鹰群一样
飞，
他看见
被捆绑着手脚的奴隶
闪出了
带电的肉体的
美。

读了黑格尔
他驾御着思想
去漫游宇宙，
终于看见
渺小的善趋于不朽
而庞大的所谓恶正逐渐消亡
于是，诗人纵情地唱——

他唱着唱着唱着
想把全世界唱成
一个美利坚，想
把全人类唱成
百分之百的"洋基"，
他一边唱一边拍打
每个人的肩膀，一边

拍打着肩膀，一边
和每个人称兄道弟——
当奴隶主向他掉过头来
他的浪漫主义
一下子变成
一株蓝色的大丽

5. 读波特莱尔

他不会为陈旧的艺术而艺术
他的诗只为了追求新鲜
他不会结交任何一个缪斯
他的敌人就是厌倦
他为了逃离巴黎
才到巴黎来
他为了遗弃一个美妇人
才和她恋爱
他写诗，只为了从它
发现散文的胚胎。
作为诗人，他
最憎恨资产阶级
只因为它是个败家子
专门挥霍昂贵的诗意
把它当作电视里
少不了的商品信息。
资产阶级偏要他
留在他想走开的地方
偏要他从垃圾堆里
扒寻发了霉的巧克力
偏要他赞美他最厌倦
最害怕的东西

因此他最憎恨资产阶级。
但，没办法——
他终归还得感激它
它毕竟奖给了他
一束新鲜的"恶之花"。

1984年元月

（原载四川文艺出版社《另一只歌》）

酸葡萄集

绿 原

狐狸吃不到葡萄，
便说葡萄酸。

——伊索

1. 我 的 苦 恼

格律实在不难学
词藻么，老师已经教给我
想象更是我的血液
感情有时涌得更快更多
　　诗啊，诗啊
　　你在哪里

不错，诗发源于生活
生活是一条流沙河
流沙河可以淘出黄金来
幸运的淘金人才会有收获
　　诗啊，诗啊
　　你在哪里

然而，生活更象一个玻璃合

外面加上了一把锁
里面放满了珍珠和翠玉
可惜看得见，摸不着
　　诗啊，诗啊
　　你在哪里

其实，生活只是一团火
火只有光焰在闪烁
你得变成可燃体
还需要氧气合作
　　诗啊，诗啊
　　你在哪里

2. 我 的 选 择

不跟音乐家争强
不模仿任何音响
不跟画家比胜
不抄袭任何风景
风景太有形
与我的脑海不相称
音响太抽象
与我的心弦不相当
我宁愿随便写写
写写我对人生的感谢
写不出就服药降血压
回头翻翻《丑小鸭》
丑小鸭将向天鹅转化
诗在哪里？它能回答
我感谢人生的绝壁悬崖，小巷大街
我习惯了多少邂逅，多少诀别

3. 我 想 唱

我想唱，
真想唱，
真想在你面前
象云雀一样
冲着白云唱。
　　那就唱，
　　纵情地唱吧，
　　没有人不让。
不，我还不能，
如果没有你的邀请——
没有你的邀请，
就是能，
我也不肯。
　　这是什么原故呢，
　　想唱就唱
　　本是人的权利。
不，你不请我唱．
我就没有声音；
就是勉强发出声音，
也只是一阵水蒸汽
消失在对流层。
　　我真不懂
　　为什么要说得
　　那么朦胧。
亲爱的，
你真不懂吗？
你的心
就是我的心的
马达。

你的心要是
不动弹，
叫我的心
怎么动弹呢？
我的心要是
不动弹，
我又怎么能唱呢，
我又怎么肯唱呢？

4. 我 寻 找 你

你走开了，留下了一片体温
它温暖着我，使我不再怕冷
它还暗示我，在寂寞中，要自己有声音
正如在寒带生存，要自己的血液沸腾
我刚觉悟过来，才痛苦地发现——

我错过了你
我失去了
我的生命不能没有你

我到处找你
我跑着找你
我放慢脚步找你
我走来走去找你

我在黎明找你
我在黄昏找你
我在正午强烈的阳光下找你
我在黑夜模糊的灯光下找你

我在小胡同里找你
我在长安大街上找你
我东张西望，象电子束的扫描一样找你
我笔直穿过红灯，象风钻的钻探一样找你

我闭着眼睛看得见你
我睁开眼睛，仿佛看见你，又看不见你
我把每个人都当作你
我以为每个人都会是你

我希望在无数陌生面孔中间出现你
我希望最后在绝望之际看见你
我相信经过千辛万苦会找到你
我相信，你就是我，我就是你，所以我
一定找得到你

但是，你在哪里？

5. 我寻找的不是你

不是你——
我寻找的不是你。
尽管你和她一模一样
一样的身材，一样的外衣
一样的肤色，一样的肌理
一样的风度，一样的氛围
但是，我寻找的她
不是你，不是你——
她的眼睛是池塘
里面留着我孑然的倒影；
她的眼睛是火炉

上面蒸发着我眼泪的余沥；
她的眼睛是电极
中间交流着两个灵魂的呼吸。
那池塘，那火炉，那电极
是你所没有的，也
是任何人所没有的。
当我一时朦胧
错把你认作她
正准备伸出两臂
欢呼起来，搂抱过去
你却让我遇见了
一片沙丘，一块冰，一个绝缘体
你从我身边漠然走过，无动于
我的痛苦　我的欢乐　我的感激……
我才知道
我们的血型相异，
无法相互输给，
我寻找的她
不是你。

6. 所以，诗……

当你跑得气咻咻
一心想赶快
把你一人看到的奇观
告诉你最想告诉的人
这时，你会考虑
遣词的雅正，斟酌
造句的完美，而不是
用最短、最干净的词句
把最要紧的印象

一口气
说出来吗

在人生的跑道上
你上气不接下气
要赶着做完
一个人应当做的一切
你的诗又如何能够
转弯抹角，扑朔迷离
唠唠叨叨，哼哼唧唧
写得渺茫，写得旖旎
而不是把最真实的诗意
赶快用最简洁的方式
表达出来呢

所以，诗永远是
人类最想说
而又没有说过
而又非说不可
而又只好这样说的
话。

7. 另 一 只 歌

另一只歌！
唱另一只歌——
没有书卷气
没有脂粉味
没有月光的朦胧
没有轻音乐的低回
没有花花草草的污染

没有山山水水的迷醉
没有腐蚀岩石的酸雨
没有使机体变质的毒霉

另一只歌!
唱另一只歌——
唱人,唱人和人,唱人和人和人
唱他们作为万物之灵的丰碑
唱他们的渺小和伟大
唱他们的敬畏和权威
唱他们的挫折和胜利
唱他们的迷惘和回归
唱一个跳高者越跳越高,跳到二米三七
和他对掌声充耳不闻,重新起步疾行
唱另一个跳高者绊落了横杆,跌倒了再爬起
和他毫不在乎伤痕累累,汗流浃背
唱一个赛跑者在马拉松长距离中遥遥领先
和他行百里半九十,不放松最后的冲刺
唱另一个赛跑者落到最后还在跑
和他最后一个人的健步如飞

8. 假如我是……

假如我是一个瞎子
而不甘于凝视空洞
我将把一切噪音和乐音
充实我的调色板
来描摹我未曾见过的
珠穆朗玛峰

假如我是一个聋子

而不甘于倾听寂寥
我将把一切冷色和热色
注满我的无弦琴
来弹奏我未曾听过的
英特那雄纳尔的狂飙

假如我是一个哑子
而不甘于在沉默中呐喊
我将手舞足蹈起来
让动作配上标点符号
以无比的真实来报告
人间本来不应有的苦难

假如我是一个疯子
而不甘于在人生半途而废
我将象哈姆莱特一样
使自己的癫狂有条有理❶
以无比的诚实来贡献
人间本来就有的精神美

须知不是我得天独厚，
而是大自然的公平。
让一切不幸的缺陷
都赋有相应的特异功能。
说来你也不会相信，
这就是世上出诗人的原因。

9. 谢　　幕

幕已垂。我躬身站在台前，喃喃着

---

❶　源于《哈姆莱特》：Tneer's method in his madness.

"谢谢，再谢谢——"，谢谢
大家慷慨地为我鼓掌，再鼓掌；谢谢
大家对我的嘶哑的抚慰。让我用
海绵一样谦虚的心，和
烛光一样颤悠的语言，表白一下
我的欢喜、感激和羞愧。
你们终于嘉纳了我的歌
让我认识了自己，相信了自己。
然而，我曾经象兔子一样狂妄
狂妄到想征服狮子，想强迫你们
把我当作天才，尽管我不是；
授予我荣誉，尽管我不配。
其实，你们只希望我好好唱
象你们听过我唱过的那样；
你们并不指望我唱得怎么好
象我自己所妄想的那样——
你们仍然慷慨地为我鼓掌，再鼓掌。
我却糊里糊涂，只觉得你们一心想
把我踩在脚底下，或者万一会
把我一下子捧起来。你们都没有，
只是仍然象往常一样，慷慨而适度地
为我鼓掌，再鼓掌。听着，想着……
我不禁浑身发抖起来
麦克风在检举我，
脚灯光在揭露我，
无数双眼睛在审讯我。
我几乎晕倒在台口
是你们的掌声把我扶起来。
我横了心，昂然走到了台前
象精灵一样在烈焰里行走；
这一次象每一次一样，

我是第一次唱，我从没有唱过；
这一次象每一次一样，
我是最后一次唱，我再也不会唱。
于是，我终于打开了喉咙
唱出了我的充血的声音，
唱着，我什么也看不见
唱着，我什么也听不见
唱着，我什么也没有想
只知道对另一个我决不能退让。
我在烈焰里行走，象精灵一样：
我也燃烧起来，燃烧着我的魂魄和肉体
烧掉了可怕的怯懦
烧掉了可笑的幻想
烧掉了可耻的虚荣
最后剩下一片赤诚的声音
个性顽强的声音，只有我才有的声音
在空中回旋，震荡
象钨丝在电子管里发着强光。
这时从一片沉寂中突然响起了掌声，
把我从自我燃烧中惊醒
我满脸是泪，泪水淹没了我的音频……
我以终于又嘶哑了的声带喃喃着
"谢谢，再谢谢——，"谢谢
大家嘉纳了我的歌
让我认识了自己，相信了自己：
我不过是一颗小石子
有幸在你的无音之乐的大海里
溅出了几道旋律的涟漪。

1983 年 2—3 月

（原载四川文艺出版社《另一只歌》）

《葱与蜜》题解

绿 原

　　木犀悄然开花的时候，蝉歌和蝶舞终于难乎为继了，而迎春乍一绽放，风斗和火炉（假设你还没有住上装暖气的房子）便开始显得有点儿碍事。这两种花都是黄的，却标志着不同的季节。季节不是由它们决定的，它们却善于随着季节应景儿。在这一点上，植物往往要比动物灵得多，而动物又似乎要灵过万物之灵的人类，而一般人更确乎要灵过写文章的人。文章白纸黑字，如果没有（谅你也没有）超时空的永恒价值，又不能象木犀花或迎春花那样，以相同的颜色为世界传递不相同的信息，并赋有各当其令而枯荣的自发性，那么尽管敝帚千金，也只好让人笑话"二四八月乱穿衣"了。我一边收拾着旧稿，一边这样自言自语着。

　　这是我近年来插足诗坛的几篇小文。大都是应约而写的，明眼人一下子就看出了这方面的破绽。例如，观点的取舍、角度的偏正、口吻的缓急、篇幅的涨缩等等，都难免有些不得已而为之的不尽如意处。就说三两篇与自己的作品相关的序文吧，一个人（或一群人）失踪了多少年，应当以什么样的态度重新出现在读者面前，才不致显得唐突，这不也需要斟酌一番么？看来，应约写文章，恰象在陌生的听众面前被点名发言一样，声带的颤动多少要比扯家常时异样一些：这种遭遇往往最令人发憷，但生活弄人，偏我又有"憋得慌"的毛病，一旦憋不住，就会忘掉"沉默是金子"的古训。

　　这样写出来的文章，虽说多少表达了我对诗的一些空疏的看法，放进《今诗话》（由三联书店出版）这套丛书里，看来是不很得体的。《今诗话》应当是些什么样的文章呢？依照编者的启示和自己的揣摩，理想的"诗话"要短，要随便，要亲切，要避开结论，要知无不言而忌言无不尽，当然还要处处与诗相关，这样读起来才有物，有益，而又有趣。其实，中国历代并不乏此类佳作，或记故实，或悬技法，或抒已逝之情怀，或评未定之得失，仿佛漫然而起，戛然而止，实则作为解诗者无不达到目无全牛的化境。有人会奇怪，中国人做诗几千年，为什么没有一本诗话愿意系统化、规范化，试与西式的诗学较量一番呢？我想，大概是中国人的性格使然：我们并不好为人师，只爱和三朋两友谈天；我们并不欢喜住那些高处不胜寒的思想楼阁，但愿有个足以负暄献曝的四合院。《今诗话》的编者想必期望这套丛书能继承我国古诗话的这个传统，同时也不妨添置一点现代化设备，否则不便称之为"今"了。把这几篇小文排比一下，自分远没有达到这个期望，它们既称不上平易近人的汉诗话，更不是道貌岸然的洋诗论，不过是一些浅薄的经验和偏执的观点的结合，这个结合体何啻几片萎黄的待落叶，其不及当令的木犀或迎春黄得可爱，是自不待言的。有赖编者的雅量，这本小书才得以付印了，好歹敬请读者斥正。

一位知心的友人曾经轻言细语的告诫我：你是写诗的，岁月抛荒够久了，何必还费时写这类文章呢？这几句象秋风一样，使我感激，使我羞愧，使我清醒，使我警惧。是的，我是写过诗的，诗没有写出成绩，倒来向勤奋的诗人们说东道西，评头论足，实不免见笑于大方之家。不过，批评没有好名声，古今中外皆然，我是知道的。19世纪英国有个拜伦，他说得够刻薄：你准备相信批评家吗，不如在12月去访玫瑰，6月间去找冰雪，狂风里去追希望，秕糠里去拣谷粒……这种对于批评的厌憎情绪，虽说不是没有原故的，特别是在拜伦当时的情况下，但我总以为多少有点病态。在任何时代，特别在我们的这个时代，诗人毕竟离不开读者，因此也必然离不开批评家。贤明而公正的批评家，对于诗人来说，是在一个锅里吃饭的兄弟，是殊途同归的战友，是他的最诚挚而又最严格的读者。他关心诗人——自己的兄弟和战友的劳动过程和劳动成果，甚至不免吹毛求疵，求全责备，也只是为了帮助诗人更好地认识自己，认识自己的作品，认识自己的读者——而诗人作为诗人，至少他在进行创作的升华状态中，是不大认识这些的。因此，理想的批评既是一门科学，又是一门艺术，既要达理即具有说服力，又要通情即具有感动力；为了说服，他应当在诗人想表现什么、已经表现了什么、这个"什么"是不是值得表现等实质问题上，在素材与生活、形式与内容、作品与读者等关系问题上，不惜同诗人争个面红耳赤；同时为了感动，他又必须力戒独断、僵硬、冷漠和怪僻，必须能够感同身受地体验诗人创作过程的甘苦，他要象诗人力求和读者之间心心相印一样，努力做到和他的对象即诗人之间心心相印。正是出于对理想批评的尊重和仰慕，我才发觉自己识浅，情枯，力薄，来写这类文章，实在是一种僭越行为。所谓"不得已而为之的不尽如意处"，正反映了这种自觉僭越而愧怍的心情。

但，更令我愧怍的是，这几篇小文连自己对诗的一点体会都没有说得清楚。诗有形象，但诗不是形象；诗有技艺，但诗不是技艺；诗有思想，但诗不是思想；诗有感情，但诗不是感情。诗到底是什么，这个多面的怪物，在我永远是个谜。中国古诗话讲究"意在笔先"、"意在言外"，这个"意"究竟是从哪里来的呢？外国的克罗齐谈过这个问题，我们犯不上跟着他把诗神秘化。我只知道，诗虽然是诗人写出来的，但诗人决不能夸大自己的直觉，自命为它的创造者或诞生者。诗在诗人找到它、抓住它、写出它之前，早就活跃在田野上，江湖里，市街中，一直就在熙熙攘攘、忙忙碌碌的社会生活中自我生长，时时刻刻从你我身边跑过去——它的亲生父母是人民，是我们天天见面、口不言诗、浑身却奔流着诗的血液的人民，而专业的诗人们充其量不过是它的收养者和抚育者。但愿我们所有的诗人们德美如才，当仁不让，共同来完成把我中华民族新世纪的新诗这个宁馨儿养育成人的庄严任务。

最后，谈到题解，《葱与蜜》是什么意思呢？请参阅本集中《一封"没有地址的信"》一文。这不过是个跛脚的譬喻，既没有真的葱，也没有真的蜜。

1984年中秋节

（原载三联书店《葱与蜜》）

"夜里猫都是灰的"吗？

——一个读者对于译诗的几点浅见

绿　原

一

近年来，诗在中国象灰姑娘一样，正扮演着喜剧的角色。挨过长期的鄙薄和侮慢，她终于受到了未免暧昧的青睐。和前几十年冷清清、灰溜溜、孤零零的际遇相比，今天诗的身价和行市似乎应当刮目相看了。过去惭愧，读诗的人比写诗的人还少，现在反过来，诗的读者多少要比作者多了几位。因此，出版社从各种动机出发（其中难免也有一点盈利的动机），不断出版了各种各样的诗集。当代诗人的名作不够出，还忙着把已故名诗人的少作汇编成册，不愁销不掉；中国诗人的作品不够出，更忙着把外国诗人的古今作品译印出来，有些名篇不妨一译再译，一印再印，同样不愁销不掉。人民文学出版社出了两本《外国诗》，上海译文出版社出了不定期丛刊的《诗专号》，湖南人民出版社出了一套《诗苑译林》，以及其它出版社的各种各样的世界名诗选之类，据说大都一抢而空，竟使发行部门决定书刊销售量的专家们感到意外。

这个现象实在值得深入探讨一下。

二

对于诗的时来运转，诗人们和译诗家们当然是高兴的。但是，这个现象比较复杂，还不能简单地认为，诗人或译诗家的艺术真正达到了洛阳纸贵的地步。比较明智的推论是："四人帮"倒台后不久，整个文艺出现了繁荣，首先是剧本吃香（如《于无声处》、《报春花》等），这是因为它们当时在舞台上直接抒发了人人久含而未发的苦闷和愤慨；后来势头转向了小说，这又是因为它们更精微地探索了一些剧本似乎达不到的心灵的角落；接着是电影和电视，近几年来则同时有诗，分别引起了读者（观众）爱好的变迁，其中有形式上的原因，也有内容上的原因。就诗而论，是不是读者已经不满足于单纯听（看）故事，而要求在诗人的作品中寄托自己的情思？或者说，是不是读者不满足于与己无关的客观地位，而要求直接在文艺作品中寻找自己的主观反映？如果诗的兴旺说明了读者和作者之间的感情关系日益密切，心理距离日益缩短，那么译诗之受欢迎，则显然是读者还不满足于国内的诗人，还希望从更多更陌生的外国诗人那里寻其友声。如果是这样，那么诗歌翻译的研究和改进，其重要性当不亚于诗歌创作，不单属于翻译界的议事日程了。

三

"五四"以来，一些诗人们在创作之余，翻译过不少外国诗，给读者留下了难忘的印象。不过，诗人毕竟以写诗为重，他们译诗的尝试不论成败，都是值得感谢的。后来随着外国文学知识的普及，才逐渐出现了一些专门的译诗家；特别是建国后三十年，诗歌的翻译从数量上看是有成绩的，许多世界著名诗人的代表作先后有了汉译本。有些著名译诗家如冯至、钱春绮、孙用、王佐良、屠岸、余振、孙玮、罗大冈、闻家驷等人的译品，多年来在读者中间引起了广泛的注意，并对诗歌界产生了影响。

但是，这方面的得失利弊一直没有认真总结过，某一部名著名译的质量问题一直没有具体讨论过。单看莎士比亚的"戏剧集"（原著多系诗体）、但丁的《神曲》、歌德的《浮士德》这三部世界名著，在我国已不止有一种完整的译本，照说无论如何是文化界的一件大事；但是，这些译本到底在质量上如何各有短长，就是在专家范围内，迄今也没有见到一篇谨严而坚实的评论，更别指望由此出现专门对于诗歌翻译的研究著作了。译诗家们的劳动受到如此奇怪的冷遇，其实和整个文化界的类似问题一样，是有众所周知的客观原因的，这里不去说它。只因这门劳动和散文翻译相比，似乎更无准则可循，多方面地探测一下它所面临的种种"陷阱"就更显得重要了。

四

把一首诗作从一国语言译成另一国语言，并能使另一国读者欣赏它象这一国读者欣赏它一样，或者使他们欣赏它象欣赏本国的诗作一样，这实在不是一件容易的事。一般说，应当要求归宿语言能够在一定程度上保持出发语言的形式美，又应当要求译作对于原作的神似胜于形似，因此如有可能，还应当要求译者本人就是诗人或者近乎诗人。正是这样难，诗到底能不能译？如果能译，又应当怎样来译？这些根本性问题也跟着一直悬而未决，许多有关意见一直几乎是针锋相对的。

例如，早就有人主张，小说可以译，剧本可以译，文论当然也可以译，唯独诗——因与语言本身及民族习惯、个人趣味相关太密切，乃是根本不可以译的。这个观点从外国的浪漫派开始就风靡一时了，曾经对译诗界形成过不小的威胁，虽然它似乎比笼统的 Traductore—tradittore（翻译即叛逆）论还要通情达理一点。

又例如，诗必须经受翻译的考验，必须通过翻译到达异国读者心中而不变其原味，才能成其为诗，才能证明自己是诗；反之，不能译的诗不能称之为诗，充其量只能就是一种"音乐"。这个观点把音韵和诗断然分开，在外国也有相当大的理论势力为后盾，三百多年前的弥尔顿就说过，"音韵对于真正的诗，决不是必要的附件。"

这两种对立的意见，各有各的一部分道理，但都未免绝对化。如果说诗决不可译，那么我们不但迄今认识不了莎士比亚、但丁、歌德，连我们自己的屈原、李白、苏东坡也都出不了国门。如果说诗非经翻译而不变味不足以称诗，那么这些大家便更难以保持他们的"桂冠"了，因为他们的任何译品不论在任何外国语中，当然也包括在汉语中，都很难说完全符合原著。因此，译诗家们有理由认为，这两种貌似对立的意见实际上站在同一个立场上，一致地将了他们的军。

五

"将军"并不解决问题，我们应当和译诗家们同甘共苦，向问题深入一步。实事求是的说法应当是：并非一切诗作都不可译，也并非一切诗作都可译；有些外国诗可译，有些外国诗实在不可译，要看原作作为诗是从哪方面产生效果的。有的诗作偏重于格律和音韵，有的偏重于情调和意境，有的则偏重于联想和意象，当然还有的是三者兼而有之：假定译者的功力是常数，这几类诗作的可译率都是很不相同的。

第一类译起来，要达到形式的自然，一般难以有把握。试看我国李清照的叠韵名句，"寻寻觅觅，冷冷清清，凄凄惨惨戚戚"，哪一种外国语能够将它译过去，而又保持我们中国人读原作时所能体会的那种韵味呢？类似的绝唱在外国诗库中决不会少于在中国诗库中。各国自古偏有一些姜白石式的音乐家——诗人坚持音韵对于意蕴的优先权，他们的杰作对于译诗家们实在是一个诱人的"陷阱"。

第二类未尝不可以译，也未尝不可以译好，关键在于译者的感受力和表现力，看他首先能不能感受到原作所创造的意境，再看他能不能用另一种语言把这片意境表现出来，传达给使用这种语言的读者。这类诗往往字句平淡，意在言外，不得不要求胜任的译者重新创造它；如果译者体会不到它们的言外之意，或者体会到而功力不足，仅照字面译出来，那是很难让异国读者领略其原味的。小泉八云在日本帝国大学的"诗歌讲座"（1896—1903）上，有一次引用过爱尔兰诗人威廉·阿宁汉的一首小诗《池塘上四只鸭子》，他认为正是所谓"赤裸诗"的典范。这首诗平铺直叙，毫无技巧可言，初学英语的人找不到一个生字。但是任谁读它一遍都不会忘记的。这里不妨把原文抄下来：

> Four ducks on a Pond,
> A grass-bank beyond,

A blue sky of spring,

White clouds on the wing;

what a little thing

To remember for years

To remember with tears!

你如有兴趣，就请动手翻翻看，看你有没有本领把诗中那个流浪汉对故乡和童年的眷恋表现出来，让我们异国读者从自己的语言中体会一下，一瞬间的童年印象是怎样象电弧似的闪现在一大片黑暗的记忆底色中的。

至于第三类，联想和意象更多一些，格律和音韵更少一些，因此译起来似乎更容易一些——说也奇怪，不论在西方哪个国家，诗风似乎越来越自由化，第三类诗越来越普遍。这些现代诗据说颇不好懂，但那是它本身的含义不好懂，而不是说它不好译。相反，这类诗如能"忠实地"（即在字面上与原文没有太大的歧异）译成外国语，往往会比前两类更接近原作。这不是说，译者对于原作似懂非懂也能把它译好（对于任何原作，译者都应当有充分的理解，才能有忠实的表达）；而是说这类诗的特征不在于音律而在于词义和词感，而在于由词义构成的形象及其在作者情感的作用下所产生的形变，在于这些形象和形变通过连缀和交错所产生的暗示作用，在于它们在读者心灵中的辐射性、弥漫性和渗透性。这些工艺性问题对于一般译者来说，固然也不容易解决，但毕竟比难以亦步亦趋的格律、音韵问题容易解决一些。T·S·艾略特的《荒原》在我国可以找到可解的译本，尽管无论原文或译文都不好懂，就是一个证明。附带说一下，译诗家固然不应当凭白增加原作可解的难度，但也没有义务（其实也没有可能）把内容晦涩的原作变得让异国读者一读就懂——帮助读者读懂难懂的原作，那是外国文学教师的任务。

六

如果同意一部分诗可以译，那么又该怎么译它呢？这里更是众说纷纭，莫衷一是。有人主张，为了不辜负原作者的苦心，每字每句每行以及一切细枝末节上，译品都必须丝丝入扣，连关系代词或倒装句型似乎都不能忽略；又有人主张，为了保持原作便于讽诵的先天要求，音律上尽量做到与之铢两悉称，译品有必要讲究抑扬顿挫，平平仄仄，甚至应当定出与原作相等的固定的字数和音节来，只恨两种语言毕竟有差距，不能真正做到"实的对实的，虚的对虚的"，象林黛玉教香菱学中国律诗那样。但是，仁者见仁，智者见智，还有人主张，任何诗都是一个整体，翻译过来也必须还它一个整体，而所谓"整体"就是内容和形式的统一，因此非撮其精髓而重新创造之莫办。

这些主张都能言之成理，甚至可以写进教科书里，但是读者对实践更感兴趣。迄今为止，象英国菲兹杰拉德翻译《鲁拜集》、德国奥·威·施莱格尔翻译莎士比亚和但丁那样，译品本身有资格进入本国文学宝藏的光荣范例，在任何国家都是罕见的。我们不必手低而眼高，暂时还是把兴趣放在国内的实践上。不过，译诗的好坏，归根到底取决于广大读者的反应；任何权威的译诗家都不应当在读者面前自以为是，以致把个人的特殊习惯（例如任意破坏大家共有的语言规范）强加于读者，须知任何世界名著都是为他们而写，为他们而译的。然而，奇怪的是，目前一般读者尽可以对国内的诗歌创作发表各种意见，对于一篇篇，一本本译诗却大都保持缄默。从译诗书刊的脱销情况来看，不能说读者对它们关心不够——他们的缄默说明了什么呢？是不是自己不懂原文，不知道应当怎么评价译诗，认为原作就是那个样子呢？或者，即使对译诗有所怀疑，但也无可奈何，只好由译诗家们各显神通呢？

说到这里，觉得有必要声明一下：由于工作关系我平日接触译诗书稿较多，自己也偶尔译过几首，但我不是译诗家；这里不过是作为一个读者，和另一些同样爱好译诗的读者碰在一起，谈谈自己对于译诗的一些看法而已。我想说的是，如果你懂得外国语，那么用不着我建议，你会直接去阅读原作，或者去找另一种外文译本来对照汉译；如果你不懂任何外国语，那就只好阅读汉译了，但一定要心中有数——这篇小文就是试图同你一起来探寻那个"数"。

七

假设面前有一篇译诗，我们在加以鉴赏和研究之前，可以对它提一个先验的要求：它首先必须是诗。既然是诗，就该是一个完满的整体，具有内容和形式的统一性；否则只是一篇没有这种统一性的Paraphrase（意译、义解），它的正误优劣当另作别论了。

如果这篇译诗读起来，果然有点诗味，这时应当想到，世界上没有任何一首译品同原作相比，会是一模一样不增不减的——那么这篇译诗究竟有多少成分属于原作，又有多少成分属于译者的"创作"？或者说，我们为这篇译诗所感动，这里有没有听隔壁戏的可能，即有没有为译者的高明技巧所蒙蔽的危险？这是因为，有些译者由于怀疑读者不识货而顾虑原作的美学价值被埋没，或者干脆为了显示自己的才华，往往在直译的基础上对原作进行了未免多余的润色或修饰，以致使它几乎改头换面了——这种做法在理论上通不通姑且不论，从已有的实践看，对于天真的读者却实在是相当"危险"的。

此外，当你从某篇某节某句译诗获得某种享受时，还有一种误会值得提防，那倒不是由于译者的花招，而是你自己的鉴赏趣味造成的。文化传统不同，审美标准也不尽同，由此而在评价译品上产生的误会本来就不会少。甲国的"高山流水"、"阳春白雪"搬到乙国，知音未必会有很多，而陈词滥调、习句套语、Cliche、Abgedroschenheit之类说不定会令人啧啧称羡。歌德可能"孤陋寡闻"，从传教士那里弄到中国一部未入流的章回小说就赞不绝口，且不说了。据说我们一听未免齿冷的"沉鱼落雁"、"闭月羞花"等名句，曾经有好事者译成外语，居然在闻所未闻的异国读者中间产生了拍案叫绝的美感效果。你会觉得可笑吗？焉知你目前"享受"的"某篇某节某句译诗"不正是外国的"沉鱼落雁"、"闭月羞花"之类呢？

不过，我没有意思怂恿你以"怀疑一切"的态度对待译诗，倒是希望你能够冷静地欣赏它们（虽然这是一个Paradox），以便比较准确地发现它们的真正价值。因此，你读完一篇译诗，如果觉得它平淡无奇，甚至感不到一点诗味，这时你下评断同样需要慎重，这里也会有几种不同的情况。

首先，或者是你作为读者，对原作的背景或典故不很熟悉，一时
还不能和作者、译者一齐"进入角色"，即还没有充分具备和这篇诗
相融合的主观条件。歌德的《浮士德》不是读一遍就能深入其堂奥的，
且不引以为例。试把英国诗人勃朗宁关于老年的那首著名颂歌《本·伊
兹拉法师》找来看看，先假定它的译本忠实而流畅（其实似乎还没有
汉译），但你如果不懂得主人公这位十一世纪西班牙的犹太哲学家的
学说，如果不懂得罗马哲学家西塞罗从另一种享乐主义角度对老年的
赞颂，如果不懂得作者所处的英国维多利亚王朝的社会心理，最后如
果你本人还没有步入老年，那你实在很难充分欣赏这首视老年为"人
生之冠"的名作。同样的道理：中国的一些唐诗宋词充满中国文化传
统常见的典故，如果"忠实"地译成外文，即使再加多少注释，恐怕
也都很难让外国读者象我们一样从中得到丰富而深刻的精神享受。照
说，任何作品本身都应有内在的艺术价值，首先要求读者了解背景和
典故是不公正的；但实际上，各国诗人都是为本国读者写作，都是按
照本国文化传统写作，而那些时代背景、文化传统在各国都已形成整
个国民精神生活的一部分，因此在他们的诗作中不但不会妨碍、反而
会促进读者和作者的感情交流——我们吟诵中国古诗的经验不也是
这样吗？反过来，对于与本国文化传统异趣的外国读者，民族气息越
浓的诗篇便越是难以融合。我们读到外国一些大诗人的译品，往往口
里不说，心里纳闷，觉得"不过如此"，我以为主要原因就在这里。

其次，当然也可能是译者不胜任，把原作译糟了。真是译糟了，也
有不同的情况。除了译者外文底子差，对原作（包括其中的背景、典
故之类）理解有限，或者缺乏必要的汉语表达能力而外，更常见的原
因是翻译经验不足，往往舍不得原作的一点一滴，生怕别人说他"不
忠实"，殊不知由于两国语言习惯不同，这样"忠实"的译作往往产
生了最不忠实的效果。

八

我还想说一点，如果你读到一篇名诗的译文，觉得实在不过如此，
这里还有一个与读者、译者不相干的第三层原因，那就是汉语问题。

这样说没有贬低汉语的意思，问题仍然出在语言与诗的密切关系上。诗是不可译的，这个命题虽然有嫌绝对化，但也不是毫无道理。法国人懂得这一点，因此他们很少做这种吃力不讨好的事，往往用散文来意译外国诗。英国人不相信，喜欢用韵文来对待外国诗，成功之作却不多见——据说《浮士德》的英译本有好几种，比来比去，仍以经过布赫海姆校订的海瓦德（Abraham Hayward，1801—1884）的散文译本为最佳。在英国诗人中间，华滋华斯对诗有固执的见解，是从不搞翻译这玩意的，司各特译过比尔格，卡莱尔译过歌德和路德，柯尔律治译过席勒，他们的对象都是德国诗人；据说拜仑译过意大利的诗作，可惜不见流传。这说明一国语言有一国语言的个性，并不能用来翻译其它任何一国的诗作。英国强悍有余而柔媚不足，翻译德国和北欧的作品或许是合适的；拜仑的翻译成就不及另几位诗人，问题恐怕出在英语本身，它似乎无法应付南欧诗人的婉约。

再说到汉语，经过几十年的规范化，现代汉语翻译世界上任何散文名著，应该说逐渐得心应手了，只是在诗歌翻译方面，恐怕仍然越不过民族性这道关卡。有人说，诗应当有普遍的审美效果，能超越时代、国度而不变；但这只是一个理论上的命题，大抵以人类感情相通为前提。实际上，尽管有不少诗可以这样说，更多诗由于时代、国度不同，读者的审美习惯不同，则显然不能这样说。我国是个古老的诗国，我国读者对诗有长期的独特的鉴赏习惯，我国的汉语象任何成熟的外语一样有它丰富而深刻的特殊词感，这一切是那些民族气息很浓的外国诗难以适应的。以我国古诗中的长风为例，它始终要求内容的凝练，再长也长不到哪里，和外国洋洋数万言的押韵史诗不能比。因此，用汉语把那些冗长的史诗辛辛苦苦译过来，对于我国具有传统鉴赏习惯的广大读者，往往很难产生原作那样动人的效果。事实上，那些勉强押韵的外国史诗的译文，在任何国家都是认识价值大于审美价值。这不是说，那些著名史诗不应当翻译，相反译诗家们为了扩大国人眼界，有责任尽量把它们都译出来。但，从诗的角度来说，汉语象英语一样，并不能胜任翻译任何与本国鉴赏习惯相距太远的诗作，这是读者和译诗家们都得心中有数的。至于对方是短句、口语，你用长句、文言来译，例如用文言来译西方现代感情极浓的《恶之华》，结果给读者完全异于原作的印象，其不相宜就更不在话下了。

九

我国已经开始执行开放政策，需要对世界各国有更多的了解，而翻译介绍外国诗歌正是促进了解各国人民感情的最佳渠道之一。作为一个读者，我衷心希望我国译诗家们能够有计划、有系统、有成就地把各国著名诗作介绍过来。外国诗有东方和西方之分；东方包括印度、日本、亚非各国和阿拉伯世界；西方则指欧美发达国家；就各国文学史而论，又有古典派、浪漫派、写实派、现代派之分——所有这些诗派、诗人和诗作各有各的传统、习惯和特色，要跨国介绍它们，如前所述，远非任何译诗家、甚或任何一种语言所胜任。有鉴于此，歌德才把翻译比作令人向往原作的"媒婆"，这就把它的成就从原则上限制住了。的确，要用现代汉语把各时各地的外国诗翻译过来，而又尽量保持它们固有的互不相同的艺术特征，实在不是容易的。因此，对于我国译诗家们已有的劳动成果，我们应有足够的尊重，决不能凭空任意挑剔。只是出于有限的鉴赏经验，我想向译诗家们建议：且用更精炼、更自然的语言译格律诗，最好用口语译现代自由诗，力求把一篇外国诗作为一个诗的整体介绍过来。因此，一忌机械迁就原作结构，以致破坏汉语规律；二忌生造格律，转移读者注意力，从而掩盖了原作固有的诗意；三忌套用中国旧诗词的格律和词汇，把原作完全中国化，把一点异国情调销磨殆尽——这三忌之所以为忌，道理很简单，就因为它们把一篇诗变成了非诗，在爱动脑筋的读者那里通不过。

十

为了避免坐而论道之讥，我们且到实践的现场去溜溜。明年是德国大诗人席勒逝世180周年，大家都在赶着"瞻仰"他。我们不妨顺便借用他的一首诗来谈谈翻译问题。原作如下：

DITHYRAMBE

Nimmer, das glaubt mir, erscheinen die Götter,

Nimmer allein.

Kaum dass ich Bacchus den lustigen habe,

Kommt auch schon Amor, der lächelnde Knabe

Phöbus der herrliche findet sich ein.

    Sie nahen, sie kommen, die Himmlischen alle,

    Mit Göttern erfüllt sich die irdische Halle.

Sagt, wie bewit'ich, der Erdegeborne,

Himmlischen Chor?

Schenket mir euer unsterbliches Leben,

Götter! Was kann euch der sterbliche geben?

Hebet zu eurem Olymp mich empor!

    Die Freude, sie wohnt nur in Jupiters Saale,

    O füllet mit Nektar, O reicht mit die Schale!

Reich, ihm die Schale! Schenke dem Dichter,

Hebe, nur ein!

Netz'ihm die Augen mit himmlischen Taue,

Dass er den Styx, deh verhassten, nicht schaue,

Einer der Unsern sich dunke zu sein

Sie rauschet, sie perlet, die himmlische

    Quelle,

Der Busen wird ruhig, das Auge wird helle.

    凑巧人民文学出版社最近出了一本汉译《席勒诗选》，里面就有这一首诗。译者是钱春绮先生，钱先生可以说是我国最勤奋也最有成果的译诗家，他介绍德国诗歌的劳绩及其谨严的译风是值得我们学习的，正是为了学习，我们来读读他的这首译作吧：

酒神颂歌（1766）

相信我，天上的群神从不会
单独光降。
我刚刚迎来快活的巴库斯，
微笑的小阿摩就跟踪而至。
堂堂的福玻斯也立即出场。

　　天上的群神都来聚会，
　　我真感觉到蓬荜生辉。

我这个凡俗人，该怎样招待
诸位天神？
赐与我你们的不朽的生命，
天神啊！凡俗人有什么孝敬？
请带我向奥林匹斯山飞升！

　　欢乐只住在朱庇特宫中；
　　请给我神酒，请给我酒盅！

把酒盅交给他，给诗人斟酒，
斟吧，赫柏！
用天露润湿他一双眼睛，
让他看不见恨河的惨景，
却觉得有天神跟他同在。

　　天泉的珠泡潺潺地鸣响，
　　内心平静了，双目也光亮。

注释从略，只录正文。这首诗实在是译得不坏的，不论行数、字数、韵距以至句子的长短等方面，都见得出译者的匠心，可以说在翻译技巧上代表了目前国内译诗界的水平。但是，从整体来看，我们读了却总觉得有点隔膜和生涩，也就是说，进不了诗人"向奥林匹斯山飞升"的狂欢的境界。这是什么原故呢？我想，首先要怪自己，对这首诗的"背景"不熟悉，对作者写这首诗的命意不理解，对巴库斯、小阿摩、福玻斯、赫柏以及奥林匹斯山、恨河等专有名词莫名其妙——读一行要想一行，而诗要费力来想就完了。其次，外国诗有所谓 Poetic license，即诗人有权打破语言的常规，而现代汉语似乎还没有达到这样的自由境界——译者为了争取与原作形似，却享受不到那个"诗人特权"，只好在字内行间勉为其难地添它一个、或者减它一个按常规添不得也减不得的单字，这样读起来便难免使读者感到局促不安了。第三，外国诗的交错韵是司空见惯的，中国读者却往往觉得别扭。原作共三节，每节七行，韵脚大致是 abccbdd，就是说除第一行外，都有不同的交错韵脚——译者一丝不苟地照押不误，在汉语中未必会有外语中有过的美学效果。此外，韵脚之可贵在于自然，所以民歌用口语押韵受人欢迎；这首译诗的韵脚限于内容，大都押在一些书面语言上，恐怕也是令人感到隔膜和生涩的原因之一。重说一遍，钱先生的劳绩值得尊重，他的谨严的译风值得学习，这里提出来商榷的，只是这首译诗所代表的一种亦步亦趋的直译方法，迄今它仍然影响着译诗界和译诗读者（包括本文作者在内）的习惯：这个问题恐怕需要大家一起来思考，来解决。

同样就便，我们再来读读英国名诗人柯尔律治对这首德国诗的英译。英译者把这首译诗收进了自己的诗集，足见他对它是满意的。译作如下：

THE VISIT OF THE GOD

Never, believe me,

Appear the Immortals,

Never alone: Scarce had I welcomed the Sorrow-beguiler, Iacchus! but in came Boy Cupid the Smiler; Lo! Phoebus the Glorious descends from his throne! They advance, they float in, the Olympians all!

With Divinities fills my

Terrestrial hall!

How shall I yield you

Due entertainment,

Celestial quire?

Me rather, bright guests! with your wings of upbuoyance,

Bear aloft to your homes, to your banquets of Joyance,

That the roofs of Olympus may echo my lyre! Hah! we mount!

on their pinions they waft up my soul!

O give me the nectar!

O fill me the bowl!

Give him the nectar!

Pour out for the poet,

Hebe! pour free!

Quicken his eyes with celestial dew, Thot Styx the detested no

more he may view, And like one of us Gods may conceit him to be!

Thanks, Hebe! I quaff it! Io Paean, I cry!

The wine of the Immortals

Forbids me to die!

原作的标题Dithyrambe，在英语中是通用的，但英译者并没有沿用这个生僻的名词，而是用普通英语来意译它，这就使一般读者轻易就懂得了原作要说什么。其次，英译没有拘泥于原来的行数和韵脚，而是在一定的格律内听其自然，或者说听其自然地保持了一定的格律。译文仍然是三节，但每节变成了九行；韵脚也押得很整齐，但与原作的交错规律不一样：头两行无韵；中间四行是abba；后三行的第一、三行有新韵，第二行又无韵。这样一改，不但显得从容而自然，而且终于摆脱了一般译诗难免的匠气。此外，在内容上也不是一行对一行地直译（尽管英语比汉语更有能力这样做），而是用地道的英语复述了原作所演出的那个完整的戏剧过程，能让读者一口气读完，一点也用不着读一行想一行。

席勒的这首诗是以一个希腊观念为基础的。据说诗人进行创作时有神凭附其身，一首诗由一个神赐予灵感；诸神降临人间拜访诗人，为了犒赏他的功绩，并给他带来了长生的美酒。席勒当然不是从神、而是从这个观念得到了灵感，于是唱了起来："相信我吧，诗人一次决不止接待一位神，诸神是联袂而来的。我所以知道，是他们日前光降过寒舍。我还来不及欢迎酒神，微笑的爱神就进来了，接着歌诗大神阿坡罗也突然从天而降。于是我的斗室挤满了这些神祇，天啦，我怎能在尘世恭迎这些大神呢？不如把我带到天上去，我好在那里为你们歌唱！果然，他们把我带到了奥林匹斯山，我忘形地呼唤神酒。诸神于是叫司酒的赫柏给我斟酒，并用天露抹湿我的眼睛，好让我再看不见冥河，好让我觉得自己也变成了神。感谢司酒的赫柏，我喝醉了，神酒使我不会再死了！"从一个神话观念写出一篇这样有声有色的戏剧场面，借以抒发作者对于从人到神的"飞升"的憧憬，尽管说是有声有色，其实感性内容并不多：这就是所谓"席勒化"的创作方法，但同我们所熟悉的"概念化"还是大不一样的。

再说这首诗的英译，译者为了使这个戏剧场面或戏剧过程显得生动，在字句上也作了一些于原文无损而于译文有益的增删和更换。例如，原作的最后两行没有了，原来的"平静"的客观描写变成了对青春女神赫柏的主观欢呼，对醉于不朽的诗人自己的主观颂扬，读起来反而显得更有"后劲"。又如，第一节第七行用 float（飘浮）来译原作的 kommen（来），第二节第七行用 waft（飘荡）来译原作的 emporheben（上升），也似乎显得更生动，等等。英译者柯尔律治毕竟是大诗人，他才有胆识也有本领在翻译上这样挥洒自如，他的这首译诗在艺术上也实在无愧于席勒的原作。这里值得思考的是，柯尔律治没有采用对原作亦步亦趋的直译方法，而在格式以至文句上坦然加以改动，这从理论角度说明了什么呢？难道也如前面所说，仅仅是"为了显示自己的才华"吗？恐怕这里就得从效果看动机了。归根到底，诗是内容和形式的统一体，译诗家的"生产对象"就是这个统一体。如果只注重传达内容，那么 Paraphrase 就够了，甚至会更好；如果想同时把形式美也传递过来，译者就不得不煞费苦心地完成原作内容在本国语言中的"同化过程"，从而发现既适应"新"内容、又适应本国鉴赏习惯的新形式。这是一种新统一体的再创造，既不是用本国的酒瓶装外国酒，更不是给外国酒里搀兑本国的水。柯尔律治毕竟是大诗人，他的这首译诗不正是这样启示我们的吗？这个启示借用勃兰兑斯的话来说，就是"对于外文原著最微妙的特色"，译者"既要有女性的感受力，同时还要有根据整体印象进行再创造的男性的能力"；如果译者同时是一位诗人，他还"必须实行自我否定，发展从精神上使另一种素材再生的能力"。

说到这里，读者诸君，如果你年富力强，我奉劝你赶紧学会一门或几门外国语，只要下决心，永远来得及——那时你不但可以直接拜访你心爱的外国诗人，还可以找到更多一些译本相互对照，这样就会真正知道译诗家们的甘苦了。歌德说过一句很多人未必同意的话："不懂得外国语就不会懂得本国的语言。"但是，也只有懂得了外国语之后，你才能真正懂得这句话的全部意义。

十一

最后，你也许会问我：本文的标题是什么意思？"夜里猫都是灰的"，是一句法国谚语，大概是说是非不分之地没有善恶可言吧。我把它变成一个问句，却是另一层意思：夜里猫并非个个都是灰的。你不信？且按哥仑布竖鸡蛋的简便智慧试一下：把你的灯烛拿来，白猫黑猫黄猫麻猫不都一目了然了吗，哪里会是清一色的灰呢？这个新比喻似乎可以用在诗歌翻译上：人们爱说诗是不可译的，再美的诗一旦译成外国语都会清一色地糟不可言；真是这样吗？真象猫一样溜进夜色里变成一团灰吗？如果经过译者心灵上的"灯烛"一照，可不是又有一番景象？你可能认为这个比喻很蹩脚，但它说明了我对译诗的信心。我相信，在译诗界和热心的读者（包括诗歌创作界）的共同的努力下，中国一定会陆续出现不少无愧于原作的名诗译品，从而使汉语终于成为容纳万国语言珍品的聚珍馆。

1984，1，1，初稿

1984，8，10，改稿

（原载三联书店《葱与蜜》）

绿原关于外国诗的评介一斑

绿 原

一、关于德国表现主义诗歌

　　表现主义在第一次大战前后的欧洲文艺界是一个普遍现象。倡导者们既反对自然主义的机械摹拟，又反对新浪漫主义的衰飒吟哦，自称以表现内在的真实为宗旨，认为内在经验的价值高于外在经验；但他们并不从事客观的心理分析，而是通过自我的激昂表现构成形象或幻想，以及对外界事物的幻觉，来显示人的希望、渴求和恐怖。表现主义的成就主要在诗歌和戏剧方面：诗歌方面的风格特征是感叹式和省略式（经常省略动词和冠词，有时甚至省略主词），据说膨胀了的感情不得不爆裂语言的规范；戏剧方面的风格特征则是通过影子式或巨人式的人物使生活梦境化，道白往往简略而迫促，近乎自言自语，动作突兀、变幻、多层次，角色往往无人称，多由"父亲"、"国王"、"工程师"之类通称所代替。在一些文学史家看来，斯特林堡的《梦剧》、《鬼魂奏鸣曲》，奥尼尔的《琼斯皇帝》，乔伊斯的《尤里西斯》，T·S·艾略特的《荒原》，田纳西·威廉斯的《玻璃动物园》等，都可称作欧洲表现主义代表作。

　　但是，正如未来主义之于意大利，超现实主义之于法国，表现主义在德国有更深远的渊源。德国表现主义在本世纪初期，首先出现在绘画和雕刻上，以"蓝骑士"、"桥"等艺术团体为代表；1910年左右，盛行于文学戏剧界，以佐尔格的幻景剧《乞丐》为代表，更早可追溯到韦德金德的某些剧作。诗歌是德国表现主义的主要成就，代表作者有贝歇尔（早期）、本恩、哈森克、莱维尔、海姆、拉斯凯－许勒、利希滕斯泰因、施塔特勒、施特拉姆、特拉克尔、维尔弗尔等。这些诗人的作品都是密封的（不是向读者开放的），经常只是一道剪不断的意象之流，在时间和空间上，没有明确的定位或者说只是通过韵律和音响在心灵上造成一种忧郁和悲伤的气氛，从而强烈地反映了对于一个异化世界的迷惑和反抗。例如，利希滕施泰因的《朦胧》，这首诗一共十二行，包括十个不同的意象，彼此没有逻辑联系，远离经验的现实世界。这种无时空性客观上说明了，作者反复寻找，终于没有找到他所追求的意象或意境，只剩下一个主观形式作为他对于那个无法自处的异化世界的一种抗衡力量。表现主义作为一种创作方法，到二十年代已逐渐销歇，虽然在其后继者的创作中仍然作为一种因素继续存在。

这些诗作从形式到内容都不容易翻译。译者不揣笔秃墨淡，试将上列十位德国表现主义代表诗人的名篇各译二首，供有兴于此的读者参考。

（原载《诗刊》1981年第5期）

二、关于奥地利现代诗

以上十一首诗，选自奥地利诗人兼翻译家赫伯特·库纳尔编译的现代奥地利诗选《糖霜下面》（纽约麦利克文化交流出版社，德英对照版）。

奥地利文学在德语文学中一直占有重要地位。如施尼茨勒、里尔克、霍夫曼斯塔尔、卡夫卡、韦菲尔、穆西尔、施蒂芬·茨威格，都是德语文学史中不可忽略的名字。从另一方面说，奥地利作家尽管同其他德语作家使用同一种语言，他们的作品仍然因其特色而有别于其它德语文学。50年代起在奥地利出现一个"维也纳集团"，他们利用同义异语反复、维也纳口语和挑衅性题材，推动了先锋派文学运动在德语文学中的发展。这就是这本诗选的背景。

这本诗选充满所谓"黑色幽默"、偶像破坏、对传统和权威的怀疑，对"死亡之谜"的探究，大都具有古怪的讽嘲的格调。本刊选载的几首，自不足以反映奥地利的现代诗的全貌，但多少可以窥见其一斑。例如，恩斯特·凯恩的一首，全文不按传统形式分行，而按一般版面接排和转行，句与句之间也没有标点：这个形式无非表示全诗是一声一口气倾吐出来的叹息。我们尽管不必这样来写诗，却也不妨了解一下这些诗写了些什么，以及怎样写出来的。编译者为这本诗选采用的题名《糖霜下面》（*Under the Icing*），说明他认为，这些奥地利诗人都具有批判的眼光，他们的许多诗都能透过表面的"糖霜"，抽汲出生活的苦味。

编译者赫伯特·库纳尔的小传见正文。他精通多种欧洲语言，以英语、德语写作为主，并把许多国家的作品（除德语作品外，还有俄语、罗马尼亚语、马其顿语以及奥地利境内的斯拉夫语作品）译成英语。在1980年南斯拉夫举办的国际诗人节大会上，获"翻译金笔"奖。以上几首诗的汉译文主要根据德语原文，也参照了库纳尔的英译文。这位翻译家说："对照版是介绍外国诗歌的理想办法。它可以使熟悉两种语言的读者有机会拿译文同原文对比，让他来判断翻译问题是怎么解决的，又怎么没有解决了"。

可惜，我们目前还不能采用这个"理想办法"。

第二次大战以后，奥地利的诗人们继承里尔克、霍夫曼斯塔尔和特拉克尔等巨匠的灵感源泉，进一步采用意象、黑色幽默和口语进行试验，力图以新手法表现当代人的矛盾、紧张和痛苦。采兰、巴赫曼和弗里德是他们的代表人物，下面译载了这几位诗人的代表作（如《死亡赋格曲》、《缓刑的时间》）。这些作品以想象、联想及由此烘托的意境为重，突破了传统共有的格律形式，形成不同的风格，这是同西方其他国家的现代诗大致相近的。对于西方现代诗，我们固不必盲目模仿，也不必盲目排斥，应当至少为开阔眼界而加以研究。除了作品本身，还有必要研究培育作品的生活基础和鉴定作品的理论背景。可惜这方面的工作，我们做得很不够。特别是，诗的翻译难以奏效，在语言上、生活方式上和审美趣味上的种种隔阂妨碍外国读者（甚至包括译者）去赏识原作。以下十首诗，前七首选自奥地利诗人赫伯特·库纳尔所编《糖霜下面》（参见《诗刊》1981年第5期），后三首选自作者的散集——只是一个尝试，尽可能帮助读者对原作有所感受而已。

（原载《世界文学》1981年第3期）

三、关于美国现代诗

美国的现代诗，不论在英语国家中，还是在整个西方世界，都是颇有成就的。在本世纪内，美国不但出了一些颇有代表性的诗人，而且他们有不少人同时还是颇有影响的批评家。他们写着又讲着，讲着又写着，给一大堆错综复杂的想象、印象、形象、意象等等涂抹了一层层理论的色彩。这样，就真只有"理解"了它们，才能"更深刻地感觉"它们了。

十九世纪以来，西方文学逐渐形成统一的文学。西方各国的现代诗基本上大同小异。西方的文学创作和文学批评本来是同西方形形色色的哲学潮流密切相关的。不管怎样估计"文学的独立自主性"，必须承认整个西方现代文学的面貌正是资本主义经济基础在人们意识中的反映；只是这种反映再不能作简单化的单线型的理解，更不能当作褒贬作家人格和作品质量的依据。在这个意义上，现代西方的文学创作（包括诗歌在内）对于我们首先具有认识价值，因此在写作方法上也不会没有借鉴的价值。

西方的现代诗是在十九世纪末从法国的象征主义文学运动发源的，但是，到二十世纪，却是美国诗人 T·S·艾略特、庞德等人产生了"弥漫性"的影响。论空灵，论飘逸，美国诗人一般不及法国的瓦雷里；论细致，论深沉，也比不上奥地利的里尔克。但是，美国的现代诗不孤僻，不呆板，不停滞；它人情味足，生活气息浓，重视"美感的传递"；它在探索，在开拓，在发展。

美国人讲究新，诗人更不例外。美国诗的新，首先新在内容上；内容新才促成形式新。所谓新就是与众不同，美国诗人不同于其他西方诗人，首先在于选材广泛，广泛到可以使任何事物入诗。同时，他们更注重读者所理解的现实，因此多取材于美国社会，很少取材于外国和古代。他们讲究客观性，至少主观上为客观事物而描写客观事物，倒不见得一味宣扬"自我表现"，因此爱情、死亡之类主题在他们笔下往往表现得自然而不伤感。他们年青，喧闹，外向而不内向，满不在乎地面对人生，敢于冒犯一切方面的权威。正因为这样，他们在形式上要求突破，忽视韵律和行数的规定，破坏传统形式的准则，驱逐陈词滥调，大胆采用口语和俚语，有些人（如艾·肯明斯）甚至在标点和字体上标新立异。对于他们的这些特征，我们尽可以保留自己的看法，但任何看法均应以比较全面的了解为前提，否则道听途说，张冠李戴，动辄目之为"颓废"、"堕落"，是不科学的，也不公正的。

不妨让他们自己来说几句。英美意象派代表人物艾米·洛厄尔在一篇《宣言》里提出过六条准则。这六条未必足以概括整个美国现代诗，但从中却可见它的一般倾向，而且如果解放一下思想，也未尝不值得我国的青年诗人们参考。

> "一，要用普通话作语言，但总要用确切的词，不用仅起装饰作用的词。
>
> "二，要创造新的韵律，用以表现新的情绪。我们并不坚持'自由诗'是唯一的写诗方式……我们却坚信，诗人的个性在自由诗中常常比在传统形式中得到更好的表现。
>
> "三，要允许在选择主题上有绝对的自由。
>
> "四，要呈现一个意象（所以有'意象派，这个称号）。我们不是一个画派，但我们相信，诗应当恰切地表现个别事物，而不应当从事模糊的一般事物，不论它们如何华丽或响亮。
>
> "五，要写清清楚楚的诗，决不朦胧或晦涩。
>
> "六，最后，我们大多数人相信，凝练才是诗的本质"。

要了解诗，最简便、也最可靠的办法就是自己去读诗。对于西方现代诗，包括美国的现代诗，尤其如此。我们过去读过许多惠特曼的作品，但惠特曼只是美国现代诗的"父亲"；我们读过一些桑德伯格的作品，但桑德伯格只是美国现代诗的一个"兄弟"；我们还读过几

首埃米莉·迪金森的妙品，但这位女诗人在生活上和创作上都是个
"女婆罗门"，更在血缘上远离拖泥带水的美国现代诗。对于美国现
代诗的主体、脉络和走向，从鲁滨逊、弗洛斯特到"垮掉的"金斯
伯格、"黑山派"奥尔森，我们都还不够熟悉。语言、生活方式、文
化传统不相同，造成了翻译、研究、评论方面的困难；因此，原来的
好诗未必能够译，译过来也未必讨好，能译过来并被人叫好的又往往
未必是原来的好诗。这都是可想而知的，但有些名篇（如艾略特的《荒
原》、《情歌》），并非没有较好的译文，却不知何以并未引起来诗
歌界的注意。这里可能存在着顾虑，顾虑"不良效果"或"不良影响"，
其实，是大可不必的，鲁迅早说过，吃了牛肉并不会变牛。外国不少
诗人（如庞德）对中国诗很有研究，他们一点也没有因此中国化；我
国的诗人（作为一个劳动者）鉴赏一下外国同行们的劳作，又怎会忽
然洋化了呢？倒是西方新起的所谓"新批评"、"接受美学"（Rezeption
sästhetik）究竟讲些什么，我们不妨注意研究一下。

下面几首诗，只是译者平日读到，觉得可能引起我国读者的同感，
才顺手译出的。至于较系统的介绍，还有待于有心并胜任的同好们的
努力。

（原载《外国文学季刊》1982年第3期）

四、关于加拿大现代诗

西方的现代诗虽然也有国家和民族的差别，但这些差别掩盖不了
它们的共同点，例如造句的口语化，题材的扩大化，以及表现手法上
形而上学倾向的复杂化。英、美、德、法等国的现代诗，近年来介绍
得较多，我们不难从中看出这一点来。加拿大的现代诗和英美现代诗
一样，也是从二十年代开始发展的，但却很少几乎没有被介绍过。这
里顺便译载几位加拿大女诗人的几篇作品，远不足以弥补这个缺陷。
从这几篇诗作中，读者除看出若干女性特征外，多少也可以感受到加
拿大现代诗作为现代诗的共性。

陶乐珊·里夫赛（1909年生），不论在加拿大诗坛上还是在英语

诗坛上，都称得上老诗人了。她的诗富于社会性和人民性，她认为诗必须产生于日常经验和"活的语言"。她说，"我觉得真正的知识分子是知道如何接近自然和普通人的那些人，所以我避免和学院派诗人和学院派批评家往来，他们抓不到本质。"这里介绍的一首《绿雨》，并不是她的代表作。

　　管多琳·马克埃温（1941年生），虽然比较年轻，在探索过程中却相当成熟。一贯主张诗必须言之有物，反对自我放纵，反对教训人，反对冷嘲。她说，"我所以写作，是为了传递欢乐、神秘和激情。……不是那种不知痛苦为何物的天真的欢乐，而是从痛苦中产生并征服了痛苦的欢乐。"这里介绍的一首《发现》，以警句始，以警句终，值得读者玩味。

　　玛格奈特·艾特伍德（1939年生），是新的一代人。据说她的诗有如"一位探险家在未经勘察过的意识荒原上的速写。"她似乎借用笛卡尔的名言在表白自己："我思，故我苦恼。"但这里介绍的一首《晚餐后的游戏》却还清新可读。

　　帕特·罗特尔（1935—1975），只活了四十岁，是位政治气息较浓的诗人。崇拜智利大诗人聂鲁达，说"聂鲁达是在大山底下活动的人，是亲吻石头的人"，同时在自己的诗作中也一再歌颂土地和石头。对她来说，诗是在个人身上和在社会中促成变革的工具。她在《向聂鲁达致意》一诗中说，"我常常忘记爱，但我想我随时在学习政治。"而学习政治在她看来，就是充分掌握语言及其丰富的资源。这里介绍的一首《初冬》，似乎显露了她的一部分风貌。

　　玛格奈特·阿维森（1918年生）是位严肃的哲理诗人，她把诗当作发现真理的手段，但又往往对自己的努力感到失望。她认为，在一个推销员艺术比一双灵敏的耳朵更受重视的世界里，有限的想象力胜利了，诗人找不到多少值得注意和尊敬的东西。因此，她被迫向过去寻求题材，或者寄希望于伟大的科学家，以为他们飞跃的想象力可能打开知识和经验的新世界。这里介绍的一首《在失业的季节》，多少反映了她探求诗意的广度和深度。

　　菲莉丝·韦伯（1927年生），往往在诗中呈现一个充满苦难、暴力和死亡的世界，但又往往怀疑艺术的目的未必在于说明人生无意义。不论她的音调如何阴郁，她在诗中仍然肯定了人的奋斗精神，肯定了面对并重建现实的想象力。这里介绍的《致菲多尔》，显示了她和陀斯妥耶夫斯基的精神血缘。

这几首诗都是遵从本刊编者所约，临时从多伦多牛津大学出版社的《十五位加拿大诗人》（1978）中译出的。加拿大现代诗的系统介绍，将有待于热心而又胜任的译者。

（原载《女作家》1985年第2期）

温故而知新

——关于"七月诗派"的几点记忆和认识

绿　原

　　这次来港参加"中国书展",香港的朋友们希望我谈谈"七月诗派"。我说,随便谈谈是可以的,倒不必限定在这个题目上。我所以这样说,是我觉得这个题目谈起来,涉及面太广,三言两语不清楚;加之事过境迁,过去了就让它过去了——老实说,我实在不愿意重提往事。不过,我初次来香港,朋友们有兴趣听听,我也不妨谈点自己的记忆和认识,算不得什么定论的。

　　事隔将近半个世纪,任何国家的文学史都不可能把任何一个流派延续下来,何况在中国——不但中间经历了那么多那么大的政治运动,单就文学本身的嬗变而言,作者和读者都经历了极大的分化和组合,已不可能象四十余年前那样写作和阅读了。所以,我首先想说,"七月诗派"只是个历史现象,它是在一定的时空条件下形成的、即在四十年代当时的大后方形成的一个诗歌流派,今天并没有这样一个流派。它原来拥有的一批诗人,死的死,老的老,活着的或者久已搁笔;或者另有新的探索和新的收获,从主客观两方面说,都不足以反映那个流派当年的风貌。但是,他们过去的努力和成就毕竟是抹煞不了的,是一定会得到后人的公正的评价的。如果没有这个历史性的信念,我们今天的谈话就未免显得多余了。

　　那么,请容许我先从"七月诗派"的时代背景谈起。

　　四十年代包括抗日战争的中后期和解放战争的全过程。七七事变以后，全国大多数诗人纷纷走出了书斋，参加了救亡工作，同时用自己的歌声颂扬着祖国和民族的新生。从主观上说，诗人们当时都是热情有余的；从客观效果来看，灰白的叙述和空洞的叫喊居多。这个现象并不足怪。中国的新诗从"五四"发源，十多年来取得了不小的成就，有些诗人在自己的园地里培育了不少优异的花果；但是，一旦面临全民抗战的新局面，诗人们限于自己的眼界、习惯和局格，便深深感到不适应了。每当历史出现转折，人们便会发生这种主客观的不适应，这在文学史上也是个常见的规律性现象。这时，胡风在武汉创办了、随后在重庆复刊了大型文艺刊物《七月》。围绕抗战的主题，《七月》陆续发表了一系列撼人心灵的诗篇——艾青、田间的一些名篇都是在这里问世的，此外还有阿垅（S·M·）、鲁藜、天蓝、孙钿、彭燕郊、邹荻帆、冀汸等人的作品。这些诗人和他们的作品，当时给广大文学青年留下了深刻的印象，使他们对诗有了新的感觉和新的理解：原来现实生活里面就有诗，诗就是诗人从现实生活里撷取素材而后象蜜蜂酿蜜一样酿造出来的。现实生活变化了，发展了，诗也必然跟着会有变化和发展；或者说，对于变化了、发展了的现实生活，必然会有从内容到形式都不同于过去的新诗出现。足见，任何一个诗派的出现，都是时代和环境的客观要求；诗人的主观努力所以取得成就，只因为它符合了这个要求。只有这样理解，才能说明艾青、田间等人在当时诗坛开创新局面的必然性。

皖南事变后，《七月》停刊，胡风出走香港，把一些未及编用的诗稿经过路翎转给了邹荻帆。邹荻帆在四一年同姚奔、曾卓几个人合编了一个诗刊《诗垦地》。这个刊物继承了《七月》从现实生活出发的诗风，除《七月》原有的一些诗作者外，还团结了一批青年诗人，发表了很多很好的诗作。次年，胡风从香港回到桂林，出版了《七月诗丛》和《七月文丛》；接着（44年）在重庆创办了比《七月》更带综合性的大型刊物《希望》。到这时，胡风周围的一些相对稳定的投稿者，已经隐隐约约形成了一个流派。如果说抗战初期发行的《七月》以歌颂民族的苦斗和新生为主，那么抗战后期发行的《希望》便着重控诉当时国统区人民的深重苦难。不论从内容上还是从形式上都可以说，《七月》、《希望》上的一些代表性诗作（当然包括艾青、田间的作品在内），把中国的新诗向前推进了一大步，基本上克服了前面所说的诗人和时代不相适应的情况。

不言而喻，"七月诗派"是同胡风的刊物和他作为文艺理论家的审美观分不开的。胡风的审美观除了反映在他的选稿标准上，更系统地表现在他的一些诗论中。如果诗人的实践已经向理论提出了挑战：在民族危亡之秋，诗人怎样才能通过自己创作的美学效果进行战斗？那么理论家便这样回答了实践："诗人底生命要随着时代底生命前进，时代精神底特质要规定诗的情绪状态和诗的风格"；"在诗的创造过程上，客观事物只有通过主观精神的燃烧才能够使杂质成灰，使精英更亮，而凝成浑然的艺术生命"；"诗的表现能力必然地是人生的战斗能力（思想力、感觉力、追求力……）底一个表现，只有首先成了人生的战斗能力的东西，才能够被提升为诗的表现能力而取得艺术生命"等等。

说到这里，觉得有必要声明三点：一、胡风虽然从理论上对诗歌创作作了科学的阐述，并在选稿和编稿过程中体现了他的诗歌主张，但是"七月诗派"没有一个人是按照理论（不管是谁的理论）来写作的。只有根本不懂得"生活是创作的唯一源泉"、不懂得理论只有从实践中产生的人们，才会捏造"七月诗派"按照某某理论进行创作或某某理论指挥"七月诗派"创作的神话。二、作为一个流派，"七月诗派"在创作实践和文艺见解上自然有其共同点，但也只是一种松散的思想上的结合，决没有什么组织、纲领之类，象后来的批判者们所设想的那样。三、他们当时并没有意识到自己是个流派，也没有存心结成一个流派，更没有自称过"七月诗派"——相反，各种帽子都是别人给他们扣上的。从解放前起，这些诗人及其他与胡风接近的作家就已经一律被称为"胡风派"。"胡风派"是个贬义词，没有一点学术意味，无非暗示这些人不可接近，至少需要另眼相看。解放以后，"胡风派"变成了"胡风小集团"，以至"反革命集团"，那就更是一顶与文艺无关的纯政治帽子了。

直到八十年代，我和牛汉合编了一本二十人集《白色花》，并由我写了一篇序文，初步谈到了这些诗人的艺术特征，这才使"七月诗派"这个名词流传开来。《白色花》这本诗集实际上带有平反的性质，

125

并不足以反映"七月诗派"的历史全貌。首先，限于平反的范围，一些与《七月》有过密切关系的重要诗人（如艾青、田间、天蓝、邹荻帆等）都没有被邀请进来。这些名诗人算不算"七月诗派"？从学术观点来看，本来是可以研究的。后来却流传了这样的闲话："胡风派"想把艾青拉入他们一伙，不过为了给自己脸上贴金，因此是对这位大诗人的极大的不恭。这类闲话我认为不值得加以分辩，无非是长期以来把政治身份和文艺地位混为一谈的庸俗观念在作怪。其次，由于当时胡风一案刚刚平反，许多诗人相互隔绝，资料掌握不全，这本诗集从平反的角度来看也是不够完善的。但是，《白色花》出版之后，今天的读者终归对这批诗人有了一点感性的认识。广泛的反应证明：不抱成见的青年人是不会忽视"七月诗派"在中国新诗史上的坚实的存在的，是不会歪曲和鄙弃他们的艺术追求和艺术理想的。

那么，什么是他们的艺术追求和艺术理想呢？什么是"七月诗派"的艺术特征呢？我想，除了在诗歌创作的基本规律上他们与一般诗人并无二致外，在创作与时代、现实生活的关系上，在客观题材与主观精神的关系上，在作品本身的艺术表现上，他们都有其与众不同的特点。借用我在《白色花》序文中的一句话："他们坚定地相信，只有依靠时代的真实，加上诗人自己对于时代真实的立场和态度的真实，才能产生艺术的真实。"这句话有三层意思：

一，真正的诗必须是时代精神的艺术反映，是现实生活的艺术反映。游离时代的血肉内容，同现实生活的斗争保持隔阂，以自我意识为创作源泉，追求所谓"超时空"的美学效果，在他们看来，是不可思议的。

二，真正的诗又不单纯是时代内容所能保证的，还要求诗人非把这个内容放进自己的主观感情的熔炉里加以熔融，从而化为自己的感性血肉不可。没有这种主客观的熔融过程，单凭标语口号式的政治概念，进行冷漠的刻划或空洞的叫喊，在他们看来，同样是不可思议的。

三，真正的诗必须落实在艺术效果上。战斗的诗必须通过它的艺术效果进行战斗。"七月诗派"又是怎样追求他们的艺术效果呢？或者说，他们所追求的"艺术的真实"又是什么呢？这是一个比较复杂的问题，是只能通过实践而不能依靠理论来解决的。实际上，"七月诗派"的各个诗人在艺术成就上本来就不相一致，各人都有自己特殊的成败得失。一般说来，他们都是自由诗的实践者，都用活的朴素的口语表现自己从生活中所寻访、所捕获的诗。他们从不迷信格律、词藻、行数之类既成的表现手段，只着力于诗本身所要求的、适应活的情绪的活的形式，但又决不为形式而形式。

　　总之，新诗史上长期存在着两种貌似对立、实则互为因果的创作倾向：一种是回避或脱离时代内容的唯艺术倾向，另一种是缺乏或抛弃艺术性的唯政治倾向。"七月诗派"的诗人们当时都还是些青年人，在这两种倾向的消长过程中，他们坚持要以自己的独创性，来证实自己在艺术上的合理存在。果然，这些诗人可以说，各有自己的艺术个性，各有自己的独创性，没有两个人会是相似的。鲁藜和阿垅不会被混同，彭燕郊和冀汸也不会被混同。力求在上述三点共性的基础上，建立自己的个性，让读者一眼就认出自己来，从而在艺术上和读者共同产生电磁感应——也就是说，让自己的作品作为导体，在现实生活的磁场里，努力同读者在一致的审美感觉的基础上作相对运动，从而产生强度的艺术电流，为更多的人照亮人生的道路——我以为，这就是"七月诗派"共同追求（虽然未必达到）的艺术理想。事实上，当时确有不少文学青年，正是在"七月诗派"的艺术电流的冲击下（可引鲁藜的著名小诗《泥土》为例），进入了更深厚的人生，走向了革命的队伍，这是可以由已经变成中老年的他们自己来作证的，尽管后来在反胡风斗争中，他们却为此受到了交代不清的连累。

　　我把"七月诗派"讲了这些，是不是说四十年代除了他们，便没有其他诗人呢？当然不是这个意思。当时还有不少诗人同样在为新诗的发展辛勤写作，而且个别诗人的劳绩已经记录在一版再版的文学史上，一直在书店里、课堂里、图书馆里被保存着。和这些幸运的诗人相比，"七月诗派"倒是被贬抑、被排斥、被抹煞得太久太久了。我这里不过是说：在那些一版再版的文学史之外，还曾经活跃过这样一批青年诗人，他们有才华，有朝气，有潜力，也有尚待克服的限制和弱点——如果是在正常的环境下，他们个个都会有更广阔的发展前途，都会作出更坚实的贡献。然而，正当他们在艺术的长途一步一个脚印跋涉的时候，凭空冒出了一个"胡风集团"问题，简直就象唐山地震一样，一下子把他们统统埋进土里了，一埋就是二十多年。

冰冻七尺非一日之寒。胡风问题发展到后来那么严重，有一个从渐变到突变的过程。今天如果愿意重新认识，这个过程的每一步都充满了经验教训。三十年代的文艺论争只涉及胡风个人，与"七月诗派"关系不大，且不说了。就说1944年胡风在《希望》上发表了舒芜的《论主观》，这是一篇观点错误的哲学论文；把这篇文章发表在自己的刊物上，胡风本人后来承认，至少是轻率的。但问题的症结不在这里，在于这篇文章把哲学上的主观范畴和文艺创作过程中不可或缺的作者用以克服客观题材的主观感情、情绪、精神、意识等等混为一谈，从此人间便多事了。本来，舒芜是一位古典文学研究家，自己并没有文艺创作的直接经验，而"七月诗派"的诗人们，我敢说，也没有一个曾经有兴趣、有耐心读完过那篇洋洋大文。然而，几十年来在绵延不断而又纠缠不清的批判声中，胡风的全部文论及其周围一大批作家（包括"七月诗派"）的全部创作，便随着《论主观》这块铁证，一律被打上了"主观唯心主义"的烙印，从而被剥夺了起码应有的生存权利。如果愿意吸取教训，我认为把文艺特殊规律问题当作一般哲学问题来对待，是忽视矛盾特殊性的第一个教训。

解放前夕，对胡风和"胡风派"的批判已经开始。如果说那时多少还有点学术讨论的气象，不象后来那样忘乎所以地上纲上线，那么解放以后，批判者们一个个成为全国文艺工作者的领导人，胡风问题便日益变得严重起来。这时，舒芜出来"检讨"——要是他实事求是地检讨自己的哲学思想错误，那倒也不是坏事。可叹的是，他是作为"胡风派"的成员，出来"检举"一个"集团"或者一个"地下王国"的，这样便把一大批和他的错误风马牛不相及的无辜者一齐揪到了审判台前。这批人大都没有政治经验，有意见不能讲，很自然地产生了对立情绪，又很自然地在个人信件中发牢骚，说怪话。到1955年，由舒芜进一步"检举"，这批个人信件纷纷被搜查出来，立刻作为"三批材料"，坐实了一个与文艺毫无关系的反革命案件了。……事过境迁，我并没有责怪舒芜的意思，对批判者们也没有什么芥蒂，因为我懂得，他和他们都负不起这桩大错案的责任；反正在"以阶级斗争为纲"的指导思想下，即使没有舒芜，胡风问题也是非"解决"不可的。

历史用不着假设，舒芜不过起了导火线的作用。因此，如果愿意吸取教训，我认为把文艺思想问题当作政治问题来对待，应当是忽视矛盾特殊性的第二个教训。

到八十年代初，中共十一届三中全会以后，"胡风反革命案"才随着知识分子政策的进一步落实，得到了平反。这项起亡人而肉白骨的德政在中国历史（不止文学史）上的积极影响，恐怕不是局外人所能充分体会的。此后，人们才逐渐回想起或认识到，这一拨人原来并不是什么青面獠牙，而是一些普普通通的文艺人，只不过在文艺观上有所执著和追求而已。现在，胡风的文艺思想在国内已经开始有了如实的研究和持平的评价——这里我想推荐近一期《中国》上发表的陈辽写的一篇《胡风文艺思想平议》，它对照着当年的批判，分析和肯定了胡风的一些基本观点，也指出了他在理论上的几个失误，同时还试图总结文艺思想论争的若干历史教训。作者的具体见解当然还可以讨论，但这毕竟是几十年来第一篇以客观的公平态度对待文艺现象的好文章。其实，胡风的文艺思想也并不是他的自我作古的独创，不过是他继承国际进步文学经验和国内以鲁迅为代表的革命现实主义文学经验的心得和发展，今天基本上在一些新进作家的卓越实践中得到了印证。回想几十年的批判和斗争，人们不禁想起了黑格尔的一句感叹："真理的进程是多么缓慢啊！"

正是在这个缓慢的历史进程中，"七月诗派"终于作为"出土文物"被发现了，他们的一些旧作和新作开始受到新一代读者的注意和赏识。但是，如前所说，这批诗人死的死（如阿垅），老的老（一般均已年逾六旬），活着的或久已搁笔，或另有新的探索和新的收获，作为一个流派，已经不是当年的风貌了。他们中间仍然坚持创作的，有鲁藜、彭燕郊、冀汸、牛汉、曾卓、罗洛等人。今天，中国新诗的发展呈现了真正百花齐放的崭新局面，有才华有成就的新诗人辈出，新的实践不断提出了新的问题。面临改革和开放的新时期，诗的领域是十分宽广的，那些老而不衰的"七月"诗人正在同新诗人们一起，共同进行新的开拓。虽然"七月诗派"已经成为历史现象，他们当年对于诗的忠诚态度，他们在诗与人的关系上的严肃立场，以及他们在创作实践上的成败得失，如能经过公正而科学的评价，对中国新诗的进一步发展产生一点积极作用，那也不枉他们为诗受难一场。

1985年12月15日

（原载《香港文艺》1986年2月号）

诗 之 我 见

——并就教于复旦诗社诸君子

绿 原

诗是一种奇怪的独白，它独自站在人生的舞台上，面对古往今来的无数观众，但是决不装腔作势地挑逗或感染什么人，更不试图进行辩难或说服——它只是自言自语着，讲着人人能讲、想讲而终没讲出来的话，以弥补人类偶尔的木讷和口吃而已。它不预期什么效果，却经常凭借真诚、朴素和新颖产生着效果。不过，更多时候它发现自己只是一件废品或半成品，于是连"自己"这个最亲密的倾听者都无言以对，以致无地自容，恰象被人猜中那个蹩脚哑谜便投崖而死的斯芬克斯一样。

诗是一种奇怪的对白，它永远看不见它的对白人，但他的淡漠、惊愕、挑剔、鄙薄以至呵斥却时时萦回它的眼前和耳际。然而，对于诗人（尽管他象人一样需要赏识、赞美和爱抚），这种命定的冷遇要比更其陌生而危险的庸俗捧场吹捧好得多：通过前者，他可以测试并激发自己不断创新的生机，而后者只能使他终于窒息在相互隔膜和相互欺骗之中。

诗是一种奇怪的债务，它没有任何债权人，却需要永远偿还下去，如果你正直而又有足够的偿还能力；反之，能力不足，你随时可以中断偿还义务，不会受到社会的追究，甚至还会得到它的谅解和感谢。

但是，一个人没有这种债务观念而想写诗，甚至写得很多很多，妄想反过来成为债权人，那么理想的社会应当根据这种疯狂行为，向他宣布"禁治产"。

诗是一种奇怪的惩罚，它无原无故地施加在诗人身上，使他昼夜不宁，还悻悻地对他斥责道："谁教你是个不称职的诗人呢？"因此，他不得不象希腊神话里的坦塔勒斯一样，渴欲饮则水退，饥欲食则果升，永远也得不到他所需要、所向往、所追求的东西——一旦他的饥渴得到了满足，惩罚也就告终了，他从此不再是诗人了。正是这样，他才觉得自己为之呕心沥血的作品永远只是废品或半成品。

诗是一种奇怪的劳役，它没有任何指标，也没有任何期限。你不幸是个诗人，就不得不象西绪福斯一样永远运石上山而复坠。正是这样，他才觉得他每次提笔都象第一次一样毫无把握。

诗是一种奇怪的旅行，它有各种各样的起点，但永远没有一个终点。你一旦走上了路，就得一直走下去，象那个永远流浪的犹太人一样，任何良辰美景、奇风异俗、豪爽慷慨、同情怜悯都不足以使你留连。你把一切身外物都抛尽了，再也走不动了，就在那荒无人烟的地带歇下来吧；但不妨用指甲或牙齿在身旁那株沙枣树上刻下一个路标，好让后来人从这里经过时，知道他并不是唯一的先行者。

诗是一种奇怪的狩猎，它的围场是无限的，因此是无形的。据说有过潜游海底的猛虎，有过飞翔高空的巨鲸，有过从炽热冷川跑过来的恐龙，有过从冷冻火焰中冲出来的凤凰，可迄今谁也没有真正见到过。据说你胆敢走进这围场，不需要携带任何武器，只要有一颗无所不爱的心，一双无所不见的眼睛，和一副勇于肉搏而无不可以牺牲的肢体。看来你可能终于什么也猎获不到；但只要你侥幸没有变成被猎获物，你也不会空手而归，你的遍体鳞伤就证明你毕竟不虚此行。

诗是一种奇怪的竞技，它不一定以同行为对手，却允许游泳健将和跳高健将相争，也让马拉松冠军和象棋冠军相遇。象一切竞技一样，它是最民主的，任何身份和地位都不能保证参加者的胜利。因为真正的对手首先是你自己，真正的裁判者也首先是你自己。因此，这里从来没有过冠军，也永远不会有冠军。从历史上看，落伍者、落荒者、失败者以至阵亡者反倒比比皆是。

诗是一种奇怪的挑战，挑战者就是你的灵感——这家伙很狡猾，常常对你进行偷袭，打你一个凑手不及，让你眼巴巴望着它开过一通玩笑后扬长而去。因此，你必须时刻戒备着，它一露头就把它抓住，决不让它化身而遁；一旦把它抓到手，应当立刻强迫它为你效劳，同时也强迫你自己为它效劳，直到它从缥缈的气态凝结到你的作品之中为止。

诗是一种奇怪的舞蹈，它没有任何规范动作，只要求平衡感、协调感和节奏感。不必象秧歌舞的拧麻花，也不必象迪斯科的扭腰和出胯，它只要求发自心灵而各不相同的造型、色彩和音响效果。一旦你跳起来，你就会逐渐忘掉自己，甚至忘掉舞蹈本身。你就是天鹅湖畔的奥杰塔，你就是沉睡一百年才醒过来的阿美罗拉，你就是和胡桃夹子一起旋转的克拉拉，你就是穿上了红魔鞋一直跳个不停的那个可怜的姑娘……

1986年3月

（原载《忠实的河流》，复旦大学出版社，
复旦诗社编《海星星》续集）

答《未名诗人》问

绿 原

问：除了读诗以外，你还对哪些方面的书感兴趣？

答：不管写不写诗，我们总应当多读点书。作为一个现代人，我总觉得自己懂得太少，总希望自己的知识多一点。因此，除了读诗外，我对文学、哲学、历史等方面的书刊都感兴趣，对自己读得懂的自然科学小册子也感兴趣。不过，我读书也并不完全听凭兴趣。再感兴趣的读物，如有必要，随时可以放下来；反之，自认为必读的书籍即使再不感兴趣，我也能读下去。对于诗人来说，他的创作劳动固然不需要太多的知识，但知识多一点，我觉得，对写诗也并没有坏处。现代生活十分复杂，单凭主观的质朴的想象力，往往无法深入，甚至无法理解，而真正的反映生活实际的知识，却可以辅助作者扩大对生活的感受方位，加深对生活的感受程度。认为知识多了，会妨碍诗情，会堵塞形象思维的通道，会使创作流于概念化，这在艺术视野狭隘的封闭社会不难找到近似的例证，今天看来是没有根据的，因此是不必要的。你是真正的诗人（这个基点当然不取决于知识的多少），你决不会把知识误作为创作的源泉，尽写所谓"文人诗"，因此不怕知识会成为你的负担。如果你是一位大诗人，则你同时必须是个善于鉴别艺术真伪的批评家，而批评家是绝对需要知识的。

问：您写诗的座右铭是什么？

答：我每次写诗都很紧张，来不及温习什么座右铭，所以也没有什么座右铭。但，如果概括地说一下我写诗时的紧张心情，那就是我自己的两句诗：

> "这一次象每一次一样，
> 我是第一次唱，我从没有唱过；
> 这一次象每一次一样
> 我是最后一次唱，我再也不会唱。"

（《谢幕》）

问：您认为成就一个诗人最重要的有哪些方面的因素？最需要警惕哪些问题？

答：我认为成就一个诗人，最重要的（虽然不是唯一的）因素是，在感情上和普通人民打成一片。依据我自己的经验，对于诗人最需要警惕的，莫过于把诗看作高于一切，从而自认为高人一等，甚至把自己和社会、和人民隔绝开来。记得我开初学诗的时候，曾为此犯过一系列可笑而不自觉的毛病：只读诗，不读因此也不懂诗以外（包括文学艺术的其它部门）的任何书刊；只写诗，不学写因此也不会写任何其它形式的与常人交流思想感情的文字；只结交诗人做朋友，不结交因此也不理解诗人圈子以外的广大社会层。后来，一位严格的长辈指教我：你这除了甘于无知外，说重一点，还是一种愚蠢的反民主的贵族（精神贵族）习气。我当时听了大吃一惊，接着吃了不少亏（起码是诗越写越贫血），才觉得他的话并不过分。

问：许多学诗的青年苦于表现不出自己所想表现的东西，您在创作中遇到过这种情况吗？您以为问题出在哪里？该怎么办？

答：我也经常"在创作过程中苦于表现不出自己所想表现的东西"。很晚我才认识到，问题出在"写什么"和"怎么写"这两方面的相互关系没有解决好。首先，"写什么"决不是一个与创作过程无关的单纯的客观题材问题，而是作者对于客观题材的原始感触的深浅程度问题，是那点原始感触由浅入深、由朦胧到明朗的表现形态问题，这个问题可以说是和"怎么写"密切相连的。不知别人的经验如何，我的"写什么"从来是在"怎么写"的过程中逐渐解决的。在落笔之前，我只是想写点什么而已，并不知道会写出什么来；直到写完了，才发现原来是写的这个"什么",这个"什么"往往不是或不完全是落笔之前想写的那个"什么"。这就是说,我究竟想表现什么?或者,究竟是什么使我想提笔加以表现?在整个创作过程中决不是一开始就很明确的,而是必须通过"酝酿"过程(也就是一般被诟病为"神秘化"的主客观相互渗透、相互契合的过程)逐渐明确起来。这一点不是那么容易解决的,果真解决了,知道自己想要写什么了,"怎么写"也就同时解决了。反之,不知道"写什么"和"怎么写"实际上是一个问题,或者是一个问题的两个方面,从而把二者截然分开,以为"自己所想表现的东西"没有问题,只是"苦于表现不出来",恐怕只会使自己陷入摆不脱的困惑之中。不错,我确有一点原始感触,只因没有通过进一步酝酿加以深化,就难以判断它是属于诗的还是属于散文的,也就说不准是写成诗好还是写成散文好,于是出现了所谓"苦于表现不出来"的主客观相持状态。在这种情况下,我的对策是:尽可能把一点"自己所想表现的东西"(不过就是那点朦胧的尚未具备形态的原始感触)写成散文。当然,真正属于诗的东西,偏要把它写成散文,恐怕效果也未必佳。但从保险系数着眼,宁可把诗的东西写成散文,也决不要把散文的东西写成诗,因为凡是能够写成散文的,勉强写成诗,一定不会是好诗。只有在非写不可而散文形式又实在不胜任的情况下,才敢动用诗的形式,而且也并非每次都能写成功。

问:自我重复是诗歌创作中普遍的弊病,您怎样看这个问题?

答:在感受方位、表现手法以至遣词造句等方面的"自我重复",的确是诗歌界的一个通病,甚至一些相当成熟的诗人也难以幸免。这实际上是对自己的一点既有成就的不自觉的模仿,不能把它同作为诗人的性格表现的风格化混为一谈。情况往往是,曾经一度对生活有所挖掘,对艺术有所探索,对人生有所追求,从而写出过一些好诗来,但随后长久陶醉在那点既有成就中,脑袋昂高了,眼睛眯缝了,挖掘、探索和追求相应停顿下来,再一提笔,便不知不觉成为自己旧作的复印机。或者,按照另一种情况,生活天地本来狭窄,艺术视野本来模糊,偶尔沿袭一时一地的风尚写出过几首诗,对自己的这点点成就经常禁不住有观止之叹,就好象一架没有焦距镜、没有闪光灯的玩具照像机,在有限的范围内,在适宜的天色下,碰着什么拍什么,还真以为有本领"纳须弥于芥子"：这种情况下的"自我重复"就更其不言而喻了。然而，不论是模仿自己还是模仿别人，对于一个诗人、特别是青年诗人，更有其认识论上的根源。除了写不出来硬要写，以致出此下策外，他们不懂得诗是艺术而不是技术；不懂得技术可以而且必须通过模仿和重复来达到娴熟，而艺术则永远只有一次性经验，只有一次性表现；不懂得模仿和重复象其它形式的弄虚作假一样，正是艺术创造的致命伤——对它没有别的应付办法，只有依靠自觉的求真精神，要求自己每一次做到给世界带来一点点新东西，否则干脆搁笔。世界上何贵乎多你这一台复印机呢，即使是一台聪明的复印机？

1985年11月5日

（原载《未名诗人》1989年第2期，《诗刊》刊授版）

我 写 绿 原

罗 惠

　　本书编者张如法同志约我写一篇关于绿原创作生涯的回忆，说是我作为他几十年的生活伴侣，应当比旁人对他有更多的了解。这话也有道理，不过绿原这个平凡的人，加上他的一些不平凡的遭遇，叫我从哪里写起呢？

　　我和绿原是青梅竹马之交，他是我的亲戚和邻居，我是他从事写作以前的一段生活准备的见证人。牛汉同志在《荆棘与血液》一文中，对绿原的童年作过一番描述，那是真实的；其中还谈到，绿原的诗作从来没有过甜蜜的素质——这句话我以为也说得非常准确。我想就这句话提供一点背景材料。

　　听说绿原的父亲以雕刻竹篁为生，并且是中国早期的照相师之一。但绿原三岁就是一个孤儿，母亲带着他和四个姐姐，依靠比他年长十九岁的胞兄当教职员过活。一家人的生活是很清苦的，他很小就认识"当票"上面一些难认的字。他的母亲很钟爱他，但没法把爱表现在物质上，只能天南地北地给他讲一些民间故事，来鼓励他上进，争取改变自己的生活。绿原的《小时候》这首诗，据他对我说，不是什么想象的产物，简直就是一次白描。令人印象深刻的是，绿原12岁时，平日钟爱他的母亲，为了要他"争气"，把他狠狠打了一顿，接着不久就去世了。绿原说：她所以狠狠打他，是想要他忘记她，但她想错了，他长久想念她，直到她的影子淡化了，他仍然忘不了她。母亲去世后，几个姐姐都给人家当了童养媳，有一个甚至被环境逼迫自杀了。一般人往往留恋自己的童年，绿原却相反，他当时总希望自己快快长大，似乎长大了就可以摆脱童年的种种不幸。的确，绿原的童年是不值得留恋的，他自幼就经历了他所不懂、也不应懂的人世的艰辛和人与人的复杂关系。正是这样，他很早养成了孤独、内向、害怕求人、埋头苦干、自力更生、个人奋斗的顽强性格。

父母去世后，绿原在胞兄的教养下读了几年初中。他的胞兄是武汉某校的一个教员，后来又当某公司的一名职员，通晓英语和古汉语，对幼弟的学习要求严格。绿原一向功课很好，把搞好功课当作改变生活、改变痛苦童年的唯一出路。但是他很寂寞，从没有因为功课好受到过任何称赞和奖励。他也没有其他任何玩耍的条件和兴味，平日把功课做完，便四处找些"闲书"读，一读就是一天或几天。他在初中时就把《三国》、《水浒》、《红楼梦》等著名的旧小说和《聊斋》、《阅微草堂》、《子不语》之类笔记小说都读过了。绿原在小学开始读英语，他的英语在胞兄的辅导下比同学们成绩都好；他同时喜欢中国的古典文学。使我奇怪的是，后来成为诗人的绿原，小时候并不喜欢诗词，而是喜欢古文和章回小说，后来又转向历史，这可能是他迫切希望了解人生的一种自然表现吧。

记得抗战第一年，我曾到他家去过一次，他还没有放学回来。我看到在一个光线暗淡的角落里有一张二尺来宽的小板床，床头是一个由四个四方煤油箱搭起来的小书桌，桌上整整齐齐摆了一些书。我至今还记得的几本是：《阅微草堂笔记》（他当时最喜欢的一本书）、林语堂的《开明英文法》、一本贴满副刊剪报的剪报本，还有一本郭沫若译的《少年维特之烦恼》。我当时也不过是个少女，还不能从他桌上的书来窥见他的精神世界，但那本《维特》引起了我的兴趣，曾经借来看过。绿原后来都忘记了，我却还记得牛皮纸封面的一角，用清秀的字体写着这样几句话："其时其地其人之于我，有古今中外智愚之不同，何其情其景相似其极，由此因缘而使我爱读之。"我当时不懂这几句题词是什么意思，他是在什么心情下写出来的；后来我想，他并没有把维特的故事单纯当作一个恋爱故事，他对维特的爱好可能仍是自幼失去母爱的原故。

绿原小时候除了读书之外，没有别的运动和娱乐（如当时流行的青少年们的爱好——打小皮球、溜干冰、看电影之类），因此体质很差，从小就患厥症。但是，他欢喜唱歌。他的嗓子并不好，还常常走调；唱的也不是流行的抒情歌曲，如"微风吹动了我的头发"之类，而是"大刀向……"、"你看战斗机……"等群众歌曲。这时，武汉正是抗战中心，男女老少都沉浸在救亡的情怀中，我想绿原这时一定也受到强烈的感染。

1938年武汉沦陷，我们就分别了。他一个人流亡到了大后方，我却随家留在沦陷区的乡间。这期间，我们有过十分艰难的通讯，一封信要走半年之久。读着他的信，往往使我感到莫名其妙，扑朔迷离，就象现代派的诗，实在令人费猜。回想起来，可能他那时正把对家乡的思念和遥远的爱情当作素材，开始写诗了吧。

他16岁离开故乡，一个人在外地流浪，举目无亲，毫无接济，仅靠同学的微薄帮助和国统区学校的所谓"贷金"（即免费伙食），读了几年高中和大学。其间，因为生活实在困难，还离开学校到一个钢铁厂当过一年练习生，又到一个孤儿院教过半年书。在求学期间，他的贫困是惊人的，阿垅曾经在《绿原片论》中描述了他当时的窘境；据说他几年来只有一套破衬衣，往往是晚上洗了白天穿。但是，比起政治上的迫害，物质的贫困又算得了什么。1944年上半年，绿原在大学被征调当美军翻译，训练期间，由于"思想左倾"受到国民党特务的迫害，不但当不成译员，读不成大学，而且还被暗令通缉。幸亏朋友的帮助，他才得以逃离重庆，化名到川北岳池县一所私立中学教英语。从此，他告别了学生时代，开始自食其力的道路。

就在这一年冬天，我和绿原在这里重逢，并且结了婚。当时，我们什么也没有，只有两颗幼稚而赤诚的心。他在那个中学教书，我在另一个小学教书。我们俩就这样手牵手地走向了人生。新婚一两年，是我们生活最平静、最幸福的一段时间。这时他已出版了一本诗集《童话》；我知道他有邹荻帆、曾卓、冀汸等一些好友，还认识胡风、阿垅、路翎等著名的作家。我不懂文学，但我对他们的交往毫无怀疑，始终认为这些朋友是高尚的，值得尊敬的。做梦也想不到，绿原和他们的交往在后来1955年的巨变中，后果竟是那样严重。如果人真有先知的特异功能，至少我是会为前面等着我们的暴风骤雨感到恐惧的；但是我们都没有想到这些，我们毕竟太年轻，对世事的变幻莫测是太无经验了。

《童话》里的那些诗，我当时还是比较欢喜的，觉得虽然不够深沉，但比一般流行的伤感低调或空洞的高调要清新一些。但后来总觉得内容未免单薄，而且同他的现实经历不相一致。绿原为什么会写出那些空幻的朦胧的诗篇呢？我想，从心理分析的角度来看，可能仍然是他的受压抑的童年感情无意间的流露。

结婚以后，绿原再没有写过《童话》那样的诗，甚至再也没有写过一般意义上的情诗。在整个写作生涯中，他开始转向越来越严肃的阶段。我和绿原生活在一起，对他的这个转变是有实感的。他没有给我写过一首情诗，这不能说明别的什么，只是说明我们从头到尾没有生活在单纯的爱情中。

在抗战胜利前后，绿原写了好几首政治性强烈的抒情长诗，如《给天真的乐观主义者们》、《又是一个起点》、《复仇的哲学》、《咦，美国！》、《悲愤的人们》、《你是谁》等。这些长诗同《童话》的风格相去很远，脱尽了过去那种空幻或朦胧的气质，而是直面人生，和现实中的丑恶短兵相接。这不但在绿原本人的创作道路上标志了一个转变，就是对于当时所谓大后方的诗歌界也显得比较突出。事实上，当时在国统区反内战、反饥饿、反压迫的青年学生运动中，绿原的这些诗曾经多次在群众集会上被朗诵，从而产生了它作为一名鼓手的鼓舞作用。因此，这些诗在当时评论界还引起了一些争论，有些评论家充满热情地肯定了绿原的这一段努力；有些评论家虽然同意绿原在政治上是靠拢人民的，但艺术评价上却加以保留，认为作者"受外国影响"，没有按照群众"喜闻乐见"的"民歌形式"写作，等等。我们当时生活在偏僻的农村，后来又忙于求业谋生，四处奔走，对这些客观反应都没有及时了解（郭沫若同志1946年在《九缪斯赞》一文中提到绿原的名字，也是几年后才知道的），绿原本人的创作情绪并没有因此受到影响。

我想谈谈绿原在写作上的这一转变是怎样实现的。今天回顾，大概不外乎这三个因素。首先，绿原本人当时所处的下层小资产阶级的阶级地位，多年来在国统区遭受的经济上和政治上的折磨和迫害，决定了他一开始就没有对国民党政权抱过任何幻想，也注定了他在写作上不会长久保持《童话》里的浪漫主义气质。其次，当时我们周围有一些进步的革命的朋友，他们对绿原和我在政治上有过帮助。我们当时所在的单位是一个由进步人士建立的私立中学，除了几位外省的进步教师（如赵枫林、杨子范、万有禄等）外，还有本地的一些地下党教师（如蔡衣渠、张泽浩等）。绿原平日同他们往来，能够每天读到新华日报和其它民主报纸，经常一起讨论国内外时事，政治话题往往代替了文学艺术。毛泽东同志《在延安文艺座谈会上的讲话》，我们就是1946年上半年在这里读到的。这篇划时代的《讲话》，我们当时还认真地讨论过，尽管并不象后来学习得那样深刻，我想绿原的这次转变多少从这些革命原则受到了影响。第三，绿原在创作上具有一种不断追求创新的精神。他这时政治热情很高，不但看不惯当时一些风花雪月的伤感之作，就是对一些缺乏感染力的标语口号式的政治诗歌也深不以为然。他希望通过新颖而独特的艺术手法把他的政治热情表现出来，在反映时代和人民方面走出自己的路。这些长诗，除了令人感受到他当时的政治思想和政治感情外，更可看出他在文学手法上力求创新的努力。邵燕祥同志在《读〈白色花〉》一文（《文艺报》1982年12期）中说到："也许正由于中国的现实是非常复杂的，仅仅靠诗的热情远远不够，他（指绿原——引者）政治地楔入生活，直面敌人，寓热情于冷峻，化呼号为论战，把对客观世界犀利的剖析思索，以一系列尖新深刻的意象发人之未发。"我觉得，这段话比较准确地说明了绿原当时的探索成就；这也就是牛汉同志所说的，绿原想把"非诗"变为"诗"的信心和能力的具体表现。

我记得，绿原这期间的写作是相当艰苦的，每次提笔几乎象生病一样，不能吃，不能睡，往往是夜半时分被婴儿的啼哭声吵醒后就一跃而起，奋笔直书，一口气写完一首诗。《又是一个起点》就是这样写出来的，《轭》——纪念万有禄同志的悼诗也是这样写出来的。这些诗今天来看，粗糙的痕迹相当多，但那里面的激情并没有随着时光的流逝而消失。这里我想说的是，粗糙和精巧不仅在一般的艺术评价中并不是唯一的着眼点，而且在绿原本人当时的创作实践中也是经过有意识的权衡的。实际上，绿原在转入政治抒情诗阶段以前，也有过一阵徘徊和苦闷。记得他初到这个偏僻的县城，由于被暗令通缉，和重庆的朋友们通信很不方便，心境一度很灰暗，曾写过一些形式雕琢的讽刺诗，写得很吃力，读起来也很艰涩。胡风这时在重庆主编刊物《希望》，来信向他要诗稿；他寄了一些去，但大都没有被采用；胡风来信说，感情要自然，不要过分压抑，更不要追求"绮语"——这些话，我当时并不十分懂，后来才觉得，他说中了绿原的要害。由于现实生活的挫折，绿原那时虽已摆脱了《童话》的浪漫主义气质，但没有找到自己与人民思想感情相结合的适当方式，而是陷入了中国知识分子惯有的夫儒气息中。但他在这种气息中没有停留很久，因为那种夫儒式的冷嘲确实是同当时人民群众的民主斗争不相符合的。

抗战胜利曾经给我们这些小知识分子带来很大的希望，以为苦难的祖国从此可以进入和平民主的建设阶段。但接着，蒋介石撕毁双十协定，发动了全面的内战，同时更加重了国统区的白色恐怖。这时期，我们同国统区大多数知识分子一样，一方面对蒋介石政权彻底失去了信心，另方面更明确地对党所领导的解放战争寄托了民族复兴的希望。绿原这期间的创作，严格分析起来，政治意义大于艺术意义；或者说，在这个短兵相接的时刻，诗人的艺术实践决不可能是纯艺术的，不可能不同他的政治信念和政治选择联系在一起。胜利后一年，我们离开那个小县城，经过成都回到重庆，仍然在中学教书。这时国民党政权已迁都南京，两年前对绿原的通缉令已经稍微放松。但不久重庆的白色恐怖又日趋严重，《新华日报》被封闭。1947年春天，阿垅当时在成都被暗令通缉，潜逃到重庆，准备去上海；我就在这时带着孩子，同阿垅同船离开四川，回到了武汉，让绿原教完这一学期再回来。接着，我在武汉听说，重庆发生大逮捕，我忧心如焚，接连去信催促绿原回武汉。四七年暑假，绿原终于回到他别离九年的故乡，他已经成人了，但贫困的童年给他的记忆抹上了一层化不开的阴影。他不喜欢这个城市，但他仍然象童年一样离不开它。

他感到武汉象个沙漠，为此他写过一首诗《人和沙漠》，流露了他当时的苦闷心情。其实，当时整个国统区就是一个沙漠，诗意的湖泊、池塘和水凼都已一一干涸了。四七年，绿原的老朋友邹荻帆、曾卓、冀汸等人都还在武汉逗留过，他们曾经办过一个小丛刊《大江日夜流》，第一期就借用绿原那首诗的意思，取名为《沙漠的喧哗》，接着停刊了，他们都纷纷离去。这时，胡风在上海出版了绿原的第二本诗集《又是一个起点》；当时国统区陷于崩溃前的混乱状态，人们成天为物质生活奔忙，无暇关心文化，这本诗集的出版没有象其中个别诗篇发表时那样引起多少反响。我们这时住在汉口"铁路外"他姐姐租的一间茅草屋里，绿原在一个发不出工资的私立女中教英语，后来由于四口之家（这时我们已有两个孩子）无法生存，才考进一家外商油行当职员，平日和文化界简直没有往来。他为了谋生，业余化名翻译了一些作品，如惠特曼、桑德堡的诗，魏尔哈仑的诗剧《黎明》，以及希腊人民解放军的战士诗作，分别发表在《大刚报》、《大公报》等报副刊上。同时，他还写了一些改变风格的短抒情诗，大都没有发表过（当时连上海也没什么文艺刊物了），后来收编在他的第三本诗集《集合》中；这本诗集在解放前已打好纸型，到解放后一年才出版，由于复杂的原因，几乎没有引起任何注意。

　　1948年，绿原在武汉接触到地下党。他曾表示要求到解放区去，但党告诉他，现在不必去了，大家应当留下来，准备迎接全国解放。这个消息对绿原的鼓舞作用是难以估计的。他从1938年开始政治觉悟以来，一直追求党，向往延安和八路军，梦想全中国解放，直到今天才真正接触到革命的实体。他完全忘记他是一个诗人，至少决不象一般诗人那样以诗人自居——他请求党把他当小兵一样安排任务。地下党组织教导他，利用职业（外商职员）的便利，为即将到来的解放搜集有关武汉外国资本的情报。就在四八年底、四九年初，绿原光荣地参加了地下党组织。在此期间，他还写了一首充满激情和欢乐的长诗（题名我忘了），在武汉解放的第二天，被一家报纸副刊以整版篇幅刊登出来，用以迎接武汉的新生。

　　武汉是1949年5月中旬解放的，不久党组织分配绿原到中共中央中南局长江日报社工作。同年6月，绿原应邀去北平（即北京）参加全国第一次文代大会，并见到了毛主席、周总理和其他中央领导同志。会后回到武汉，负责编辑长江日报的文艺副刊。同年10月，中华人民共和国成立了。绿原这时同全国人民一样，沉醉在忘我的狂欢中，对祖国和个人的未来充满了希望和信赖。这时他写了不少歌颂新时代的长短诗章，发表在武汉的一些报刊上。这些诗由于缺乏生活基础，大都显得相当空泛。

但是，解放后不久，绿原渐渐感到了苦闷。这种苦闷倒不是象一般文化人在工作、生活方式上感到不习惯而产生的。如前所说，我们解放以前没有过过什么好日子，因此对于建国初期的艰苦生活毫无怨言——事实上，我们当时享受供给制待遇，生活水平倒比解放前提高了。绿原的苦闷主要在文艺思想上，这里说来话长，有许多情况我至今也不十分了解。但今天想来，他的苦闷大体是两个方面：一方面是因他和胡风的关系在客观上引起的一些遭遇，另方面是他个人写作上所碰到的障碍。

绿原从1942年由胡风出版诗集《童话》以来，一直同他保持着因投稿而产生的友谊关系。但是，绿原在解放以前单纯从事创作，对文艺理论没有兴趣，同国统区文艺界的一些争论没有任何关系。后来我们才知道，抗战胜利前后，胡风在《希望》上发表了舒芜的《论主观》和其它哲学论文，曾经在重庆和香港引起过广泛的争论。我们当时生活在川北和武汉，对这场争论的经过及其背景并不了解，对这场争论的严重性更不了解。解放以后，绿原从自己狭窄的写作经验出发，对于当时文艺界粗暴地批评路翎、阿垅感到不平，并且对于后来出现"胡风派"这顶帽子、加之他本人被扣上这顶帽子，更产生了反感。他想不通，解放以后对于一些文艺思想问题，为什么不能同志式的展开讨论，而要采取敌对口吻进行不容申辩的批判。正是在这种想不通的苦闷情绪支配下，他在给胡风的通信中发了不少牢骚，说了一些一个党员不应说的话。至于我，对绿原的这个关系问题也伤透了脑筋，并且在后来受到如同噩梦般的牵连。我尽管也象绿原一样想不通许多问题，却一直反对他卷进这个与他并无多大关系的历史公案。但是，我这点渺小的力量，又如何能改变那个铁定的"必然"呢？

由于上述情况，绿原在个人写作上也遇到不少障碍，这期间，他写诗写得很少，发表得更少。当时在"政治标准第一"的前提下，诗人们都不免要写一些"赶任务"的作品；在写作方法上，民歌体和旧诗词的格律体风行一时，自由诗无形中被视为资产阶级或小资产阶级的异端。本来，民歌体和格律体未始不是一种写作方式，并且象任何写作方式一样，应当由诗人自己来选择，完全加以排斥和要求人人跟着写都是不符合艺术规律的。今天看来，形式问题不应当成为问题，是很明白的；但当时，人们在认识上受到重重限制，对于不成问题的形式问题不但不能有不同的意见，而且非跟着这样一律化不可，否则至少是没有发表的机会。绿原当时在个人写作上也处于矛盾的苦闷中，一方面觉得自己应当为人民群众的新生活歌唱，另方面又实在不习惯用那种一律化的形式歌唱，尽管如此，他仍然写了一些同他过去的风格迥然相异的作品，例如《大虎和二虎》（民间故事诗）以及一些反对美军武装日本、抗美援朝、鼓舞青年学生参军的政治任务诗。这阶段的作品后来编成一集，题名《从一九四九年算起》；我认为对绿原来说，这是一个失败的记录。

到1952年底，绿原被调到北京，在中央宣传部国际宣传处工作，可以说完全脱离了文艺圈子。这时，他总结了自己几年来写作上的迷惘和差误，决定另写新诗。他告诉我，他要用普通人民生活做素材，用日常口语做手段，用自己独特的想象做触媒剂，把人民群众建设新生活的热情、希望和成就一一化为诗。他在北京遇见牛汉同志，两人都觉得应当摆脱一切陈规陋习的约束，努力用自然的形式来写生活中本来就有的诗。他们当时相互鼓励，写了不少；绿原有三首诗由艾青同志拿到1954年的《人民文学》上发表了，即《沿着中南海的红墙走》、《到公园去》、《雪》——这是绿原在《人民文学》上发表作品的唯一一次。

正当绿原艰苦而缓慢地恢复自己的创作情绪的时候，发生了1955年的"胡风反革命集团案"。关于这个案件本身，我这里不想多说什么。但是，对于绿原的写作来说，我觉得，那次挫折的严重性实不亚于政治上的打击。我认为，政治上遭受打击，固然很沉痛，但个中的是非真伪终归会水落石出；而一种写作情绪的生长和发展却十分脆弱，稍加摧残就再也恢复不了。回顾绿原从四十年代初开始写作，四四年的迫害使他失去《童话》的梦境，走上了政治抒情诗的道路，五五年的打击又掐断了他的"自然诗"（我杜撰的一个名词）的萌芽——他今后还能不能写诗？将再怎么写？只有历史才能回答，绿原和我在此后20多年间根本没有想过这个问题。

绿原从1955年5月13日离开家，开始隔离反省，到1962年6月中旬被释放回来。这七年间，我先在自己的单位（一家报纸）受到一年多的停职审查，结论"不是胡风分子"，但接着而来的五七年，我仍因绿原问题的牵连受到批判，不久，被下放到一家工厂劳动改造，从此结束了我的文化工作生涯。在六二年以前，我带着四个孩子，如同生活在孤岛一样，期待着绿原回来。这期间，由于我的恳请，组织上允许我去探望过他三次，见面的时间都很短。头两次，我感到他变化很大，面色苍白，讲话很少，只说了几句问好的话，不知他心里想些什么。最后一次，即六二年回家前不久一次，他显得平静，人也胖了一点。他告诉我，他身体很好，学习也很好，还写了一些诗。他在监狱里写了些什么诗，至今我没有问起过，只知道他在党的四十周年写过一首很长的献诗——想来离不开当时的典型环境的典型情绪吧。此外，他还有一篇《又一名哥伦布》抒写了他在单身监禁中的一些奇特的幻想，他把自己比作在时间大海上漂流的一名哥伦布，但他相信他终归会到达一个"新大陆"。这首诗既表现了他当时失去自由的痛苦心情，更表现了他对前途的信心。他离家时我们住在北京石碑胡同，同他单身监禁的地方比较近，但咫尺天涯，家同月亮一样遥远。其实，他所需要和能够交代的情况并不复杂，到五五年底一切都差不多说清楚了。关于"中美合作所"问题，据绿原说，组织上不到两个月就证实了他当时受迫害的经过——他根本没有去过中美合作所，反倒因此而受到暗令通缉。然而，他哪里知道，家里人却始终为他的这段冤屈背着黑锅，特别是几个孩子经常在外面被人骂了哭着回来，要我证明他们的父亲是不是特务。我当然了解绿原不是，而且知道监狱组织上并没有把他当特务——然而，叫我当时怎样对孩子们说呢？我又怎能保护孩子在外面不遭受凌辱呢？

这一切都过去了，至少主观上唯愿都过去了。我要说的是，绿原头一年紧张交代，后六年听候处理，他都没有浪费光阴。五六年初，他通过组织向我提出要求，给他送去一箱子书籍，主要是外文书籍；不久又要求我为他购置德文书刊。后来经常听说，组织上当时对绿原的这些宽待，深为"公检法"被砸烂以后无辜被"监护"的同志们所羡慕。从五六年到六二年间，绿原在隔离环境中系统地阅读了一些马列经典，一些历史著作和古典哲学，一些世界文学名著；此外，他除了温习原来学过的几门外语（英语、法语和俄语），还自学了德语。他的学习过程，我不能讲得很细致，但据他说，每天二十四小时除按制度睡眠八小时，三顿饭加上放风和大小便占去两三小时，其余时间全都投入了学习。学习热情高，当然可以证明他对前途抱有希望和信心；但另方面，据说如果不学习，头脑便会空闲起来，时间便显得十分沉重。绿原后来经常同我讲斯特芬·茨威格的《象棋的故事》，接着总要补充说，那个主人公实在太脆弱，不过几个月的单身监禁，就得了精神分裂症。绿原同样是单身监禁，同样以排遣时间为目的进行学习，但他并没有得精神分裂症，而是坚持刻苦学习六年德语，终于达到了一定的水平——他常说，这因为他是个中国人，他毕竟是在人民政权下蹲监狱。

1962年，他获得释放，并恢复工作，进人民文学出版社负责德语文学编辑工作。当然还没有发表作品的权利，只能化名从事翻译，这时他用"刘半九"作笔名，为外国文学研究所编的《外国文艺理论译丛》等刊物译过一些德国文学论文，如里普斯、让波尔、海涅、叔本华等人的文章。他这时也没有什么写作欲望，只希望能用自己的一点德语和其它外语知识为人民做点事。

想不到四年之后，又发生了"史无前例"的文化大革命。在这十年动乱中，绿原始终处于被"专政"的地位，先在机关单位，后在"五七"干校，从事最沉重、也被认为最低下的体力劳动。这段期间，他除了按照"革命群众"的指令，写一些没完没了的"内查外调"材料，几乎什么也没有写；只是到了干校后期，他才能利用业余的一点有限时间，偷偷写过和译过一些东西。后来在八十年代初期发表的《重读〈圣经〉》这首诗，就是那个环境下的产物。但是，绿原在文化部湖北咸宁干校五年，应当说还是很有收获的，但长期接受劳动锻炼，接触农村的艰苦生活，同全党全民一起遭受这场劫难，促使他思考了一些问题，他的思想感情又经历了比七年隔离更其深刻的变化。

干校后期，大部分学员先后被调回北京原单位；绿原当时作为"公安六条"的对象，和其余一些同类人物仍然留在干校，听候分配处理，回北京的希望是很渺茫的。我们一家人当时天南地北，五离四散，绿原在湖北回不来，四个孩子被分到内蒙、青海、四川，我一个人在北京一家工厂当工人，眼见从此再也不能团聚，我曾打算离开北京，和绿原一起远走天涯海角。后来，由于外省实在没有什么单位敢要这批"牛鬼蛇神"，代管文化部干校的湖北军区才到中央来商量善后办法，听说当时是周总理指示"不能以邻为壑"，不能把这批人抛给地方，他们才于七四年侥幸回到北京来。但是，绿原的名声太"臭"，仍然回不了已经"革命化"了的人民文学出版社。听说当时出版局局长陈翰伯同志大胆地把这批懂外文的问题人物包了下来，先塞在商务印书馆，后塞在版本图书馆，"废物利用"，让他们翻译一些中央首长想看的任何外国书籍，当然既不能署名，更没有稿费。绿原在这个没有正式名称的翻译单位，又工作了两年。两年间，他参加翻译了一些没有什么意义的外国社会政治书籍，如《西德的贫困》、《美国能打赢这场战争吗？》、《福特传》、《林肯传》、《黑格尔小传》等——今天似乎仍值得一读的只是《黑格尔小传》，并由商务再版过，这本书虽说是合译，其实从头到尾都是绿原的心血。

1976年，"四人帮"终于垮台了。举国上下一片欢腾，我们一家人也不例外。但是，从五五年起二十多年的磨难所引起的后遗症不是马上好得了的。这时我家正遭遇到一个危机，我们的小女儿在青海由于家庭问题受到刺激，不幸得了精神分裂症。就在这个危机时刻，1977年4月20日新华社和人民日报发表了、同时各地电台广播了、接着全国报刊转载了"上海人民出版社批判组"署名的一篇大文章《"四人帮"与胡风集团异同论》，里面再一次公开地点绿原的名，说"又一个骨干分子绿原是'中美合作所'的特务"。不久，群众出版社出版了一本《戴笠其人》，里面也公开点绿原的名，说"胡风骨干分子绿原也是戴笠的特务"。读者不难想象，这些居心叵测的文字对绿原本人，对我们全家人该又是一次多么沉重的打击。然而，绿原坚定地相信党，冷静地承担了这次打击，他把实际情况向本单位的党组织作了汇报，此后再也没有任何表示。我和孩子们当时十分激动，他却耐心地抚慰我们，叫我们相信党，沉住气。

绿原和我们一家人真正得到重新做人的机会，是1978年底党的第十一届三中全会以后，近年来，绿原经常告诉我和孩子们，要充分认识党的三中全会在中国历史上的伟大意义，要充分体会党的艰巨的拨乱反正工程的伟大意义。1980年中共中央第七十六号文件为胡风集团错案平了反，绿原同时恢复了党籍。这是过去做梦也不敢想的，绿原为此写了一首诗《献给我的保护人》，这不仅表达了他个人对党的感激，同时更表达了我们全家人的感激。绿原和我已经是六十岁的人了，一辈子生活在颠沛流离和苦难折磨中，想不到晚年还能享受到党的温暖，应当说是十分幸运的。除了决心为伟大的"四化"贡献自己的余年，唯愿以往的苦难生涯再也不要回来，特别希望我们的第三代再也不要经历我们的坎坷。我们伟大的祖国在党中央的英明领导下，正在进行真正伟大的社会主义经济建设——我们需要各种各样的人才，我们也拥有各种各样的人才，但人材的培养和成长实在不容易，人才的摧残和毁灭却太容易了。绿原说不上是什么人才，我指的是几十年来各条战线上更多更多的同志们，他们的才华和成就同他们的苦难遭遇相比，是更值得人们爱惜的。

1977年夏，绿原被调回人民文学出社版。1979年10月，他应邀参加了第四次文代大会，并开始恢复发表作品的的权利。近年来，特别是党的十二大以后，他的心情更加愉快，更加开朗。他的工作很忙，平日写作很少，偶尔在《诗刊》和其它刊物上发表一些诗文，由于工作关系，文章可能写得更多一些。他近年所写的诗作，感情上比过去更深沉了，笔力也更凝练了。但另方面，诗的气势已远不及当年。这除了他从来不是一个专业作家，只能利用一点可怜的业余时间酝酿诗情外，还可能和年岁的增长有关，也可能是他对诗又有了新的见解。我比较欢喜他的《重读〈圣经〉》，但他个人却喜欢《歌德二三事》。今年夏天，他因公到西德去旅游一次，回来写了一组短诗《西德拾穗录》，发表在同年12期《诗刊》上，他的老友说他回复了青年时代的风格。绿原在八一年和牛汉同志合编了一本二十人诗集《白色花》

（人民文学出版社），明年将出版他的两本新旧作的结集《人之诗》（人民文学出版社）和《人之诗续编》（宁夏人民出版社），他在这三本诗集的序文中分别叙述了他对诗的见解，回顾了他四十年的写作生涯。如果还有时间，他会继续写诗的，我相信他会写出一些更好的、健康的、为祖国和人民衷心歌唱的新作来。

绿原作为诗人，应当说是有其特点的。在这方面，我讲不出很多很深的道理来，只有几点粗浅的看法：一、绿原总觉得，人的精神生活应宽广，诗的领域也应当宽广；他从不欢喜拘守一种情调，一种风格；他在写作上不但力求和别人不同，而且力求和自己过去的作品不同。二、绿原能欣赏任何诗人的任何好作品，但似乎很少在这种欣赏过程中接受什么影响；他写作起来总显得孤僻而艰苦，总觉得自己是个初学写作者；他宁可因创新而写得拙劣，不愿通过模仿而写得"优美"；他乐于从生活本身、从文学以外的知识汲取养料，也就是牛汉同志所说，乐于把非诗的东西变成诗。三、绿原很少写情诗，这可能与他的生活经历有关，但也反映出，他不惯于在个人感情上低回流连。以上这几点未必是什么优点，更不是什么成就的保证，但却说明了他在诗歌创作中的倔强性格，而这种倔强性格我认为是同他的坎坷遭遇分不开的。

绿原作为一个人，一个平凡的人，给一般初识者不会留下什么突出的印象，因为他平日很少显示出什么脾气和个性。我和他朝夕相处数十年，除了懂得他性格上的一些弱点外，更有几点不可磨灭的印象。

一、绿原从青少年起开始写诗，尽管四十年历尽沧桑，在诗创作上没有取得多大的成就，但他始终没有改变他作为诗人的赤子之心。不论处在什么环境下，他心里总装着诗，总想发现好诗，总想写点好诗。应当说，他对于诗始终是严肃而虔诚的，他曾经在一首《诗与真》中把他的诗比作浮士德博士的梅菲斯特，这个奇特的想象也反映了他和诗的不解之缘。

二、绿原从没有自满自得的时候，但也从没有自暴自弃过。不论处在什么环境下，他永远鞭策自己努力向前，从不沮丧颓唐，总想利用自己的精力做点什么，写点什么或者读点什么。他兴趣广泛，特别爱好各种智力游戏，但又从不为某种爱好而浪费时间。他不仅欢喜文学，同时欢喜涉猎科学和哲学；但他不杂，他汲取一切知识只是为了诗，为了开拓诗的境界。

三、绿原对党始终是忠诚的。他在任何逆境中从没有对党有过怨言。他从小经历民族的和阶级的压迫，幻想人人平等的美好生活，但从没有享受过这种生活，在旧社会，他寄希望于延安，寄希望于人民革命斗争的胜利；解放以后通过政治学习，他更从理性上认识到中华民族只有在共产党的领导下，走社会主义道路，才能达到科学预言中的美好未来。即使他几十年留在党外，并为此十分痛苦，他却没有从思想上离开过党。这种坚决心情不是一般所谓的"朴素的阶级感情"，而是通过他的痛苦追求和认真学习得来的政治信仰——这个信仰表现在他的各个时期的诗作中，特别是在"四人帮"当道时所写的那首《信仰》中。

作为绿原四十年来的生活伴侣，我觉得有责任把我所了解的真相和一些并非没有根据的印象写出来，供研究者参考。限于水平，挂一漏万，如能向本书编者交卷，我仍然是高兴的。

1982年12月22日

（原载《新文学史料》1983年第2期）

绿原的一段冤枉

——从诗人到"特务"的前前后后

张如法

　　一切都象一场噩梦一样过去了

　　绿原这个名字，青年人是生疏的，四十岁上下的人知道它，并不是因为它是现代文学史上"七月"诗派的代表，而是由于对所谓"胡风反革命集团"作斗争时，报纸上、广播中常在他面前冠以"中美合作所特务"的称号。

　　绿原这个名字从此消失了。"四人帮"粉碎后，当中国社会科学院文学研究所把编辑其研究资料的任务交给我的时候，几经曲折才找到他这个剃着平头、苍白脸色的"眼镜书生"。"说什么呢？"他很吝啬自己的语言。"我想知道一切，比如那个'特务'问题。"我开门见山地说。"一切都过去了。党中央已经有文件给我们平了反，贺敬之同志找我们谈的话……"他依然很悭吝，但终于谈了一些情况。

　　四十年代初，绿原在重庆冒名顶替考上了复旦大学外语系。不久，国民党征集专科以上外语系学生开办短训班，结束后先分至航空署，尚未去报到，又改分配到中美合作所。绿原不知道那是什么样的机构，该不该去，就写信征询胡风先生的意见。未接到回信就等不及了，跑至胡风家问情况。胡风认为那是个是非之地，不能去。于是在胡先生的帮助下，逃到四川省的一个偏僻县城，当了中学外语教员。抗战胜利后，又辗转到了武汉。正是在逃亡期间，他写了一系列脍炙人口的政治抒情诗，如《给天真的乐观主义者们》、《咦，美国！》、《伽利略在真理面前》、《悲愤的人们》、《终点，又是一个起点》等。这些诗歌被站在反压迫、反饥饿、反内战运动前列的学生们广泛传诵；绿原从而也被郭老誉为"类似超人"的作家之一(《新缪司九神礼赞》)。

新中国成立后，绿原唱着一切"从一九四九年算起"的宣言，正投身于火红的生活时，反胡风运动开始了，十年前写给胡风的信便成了他特务身份的"铁证"。一个党员作家被投进了人民自己的监狱。虽然公安部门不久就弄清了事实真象，但绿原的这一段冤枉几十年来在社会上仍未得到公开的澄清。

不幸之中有大幸。据说孤独的监狱生活是容易使人发疯的。外国有篇小说，描写一个被迫害者，侥幸得到一本棋谱，才没有发疯，出狱后竟然战胜了一切有名的棋手。绿原凭着对党、对人民的信念，顽强地学习德语著作。靠他的惊人的毅力与才智，出狱后竟成了德语通，翻译了不少作品。不过，人们在这些著作上见到的译者名字，不是绿原，而是另一个笔名：刘半九。

（原载《河南日报》1985年11月2日）

评论文章选辑

关 于 绿 原

路 翎

　　我以为：绿原是属于这一类诗人的，他们具有向复杂的现实生活搏斗，与现实的人生并进的、坚韧的内在力量。而且，在绿原的身上，这种情形似乎是特别的明显。他底几年前的最初诗集《童话》，那简直是梦幻似的美丽的东西，里面虽然流露了时代的与人生的感激之情，但与现实生活的斗争，却是接触得并不强的。他沉溺在自己的意境之中，似乎是感伤而又感激地用这意境来排拒现实的惨痛。我曾经想过，如果这温柔而美丽的意境，一旦不得不与现实生活面对面地接火时，不知会发生怎样的情形，我想，或者是从这面痛苦的突进——要付的代价一定是不小的——或者失掉了原有的，在现实之中溃散。

　　现在证明了绿原是突进了。虽然在这之前，他底有一些诗里曾经流露了异常暗澹的和悲伤的情绪，好象是原先的梦幻已不存在，在现实人生的压力之下，摇摇欲坠了——但这却证明了他的苦斗，付出了代价，正视了血肉淋漓的现实，开始了突进。

　　这突进的力量是从那里来的呢？

　　首先，绿原是忠实的，他有很多生活上的痛苦和弱点罢！但他有深刻的忠实的心，于是这一般来说，是作为一个社会人的弱点的，就慢慢变成了作为诗人的强处。绿原不是永远固执地守着自己的感情的诗人，这些固执地守着一个堡垒的人们，他们只能歌唱特定的东西。绿原，在他遭遇现实的历史的一切的时候，他自己倒似乎是常常败北，撤退的，于是他经历了真正的战斗，他再冲锋，他的堡垒就随处皆是了。他的性格不是天生的坚强和爽朗，他的性格是付出了代价而明白了自己底，和历史人民底命运之后的坚决，生活的痛苦当更使他坚决。

所以有着柔和的梦幻底心的诗人，而有如此的凄厉的坚决，是可以理解的吧；或者，正因为有着柔和的梦幻的心，其失望之深，造成了其坚决之强，而且那感觉性是特别丰富的。

有些诗人一直在一种意境之中而缺乏这种丰富的突进，这证明了他们和现实生活的战斗全是不广泛的。保存美丽的梦境，并不是要紧的事。这个时代是有多少的题目提到诗人的面前来呢？！所以绿原无可闪避。但也可以说，正因为接火的焦点是这样多，战线是这样广泛，在绿原的面前，正如在这个时代一切诚实的人们的面前一样，是还有无数的厮杀的。

（原载《荒鸡》文艺丛书之一《天堂底地板》
自生书店1947年重庆版）

诗的步武（节选）

——从《文汇报》和《大公报》的诗特辑想起的

铁 马

　　最近读了《文汇报》和《大公报》一共四天的诗特辑，突然感到诗的春意，又在冬季的天空中荡漾了；心下不免也相当的高兴；但是过后慢慢想了一下，觉得从三四年来诗创作上的沉寂到现在，诗和诗人们确实都经历了不少考验同锻炼；这中间有大后方政治经济方面的压迫，有人民在新的动向下的创造，有整个中国的动荡，和光明与黑暗愈益鲜明的对垒，它们把中国现实生活的剧烈变动同进步表现得再明显，再亲切不过；处在这种现实中间的诗人们有些停止了写诗，不是着了什么法术，突然丢失了写诗才能，而大多数倒是觉着了自己的诗，跟不上时代，宁愿搁笔，而不愿写些虚浮的烂调；这一般的说大抵是诗人们对于自己的保卫，不希望自己给过多的，然而是扯淡的诗，把自己压死，把自己掩埋，好让自己在现实中再事学习，斗争，探索，使得自己的诗能在新的气派之下和现实再紧密地结合起来。于是，诗创作上经过了一番沉静，确曾出现了各种新的探索方向，其一好象是写现实生活和下层人物的诗……然而，这种艺术上的锻炼，和中国现实生活有着不小的距离，和中国人民，也有着不小的距离，因而使得这类的诗不能顶合式的表现出作品与中国现实紧密的联结，它们不能最确切的表现中国的生活现实及其色泽和形象。……

　　从这里出发，更新的探索便又出现了，其基本的一点，是要让诗与中国现实结合，与政治斗争结合，但是表现的方向上，一个主要的是向着农村，……一个是向着整个中国的政治，出现了政治抒情诗和政治讽刺诗，这中间力扬、袁水拍、冀汸、邹荻帆、绿原，都写过不少，特别是绿原，他以整个的心，感受着中国的现实生活和政治，非常强烈的把他的感情揉和着现实投在他的诗里，因此他突出的创造了一种新的风格，他的优点是相当能突破诗创作上迂缓，柔弱，纤巧的风气，呈现出宏大的气魄和庄严的斗争，他相当的做到了诗与现实、政治的联系，主题和作者的感情都十分鲜明，而且确确实实没有一般政治诗的那种"读报偶感"气，诗人的心相当能体现许多人民的心，诗人相当能和人民统一，表现着诗人就是人民的一份子，同时是人民的鼓手或吹号者，他的严肃、沉重、庄严同真挚，给予他一种新的诗的规模，主题强烈鲜明，形式年轻活跃，具有气势，语言突出。这种创造，如果不断的克服缺点，是一个有希望的创造。

　　……

　　马凡陀和绿原，依我的私见，是在诗与政治结合这同一出发点上，表现出来的两种倾向，绿原相当能结合穷苦的中国人民的思想感情，以一种深厚的，质朴的愤怒，写出了反抗和正面搏击的诗；马凡陀相当能结合市民层不满现实的思想，写出了刻骨的讽刺和旁敲侧击的批判性的诗；从读者层讲，由于中国农民处在没有文化的境地，绿原的诗还局于知识分子的圈子里，还没能直接表现出他在农民中的反响；这些农民应该是他的诗的真正的读者，而马凡陀却借现代化的报纸和杂志，使他的诗得到了群众，因为他的诗的真正读者，就正是每天看报和杂志的市民层。因此绿原是在思想内容上首先表现诗与人民结合，而语言形式上还有很大的知识分子气，马凡陀是在形式作风上首先表现诗与人民结合，而思想内容上还有疏略的地方。

　　从这里，我们似乎应该指明，为了中国人民的知识文化的提高而支付的努力与斗争，是极其要紧的事；假使站在这一点来批评，绿原的诗当然还不够通俗和大众化，所以绿原的诗的前路必然和中国民主政治的完成分离不开。

　　……

1946，11，25，上海。

（原载《文萃》1946年11月28日第8期）

159

内战窒息了新文艺的发展
回顾歉收的一年间（节选）

——一个文艺工作者的座谈会

　　时：1946年的年尾。　　地：香港　　本报约了一些文艺界的朋友，A 是杂志编辑，B 是理论工作者，C 是剧作者，D 和 F 是小说家，E 是政论家，G 是散文作家，H 是旅行记者，J 是副刊编辑诗人。大家围着一个圆桌坐下，茶点慢慢端上来，"圆桌会议"就这样开始了。
……

七、从马凡陀的方向看

　　马凡陀的诗当然不是诗的唯一的道路，却是一个正确的方向

　　E：……《文萃》九期上也有一篇文章，拿绿原和马凡陀相比，这两个人的诗却完全不属于一个类型。他们有一套理论说："诗是语言的创造"，诗是语言，不错，但"创造"出的也必须是语言才行呀，象某首诗中的"患麻疯病的疙瘩们"，这也是语言吗？绿原有些诗是热情的，作者内心也是强烈的，但写法有毛病，那完全是给知识分子看的，老百姓是看不懂的。记得在重庆碰到一位从延安出来的朋友，谈到新诗，他说："目前的许多诗违背了中国人说话的规则"，我以为，这在一定限度以内是颇为中肯的说法。有一些诗那完全不是中国人的

语言，然而却在"孤芳自赏"，这整个代表了一片歪风，应有适当的批评。……新诗一定要使人懂，但有些人偏偏要使人不懂，杜甫说"语不惊人死不休"，他们真可说是"语不吓人死不休"了。主要的原因，还是批评工作没有做到。譬如绿原有一首诗，……写农民的复仇心理，又有一首写了许多，结论是要农民去逃荒，前面说逃荒逃荒，后面全是些抽象的语言，怎么逃呢，逃到那里去呢？问题怎么解决呢？全没有。诗当然是热情的，但这是一种什么思想领导呢？说句不中听的话，这不是"虚无主义"是什么？

A：然而现在是"吓人"的批评"不吓人"的了。

G：这种论调是一种新的艺术至上主义的论调：力是第一。

A：其实批评工作，并不是没有做，然而只是个别的做，没有通盘的整个的做。

D：做批评的不做批评了，不做批评的也难做批评了。

E：对于马凡陀，无条件的捧当然是不好的，但不公正的批评却也不是办法，他的方向对，我们就鼓励他。……绿原当然是站在人民方面的，但做法上却是走错了路的。

……

八、还有点补充

J：谈到《文萃》上那两篇文章，认为欠公正，我也早有同感。一位大约说，马凡陀的形式首先表现与人民结合，但思想内容则有疏略，绿原的形式虽然不能为人接受，但却在思想内容上却先与人民结合。这话颇成问题，事实上，绿原的形式自然有问题，而感情意识也全是知识分子的而不是农民的，倒是马凡陀的既容易为市民所接受而也表现了市民的感情意识。

……

（K记）

（原载1947年1月1日《华商报》）

新缪司九神礼赞（节选）

郭沫若

去年12月29日文协有一个辞年晚会，我本来决定要去参加的，但把日子记成30日去了。30日的清早一看报，才知道会已经开过，使我瞠然若失。关于"胜利前后到现在的文艺工作的观感"，好些朋友的宝贵意见，我失掉了听取的机会，实在是非常遗憾。

我自己本来也准备着想发表一些"观感"的，今天我把它写在这儿。

……这到底是什么时代，怎样的环境呢？我想这样说，大概总不会过分吧？我想这样说——这是零下三十五度的政治冬季，而且是冰雪满地的岩田。我自己没有住在温室里面，敬谢不敏，实在并不出芽，扎不起根，还不忙说开花结实。

然而我这样说倒也并不是想替我自己解嘲，而且想提醒我自己对于更坚毅倔强的朋友们的认识。就这样零下三十五度的政治冬季的雪地冰天，而多数的朋友们仍然在不断地生产。小说方面的骆宾基，路翎，郁如……，谁个能够否认？诗歌方面的马凡陀，绿原，力扬……，谁个能够否认？戏剧方面的夏衍，陈白尘，吴祖光……，谁个能够否认？批评方面的杨晦，舒芜，黄药眠……，谁个能够否认？这些有生力量特别强韧的朋友们，他们不仅不断地在生产，而且所生产出来的成品那样坚强茁壮，经得着冰风雹雨的铲削。这是使我得到无上安慰的地方，我们在今天这样的时代和环境中还能有生存的兴趣和精神，就是这些类似超人的朋友们所给予我们的。

……

（原载1947年1月17日《华商报》）

"患麻疯病的疙瘩们"

耿 庸

一、"患麻疯病的疙瘩们"

上海联合晚报转载了香港华商报副刊的《回顾歉收的一年间》，乃是检讨过去一年的中国文艺，这中间有在鼓励马凡陀的"方向"对，之外，说了绿原"走错了路"。有一位 E 先生说得最痛快了，说是

> ……他们有一套理论说："诗是语言的创造。"诗是语言，不错，但创造出的也必须是语言才行呀，象某首诗中的"患麻疯病的疙瘩们"，这也是语言吗？绿原有些诗是热情的，作者内心也是强烈的，但写法有毛病，那完全是给知识分子看的，老百姓是看不懂的。

原来知识分子竟不是老百姓，或者超乎老百姓之上，这倒令人明白某些客观主义者嘴里的"人民"的意义了。看来，这也只好割爱，归诸于"患麻疯病的疙瘩们"之列。

"患麻疯病的疙瘩们"，这话诚然是难懂的，但找出绿原的诗《复仇的哲学》来看，却原来是如此：

> ……
>
> 到花团锦簇的乐园里

去做一名

捣乱分子!

我们羞愧什么?

麻疯患者的疙瘩们

又羞愧什么?

（见《希望》二集之四）

倘要批评，总要求看得广些，倘只抓住一句，便起而击之，批评家也未免太容易做；但即使单抓一句吧，也得抓对，如果情急起来，大呵大责"患麻疯病的疙瘩们"，不过是自己一个杰作，再自己攻击一下，好汉是好汉的，未免太歇斯底里了。

奇怪的倒是批评家们竟也反对别人找着马凡陀的"小的坏处"指谪。

二、批评家们的肠子

同是《回顾歉收的一年间》，一位D先生说："最近看到田间的一本诗集，其中有些句子很好，通俗而深刻，也是通俗化的一条路子，不知诸位看到没有？"

但完全没有回响，"大家围着圆桌，交换着明年的新的计划"去了。

很为D先生感觉没趣。但这种感觉大抵是愚蠢的。原来，没有回响也就是回响了，叫做轻蔑，盖亦田间也是"他们有一套理论"的"他们"，加以无视无听，也业已是批评家的留情了。所以，大抵还应该感激。

但这种神妙，也正是批评家们的肠子的尺度，不，寸度，不，分度！（一月十五日）

三、农民·市民·知识分子

在论到绿原和马凡陀的诗，还有一位J先生说：

　　　　绿原的形式自然有问题，而感情意识也全是知识分子的而不是农民的；倒是马凡陀的，既容易为市民所接受而也表现了市民的感情意识。

市民的感情意识是怎样的呢？该是没有疑问的：不健康，向上爬，飘忽的愤激，享受的酖述，理性的困惑，情感的冲谈。于是，表现"哭××"吧，接受"哭××"吧，兜着"哭××"转吧。
　　但要求是：普及上面的提高。通俗不是迎合。
　　农民和知识分子的不同吗？听高尔基说：

　　　　"农民和知识分子的差异，是形式的，表面的；决不是心理上的本质的不同。"（给斯尔格捷夫的信）

但硬要以为今天的中国农民全是作家的读者，那也只好感激批评家们的对农民的抬举。（一月十六日）

　　　　　　　　　　　　　　　（原载1947年1月28日《联合晚报》）

为人民的方向（节选）

洁 泯

……

又例如关于诗罢，各有各说。迷于波特莱尔的尽管迷于波特莱尔，写知识分子气氛深重的也还没有走出这个圈子，从事民歌工作的竟不免有时义形于色的地方。我以为有时这种严格的分歧是不必要的。比方，有人把绿原的诗看作是"虚无主义"，"在做法上是走错了路"，言外之意，惟有走民歌才是正路，才是现实主义。这种狭仄得可怜的批评观点，忘记了艺术耕耘的种子与成果，不正相同于某些人怀疑大众化的前途，属于同一"宗派"在作祟么？在这里，要紧的是艺术为什么人服务？他的"做法"应该理解为他的艺术上的先天的禀赋，不是丢掉这个去换那个这样的容易。因此，科学的批评观点也是老老实实的现实主义的，要面对问题不脱离问题，给作家作品的痛苦然而愉快的精神的升华。难道不正应该如此么？

在另一方面说，我总以为某些分歧与隐然作对的情形是应该消弭的。"做法"，可以尽管不同，但是方向只要是为人民的方向，是可以"做法"不同的，而且也没有理由要求"做法"相同。假如学习波特莱尔对于自己有用处，那么正如学习民歌并非食而不化一样，没有什么不可以。然而不能忘记的是批评的存在，批评不是排挤，而是严格的纠正；不是打击，而是切中时肤；批评的要求不是打诨插科，它带明睿着的智慧，要求从善如流。

要求：为着人民。而艺术家，在这个污秽满地，血腥遍地的当前，就不能不是为着人民的，毅然挺进的方向。

（原载《文萃》1947年3月6日第22期）

绿 原 片 论

亦 门

　　没有"圣者"，没有"英雄"。难道我们能够承认曾国藩之流以及他们底影射者底伪善和蛇皮癣么？难道我们必须崇拜希特勒底迫害狂，底褐色衬衣，底在这一件衬衣底皱襞中蠢然繁殖起来的虱子么？但是，这个半封建、半买办的世界！这个暴君和暴徒的时代！"人"是已经这样被歪曲了；或者被夸张了。歪曲，由一种蛮性发动；夸张，在一种盲目完成。有了这种歪曲，蚩蚩者氓于是不是卑微就是恶毒而做了昆虫和爬虫；有了这种夸张，衮衮诸公于是不由文化就由暴力而有了神性以及神话。宇宙之间，一片荒漠，充塞了"人"以下的渺小，或者"人"之上的伟大；然而"人"当中的正常——所谓平凡，却一点也没有了。我们在人间，我们却很不容易看到"人"！然而作为一个当然的生物学的人，特别是，作为一个无愧的社会学的"人"，他首先就不应该也不能够那么无血无肉孤耸于人类的平面之上；而同时，他又绝不可以那么蠢头蠢脑苟全于地面之下。在我们，所以，在这个人的戈壁，不生水草的，气候险恶的，点缀着几座寂寞的金字塔和一些蜜饯好的木乃伊的，对于一个平凡的"人"，一种"人"的平凡，倒是欣喜而且宝贵的了。那么，绿原，正是平凡的"人"之一。"圣者"，人格底弱点完全被金光和天花奇丽地蒙蔽起来；但是绿原只是一个诗人，一个"人"的诗人。"英雄"，事业底强度无条件地由优胜和勇壮杂乱堆砌而成；但是绿原只是一个战斗者，一个"人"的战斗者。这是，为什么对于绿原我们会有亲切感；"人"的平凡，人民的亲切，如此而已。和我们一样，绿原底骨头是人民底的，是钙质的。假使要说是钢铁的——那是他底人格；那种生活创伤所锻炼的，那种战斗理想所加炭处理的。而且这种钢铁，还是很平凡，有的时候不免也要生锈之类。锈了再磨，磨得更光。假使，我们也不妨用用英雄这一个字，那么，这个英雄，是属于平凡的序列的，既不在群众之上，也不在群众之外，而是在群众之内，血肉是群众底血肉，心是群众底心。这也可以说是我们底新英雄主义。那么，绿原，又恰好是新的英雄之一。

实在，这个英雄底人的平凡，简直平凡到褴褛了：褴褛的服装和体格；甚至，褴褛的表情；还有，不但褴褛的生活，而且褴褛的宿命……

那是一个冬夜。他住到我那里。当外面的棉袍脱了下来，那一件衬衣，——那是怎样一件衬衣啊！破烂得万国旗一样！在他底初期的诗，就已经给了我们底世界以这样的丰富和华丽；然而我们底国对他却吝啬而且刻薄，嘲弄而且虐待。好在他是不在乎的。他有他底万国旗；他底诗一开始就是他底国际主义。

于是我也就看到了，那使人要想起排骨来的，他底薄弱的皮肉。不合逻辑地，有的人由于脂肪过剩而中风，有的人却又皮肉不足而疾走。他底皮肉呢？自然，那又是嗜杀的社会吃掉的。但是，与其如此，我们倒毋宁说是绿原用了他底皮肉在饲养他自己的诗。因此，他底诗里就不得不有着如此创痛的他底生命在，不得不有着如此顽强的人民底生命和如此广大的人类底生命在。身体的确不好，贫血。后脑经常感有在被凿空的一种病象。谁呢，那在凿空他底头脑的？诗人，而且是战斗者，能够就此被凿空了头脑吗？更可怕的是，眼睛一黑，会跌倒的。这个世界，原来不会有《童话》底光辉和色彩，仅仅由于他自己有着这么一种的透视的力量和求真的信心，才粲然而笑地从这一个终点看到了另一个起点；而跌倒也是常事，他有生活勇气再立起来，或者再爬起来，一步一个脚印，那么惨痛而行，仍旧岸然而行。在人民之中，在人类之中，他，一个诗人和一个战斗者，需要自由而且宽阔的呼吸，那是并非奢望或者苛求的。但是他底鼻腔，天气一冷起来，一定要被窒息、要被冻结。一条腿，最近似乎又得了神经性的麻痹症。为什么呢？我不知道。我只知道：有福的人有有福的人底疾病，无钱的人有无钱的人底疾病，君子人也有君子人底疾病，战斗者有战斗者底疾病；为难和可恶是在，他既是不合时宜的无钱的人又是不合时宜的战斗者！但是因此，我又了解和相信，即使健康崩然丧失，他也将以一足跛行而前，而且其疾如风。人，自然靠脚走路，但是不一定靠脚走路。希特勒底大军和同盟，就没有走进过莫斯科城，并且连尸首怕也走不进这座近在眼前的都城去的。

他是无钱的人。但是，他是怕钱的人。假使有人向他查账或者算账之类，他底面目就会狼狈不堪，好象他做了一次犹太人似的。他也避忌谈到他底爱情。在这样的时候，我看见过他底脸失血似地变作微青，鼻翼张动，眼珠闪烁，说话支吾，不是负气的紧张就是求恕的紧张，不是抵抗的情急就是逃避的情急。总之，他底表情不是一册《童话》，不是一部战史，而是一种只是从无辜而来的变态和畸形的犯罪心理学。比较起来，倒是在他生气的时候或者说故事的时候气象略微生动一点。不过平淡的表情在平淡的脸上总是平淡而已。就是笑，也笑得有点难看。这一切，和他底无邪和有力，那他底诗，是可异地不相称的，不相干的。

他底家，也和大家一样，充满了混乱和不幸。有被杀死的，尸体片片割裂，抛在路上。他不是无原则地爱着他的，在若干场合，他自己应该就是他们底敌对者之一，而且在敌对他们的时候他是只有更为不可动摇和目光炯然的。大体地说，他，怎样辩证地，而且诗地爱了他底家。这也就是我们共有的沉痛之一，不得不爱这个家，而又不可能无保留地来爱，好象手足之间患了痈疽，祝福它花瓣一样绽生新肉，却永远看见了一些溃烂，割去也痛，不割去也痛，不是部份地肉体的痛，而是全灵魂地不安的痛，无法放下也无法相抚的痛。他爱这个他底家，倒毋宁说是为了它所忍受的败运；假使要说那是为的对它存有了温情。

他底学校生活，似乎也是褴褛补缀的。考大学就象猜中了一个灯谜。然而为了陶然响往国境南线战斗景象，为了扩张肺活量，为了喜悦真正象一个兵地去生活，为了并肩作战的要求的国际主义底一次发酵，并没有读完四年，志愿地，就去充当战线底发言底舌人了。但是就是这个无害的心愿，他也没有成功。他在小组会议上一言不发。就因为他没有辩论，却比辩论了更坏，自然他并非招供，却比招供的更坏；他不能够说谎，那怕是对敌人说谎，而对希姆莱也不说谎，那是意味了在自己的诚实，在历史生活和人民战斗的忠实，一种高度的真实要求。他不是扩音机，也不是回声，他底声音只是他自己底，只是人民底，只是人类底。这一切，正好就是世界纳粹主义者所绝难容忍之处。一个特务长官来召他谈话了。几乎被送到以后得到美国底合作更为驰名起来的磁器口去，假使他不害怕而立刻逃走。有一个朋友和他同去。这个朋友，那个时候诗底声名似乎较他为大。在若干方面人底活动也比他强烈得多，但是被留难的却不是他而是绿原，被放过的却不是绿原而是他，——那么，绿原原来是这样的一个人！于是，我们底这一怀有童心的人就荒唐地开始了他底真是童话似的生活。虽然，在他底中学时期，早已有过他底第一课；这次并非初出庐茅，并非破题儿呢。

因为诗是人。因为人是他底生活。那么，为了理解绿原和他底诗，这一些叙述是不是多余了呢？不，我没有能够从人把诗分离出来，孤立起来。

我又想到一件小事情。有一次，他把一口箱子寄放在我底住处。这是一口普通的箱子，而且是一口坏了的箱子；否则，我无法打开的，就是老鼠吧，也不会在童话世界似的把它当做产子医院了。我底屋子很严密，很少有老鼠跑进来。一天，忽然有一种微弱的呦呦声，细听是在那口箱子附近。移开箱子，再听，发现原来在箱子里面。这口箱子，不重，也并不轻，我想，当然是所谓"财产"了。我只好打开来，在咬了一个洞的黑布棉袍中捉到了四只或者五只初生的小鼠。这是一件这箱子里面的仅有的衣服，后来知道还是借用的。箱子底重量，主要在一堆书籍，那些文学的小册子；在十本左右的英文版的国际文学里面，却夹了几本灯谜大观。这使我惊奇。在他童年，他底善于猜谜，曾经荣誉地被目为"神童"。

那么，诗，到底是谜不是呢？谜有一种惝恍的深奥，搜索底奇丽。诗是不是呢？在今天，在一些人和一些诗，比方卞之琳们，杜运燮们，那是确然是的吧。绿原和《童话》，是不是呢？应该不是的。象卞之琳底《圆宝盒》，似乎哲学地在开设他底宇宙讲座，其大无外，其小无内，无所不至，无所不包，是一也是无量，空间和时间底界限和距离底泯灭，心和物质一元的统一；简单而言就是永恒。但是这个宇宙，这种永恒，却是无血而且是无情的；因为里面根本就是无人的，这些才是谜：似乎言之有物，呼之欲出，其实空洞而已，无物而已。绿原就完全不同。不过谜可以使人习于深思，善于奇想，有必然的方向，有跳跃的逻辑。假使说，谜对绿原是有若干影响的，那是在他底人生和诗的追求底思想深度和折光作用上；此外，在他底初期的诗，也仅仅在那些初期的诗，在那种富丽了他底诗但是也多少谜惑了这个诗的他底结构极复杂、颜色极变幻的他底图案上。绿原底发展足够说明他底真实。天真而多遐想的《童话》出版之后有了他底火海一样其势熊熊的政治诗了，这二十世纪最优秀的，最欢乐也极惨痛的诗。绿原底诗是为了现实的，和卞之琳底做梦在什么地方相同？但是，诗人总是梦想家吧，卞之琳是，绿原一样是，不同的是，两种相反的生活要求，两种相斥的诗态度。梦想也有多种：不是逃到现实以外，就是迫入现实之中；不是入睡在精神上做贵族，就是怀抱了战斗的理想主义有所雄图。两种梦想，决定在个人的优越感，也就是个人底孤独感，愈优越愈孤独，这是卞之琳；或者决定在对于群众的响往的心情，也就是群众地的胜利要求，愈平凡愈真切，这是他，绿原。这是诗是谜，或者不是谜。在绿原，主要的，那他不是在制谜，而是为了答谜的，他企图解决历史和人生向他提出的伟大问题；他不是华而不实的谜面，而是呼之欲出的谜底，他所触到了的是这个大的疑问号后面的大的惊叹号。仅仅如此的吧。

绿原底诗《终点，又是一个起点》、《给天真的乐观主义者们》、《咦，美国！》、《伽利略在真理面前》、《复仇的哲学》等，已经跨越了他自己底《童话》时期而远行，而这些诗，也已经不象《童话》那么使人索解为难而惊喜不定。就是在《童话》，那种若干费解之处，第一，是他采珠人一样潜入了生活的深海，使一般的水手，尤其是以游泳池为花园的游客，以及除掉躺在浴盆里洗澡舒服以外根本点水不沾的人，那自然是无从理解他的了。这是主要之点。第二，春谜的嗜好诱导了他底缤纷乱坠的想象，这种想象，开始原来属于智力游戏，不久就突入生活密林，营养了诗，展开了画面。这种多彩多变的想象，在想象能力原来灰白的，想象热情原来贫弱的，也很难于跟从他底绚烂和丰饶。就好象拿起一朵花来只是如此一朵的话，那是每一个人都能够随便欣赏的；但是，遽入十里花林，人就目不遐（暇）接，不得不做刘姥姥，而感到窘困了。第三，作为一个诗人，他是敏感的，而且他底感觉极丰富。有一次，R·L·他们在，大家谈到绿原和他底诗，F先生底说法做了结论：在一般诗人，病在感觉不够；而绿原，难在感觉太多。这也使感觉单纯和感觉麻痹的一定和他保持距离。但是感觉多并不是坏事；感觉多，而使人有破碎感者，那是组织这些感觉的能力，或者说力量吧，还是有着薄弱之故。好象调味品多不是坏事；而在怎样配置这些调味品，使得食之有味；蔬菜多不是坏事；而在怎样处理这些蔬类，使得营养适度，容易消化。在《童话》之后，在绿原底诗，组织力量已经开始完成了 T·V·A·水闸工程，而突飞猛进。

他，能够而且努力在跨越他自己，要跨越一次再跨越一次，如此不断地跨越着。但是跨越，并不意味着一种机械的舍弃，而是，那种辩证的扬弃。在诗和诗底形式，已经证明了的是，他底今天已经跨越了他底昨天；不但如此，而且我们对它喜悦和信任，必然要跨越而前的是，明天也将证明今天。假使说，《童话》多少带有唯美主义，那么，《童话》以后的诗，特别是最近的他底政治诗，成为更加强力气象的了。为若干朋友他痛苦，也是为他自己恐惧吧，为了到了一种诗的停止状态。一个诗人，一上升到他底壮年，不幸就向他底衰老下降了；诗的果实，一到甘美成熟，立刻落下树来，不再更为红丽香甜了。一种最初是成功的诗底形式，往往会是最后失败的形式；因为这个形式在它底胜利下面停止进军，在它底作战之后没有追击，弄得许多大军包括生力军在内拥集到这一狭小的战斗地域以内，战斗力被冻结，诗被束缚了。在他，这是不甘心的；他要突破，为了向上，无限地向上。所以，近来他是这样爱了我们底国家。这一倾向，在若干人，可能发展到一种形式主义去。他有没有这种危险呢？他将自己回答，诗可以回答。

但是，有人却把他底诗看作了“虚无主义”。而且“在做法上是走错了路的”。我自己并没有看到这一奇特的批评，并且没有听到。

据洁泯底话，那言外之意是：只有民歌才是正路，才是现实主义。

那么，什么是虚无主义呢？虚无主义是一种病态，一种不承认主义；既否定旧秩序，也否定新生活，同时还否定这个否定本身而作为一个唯一的肯定的。他，却不是这样盲动的吧，他有一定的打击的方向和一定的响往的方向；他也不是只有破坏毫无理想的，他底破坏，而且正好是为了他和我们底理想的那种意义的破坏即战斗；他更不至于否定自己，因为当把自己和诗给了人民，他就有了保卫新民主主义的立场和任务，何况他是志愿兵呢。那么，什么是绿原底虚无主义呢？走错了什么路呢？现实主义又有什么别的具体内容呢？关于民歌，这里我不想说。但是，做法是决定不了主义的；只有人，才可以决定诗；而绿原这个人，以及他底狂涛的诗，正是现实的、政治的、全面攻势移转的宣言和军乐！虚无主义是极端自私的，绿原自私么？虚无主义是从头到尾冷情的，他底诗，你看不见汹汹然的它底热情么？所以，我认为：这种对于绿原的无知，或者诽谤，倒也是一种做法上走错了路的不承认主义呢。

关于他底《终点，又是一个起点》，也有人保留了若干存疑的态度。南在他底《读诗杂记》中，提出这么两点来：第一，以为"战斗要求成为牺牲要求"了。第二，认为人民底厮杀和胜利被分离了，而胜利被写得"意外的，奇迹的，而且事实上是不可能的"了。

其实，这又是一个绿原底不幸，和对待他底诗的一种不公平的错觉。战斗，唯一的要求是胜利的要求。这样说，战斗要求当然不可以是牺牲要求的；因为两者实在是南辕北辙的。但是，战斗要求底体现，是在战斗意志和这个意志底强度上面。而战斗意志底最高之点，又在不辞牺牲而前仆后继的这种勇往的献身和决心。那么，这个并非牺牲要求了；这不过是一个战斗意志，一种军事决心而已；——回过头来，又恰好正是战斗要求的呢。而且我们知道，即使是在决定性的大胜中，也一定要付出若干牺牲去，因为战斗并不同于采果刈谷。尤其在军事劣势和政治逆转的情况之中，胜利更是用牺牲血肉淋漓地高价购买的，没有牺牲的胜利，这一好梦完全是反战争规律的，非现实性的，——也就真是"意外的，奇迹的，而且事实上是不可能的。"牺牲在胜利是必要的；必要的牺牲更是必要的。难道这就叫做牺牲要求么？即使是在掩蔽部中，兵也有被流弹击毙的事，只要他是在第一线上，没有办法的。问题是在，目的是胜利呢？还是牺牲呢？在绿原底诗，说这种牺牲，——姑且这样说吧，也只是指出这一战斗底惨酷程度而已；从而也就展开了这一战斗底坚强性格而已。

> 将被无数代的中国人民供奉着：
> 血永远是
> 中国底
> 神圣的图腾。

这不是胜利了的风景片么？而且，这不是人民胜利的诗么？是为了人民和无数代的战斗而不是不过为了"血"的纪念的牺牲，这诗本身不是就这样向我们指明的么？否则，人底血和猪底血会有什么分别？猪底血为什么不和人底血一样也成为神圣的图腾？无数代的中国人民还不照样是无数代地被吃肉喝汤的奴隶，而竟有了供奉这种图腾的民主权利，而开始了他们底和平幸福的社会生活？

其次，图腾底神圣，这血底神圣，只是战斗底神圣；图腾的供奉，不单纯是对于血的供奉，是对于战斗和胜利的最高的敬礼和祝福。

而所谓人民响应胜利者，应该是意味了人民组织到了战争里面的。——就说响应吧，就是在战斗底外圈吧，那又是什么使他非响应不可呢？宗教革命既不是路德个人底要求和能力，而拿破仑底低头撤退也正是俄罗斯农民发动游击战争底战果。这还不够么，诗本身，还不够说明它自己么？何况人民"在沉默的厮杀里。"——这也是一种强烈的对比，为了一种战争底实况；为了不承认将军们底打太极拳，底吃肉，底妥协然而"胜利"，否定这些！真实和紧张的战斗，那是沉默的，实在没有功夫唱歌。谁胜利了呢？实际上，人民没有得到自己底战利品，虽然是他付出去了肝脑的巨价。人民，比战败国的日本底，不是更为悲惨么？"胜利"，那是他们底！那么，也可以说，人民不过在响应响应而已。没有为他们底勋章唱歌的道理，没有向他们底血口庆祝的道理。但是：

胜利

来了：

呵，火种

出现在

冰河时代！

这是人民需要有和必然有他自己底胜利！——

原来战争是两条战线的；那么，在这一首诗里，胜利也就有着一种二重人格了，不，这里是一对孪生而相伐的兄弟：一个虚假的胜利和一个真实的胜利，一个过去的胜利和一个将来的胜利，一个他们底胜利和一个人民底胜利，一个负量的胜利和一个正量的胜利。而这个胜利终于要来；而这个胜利终于来了！——这是人民战争底必然。人民战争的火种出现在政治反动的冰河时代，既非意外，也非奇迹。

胜利要来；但是它是还没有到的。因为战争是在进行，刚好开始，并非终结。除非我们混同了两种不同的胜利；除非我们妄以为他们底战功是我们自己军旗，除非敌乎友乎黑白不分，——但是我们正要战斗，正在战斗了。……

为什么终点又是一个起点呢？——

战斗底终点是胜利，胜利底起点是战斗。那么，跨过第一次的"胜利"，跨过那个"胜利"，然后有又是一个起点的战斗。肯定新的战斗，肯定我们底战斗，然后有真正最终的终点。战争，是正在进行。

战争在进行。那么，我们号召战斗意志吧！

人民战争正在进行。不，不如说正好开展吧。

同样，绿原底诗正好开始。

但是，如同 R·L·所说的，一种十分悲惨的气氛，或者那样险恶的心境，是必须追寻它底根源的。也是因此，F·R·有一种感觉，读他，和若干别的人底诗，那种过于沉重和激烈了的东西，自然是战斗的激情，同时却好象是力竭声嘶之状；这，在一些人，就不一定可以激发起来他们底奋战的意志，相反，倒往往压倒了他们，他们很不容易通过它而感到自己们底战胜。譬如《你是谁》吧，当人看到了那个"用牙齿咬着头发的影子"的形象，就不得不感到一种彻骨的伤痛，不得不感到那种困顿的伤痛的。

这当然可以说是一个问题的。

这好象是，当我们向太阳直视，我们所看到的却不是什么明丽的光谱啊。那极强的强光，结果只给了我们这么一个印象，这么一种错觉：一团惨澹的黑暗而已。这一类的现象，我以为，首先，是今天南方战线所特有的。那么，一方面我们固然理解这正是战斗精神在若干诗人的过于强烈的放射；一方面，我们是不是就此应该要求一种镇定、一种控制呢？

如果说这是虚无主义——那是十九世纪中叶俄罗斯底产物。是的，那是破坏性的，毁灭性的；所谓"牺牲要求"的。但是首先，它是从对于旧世界、旧秩序、旧社会、旧文化的如此强盛和尖锐的敌性开始的。在这一点，它却是和历史意向有所相符的东西，是革命前夜可怕的大风暴。然而问题是在：那种战斗，是纯然个人主义的、英雄主义的战斗，是没有群众基础和脱离群众运动的战斗。这就决定了：他们是盛怒的，绝望的，激情的，盲目的，而且，反动的；他们不相信战胜底可能性和它的意义，也难抱有任何理想和青春，既不热爱人民，又不热爱兄弟，甚至，他们是彻底的个人主义地的，然而他们又并不真实地热爱他们自己，破坏的毒血，疯狂的高热，暴乱的行为，一切，同归于尽吧！因为他们没有能够在旧现实当中看到所孕育了的新的东西，不是认为根本没有新的东西，就是即使接触了新的东西也没有力量把握这个真实的东西；在他们，它底存在不是虚无缥缈的，就是在他们毫无意义的。

但是，今天并不是十九世纪的年代，而中国，又已经崛起了先进的政党和战斗的人民了。所以，在进步的、年青的知识分子，一般是都接受了革命理论和贡献了战斗行动的。那么，无论是历史，是个人，虚无主义已经失去一切再版以及好销的条件了。

绿原，他显然不是没有新的东西的。他，相反，倒是为了更多的新的东西，并且是依靠了强的新的东西，然后才能够使他突进自己，突进的这样猛烈，这样深沉。诗，《终点，又是一个起点》，在这里是一个证明，是为了拿出来并且去取得那种更好的新的东西的。那么，他和虚无主义就不相干；和"牺牲要求"又有什么瓜葛？

我们这样爱好思索，考察，因为我们渴望认识一些事象，更重要的是透过俨然的事象认识实在的本质；或者，我们直接从一种感觉出发；从本身的要求出发；然而我们常常被事象所迷惑，甚至被逻辑所约束。于是，我们得到这么一个结论：在战斗中，特别在退却战中，在被包围中，在孤军深入中，人很容易夸张了敌情。这，一方面是人在战斗遭遇中往往外部地过高估计了那旧现实底势力，一方面，又在我们底精神世界中内部地被通过自己底幻觉甚至结合自己底弱点而铺张扬厉起来的这势力所控制，所压倒，于是相对地，它就使我们感不到什么手中的新武器，什么背后的后备力量，不得不削弱了战斗，不得不影响到士气；但是，如果夸张了敌情同时就是夸张了敌性呢，如果提高了这个，那又正好提高了战斗力的。那么，绿原，是不是给了人以这种印象，或者，我们是不是有了这类误解了呢？如果这样，那么，他是好象被敌人底阵地所胶着而濒于绝境了，好象感到大的吃力而几乎无援了，他底恋战？是这样的吗？战斗，它要考验人底忠贞，如此残酷无情，这是说，不但考验在他自己不可缺少的坚持和激烈，也考验必须为它具备的沉毅和坚忍，是这样的吗？战斗又要求整个战线底整然的行动，即使那是在独立作战的场合的每一个支队，每一个散兵，是也同样被严格地要求了这样行动以至这样感觉的，是这样的吗？也许我们可以这样想，由于人有着那种矛盾底强，固然就有了他底战斗底强，然而矛盾又到底是矛盾，强的矛盾存在于人底内心里面又含有一种大的危机，是这样的吗？

但是，这一切，如果我们认识得更真，分析得更深，事情却并非如此。

因为，首先，如果所夸张了的是那种单纯的敌情，那是决没有可能同时也昂扬地夸张了敌性的。因为，夸张了旧的东西，仅仅是失败主义罢了；相反，如果被夸张了的竟是我们底敌性，那却是人在精神状态中相应地扩张了新的东西，应该是我们底战斗要求底高涨了。敌情和敌性，固然有着互相反拨的作用，实际上，如果所夸张的方面有着不同，那就是完全相反的东西了；所以，两者虽然容易混同起来，不过彼此到底并不相等的。因此，那种胶着的战况，并不是他在被动地位被敌人所限制，在自己底血肉中陷住了，相反，是他掌握了主动权而迫击敌人，突贯地深入战斗地带，一方面是他在全力寻求和破坏那个敌方的指挥中心，一方面是他热望以个人底突入激起后续部队底全面冲锋，是这样引起的残酷战斗，是这样酿成的艰险局势；而那样地匍匐前进，我们并不可以从那一身的泥污和满地的血痕开始推论，并不可以从他底苍白的颜色和痉挛的体力作为判断，我们必须着眼于这一事实：在那炽烈的敌火当中，他是怎样一寸一寸地在向前，在迫进，他底眼瞳中是怎样喷射着火焰，他底子弹是怎样在发射而攻打敌人。那么，这是全然忘我的肉搏，生和死的决定场面。应该说，这里正有他底坚忍，正好体现了战斗的沉着，而且必须是大的坚忍和沉着，非此不可啊；如果不是这些，战斗就没有可能，战胜更没有可能，至少，这种战景没有可能发生。这也决不是什么个人底行动，而且完全符合了整个战线底要求的，人底心上必须有着新的东西，必须感到全面攻击的意义，必须在他底精神状态中广大而充实地拥抱了所有的战斗的人民；这是一个前提条件，一种决定因素。所以，即使说他可能也有若干矛盾，然而，在这些矛盾当中旧的东西显然并不足以控制他的；否则，他就不可能从事这一类的突击，甚至根本就无从从旧世界里面突破出来，飞跃出来。

这一切是：他对于虚浮的东西的痛感深。主要的是：他对于新的东西的向往强。但是，目前，在这周围，实在有了太多的虚浮的东西，然而却把它当作了结实的东西，战斗得非常满足，攻击令满地都是，随风飘舞，但是没有任何铁的执行，也没有一个足够震撼敌人底阵地。那么，他不得不以他底血肉提供证明：现实不是如此容易的；而战斗更必须付出一切去！这样，这就成了他底激情，他底恋战。

于是，在一般人看起来，就如同旧社会整个地压在了他个人底身上了！那么，他到底足够负载起来整个的地球，是一个 At-las 么？还是被一座五行山镇压住了，象那个孙行者似的呢？我们大家迷惘起来。在一个渺小的形象和一个巨大的世界之间，我们习惯于否认渺小的对于巨大的凯旋；甚至相反，我们又太容易同意了巨大的对于渺小的优势。原来，我们感到的是一种现象，而我们就忽略了它底本质，我们附着于自己底感觉，却抹煞了重要的事实。其实，这只是我们自己在这沉重的现象面前感到支持不住；他自己，在那健硕的本质的东西之中却毫不畏避而不可摇撼。他，一个 Atlas！他岸然承受一切，负荷一切，——即使他好象正在发出喘息吧。这主要是：在一般的人，由于没有和他那样同一高度的战斗要求，没有象他那样同一强度的生活感受，既然看到整个旧世界是那样压到了他底肩背之上，并且又听到一种他底喘息之声，对于那种悲愤的情绪，那种激情的东西，那种恋战的场面，是应该难于理解而且无从理解的了，何况今天我们又正好处于艰难而且复杂的战线，正好有了显然惨痛而且纷繁的魂魄，我们如此惶惑起来，如此恐惧起来，——那么，说，这不是虚无主义或者"牺牲要求"吗？

然而，并不。因为这种激情，这种恋战，不能够不是新的东西底饱满，底充实，在他就是如此；从他，我们底所以感到大的沉重，即使沉重到几乎窒息的地步，也是如此。无论如何，缥缈的虚无主义，和简单的"牺牲要求"，是没有什么可能使我们感到这类沉重的。

并且，刚好相反，这种悲愤的情绪，这种战斗的激情，这种顽强的恋战，我们还可以说是从他底乐观主义而来。因为，战斗得强不但是他要求战胜得强，而且也只有是他底感到胜利的强。那么，他负荷了整个旧社会了。这莫非不是他热爱了整个的新人类之故？

那么，终点，又是一个起点，我们深信，而且，我们祝福！

1947，4，7。芾生馆。

（原载北京五十年代出版社《诗与现实》第三分册）

诗的新生代（节选）

唐 湜

波浪连接着波浪，诗的波涛在汹涌着，一个光辉的诗的新生代在涌现着，两个高高的浪峰高突起来了，在这两极之间，将含有一片广阔的波谷吧，它们会一齐向一个诗的现代化运动的方向奔流，相互激扬，相互渗透，形成一片阔大的诗的高潮吧。

一个浪峰该是由穆旦杜运燮们的辛勤工作组成的，一群自觉的现代主义者，T·S·艾略特与奥登，史班德们该是他们的私淑者。……

另一个浪峰该是由绿原他们的果敢的进击组成的，不自觉地走向了诗的现代化的道路，由生活到诗，一种自然的升华，他们私淑着鲁迅先生的尼采主义的精神风格，崇高、勇敢、孤傲，在生活里自觉地走向了战斗。气质很狂放，有吉诃德先生的勇敢与自信，要一把抓起自己掷进这个世界，突击到生活的深处去，不过他们却也凸出地表现了孤特的个性，也有点夸大，也一样用身体的感官与生活的"肉感"（Sensuality，依卞之琳的译法）思想一切。

　　　　一切的窗户
　　　　向大街开着，
　　　　只要一声呐喊：
　　　　无数激怒的面孔
　　　　就会从屋子里跳出来
　　　　集合在一起——

集合起来，集合着
一切苦烟似的怨恨，
变成烧灼世界的光柱
冲向黑暗的天空，
不许枭鸟飞过！

（绿原：你是谁）

多强大的生命力，"巨人似的夜敲着暴雨点似的大鼓，在中国的充溢着尸首的荒野演说起来了……"连抽象的口号也变成了吉诃德那样的刚勇者了。诗人似乎是浑身抖索着，铁青了脸来写他的诗章的："当火焰的意志滑润着希望的轮片，唱出了欢乐的歌，为什么不用痛苦做原料来养育生命，从死亡渗透出来的生命，热烈的生命呢？"这声音多强大、有力！不为传统与修养所限制，他们赤裸裸地从人生的战场上奔跑了来，带着一些可爱的新鲜气息与可惊的原始的生命力，掷出一片燃烧着的青春的呼喊与崭新的生活感觉。

现在，这两个浪峰渐渐该相互起着作用了，在这两极之间，该有一片较成熟的广阔的波谷起伏又澎湃了，一片万马奔腾……

（原载《诗创造》第八集《祝寿歌》）

论绿原的道路

李 瑛

一

如果把诗歌做为各人经验的揉园解，毫无疑问的，诗的真实的经验是来自生活的经验，但这并不等于它，并不止于生活的经验，在二种经验之间，必有一个反刍消化的过程，而最后的表现，不是原有的经验的刻深，而是许多不同经验相互综合的产品，而是一张真实的合股的网络；假如我这个想法不错，那么今日的诗便应该是诗人拥抱世界的姿态，是一种潜入现实深广的纪录，是民族战斗意识的晴雨表，是人与人之间心的碰击而爆出的火花。诗人凭着他对真理的执着，而热爱艺术，热爱生活，热爱战斗，是做为今日诗人的一个最低的要求，而对一个诗工作者的认识也要从这里出发。

文学的成长是痛苦的，打开我国诗的发展史及流变史，看它曾走了多少弯曲回旋的道路，然而今天它毕竟随着祖国人民的战斗，而坚实的铺在这块多苦难而充满饥馑与杀戮的土地之上了，并且在今天，它更帮助人民取得了教育人民，改造人民的效果，尤其是抗战到现在，一些努力于诗的工作者，从各方面去探讨，追求他们的新方法，新主题，新形式，而共同标出了一个可喜的箭头，强烈的指示出诗现代化的道路，使得诗更被光辉的利用到各方面，而为人类服务。

当然这之间对于诗的学习，往往也有人的观念是严重错误的，如有人误解以为硬性的文字即为有力的文字，实则这却是荒唐得很的，它们只是一种粗暴的姿势，或是粗鲁的放野，以高声的喧嚣代替雄辩，他们或者是深深的强调了做为口号标语的名词，或是盲目的行动，没有足够的生命力支持他们思想的重量，这，却并不能成为一首结实的诗，正如一个钢铁人型的骨架，没有真实的感情，血肉与灵魂一样。相反的，也有一种作品，以庞大的时代的影子，掩饰思想感觉的贫乏；这同是畸形，同是丑陋，同是一种失败的成品。

现时代的诗，必须应该是从经验里提高经验，从真实里发现真实。

现时代的诗，必须应该是以大众的生活取得支持，以政治改革的一部分取得支持，以各个强烈的爱情，思想与信仰，取得支持。

时代前进着，诗前进着——艾青、田间、马凡陀，便是诗探险队勇敢的队手，而在更长青的一群里，我们尤喜爱绿原。

二

T·S·艾略特说："一个新诗人的出现，不能不使传统的诗歌世界秩序为之改变。"是的，绿原的歌，冲击在夜与黎明之间，在方生与未死之间，溅着血点、火、热、光，他不但批判的接受扬弃了旧有的传统，而且积极的把握了全新的存在，绿原的诗已成为我们的了，由于他热烈的追求与生命的呈献、由于他跃动的青春、由于复仇的抵抗和战斗、由于爱，一面是赞美，一面是反抗。

绿原本身是一个完全觉醒了的知识分子，然而在早期，他是忧郁的，是感伤的，象每一个知识分子在改造自己的情感之前一样。从他的一些作品里，我们可以看出他的幼小的天真，仿佛连影子也是活泼的，但由于他本身的弱点和时代的苦闷遂使他年轻的诗涂了一层沉挹的色调，于是他变得孤独又沉默起来了：

> 我怕
> 你底眼睛
> 有着我底寂寞
>
> 你问我

好久好久
为什么没有声音

何必要有声音呢
我有一点忧郁
好象我有一点病痛
是你不能分担的

——《碎琴》

于是他变得感伤，而对于幻梦中，太平的盛世有所响往：

金子用来做房屋
钞票用来糊纸鹞
银币用来飘水纹——

——《小时候》

于是他想起他的弟弟，又兴起了乡愁，想北方的雪和南方的果园。

但他为什么有着这样的愁忧呢？那就是因为他不十分健全的敏感的性格强于他的意志力，这正说明了诗人的主观感觉，对于客观的现实有了怎样的分裂，而我们又何尝不是如此呢？我们也有着个人的小小的欢喜和小小的忧伤，这种事情的弱点和他一样。但绿原对于时代的感受，只有这些哀怨和一些感伤吗？不，不的，他已经在这重重的阴郁之下，孕育了无限的希望和反抗，这希望出自觉悟，出自学习，出自战斗，出自仇恨的颤栗的反叛而发出了的，虽然对于诗表现上还不够尖锐和锋利，但一点一线已能钩出人们的忧喜，这便是他不同于普通一个感伤的浪漫或者唯美诗人主要的地方：

他说：

夜深了
请给我一根火柴——

——《忧郁》

他说：

> 现在
> 战斗从夜间开始
> 如果黎明没有来
> 而我死去
> 也好，夜就是碑——

——《神话的夜呵》

他说：

> 用你的哭泣发誓
> 用你生命最后一课发誓
> 你应该停留
> 你应该放一把火
> 给这个被灭亡的国家

——《读最后一课》

绿原便是从这个样子出发写诗的。

《童话》是他在一九四二年以前的早期的作品，那时他一面是低徊在忧郁的城池，一面是突破；让我举个拙劣的比方，我说他是站在一个扭转之轮盘上，或者说作者正象一只饿鹰周旋在上空等到他看见一匹小兽而将攫取的时候，便将要有一个尖锐的突击，这在他以后的作品里便证实了。而做为初期结集的《童话》本身，我们则已可看出他在学习肯定现实和人类生存的尊严，学习把真实提高到诗，把心扩大推远，向一切争取亲切，虽然这表现是薄弱的。

《童话》以后的诗便由点的直觉进到立体的结构，由娓娓的倾诉到疾声的呼唤，这自然是经过一度艰苦的过程的，说到这里我觉得目前再没有一个诗人的道路会象他进行得成一条直线的速率了。从预言到夜歌的何其芳，仍没有摆脱知识分子感伤的气息，他除了礼赞工作，讴歌少男少女们对于美好的事物的渴念之外，除了做出一个抽象的空空战斗姿态和同一阶层对于新的要求的议论之外，真的爱情，真的属于工农兵大众的启蒙或教育改造的工作，成绩始终不多。从《大偃河》到《人民的城》的艾青，依转变过程所费的年月来说，仿佛与绿原都不成比例，这我们可以从绿原一连串的作品，来证实他直线创作的里程。

最早期的当然是《童话》里所收的一些短诗了，其次就我读到的有：

破坏及其他（载《希望》第一集第二期）

给天真的乐观主义者们（载《希望》第一集第三期）

终点，又是一个起点（载《希望》第一集第四期）

我是白痴（载《中国诗坛》）

雾中的活物（载《呼吸》创刊号）

伽利略在真理面前（载上海、天津《大公报》文艺版）

复仇的哲学（载《希望》第二集第二期）

咦，美国！（载《希望》第二集第三期）

轭（载《呼吸》第三期）

悲愤的人们（载《希望》第二集第二期）

血的蒸馏（载《血底蒸馏——荒鸡小集》之四）

你是谁（载《中国作家》创刊号）

最真的绿原，最佳状态的绿原，便是从这个样子出发走过来的，我们看看他那痛苦的或者愉快的结结实实印在地上的脚痕，好象看见在风风雨雨中吹打着的一只苹果，怎样在树梢渐渐转红而成熟：象一棵树在不断的吸取中，长得渐渐粗壮的年轮：渐渐的他越感到一种不能不负的沉重的责任，等待他在高度的综合与繁复之下要来荷担，因为是这些，因为依循历史的路线，建设一个新的生活的斗争已经展开，而作为一个今日的诗人必须要象马雅可夫斯基所说的"不但要参加革命，而且要用革命的方式去参加"，绿原这个以反抗的笔投出的锋利的标枪，便是参加革命方式的第一击。

说到这里，使我想起了西方的一句谚语："当大炮开口的时候，诗神缪斯就闭口无言。"现在这种对立的时代，早已过去，而且在今天，伟大的战争壮烈的掀起的时候，诗神缪斯早已经武装起来，配合了我们的民兵走上最前线，为了祖国胜利的事业而斗争。马雅可夫斯基更曾说过："诗和歌，这就是我们的旗帜和炸弹。"是的，关于诗歌对于战争所起的作用，我们可以由这次苏德战争中苏联所得的胜利来说明他的力量而给它正确的估价，而且诗和歌，是任何武器不能陷毁的，也是永远不会失败的工具。今天，当我们生长在这弱小者被迫害的时代，而尤其更在这几乎没有我们生存权利的高压的中国，我们应如何磨制我们的石斧和标枪，诗，应当如何陪我们扎根在这血渍的国土，唤起同胞对于时代的信心和美好的渴念！

这里，绿原就是武装了诗而走在这条路上行列最前的一个。1944年在《破坏》里，他狠狠的对于这个国家中那些荒淫的上流社会阶层的人兽，予以严重的讽刺和咒语，此后他不再低吟着多余的感伤和那些脆弱的怜悯，他再不忧愁了，他发着誓说：

> 我们不再忧愁
> 一辈子也还不了
> 太多太多的恶债
>
> ——虚伪的春天

同年他更写了一篇《给天真的乐观主义者们》的长诗，给予那些荒淫与无耻的狐男狗女，以及一些构成新闻人物的豪绅以出色的讽刺。

这是一幅烂桃似的疮疤的大都市的脸谱，一幅在战争下面痉挛的麻疯病患者的脸谱，资本主义发展到末期，而在人民警觉的水线下逐渐溃决了的豪资企业的高堤，作者用一把锋锐的刻刀，深刻的画出一个都市的两面，展览出一幅可怕的风景，这风景，正显示出了中国的政治力量，是在如何腐朽与糜烂之中，逐渐沉沦，消灭，一个新的主义下新的生活急速展开，这首长长诗行，长长篇页的作品，在今天来读，犹嫌其不够尖锐，不够突出，这便是说，抗战后的今天的城市，其卑陋，丑恶，荒淫与无耻，又胜过抗战时的几千百倍，而另一方面的贫穷，愁苦和饥馑，也甚至低下数千百倍，这个贫者日贫，富者益富的极端现象，已全面托出，它严重的昭示了一个新的社会基础的建立，一个伟大的斗争的展开，二十世纪初普罗列塔利亚的革命，已在权威的叩敲着历史的大门，这都市中强烈的两面，正代表了一个社会的方生与未死，终止与出发的一个刹那，资本主义的帝国主义时代，是资本主义成熟了及过分成熟了的时代，它是站在自己溃决了的前夜，它成熟到了这种程度，要让位于社会主义了，因为布尔乔亚把一切财富，一切权利都集中在自己手里，工厂，矿山，土地，银行商店，都在他们掌中，统治权也属于他们，而在普罗列塔利亚方面，只是聚集着一些无权，赤贫，在法西斯重轭下的呻吟，艰苦的劳动和死亡，所以在资本主义破灭的时候，便是普罗列塔利亚正在胜利的革命的时代，但是，且先离开这些政治经济的理论问题，我们来看为这问题推现出来的都市的色相。绿原是这样写的：

> 这是一个宝岛，货币集中者们象一堆响尾蛇似的互相呼应，
> 共同象征一种意志的实践，光荣的城永远坚强的屹立地球上。
> 水门汀，钢筋混凝土——永远支柱着银行，信托部，办事处，
> 胜利大厦百货商场——
> 知名的律师充任着常年法律顾问，发行巨批杰作：扑克，假
> 面会，赛路珞，玻璃玩具
> 坤伶，明星，交际花，肉感的猥亵作家，美食主义者，拆白
> 党，财政敲榨者——
> 茶会，午餐，鸡尾酒晚宴，接风，饯行，烹调术座谈，金融
> 讨论——
> 赌窟，秘密团体，娼妓馆，热闹的监狱疯人院……
> 鸦片批发，灵魂收买，走私，拐诱，祈祷同忏悔……

还有"吊膀子"的"男人同女人"，"放映香艳巨片"的"电影院"，"替顾客们挖着耳粪"的"理发厅"，"奉送按摩"的"花柳专科医师"……而在另一面，一家纱厂工人体格检查表上，显出如何可怕的现象：

> "……女姓，十七岁，九岁入场……月经停闭，脸黄，晕眩，
> 下午发烧……"

"……男姓，十岁，童工……肺结核，痰臭，盗汗，指甲透明……"

资本主义的剥削制度，是踏着因过度劳动而死的男子，和迫害压榨下的女人和小孩的尸身，在坟场上来完成自己凯旋的进行，说到这里，使我想起表现资本的雇佣奴隶命运的多玛司·姑德的"襦衣曲"来。

在《给天真的乐观主义者们》中，他除了咒诅暴露富贵与卑贱的两个阶层之外，他还揭穿了一些怕事的知识分子的缩首缩尾的丑态，给于一切虚无主义的，伤感的，颓废的逃世的无能者，绝大的嘲笑，此刻我们可以清晰的看出绿原对于生活的严肃的态度，和对于时代肯定的确信，在第七节里他这样写道：

"我知道我还有泪水，但是，我再没有哭泣过甚至叹气，自从我结交了一群冤魂——
而且，我还未大声欢笑，因为一切痛苦的过去还未完全否决！
因此我厌弃轻浮的歌颂。"

"你以为可爱的读者，我还没有见到一些光明的体积吧？看见的
虽然不敢发表他们底史迹，
博物馆不敢陈设他们底塑像，
甚至百科全书不敢记载他们底姓名，然而我正走向他们——
不过，我不必赞美他们——
这些战斗者，正如我不必赞美我自己底诗。"

此时的绿原，不但在主题上作到了现代诗积极的要求，而且那些不灵活的中国字，在他手里渐渐醒转，组织，排列，开始驾驶在新的海面与新的气候之前，它们每一个字如同一个螺钉，如同一个机器旋转的轮齿，如同一座火线上的堡垒，一声突击的密令；每一个字，确定了每一个字的责任和重量，完成在一个庄严的秩序之中，而单就技巧来说，他的形式的革新，也完全从坚实的内容而直接产生出来，使

得诗获了莫大的作用和效果。

新的诗体，必须包含文字新的使用的方法，新诗现代化后，文字弹性韧性的增加，实际早已为新的内容所决定，我们无需再说，单就主题来讲，它已是随了现实斗争的发展而发展，造成一个不断进取改变的民族形式，这就是说，诗人的笔象风雨计上的指针，我们已可看出它是怎样随了时代的风雨在表盘上画着度数的圆弧。艰苦的抗战胜利之后，作为年轻的人民诗人绿原，便写了《终点，又是一个起点》的长诗。

这里，我们可以看出形式和内容，在他是以了怎样的限度相适应，而给予最完整的表现，而且把握了广大的读者，给予最强烈的影响的可能性，它的句行是短的，如同我们的为胜利而痛快得流泪心跳的声音，如同我们打着庆祝的鼓点，如同我们以坚硬的靴底搭搭的踏着穿进凯旋门的大石路，如同鞭炮。他反复的喊着：

> 中国底人民
> 再前进

然而这"曾经赐给我们以自由信仰生命的燃料的血呀"，是如何汹涌的淹灭了敌人的头项和冲塌敌人的堡垒啊！想着，仿佛有一段足够使人记不起来的悠长的年月中的战斗，金属的声音和迸发的火花，仍一直繁响在历史的篇页，那些山河的交铸，生命的潜滋和血的图腾，似乎都一齐又洪荒再现。八一五以后的日子，开始有兴奋得疯狂的沸腾的声音，涌卷到这曾被沦陷的被奸污的大城市和农村来了，这几乎使我们欢喜得涨裂了心脏和血管：

> 我们要回去
> 不再逃亡

> 回去
> 从火灾底灰烬里找
> 没有烧焦的

　　木材

　　回去
　　盖房屋
　　回去
　　将尸首的堤防
　　挖掘成
　　田亩

　　回去
　　播种

　　象民族的大迁徙一样的复员，在历史上我们从不曾看到这样伟大的流变。"终点"然而"又是一个起点"，在这支凯旋后的军号里，他更坚决又冷静的警觉着："我们的武器不能放下"，因为"时间以火的速率前进着"，因为我们还要继续"用方块般的钢铁，将中国建筑在世界的大街上"，也让我们的河流和各国的河流汇通，我们的山脊和各国的山脊毗连，用"德谟可拉西的实践"，和"今天流汗同昨天流血，可以比赛一下的工作"。

　　　　　　　　　　　　　　（原载《诗号角》1948年第4期）

评《又是一个起点》

天　风

　　《又是一个起点》是绿原新出的第三个诗集，共包括长诗七篇，都是在一九四五年八月到一九四七年五月这一段从"虚伪的白昼"到"毒霉代替花朵"的最黑暗无光的日子写的。其间的一些短诗则另编为第二个诗集，即将在沪出版。

　　如路翎所说，"他底几年前的最初的诗集《童话》，那简直是梦幻似的美丽的东西，里面虽然流露了时代的与人生的感激之情，但与现实生活的斗争，却是接触得并不强的。"于是大家担心"这温柔美丽的意境，一旦不得不与现实生活面对面的接火时"所发生的后果："是从这面痛苦地突进，……或者失掉了原有的,在现实之中溃散？"《又是一个起点》答复了这个问题，绿原是突进了，而且是那样"执着若寇仇，纠缠如怨鬼"的从血肉淋漓的现实中勇敢果决的突进了。

　　这是诗人的成功，也是读者的收获。

　　从这本集子里，我们可以窥见诗人的先知预见，可以感受诗人的愤怒仇恨。——因为诗人的感情就是人民共同的感情。

　　作为集名的《终点，又是一个起点》是作者在日本宣布投降之后五天所写，那时许多人陶醉在"胜利"的狂欢里，对"两只脚的人兽"的阴谋多不加以注意。但是，诗人第一个提出了警告：

　　　　……我们有
　　　　更艰难的课程：

我们要保卫用多少回失败换来的胜利
粉碎
一切肥皂泡般的
保护色；
用新的号召
用新的战斗！

而且我们将是无惧的。因为

一江水喝完了
还在乎
一口水吗？

　　一九四五年冬到一九四六年春，和平协商的"肥皂泡"在空中飘荡了一阵，破碎了。接着"一朵朵不祥的乌云盖在我们的头顶上"。而诗人没有象一般人在当时所表现的颓丧与失望，诗人坚信抢住了"命运的绳"的人民终将获胜，"后退一步不过是为了向前跃进得更远"。
　　但他不是"天真的乐观主义者"，他用自己的真诚，自己的"人性的硬度"唱起了凄厉悲愤叫天地变色的复仇之歌。下面我们随便举几个例子：

联合起来
我们就是复数
让我们
向前面去！

组织起来
逃荒去！
不再头昏眼花
不再遭荼毒
恢复祖先们的本色：

对那些
躺在脂肪的山峰上睡觉
的野兽
进行
斗争!
象我们的祖先一样
靠自己一双手
改变
世界!

——复仇的哲学

对血污的景色所拥绕
的天堂
不是攻击
而是毁灭

……

记住,必须发扬
中国四千年来帝王时代
强盗们抢法场的精神
散播着
复仇的福音呀
悲愤的人们!

——悲愤的人们

不要以为尸首
在无声的腐烂
不要以为骨头只能
做旁人的肥田粉
不要以为坟头
每年只能开放一朵惨白的
雏菊

不要以为这样就使

你寒心！就使

你愿意把人家的痰盂当

饭碗！就使

你垂下头来

想从死人底营盘

开小差！

（告诉你

你逃不开！）

在这所（听）钝刀宰割的地狱（域）

金钱被法律的绳子串起来

象用骷髅凑成的念珠

挂在它底胸前。它呀

那个幽灵

用一叠钞票代替了日历

梦想着：有钱的

就有明天！（？）

——你是谁？

　　《咦，美国！》是对华尔街奴役中国人民的阴谋的庄严的指斥。大概是为了更足以表现"力"起见，形式方面是采取跳跃的短句，与他首不大相同。（为了节省篇幅下面举例未照原来排列。）

　　诗人警告阴谋家"不要放肆，不要忘记了这是中国！……不要把中国当做东方的西班牙！"而且进步势力日益增涨经济危机山雨欲来的美国，胃也并不是健康的。"不管你底牙齿再尖再尖……那么，请尝尝中国底胡桃！"不错，"在太阳底下，掩不住阴谋！""从前吴佩孚段琪瑞那些买办们所不能办好的，今天，在你底租借法案下面啃骨头的这些木偶们也一样是废料，它们永远卖不了中国！"

　　"在中国这块灾难底处女地，只要人民不死，中国人一定要活在自己底理想里。"如今这正在到来的光明不正证明了诗人的正确吗？

　　另外《伽利略在真理面前》和《轭》两首，前者是一个不屈的战士在绞架前的宣言，后者则是对一个因"落荒"而"忧愤以死"的同志的悼唁。

　　在"异端裁判所"里坚持"地动说"的伽利略，是伟大而崇高的"人底标准"，"在真理底圆光里升华出一些政治犯们临刑前的坚决"永远值得我们歌颂。但是伽利略的时代和我们的时代只是相似而不相等。

> 那时，在真理面前的，只有
> 你一个
> 现在，我们，你看，是
> 数不清的呀……

因此，"在今天，将受裁判的，就决不会是我们！"

　　《轭》似乎过于凄惋，而且还有点"荷戟独彷徨"之感。

　　诗人这样写道：

> 而今，天旋风动
> 风起云涌
> 有仇报仇　有冤报冤的
> 时节
> 兄弟呵，我怎忍心到
> 狐狸和猫头鹰斗法的坟场
> 去喊一喊你底贞洁的名字
> 我好为你抱屈！
>
> 你留着你底仇敌们
> 把你底死当作有若无
> 你更留着你底同志们
> 在前进的步伐里打抖
> 你好不甘心！

最后并以"泪光沐照着被刺的心"怀疑地问道：

> 哦，在这边
> 有什么能象俄罗斯底赤霜一样
> 把死者底意志
> 和生者底欲望
> 凝结在一起呢

但这不过是诗人在前进里对倒下去的战友深沉的哀悼，而并不是绝望的叹息，诗人是执着而顽强的如他在《复仇的哲学》中所写的，他将

> 厮杀去！
> 推着枢车迎上去，
> 拿着志哀的白蜡烛迎上去
> 唱着送葬进行曲迎上去，
> ……

年来，绿原之受读者欢迎，在这半个中国已驾凌于所有诗人之上。就笔者所知，上面这些长诗曾不止一次的被平津、京沪、武汉、蓉渝各地朗诵，这除了他表现手法上的天才之外，最主要的还是内容上的深度和强度。现在，"改变世界"的工作已跃入了一个新的阶段，而且正在加速的向另一个更新的阶段迈进，我们期待他更新更大的成就，同时也盼望他从知识分子的圈子投入人民的海洋。

1948年11月3日

汉口

（《原载1948年11月7日《大刚报》》）

片感——关于《又是一个起点》

方 亮

这本诗集,正如它的名字所标志的,在作者绿原发展的道路上"又是一个起点"。

《童话》是一册美丽的诗。那时候,作者还没有走进这个现实的人生,可以说,他是膨胀在少年人的热情中,透过少年人的热情凝望这个世界而且感觉这个世界。因而,《童话》里面所流露的,大都是赞美和感激;憎恨得并不强烈,在忧郁中也带着动人的姿态。

但时代在前进,诗人在成长,他终于不能不受到锻炼。从少年时代的美丽的梦醒来,我们的诗人是直面着"青面獠牙的旷野"。有一段时期,从他过去的一些零星的诗作中看出,他有一点迷惘。但他终于突进了,发出控诉的壮声,他开始唱出了这一代的深沉的仇恨。也不记得是那一位友人说出的了,"绿原是声嘶力竭地在歌唱着"。《又是一个起点》,和《童话》的距离是极大,然而并非不能探索的。

但诗人歌唱得这样悲壮,然而我们感到凄厉;他要"不懂事的少年们站出来做一名二十世纪的侠客",然而我们感到了震动在他的歌声中的原始性的愤怒。——这也许正是我们的人民的特点之一吧。这是在饥饿和压迫下的怒嚎,然而并不是雄壮的搏斗,一如我们的时代所英雄地表现出来的。

我并没有恰当地说出我的感觉。那么让我举一个例子:以《终点,又是一个起点》和《你是谁》对照起来,我以为前者应该得到更高的评价。因为那里面是有着战斗的自信和战斗的欢乐,这是《你是谁》

中所缺乏，而又正是我们所需要的。

是的，我们是饥民，斗争必需从生活的要求出发，诗人绿原作为人民中的一员而喊出了人民的声音，然而人民是一定要随着历史的轨道前进的。诗人是人民的代言者，但也是走在人民前面的号手，要呼唤，也要组织，随着时代的进展，我们期待着诗人唱出更壮丽的歌声！

小记：匆匆忙忙地写出这么一篇短文，我并没有能够适当地表达出我的意思，但既然写出了也就拉倒吧，希望绿原和读者诸君原谅我的草率。

11.31

（原载1948年12月12日《大刚报》副刊《大江》）

《中国新文学史稿》（节选）

王　瑶

　　绿原的《童话》中共收二十首短诗。他运用丰富的想象力，写出了一个个的美丽的小故事。其中如《雾季》写工人的劳动，显示了作者对诗底素材的很强的组织力，使诗篇如彩色画面似地展示出来；诗中情感的爱憎也很分明，如说：

> 呵……最健康的又怎么不是他们呢
> 你看他们是如何爱着生活
> 他们真是没有时间来太息第一片黄叶底飘落呀
> 虽然——那些怕着夏天的太阳的家伙们
> 仍不知雾季来了地躲藏在粉白的房屋里喘息着

　　集中前一部分诗童话的气氛很浓，也渗着一些忧郁的抒情情调，后一部分比较健康了一些，诗人底表现力是很强的；他在抗战胜利前后写的政治讽刺诗曾广泛地在青年知识分子中得到过热烈的爱好，但在《童话》里还找不到那样强烈的情感。

　　　　　（原载新文艺出版社1954年版《中国新文学史稿》第三编
　　　　　　　　第十二章三《七月诗丛》及其他）

　　绿原的诗集《又是一个起点》中的诗，是曾多次地在群众集会中

被朗诵过的；那些诗也的确给了青年知识分子以力量，鼓舞了他们的
革命情绪。《终点，又是一个起点》一首是为抗战胜利的消息写的，
诗中说：

> 这是
> 九死一生的
> 胜利，与失败几乎没有距离的胜利呀，
> 中国人民
> 再前进！

> 人民底军队呵，
> 当那些没有流血，没有流汗，甚至做梦也没有想到中国还会
> 胜利的坏蛋们
> 面对着
> 中国人民底狂欢
> 而心惊、
> 而肉跳、
> 而阴险地策动中国底第二次难关的时候，
> 我们底武器
> 不能放下！

在《复仇的哲学》中，他鼓励大家向暴君复仇，"联合起来，我
们就是复数！"他号召大家"霍霍地磨刀吧，到花团锦簇的乐园里去
做一名捣乱分子！"

> 烧吧，中国！
> 只留下
> 暴君底
> 那本高利贷的账簿，
> 让我们给他，
> 清算！

　　那种对反动统治的愤怒和憎恨是非常强烈的。在《咦，美国！》一首中，对美帝国主义者喊出了轻蔑的仇视的声音：

　　　　不要——
　　　　不要放肆，
　　　　不要
　　　　　忘记了
　　　　这是中国！

　　　　从前
　　　　　吴佩孚
　　　　　段祺瑞
　　　　　那些买办们
　　　　　　　　　所不能办好的，
　　　　今天
　　　　　在你底
　　　　　　　"租界法案"下面
　　　　　　　　　啃骨头的
　　　　　这些木偶们
　　　　　　　　也一样
　　　　不能办好！
　　　　　　　也一样是
　　　　废料！
　　　　　它们永远卖不了
　　　　中国！

这诗作于一九四六年，当时美帝还正在装着"公正"的面孔来调停中国的内战，文学上的反美作品也还很少，但诗人已愤怒地警告美帝说："记住，在中国，一个火伕会对你说。我发誓，凭了这一枝枪——，你们一定不能再来了！"这些诗在国统区的民主运动中，特别是在各城市学生群众的反内战、反饥饿、反美的各种运动中，都曾多次地在集会中被朗诵，得到了青年知识分子的极大欢迎；也的确鼓舞了群众的革命情绪，收到了很好的效果。

（原载新文艺出版社1954年版《中国新文学史稿》"第四编　第十七章　三　政治讽刺诗"）

溅了血的《童话》（节选）

痖 弦

绿原的重要作品均收在《童话》诗集中，据说诗人在出版这本书时还不到二十岁。在《惊蛰》一诗中，绿原说：

> 十九年前，茂盛的天空
> 那一片丰收着金色谷粒的农场里
> 我是那一颗呢

显然是一个少年人的口吻。纵观《童话》这本集子，每一首诗都流溢一种年轻人的梦幻和憧憬，语言清澈，节奏明快，没有三十年代上海现代派文人有气无力的个人调子，也非田间那种捶胸顿足声嘶力竭式的歌哭呐喊，而是流丽自然的"天籁"，像：

> 小时候
> 我不认识字
> 妈妈就是图书馆
> 我读着妈妈——
> ……

何其亲切！何其质朴！五四以降，像这样天真烂漫晶莹剔透的可爱小诗，实在绝无仅有。

我曾在《创世纪》诗刊上选了他收在《童话》一书中的十二首诗，读者可以从这些作品中窥见他风格之一般。

读者读了绿原的诗，一定会把他和杨唤联想在一起，关于杨唤深受绿原影响一节，自是一个饶有趣味的论题。在文学创作上，因袭和摹仿自然是不同的，不过作家与作家之间彼此的影响，有时候也很难绝对的泾渭分明，即在我国古典诗里，这种例子也屡见不鲜，两个雷同的句子，常常成为作家与作家间比较研究的材料。笔者以为作家间相互的影响有两种情形，其一是字句上的因袭，其二是意念上的因袭。一般人每每仅从字句上去考察某某人受了某某人的影响，并不知意念上的因袭，较之字句上的因袭更值得讨论。如现代文学中 T·S·艾略特的《荒原》，此诗之重要性不在于诗中的字句如何如何，而是在于此诗所展示的精神背景（意念）。不过，在文学史上，批评家对一个新的题材的出现，虽然提及开其先河的人，但更高的赞誉，还是给予那些把这种题材发展到巅峰的人，不可否认的，杨唤是受了绿原极为强烈的影响，不管在精神背景上，在字句上，杨唤的火种均来自绿原，这是很明显的。不过我觉得在某些地方，杨唤几乎是青出于蓝而胜于蓝，他自有其超越绿原的独特发展，像《诗的喷泉》这一辑诗，其艺术成就便在绿原之上。我曾把这个看法说与杨唤生前的挚友叶泥先生，他也赞同我的观点。但是，不容讳言的，杨唤的某些句型是太像绿原了，像到接近摹仿和抄袭的剃刀边缘！十多年前斯泰斗先生在《幼狮文艺》上写过一篇《天才诗人的解剖》，读者可以看出二者在句法上的异同。另一方面，我们必须要认识的一点，就是杨唤在写《风景》时，不过是十九二十岁的少年，在那样年龄的作者往往是感染力最敏锐、摹仿性最强、而排斥外来影响能力最弱的，如果杨唤不英年早逝，我们可不可以试着想象一下，三十五岁或四十五岁的杨唤作品中会不会还有绿原的影子？在二十几岁时，笔者和跟我年龄相若的诗友们也都曾受到三四十年代前辈诗人的影响。我早期作品中便有绿原风格的感染，当时是无意识的，今我重读绿原后才为绿原的一些表现手法，竟在我的早期作品中出现而吃惊。

当我决定在《创世纪》上选刊绿原的作品时，曾有朋友顾虑这样可能对杨唤的艺术地位有损伤，我却不作如是观，我觉得重刊绿原反而可以增加吾人对杨唤诗艺成长过程的了解。每一个人都有自己的师承，世界从未出现过一个没有脐带的婴儿！正如当年幼狮文艺编者在斯泰斗先生之前所加的按语中所说的："杨唤先生已经死了，他自己不能参加辩论，他是否受绿原的影响？照传统的观念对死者是不必深究的，尤其像杨唤先生那样年轻的死者，更应当同情，既然有人对他的诗发生'怀疑'，不公开发表文章，只在暗地里传播这种消息，对死者会更不敬。"

现在我们把这些资料都公开了，难道当我们读完了绿原，就把杨唤完全否定了吗？我想，那是不会的。

四十年代的诗人，由于他们的政治色彩太浓，在当时虽能轰动于一时，但时过境迁，去掉了当时的社会因素，你马上就会察觉他们作品中的艺术品质（诗素）极为贫弱，大部分诗人在纯诗的角度上来看已站不住。绿原就不如此，他作品影响之深已如上述，不过因为战乱作品散失的关系，绿原的影响面并未广及更年轻一代的诗人，因此绿原作品的整理工作，是有其特殊意义的。

……

（原载《创世纪》1973年第32期）

《中国新文学史》（节选）

周 锦

绿原，《童话》、《又是一个起点》，前集多是运用丰富的想象力，写出的一些美丽的小故事，后集则多是政治性的讽刺作品。

（原载台湾长歌出版社《中国新文学史》1977年元月版

第五章中"新文学第三期诗歌创作"）

《中国现代抒情诗一百首》
《雪》（节选）

璧 华

绿原，是一个老诗人，抗战时期就开始写诗，诗集有《童话》、《又是一个起点》。

在南方，没有见过北方的雪的人，一定会觉得雪好冷好冷，冷得刺骨，读了这首诗，你不免对雪产生不同的感情。你看，在这首诗里，雪是那么轻、那么飘忽、那么温柔，和人有着非常浓厚的感情，"汗和雪溶在一起，浸醒了我困倦的心。"就说明这点。

这首诗前五句写雪象光线一样飘忽，六一十二行是诗人对雪的感受，接着写雪的自言自语：自己是要到地里去给种子以水份，并以自我辩护的口吻说自己是热的。最后写雪固执地要人回答："你爱我吗？你爱我吗？"重复地问，说明雪和人的关系之密切，而且在终了使人觉得雪似火的热情。这首不妨和徐志摩的《雪花的快乐》对比着来读！那首诗"雪花"是自喻，这首则是以雪为对象来赞颂。

（原载香港《天地图书》有限公司《中国现代抒情诗一百首》
1978年6月初版）

《中国现代文学史》（节选）

唐弢 严家炎 主编

　　除袁水拍、臧克家外，绿原、邹荻帆也写过政治讽刺诗，但他们主要以创作政治抒情诗见长，运用不同风格的诗歌语言，抒写人民深重的苦难及要求解放的强烈愿望。绿原的第一本诗集《童话》，列为"七月诗丛"之一，出版于一九四二年，收抒情短诗二十首。抗日战争胜利后又出版了诗集《又是一个起点》，收抒情长诗及短诗七首，还有不少诗散见于国统区的报刊。《童话》中的诗歌浪漫主义气息较浓，带有某些童话色彩。其中有歌颂劳动创造、赞扬革命进取的诗篇，如《雾》、《旗》等篇，刚健清新，有一定的感染力，但不少诗篇抒写一个流浪到异乡的青年的哀愁，调子比较悒郁。《又是一个起点》中的诗篇则思想明朗，视野开阔，现实主义精神大为增强，通过感情深沉的诗句，抒写中国人民在三座大山压榨下所遭受的深重的苦难，如《悲愤的人们》、《轭》、《你是谁》等篇，具有较强的感染力。在《你是谁》这首抒情长诗中，作者用感情色彩浓重的诗句描绘了历尽苦难但巍然挺立的中国的形象。诗歌写道：

　　　　暴戾的苦海
　　　　用饥饿的指爪
　　　　撕裂着中国的堤岸，
　　　　中国呀，我底祖国，
　　　　在苦海怒沫底闪射里，

我们永远记住

你底用牙齿咬住头发的影子。❶

显现在读者眼前的是何等悲壮的图景！诗人对那些给中国人民制
造苦难的侵略者压迫者满怀着仇恨，在《轭》一诗中写道：

是呀！兄弟

中国是滔滔的大海

有的人给水淹到颈子

有的人坐在他们底头上茹毛饮血呀

中国是炎炎的火山

有的人焦头烂额

有的人在用人皮做风扇呀❷

诗人不是停留在抒写人民的苦难，而是激励人们起来参加战斗。
要复仇，要反抗，是这部诗集中许多诗篇的主调，如《复仇的哲学》、
《悲愤的人们》都贯穿了这个主调。在《复仇的哲学》中作者写道：

烧吧，中国！

只留下

暴君底

那本高利贷的帐簿，

让我们给他

清算！❸

烧毁旧的是为了建设新的，诗人在抒情长诗《终点，又是一个起
点》中充分展开了这个主题。诗人认为八年抗战用鲜血换来了胜利，是

211

❶ 绿原：《又是一个起点》第167页，海燕书局出版。

❷ 绿原：《又是一个起点》第124页，海燕书局出版。

❸ 绿原：《又是一个起点》第32页，海燕书局出版。

一个"终点",但又是一个"起点",要用战斗保卫"用多少回伤心的失败换来的胜利"❶,用新的战斗迎接未来。诗人用简练而绚丽的诗句描绘了中国未来的图景,尽管这些图景较为空泛,但在黑暗的日子里能给读者以鼓舞。

绿原的诗作在形式上接受了外国现代诗歌的影响,多数诗篇采用不拘一格的自由体,有些诗句还采用苏联无产阶级诗人马雅可夫斯基常用的阶梯形式。从诗歌民族化群众化的要求衡量,自然有不足之处,但作者注意诗句口语化,音节自然,便于朗诵,在青年知识分子中产生过积极的影响。

(原载人民文学出版社1980年版,
唐弢、严家炎主编《中国现代文学史》)

---

❶ 绿原:《又是一个起点》第21页,海燕书局出版。

绿原的《小时候》

罗 青

小时候
我不认识字
妈妈就是图书馆
我读着妈妈

有一天
这世界太平了
人会飞
小麦从雪地里长出来
钱都没有用⋯⋯

金子用来做房屋的砖
钞票用来糊纸鹞
银币用来飘水纹⋯⋯

我要做一个流浪的少年
带着一只镀金的苹果
一只银发的蜡烛
和一只埃及国飞来的红鹤
旅行童话

去向糖果城的公主求婚
但是
妈妈说
现在你必须工作。❶

这首诗是从绿原的处女诗集《童话》中选录出来的，当时他还未满二十岁，才气横溢，质地清纯，称得上是白话史上一个早熟的天才。可惜，天才早熟亦早夭……❷不过，……诗人的风格却仍有人继续。另一个早夭的青年诗人杨唤，是五十年代里继承并发扬绿原诗风最有成就的一支生力军，使得这一股清纯自然的精神，能够流传下来，不致淹没。

读完《小时候》这首诗，给人的第一印象，便是全篇充满了小孩的口吻及童话写作的手法，好象一首"儿童诗"。但是，如果读者肯用心再仔细重读一遍，就会慢慢领会到诗人的苦心，及深藏不露的高明技巧，从朴实深刻的内容与自然动人的手法中，我们会渐渐悟解到，这并不仅仅是一首简单的"儿童诗"而已。

第一段，开始两行，诗人说："小时候我不认识字。"到此为止，一切都是写实的，散文的，诗的意味并不浓厚。但接下来的一句"妈妈就是图书馆"，却把散文化的第一段变成一个绝妙而诗意盎然的整体。因为"妈妈就是图书馆"这句话，必须有前面两句为基础，为条件。对识字的人来说，图书馆是包罗万有；然对"小"而"不认识字"的孩子来说，有书的图书馆是没有用的，妈妈才是一切，其重要性，不下一座图书馆。因此，第三行是源于第一、二两行，而第二行"不认识字"，又是源于第一行"小时候"。三行连环相关，变成一个紧密不可分离的整体，难以加减一句。

由以上的分析，我们可以了解一个诗人应该如何处理简单的白话，且将之提升到诗的境界；应该怎样删除不相干的意象，而达到保

---

❶ 见《创世纪》诗刊，创世纪诗社，台北，1973年3月，32期。页102—124。痖弦：《中国新诗史料掇拾之六——溅了血的〈童话〉（绿原作品回顾）》。

❷ 编者按：港台有人讹传绿原"在汉口投江自尽"，本文亦采用此说。此处删去一百余字。

存精要直指人心的目的。

"妈妈就是图书馆"这样新鲜的暗喻，虽然已经微微暗示给读者一种离奇的感觉。但整个说来，第一段仍然停留在"现实世界"。这种情形到了第二段，开始有了变化。"我读着妈妈——"这句诗巧妙地联接了第一段最后一行中"图书馆"的意象而予以转折。并且把原来的"离奇感"加重了。于是"现实的世界"开始被"想象世界"所代换，慢慢向"童话的世界"延伸，成了第一段与三、四、五段之间的桥梁。了解了此句的作用之后，我们也自然而然的明白，为什么诗人要把"我读着妈妈——"这一句，单独列出，自成一段。

从第三段开始，童话的世界一步步的逐行展开："世界太平了"、"人会飞"、"小麦从雪地里出来"、"钱都没有用"……等等，一切一切都美妙如画，美如夏格尔画的神秘乡村，人物植物在夜空飞翔；妙如保罗·克利盖的星星房子，家具墙壁都闪闪生辉。然在如此美妙的童话世界中，却把现实世界更尖锐地反映了出来。

"有一天这个世界太平了"，暗示出这个世界现在并不太平。而世界不太平是为了人人都不能飞而又想飞，想尽方法来扩张自己的力量：或是为了食物温饱而争；或是为了金钱财富——世界纷争的根源之一——而夺。因此，"钱都没有用"是重要的。为了加强第三段最后一行的作用，诗人在第四段中做了进一步的阐释。没有用的钱，被用来做更有用的事情，如盖房子；被用来升起人们的希望，如糊纸鹞；被用来游戏娱乐，如飘水纹。

等到人们都有房子安身，有希望寄托，有游戏自娱时，诗人便要做一个"流浪的少年"去冒险探奇了。因此，在第五段中，诗人将所有童话中习见的事物都搬了出来，制造了一个浪漫奇幻的世界。诗中的主人公，要带着象征青春红润的金苹果，带着象征智慧的光芒银蜡烛，而且还要乘着从古埃及文化中飞来的红鹤，飞去向糖果城甜甜的公主求婚。诗人的想象到此，已飞跃至最高潮。如果我们要在此中追求象征意义的话，那金苹果和银蜡烛同时都可以代表智慧及青春，埃及与公主，则可代表精神与肉体，而结婚则代表此四者合而为一。如果抛开象征不谈，就字句而论其意义，则苹果是在饥饿时果腹用的，蜡烛是在黑暗中照明用的；埃及文化中飞来的红鹤可以载人的肉体飞行，糖果城中的公主，可使流浪探险的少年精神有所寄托。这一连串的追求过程，刚好表明了流浪冒险的目的，其结果仍然是归结到精神与肉体的合一。

由是观之，我们可以说"想象世界"到了第五段已经达到了极致。这个时候，在第六段里，忽然，象图书馆的妈妈，一直没说话的妈妈，开始说话了，她说："现在你必须工作。"这句话，骤然间，把诗人由想象的高峰，一下子又拉回到眼前的现实：光幻想是没有用的，人要想实现这些理想，必须脚踏实地的努力工作。这句话，本身平平无奇，但经过诗人如此安排后，便形精警动人。可见，只要调配得宜，就能化腐朽为神奇。

在经过一番分析之后，我们再回顾全诗，便可发现诗中孕育着两个相辅相成的生长和成熟：一是精神方面的，另一则是肉体方面的。在第一段中，诗人为什么要把妈妈比喻成图书馆呢？当然，这是暗示大多数的人在开始的时候（小时候）都是通过妈妈去认识这个世界的。而当小孩"读着妈妈"时，也就读着一个"理想的世界"。由此可知，诗人以自己的观点（或小孩子的观点）通过妈妈而认识的世界，与后来妈妈所揭示的世界，是截然不同的。前者是天真理想的境界，后者是饱经世故的现实。于是，在诗中，读者可以看到，主人翁经过一连串童话幻想，而达到了真正的现实。事实上，也唯有通过这童话理想的世界，才能使诗人在真正现实中，有了努力的目标，有了工作的方向。所以，诗中的主人翁，其精神是不断地在生长在发展的，通过了理想的妈妈与现实的妈妈，他迈向了成熟。

在肉体方面，诗人由小孩到少年，由少年到结婚，这一连串的过程，也表示了他在生理上的成熟。诗人把追求理想的高潮放在"向糖果城的公主求婚"，至少具有两种意义：其一，是前面提到的，暗示精神与肉体的结合；其二则暗示若结了婚，则诗人自己将从孩子的身份变成父母，当然不能再象小孩一样，继续沉迷于童话虚幻的世界当中。他不得不走出梦境，面对现实。

综观全诗，意象清新可喜，文字朴素可爱，音韵自然可诵，表达由浅入深。由小学生到大学生，人人都可读懂，都可以有自己的感受和解释。难怪痖弦要在他的《新诗史料掇拾》中，赞赏此诗为"流丽自然的天籁"之余，继而慨叹道："五四以降，象这样天真烂漫晶莹剔透的可爱小诗，实在绝无仅有。"

我对此诗唯一的批评，就是第四段与第五段分段的方式。在我所根据的版本中（《创世纪》重刊本），四、五段是合一的。但细观其诗想的发展，则从"金子……"到"银币"这三行，实应单独成为一段，方为合理。因为本诗的第二段是第一段的延伸与变化；第四段是第三段的延伸与变化；第五段是前面四段的延伸与变化。如将四、五两段排在一起，其诗想的发展便无法与形式完全配合。因此，我推测，我所根据的版本在重排时，可能犯了一点校对上的错误。

分析结束之后，我们也可以了解到"儿童诗"，与"童话诗"的不同："儿童诗"是写给儿童看的，而"童话诗"则是写给所有人看的。

后记：

《童话》一诗，是从痖弦所辑的《绿原诗选》中选出来的，刊于《创世纪诗刊》三十二期。此文发表后，痖弦来信谓，原诗"金子"至"飘水纹……"三行，本是自成一段，因重刊时，校对疏忽，故四、五两段印成了一段。这证明我的推论不错。

（摘自香港版罗青著《从徐志摩到余光中》）

七月派诗人

许定铭

　　"七月派"是四十年代中国诗坛上一个重要的流派，这一派的诗人们大都是在艾青的影响下成长起来的。他们希望学习艾青"把诗从沉寂的书斋里，从肃穆的讲坛上呼唤出来，让它在人民的苦难和斗争中接受磨练，用朴素、自然、明朗的真诚的声音为人民的今天和明天歌唱。"❶这一群二十岁左右的青年大都是在四十年代初期开始学习写作的，他们的作品多发表在胡风主编的《七月》和《希望》上，在胡风的诱导下成长；五十年代整肃时期称他们为"胡风反革命集团"。"七月派"的重要诗人是：绿原、阿垅、鲁藜、孙钿、曾卓和冀汸等人。现在特别介绍的是绿原。

　　绿原是一个被中国新文学史家所忽略了的四十年代的重要诗人。痖弦说：

　　　　绿原在我国四十年代的诗坛上自有其不可忽视的地位。他虽然为胡风所倚重，为"希望社"的评论家们所吹捧，但绿原的作品之所以能站立起来，乃是由于其作品中艺术品质，而不是因为偶然的机缘和时会。❷

---

❶　见绿原《〈白色花〉序》，刊一九八一年第三期《当代》页二〇九。

❷　见痖弦《溅了血的〈童话〉》，载一九七三年三月《创世纪》第三十二期，页一〇三。

痖弦给绿原的评价甚高，他认为《童话》中：

> 每一首诗都流溢一种年轻人的梦幻和憧憬，语言清澈，节奏明快，没有三十年代上海现代派文人有气无力的个人调子……而是流丽自然的"天籁"……五四以降，象这样天真烂漫晶莹剔透的可爱小诗，实在绝无仅有。❶

绿原的诗不单有着自己独特的风格，而且对后辈的诗人也有重大的影响。二十一年前（一九六〇），斯泰斗在一篇《天才诗人的解剖》❷的文章里，就指出了台湾的天才诗人杨唤有不少诗就是抄袭自绿原的，同时还把他们极接近的句子并排罗列出来，以供研究者参考。痖弦亦不否认：

> 杨唤是受了绿原极为强烈的影响，不管在精神背景上，在字句上，杨唤的火种均来自绿原，这是很明显的。❸

绿原既然有那么伟大的成就和深远的影响，为什么会被人忽略呢？我认为完全是因为他的作品流传甚少，而极难寻找之故。绿原的作品曾结集的仅有《童话》（一九四二年十二月，桂林生活书店）和《又是一个起点》（一九四八年十月，青林诗社）等两本。我研究中国新文学，醉心搜藏新文学作品多年，至今仍未见过；至于散刊的诗篇，及选刊的诗集，亦很少见到绿原的诗作。如王翙、康缚合编的《新诗三十年》❹，古兆申、张曼仪等的《现代中国诗选》❺两种巨型诗

---

❶ 见痖弦《溅了血的〈童话〉》，载一九七三年三月《创世纪》第三十二期，页一〇四。

❷ 刊于一九六〇年二、三月合刊的《幼狮文艺》。《创世纪》第三十二期转载。

❸ 见痖弦《溅了血的〈童话〉》，载一九七三年三月《创世纪》第三十二期，页一〇五。

❹ 王翙、康缚《新诗三十年》，一九七三年香港文学研究社出版。精装三巨册，凡九三九页。所选的诗，都是一九一八年至一九四九年间的作品，是目前所见的巨型诗选之一。

❺ 《现代中国诗选》由古兆申、黄俊东、张曼仪、黄继持、文世昌、吴振明、李浩昌和余丹等八人合编，由香港大学和中文大学合作出版于一九七四年，两巨册凡一千八百余页，收一九一七年至一九四九年内诗人一百一十家，诗选四百七十九首，是现时香港最高水准和分量最重的诗选。

选，均没有收录绿原的作品，并不是绿原不符合被选的标准，而是编者们无法搜集到他的作品而已！现时市面流通的诗选中，仅尹肇池等的《中国新诗选》❶收《惊蛰》、《神话的夜啊》……等五首，和采刈社的《中国新诗一九一八——一九六九》❷收《小时候》、《旗》和《轭》等三首。反而痖弦在《创世纪》诗刊第三十二期的《新诗史料——绿原诗抄》中选的最多，共录十二首，另佳句选刊多则。以上所提及选到绿原的作品，除了《轭》一首外，均选自《童话》，显示出这些选者们都没有见过《又是一个起点》和绿原其他的数篇诗作。

我有幸于一个偶然的机会里收集到绿原的几篇诗作：《破坏同其余几首假冒的诗》（刊《希望》第二期）、《给天真的乐观主义者们》（刊《希望》第三期）和《我是白痴》（刊《中国诗坛》光复版新四期，一九四六年五月，广州）等。

《给天真的乐观主义者们》是一首含讽刺意味甚重的朗诵诗，写的是一个知识分子眼底的虚伪的升平社会，这儿有贫富悬殊的绅士和小市民；这儿有空袭后比哀悼更热烈的庆祝；这儿有用繁华来为战争遮丑的灯红酒绿；这儿有无缘无故颤栗的知识分子；这儿有走向斗争的群众……这完全是战时大后方的粉饰太平，是前线有千万人在为国捐躯时，高官在享受繁华的悲剧写照，是有识之士激动的情绪底发泄……

在绿原后期的诗里，我们读到的已不再是"年轻人的梦幻和憧憬"，而是成熟忧郁的呐喊，愤怒的控诉，流畅的口语和沉痛的讽刺。

关于绿原的生平，极少人提及，我们知道的也很少，只知道他一九四四年在"中美合作社"❸工作，一九四八年加入共产党，解放前（后）接受了《大刚报》，进入《长江日报》文艺组，任当时华中文联筹备委员会委员，《长江文艺》编辑部文艺顾问等职。

---

❶　尹肇池《中国新诗选》，香港大地出版社出版于1975年6月。选录四十年代作品颇多。厚二百九十六页。

❷　采刈社《中国新诗一九一八——一九六九》，香港波文书局出版于一九七三年十二月，厚四四四页。

❸　就是"中美特种技术合作社"的简称，是一个训练和派遣特务的机关，是对日作战的军事情报机构。

　　五十年代胡风集团被整肃时，作为"胡风反革命集团的骨干分子之一"的绿原，当然无法避免，因而被称为"特务诗人绿原"、"豺狼的遗族"、"吃死人的鹫鸟底伙伴"和"满身血污的刽子手"❶。又曾被力扬诬害为有"流氓、法西斯特务的喝血性格，反革命的思想和面貌，对革命的猖狂进攻……"❷

　　斯泰斗说："绿原是大陆整肃胡风时，被迫在汉口投江自杀……"❸是不正确的，如今绿原仍然健在，还在写诗，而且编选了一本"七月派"的诗选——《白色花》，还为它写了序，将由人民文学出版社出版。

1981年9月2日

　　　　　（原载香港《大拇指》半月刊1981年9月15日）

---

❶　见瞿光锐、聂真《胡风这个反革命黑帮》，一九五五年，上海新知识出版社。页十五。

❷　见力扬《绿原在"作品"中所表现的法西斯思想》，载《肃清胡风黑帮反革命文学作品的毒害》一书中，一九五五年，北京中国青年出版社。页六十三。

❸　见斯泰斗《天才诗人的解剖》。刊于一九六〇年二、三月合刊的《幼狮文艺》。《创世纪》第三十二期转载。

无罪的诗人

姜牙子

刚补写一则《八方集》，案上又摊开一本《二十人集》。人数超过一倍半，而且其中四分之一的作者等待不了开花就已经凋谢了。

二十人集取名《白色花》，系借用诗人阿垅一九四四年的一节诗句：

> 要开作一枝白色花——
> 因为我要这样宣告，我们无罪，然后我们凋谢。

如果承认流派的话，四十年代是有七月诗人的。七月诗人有他们的自己的艺术成就，二十人集就不仅仅是纪念"为诗而受难"的一段遭遇罢。

绿原有篇《白色花》序文，把"七月"流派的起源、性格和特色作了颇有分量的介绍。去年序文在《读书》上发表时就引起了读书界的注意。今年出售，重读一遍，的确值得治文学史的专家们拜读拜读的。

茅盾曾有"勿因人废文"论，治文学史的如果因人废文，那么，"运动"如麻的文学界，岂不一片空白。何况"人"也不一定有罪的。

（原载 1981 年 12 月 25 日香港《文汇报》）

四十年代战斗的声音（节选）

——访牛汉谈《白色花》

湘 绯

黑土沃野，几抹鲜红，一枝白色的花儿挺立。小花植根于血与火的深厚的大地，通体洁白，象出水芙蓉一样，纤尘不染。啊，《白色花》！多么平凡，素净、别致，又是多么大胆的名字啊！在那将自然色彩也强加以阶级的，政治的涵义的时代，光是这书名和这封面，就有被打入十八层地狱的危险呢！

翻开目次，阿垅、鲁藜、孙钿、彭燕郊、方然、冀汸、郑思、曾卓、绿原……一个个似曾相识的名字跃入眼帘。呀，这二十个人，不都是所谓胡风分子吗？他们曾象星河一样，横在四十年代那黑暗沉沉的夜空，用他们年轻粗犷的喉咙，为抗日救亡奔走呼号。到了五十年代，却突然一齐沉默了，消失了。二十多年过去了，我还以为他们已象流星一样地陨落，化作了无知无感的石头或粉末了呢……而今，他们之中的幸存者，又出现在诗坛上，并且编选了这本二十人集——《白色花》。这本不同寻常的诗选集是由人民文学出版社出版的，编者：绿原、牛汉。牛汉？那个象穆铁柱兄弟似的牛一样的大汉，我认识！我这就去访问他！一方面表示祝贺，一方面我还有好多问题要问他。

很快就见到了牛汉。他说应当和绿原一起谈，但是绿原去上海出差去了，我等不及了……

要开作一枝白色花

"这本二十人集为什么要叫作《白色花》？"

"这个集名，借自阿垅的一节诗句。阿垅象个预言家，他早在四四年，就写下了这样寓意深隽的诗句：

要开作一枝白色花——
因为我要这样宣告，我们无罪，然后我们凋谢。"

牛汉浑厚的声音有些颤抖。

"啊，不，不要凋谢！"我说，"应该是：我们无罪，然后我们重放！为祖国，为未来而重放！"

"你们这二十人……是怎么凑到一起的？是不是形成了一个所谓'小集团'呢？你们又是怎么写起诗来的呢？"

"可以说，我们这二十个人，还从来没有凑到一起过。四十年代，我们有的在解放区，有的在国统区，四散在祖国的各个角落、各自的战斗岗位上。我们当时大都陌不相识，但却为着一个共同的信仰和理想，在各条战线上，为抗日救国奔走呼号，与民族敌人及一切黑暗腐朽势力进行着针锋相对的斗争。我们之中，除去少数几位，如阿垅、鲁藜、孙钿等人外，在诗歌创作上，大都是初来者。在有些人看来，我们毫无技巧可言，压根儿不懂得尊严而神圣的诗艺。但我们却被民族的深重灾难，与生活战斗的欲求所激动鼓舞，不揣浅陋，唱出了自己简朴、但却诚实的，发自肺腑的歌声。我们的诗，有些只能算作习作，但却都是努力地紧随着斗争的步伐和时代的脉搏，没有顾影自怜或无病呻吟，我们从内心深处摒弃这些东西。"

充满战斗激情的诗

"《白色花》中不少的诗，都是利用战斗的空隙匆忙写就的，是战斗生活的记录。……曾卓、绿原、杜谷、冀汸等，在当时的学生运动中，都是敢于冲锋陷阵的战士。……这二十人当中，当时大多是二十来岁血气方刚的青年。由于我们总是在奔跑，在风风雨雨中呼号，从人的情感和诗的意象上来看，都比较质朴、粗犷，显得不细腻，但却充满战斗的激情。我们都是拼着性命，提着嗓子，为苦难深重的祖国和人民呐喊，与敌人进行着面对面的斗争。我们的作品有血有泪，但不论是创痛的血，还是悲哀的泪，都是洒在战斗的征程上，而不是滴在花前月下。正因为我们总是奔跑，不论从生活还是从创作的角度来说，就容易摔筋斗。但是，即使摔筋斗，也是向前摔，并不是就地徘徊，我们是摔着筋斗向前进的。我们的诗的路子，是自觉地接受以鲁迅先生为首的、'五四'以来的新诗歌的优良传统，在创作上受艾青、田间等的影响最大。艾青的深沉与博大，田间的爽朗与跳跃，都使我们从中汲取到真正的诗的养分。我们力求在诗的创作中，具有真正的特色，没有特色，也就谈不上形成一个诗的流派了。我们虽然风格不尽相同，但由于年龄、气质、生活、境遇的相同、相近，所以创作态度及创作方法有着基本的一致性。加上我们之中的这个和那个，或几个同时在一些期刊杂志上相逢，彼此都觉得亲切，不免有些文字的往还，相互的吸引，激励和探讨，难道这就是所谓小集团么？……"

"七月派"诗风

"刚才你说形成了一个诗的流派，到底是什么派呢？"

"一般称之为'七月派'，这是由于这些诗人多半在胡风主编的《七月》、《希望》、《七月诗丛》发表或出版诗作的原故。当然主要还是这些诗有着共同的特色，有着与众不同的风格。当时，许多诗确实是被广泛传诵的，尤其是在大中学生当中流传甚广，影响较大。绿原的不少诗，如《终点，又是一个起点》、《噫，美国！》等在学生运动中，常常是在群众集会上朗诵，起过切实的战斗作用。还有他的《伽利略在真理面前》和《给天真的乐观主义者》影响都比较大，尤其是《给天真的乐观主义者》，气魄大，针对性强，几乎触及了当时国统区社会的各个黑暗面。……前几天，艾青请我和绿原吃饭，他原来不认识绿原，很想见见面。在座的还有邹狄帆、蔡其矫、周良沛等，席间谈到最近出版的《九叶集》和《白色花》。大家认为，这两种不同风格的诗选集的出版,是十分有意义的事,艾青曾写过一篇《谈中国新诗六十年》的文章,对《九叶集》的作者,作了较详细的评价。对《白色花》的作者没有提。艾青说,因为那时还没为我们平反,不好提。他对《白色花》显然是较赞赏的,这次请我们吃饭,我觉得也有祝贺的意思。确实,《九叶集》和《白色花》的出版,不仅弥补了新文学史上,四十年代的新诗的所谓空白,也说明自三中全会以来,文艺政策的落实是见成效的。艾青读我们的诗,觉得很亲切,这里有个创作的延续,甚至是血缘的关系,可以说是一脉相承的,当然,我是指四十年代的诗说的……"(上)

(原载1982年2月18日香港《新晚报》)

读《白色花》（节选）

——兼评七月派诗人的创作特色

郁　梅

　　《白色花》终于出版了。这是一本别开生面的诗集。它不是一位诗人的专集，也不是被随意邀请到一起来的诗人们的合集。它收集了活跃在我国四十年代诗坛的一个重要流派——七月派的二十位诗人的若干代表作品，使今天的读者得以略窥这个具有特色的流派的基本风貌。

　　这个流派之所以被称为七月派，是由于这些诗人大多在《七月》、《希望》、《呼吸》等刊物上发表过作品，一部分诗人的诗集还被编入《七月诗丛》中。熟悉四十年代文学史的人，大约都知道七月派诗人并不只是这本诗集的二十位作者。有一些更有成就、更能代表这个流派的早期风貌的诗人，由于种种原因，没有被邀请到这本诗集里来。那么，今天，我们只能满足于编者和出版社介绍给我们的这二十位诗人的部分作品，对这个流派的创作特色作一点粗浅的考察了。

　　一九三七年七月，抗日战争爆发了。战争给历尽苦难而又坚持斗争的中华民族注入了新的血液，也给长期在书斋里讲坛上徘徊的新诗注入了新的血液。连象征派诗人戴望舒，也都用他的"残损的手掌"抚摸着祖国的在苦难和斗争中的大地。一批在斗争中成长起来的有才华的诗人，一批在抗战初期达到他们的创作的第一个高潮，也代表着我国新诗在三十年代所取得的成就的诗人，浴着血和火，浴着太阳的光芒，出现在中华大地上。于是，我们看见了那高擎火把呼唤黎明的诗人，那讴歌太阳和汗液的诗人，那吟唱雪与村庄的诗人……

正是在这样的时代气氛和时代环境中，七月派青年诗人们——他们当时大多是二十岁上下的青年——一个接一个地拿起笔，加入了民族的大合唱。

……

这就是七月派诗人所共有的一个基本特色。他们是诗人，同时也是普通的革命战士。他们从来就不是革命斗争的旁观者，所以他们的诗才那样紧扣着时代斗争的脉搏。他们认为，写诗和做人应该永远是一致的，只有革命的人才能写出革命的诗。然而，就诗而言，诗人又必须把革命斗争的需要化为自己的血肉，和自己的艺术理想紧密结合起来，然后化而为诗。七月派诗人们正是这样，在他们的作品中既反映了时代的风貌，也保持着各人自己的艺术风格和个性。

七月派作为一个流派的起源、性格和特色，绿原已在序言中作了扼要的说明。如果我说，他的说明是符合实际的，这大约并非溢美之辞。……

在四十年代初，绿原是以"童话"的歌者为读者所熟悉的。他运用丰富的想象——这是他的诗的一个明显的特点——赋予现实以某种童话的色彩。他那亲切、自然、象月光一样透明的诗句，打动了无数他的同龄人的心——他的诗集《童话》是在他刚满二十岁时出版的。但是残酷的现实使他的轻快的诗之翅膀变得沉重起来，他的诗之色调从欢畅明朗变得沉郁甚至悲怆了。《给天真的乐观主义者们》是这一变化的标志。这首诗，以及稍后的长诗《又是一个起点》、《悲愤的人们》是对四十年代国统区现实的深刻的揭露和真实的写照。这些诗，一经发表，都在群众中引起过强烈的反响。他的《伽利略在真理面前》最初在靳以同志主编的上海《大公报》文艺副刊发表，曾在大小集会上被朗诵过。"现在，在中国，我们/450,000,000个政治犯/用着无比的意志的速度/在神圣的事业上/挥着斧头的时候/我们永远不会忘记你，/因为你是政治犯的老前辈，/你是人的标准。/……伽利略/让我告诉你的在天之灵吧！/在今天，将受裁判的就决不会是我们！"大约只有参加过当年那种集会的人，才能更深切地体会到，这些诗句是怎样地激动着人们的心。

……笔者不揣浅陋，试作几点小结：

七月派诗人遵循的是现实主义创作方法，继承了又发展了我国"五四"以来新诗的战斗传统。他们的诗，大都能真实地反映波澜壮阔的现实生活，具有鲜明的政治倾向性，并力求在诗的艺术上有所提高，力求把人和诗、政治和艺术、思想和感情结合起来，把时代特色、人民的斗争要求和诗人的艺术个性结合起来。

七月派诗人总是从多方面吸取营养，他们中的多数人都通晓我国古典诗歌，也通晓西方各国诗歌。但他们都从来拒绝模仿和因袭。他们大多数人都受过艾青的影响，但他们没有一个人是艾青的模仿者，而是坚持走自己的路——诗的独创性的路。

他们是我国自由诗传统的自觉追随者。他们从不固定在一种形式上，而是根据诗的内容的需要而探索各种适合于内容的形式。他们认为内在的节奏重于外在的格律，力的排列重于美的排列。诗人应该注意形式，但是应该象高明的骑手驾驭缰绳那样去驾驭形式，而不要被形式所驾驭。

关于七月派诗人的缺点，例如题材较狭隘，言词较迂远，感情上的知识分子气息较浓，等等，绿原已在序言中作了恰当的分析，这里不再一一援引了。

……

（原载《读书》1982年第4期）

时代激情的冲击波（节选）

——读二十人集《白色花》

屠 岸

......

　　《白色花》是人民文学出版社出版的一本诗集，其中收入了二十位作者的诗。他们是，阿垅，鲁藜，孙钿，彭燕郊，方然，冀汸，钟瑄，郑思，曾卓，杜谷，绿原，胡征，芦甸，徐放，牛汉，鲁煤，化铁，朱健，朱谷怀，罗洛。编者是绿原和牛汉。他们之中除少数人是在三十年代就开始写诗外，多数是四十年代诗园地的垦植者。那时候，他们中有少数人年龄较大，但大多数人还是二十几岁的青年。他们生活在祖国各地，大部分在国统区，也有几位在解放区；或者在流动中。他们都有各自的生活经历。但由于在诗歌创作道路和创作风格上的互相感染，互相渗透，他们逐渐形成了一个通常被称作"七月派"的诗歌流派。同那些直接反映工农兵生活并为工农兵群众所喜闻乐见的文艺作品相比较，这个流派的诗还带有明显的知识分子的气息。但是，这个流派的诗在内容上力图和人民共命运，同呼吸，对国民党反动腐朽势力愤怒鞭笞，对共产党领导的人民革命事业纵情礼赞；在形式上继承和发展了"五四"以来新诗中的自由诗传统，要求形式和内容的统一；从而形成了中国新文学大军中一支革命的自由诗的骑兵队。这只是一支小小的骑兵队，但它毕竟是整个大军的一部分，在迎接太阳的大进军中响起擂鼓般的蹄声。《白色花》是从二十人的许多诗歌作品中选出来的作品合集，也可以说，是这支骑兵队在祖国大地上奔驰过后遗留下来的一串历史的印痕。

　　《白色花》里的诗篇，是多采的，但，又有着共同的特点，那就是：寓深沉的思索于强烈的感情之中。这里有抒情诗，有叙事诗，有讽刺诗，有寓言诗，有哲理诗。但总的说，由于诗人们努力于同人民的要求相结合，他们的诗所表达的感情是强烈的。他们爱，爱得深；恨，恨得猛。他们的诗，往往是喷发的诗，而较少内省的诗；是行动的诗，而较少静观的诗。或者说，是大路上的高歌，不是书斋里的低唱；是呐喊，不是吟哦；是交响曲，不是室内乐。而这些诗篇所喷发出来的岩浆，则正是属于那个沸腾岁月的时代激情！

　　对半封建半殖民地旧中国的容忍，就是对建立一个社会主义新中国的理想和实践的叛逆。……绿原在《给天真的乐观主义者们》里奏出了忿懑和忧郁交织的组曲，当他让官僚、贵妇、警察、刽子手、死囚、女工、童工、知识分子们的形象在组曲里交替出现的时候，我们听到诗人对那个不公正社会的控诉已经从烈焰般的愤怒发展到冰凌般的冷嘲。在这些诗篇里，我仿佛重新闻到了那个时代的重庆、南京、上海这些半封建半殖民地都市里令人窒息的毒瓦斯；但同时也听到了这个黑暗王国的反抗者们心脏的剧烈搏动。

　　……

　　诗言志。这些诗人们表述着他们的"自我"，也表述着人民的意愿。他们力图把自己和人民融合在一起。绿原的《诗人》一诗中有这样一个诗节：

　　　　有战士诗人
　　　　他唱真理的胜利
　　　　他用歌射击
　　　　他的诗是血液
　　　　不能倒在酒杯里

　　这也许表达了这一群诗人共同的心声。歌颂正义，抨击黑暗，"文章合为时而著，歌诗合为事而作"，这原是中国文学从屈原、杜甫、白居易、曹雪芹直到鲁迅的传统。应该说，我们的诗人们是继承了这个传统的。当然，在中国，以及在外国，还有另外的传统。而这一群

231

诗人的诗，同一切反动的、反人民的、反现实的传统，与其说是格格不入的，不如说是进行了斗争的。

尽管这些诗篇有其共同的特色，但是诗人们又都各有自己的风格。阿垅的激越，鲁藜的清纯，绿原的凝重，冀汸的淳厚……构成他们各自风格的基调。……

自由诗似乎更接近自然。然而大自然本身是有节律的运动。山野里的风声和雨声会互相激荡；草原上蛩鸣和鸟鸣会互相呼应；空谷里飞瀑的奔泻会激起隆隆的回声。当我重新读着这些诗篇的时候，我仿佛听到了《大堰河》和《火把》里艾青的声音。听到了《灵山歌》里冯雪峰的声音，甚至听到了《野草》里鲁迅先生的声音。没有雨露，也就不会有繁花。没有前驱者的辛勤灌溉，也就没有后来者的蓬勃生长。……他们的作品完全是在中国的土壤里生长出来的花木，但我也在它们绿色的律动里听到了惠特曼和马雅可夫斯基的回响。音乐没有国界。古人和今人之间没有鸿沟。整个进步人类的心也是相通的。……

二十人中有几位，如阿垅，方然，芦甸，郑思等，已经先后离开了人间。其他各位，有的从五十年代到今天没有再写诗。但他们之中也有几位在逆境中坚持写诗，尽管那时候没有发表的可能。到了七十年代末，八十年代初，我们重又听到了他们之中许多位的新的歌声。鲁藜，绿原，冀汸，彭燕郊，曾卓，牛汉，杜谷，徐放，罗洛等的新作，也选入了这本《白色花》里。……

绿原已经从自由体发展到格律体。从形式到内容，他更严谨了。他的《重读〈圣经〉》写在七十年代初身处"牛棚"的时期。这首诗是对十年内乱中那股黑暗势力所发出的一篇犀利的檄文。精心的构思被感情的悲愤和沉痛所掩盖了。我听到的是一种更加凝重而深沉的旋律。但诗人的信心是坚定不移的。在诗的结尾，他声称：解除这场灾难的希望在于人民。这给这首诗带来了东方的鱼肚白那样的亮色。……

（原载1982年《诗刊》第4期）

并没有凋谢（节选）

——评二十人集《白色花》

牛 汉

一

　　《白色花》是二十位诗人的诗歌合集。在这二十位诗人中，除了阿垅、鲁藜、孙钿在三十年代已经开始文学创作之外，其余的在四十年代大都还是二十岁上下的年轻人。他们是一些名副其实的"初来者"，并没有经过专门的文学陶冶。但是，他们却被强烈的战斗欲求和责任感，以及由现实生活激发起来的热情所驱使，情不自禁地从心灵深处唱出自己真挚而质朴的歌声。

　　四十年代，正值一九三七年抗日战争爆发之后不久，中国的现实生活空前激荡而又空前广阔，《白色花》的作者们，有的奔波在抗日民主根据地，有的在西南大后方从事进步的文化工作，有的在公开的战斗行列之中，有的在秘密的地下从事艰险的革命活动，有的正在大学读书，有的还是些未成年的中学生。不论他们的处境如何相异，却都生活在中国的苦难的土地上，生活在中国人民的炽烈的斗争之中，因而在政治上也就形成了共同的信仰和向往。

　　那是一个热情蓬勃的年代，或许只有诗这一形式，才足以更真切、更敏锐、更及时地表现那种血与火交织的时代风貌，和一个伟大民族奋战不屈的姿态。正是在诗人艾青的领唱和影响之下，引发出了这一代年轻诗人的战斗的歌唱。

由于他们的经历、教养、气质的不尽相同，在诗的风格上也具有各自的特色，如鲁藜与绿原，阿垅与冀汸，曾卓、杜谷与孙钿、胡征，他们的风格都有着明显的个性。但在创作态度和创作风格上却又有着共同的倾向。这个共同的倾向性，并不是天生的气质决定的，而是在那个特定的历史条件下，在各自进行诚实而苦难的探索时，通过创作，互相吸引，互相感染，互相激励，逐渐地形成的，并且汇聚成为一个诗歌艺术上的流派。当然，这个流派并不能由这二十位作者来代表。应当说明的是，有一些成就更大的诗人，出于别的原因，未被邀请到这本诗集里来，而他们的作品，事实上却更能代表这个流派早期（以胡风主编的《七月》为主要阵地）的艺术特色。这个流派得以形成，他们的作品曾起过诱导和奠基的作用。而本集的这批年轻的诗作者，正是在他们的影响之下成长了起来的。

二

《白色花》的作者们，始终努力把诗的创作活动和作者的人生态度相联系并一致起来，努力把诗所体现的美学上的斗争和社会性的战斗使命相联系并一致起来，以及由此而来的自觉地继承和发扬中国新诗的战斗传统，沿着现实主义的道路不断地前进。

中国的新诗，从一九一九年"五四"新文化运动发源，经历了曲折而艰辛的探索过程，到了三十年代，才由艾青等人以其崭新的明朗的意象，震慑人心的描写手段和魄力，拓展成为一条壮阔的河流，把中国的新诗从沉寂的书斋和肃穆的讲坛呼唤出来，让新诗自觉地与人民接近，并在人民的苦难和奋战之中经受磨练，用前所未有的朴素、自然、明朗、健康的声音，为祖国和亿万人民的命运而歌唱。他们的代表作如艾青的《北方》、《雪落在中国的土地上》等，成为三十年代末到四十年代初中国诗歌的最有特色的新的声音。《白色花》的作者们不仅从中学到了新诗的独创性，主要地是从中认识到新诗必须清醒地表现时代精神和广大人民的情绪。

他们认为，诗的生命不是格律、词藻、行数之类所能赋予的，诗的意象、气韵，都必须来源于生活。他们要的是鲜活的语言，而弃绝那些冷冰冰的没有生命的文字。诗中应当有希望，有欢快，有喜悦，也有憎恨，有愤怒，但决没有纯客观的描绘和枯燥的议论。诗不能隐瞒自己，不能排斥诗人对于客观世界的主观抒情。排斥了主观的抒情，也就排斥了诗。他们特别反对那种两重性格，作者的主观世界与诗的境界不沾边，甚至相违悖的虚伪的作风。

他们早期的作品写于爱国主义热情蓬勃的年代（主要指国统区），作品的情调比较单纯、高昂，生活的旋律是欢快的，作品的色彩明朗，历史的限制还不太显著。后期的作品则是复杂的历史环境的产物。国统区的作者们，在思想上和创作上经受了各种考验逐渐成熟起来，但是严峻而险恶的现实和文艺界的沉闷与混浊的气氛，也使他们感到难以忍受的窒闷。正直的作者们不但面临着民族大敌，而且还时刻遭到反动统治者的扼杀和迫害，他们有的被投入监狱，有的遭到通缉，有的不得不隐蔽起来，因之他们的创作的基调，不可避免地带上一些沉郁与悲怆的成分。同时，为了坚持民主斗争，仍然与敌人进行面对面的拼搏。有许多诗，如绿原、冀汸的一些政治抒情诗，充满了悲愤与控诉。但是，即使在这个困难的历史时期，这些作者，也没有颓唐和溃退。他们跟广大人民一起，在苦难中不断前进。对这种历史的限制，他们并非没有自觉，为了突破这种限制，到了抗日战争的后期，他们之中的不少人，都陆续进入了解放区。

三

……

《白色花》的年轻的作者们，不但在生活的道路上艰苦而不停地奔波战斗，在创作上也从来不在一个小的艺术境界里徘徊，更不会兀然不动，欣欣然以为"定型"了。他们的诗的境界、意象，都随着主客观的变化而不断地向前拓展，在这一特点上，绿原表现得最为突出。绿原从小过着城市贫民的生活，他的性格中有着那种凄厉的坚决，对命运抗争不屈的气质；他的诗也如此，始终不断地向前拓展着。

三十多年前，熟悉绿原的人和诗的小说家路翎写了一篇短论《关于绿原》，说："我以为，绿原是属于这一类诗人的，他们是有向复杂的现实生活搏斗、与现实的人生并进的、坚忍的内在力量。而且在绿原身上，这种情况似乎是特别的明显。"又说："他的性格不是天生的坚强和爽朗，他的性格是付出了代价而明白了自己底，和历史、人民底命运之后的坚决，生活的痛苦当更使他坚决。"这些中肯而概括的论说，到现在也还没有失去它的切实的意义。

四川嘉陵江畔的大学生时代，也就是绿原创作《童话》一集的那几年，可以说是他有生以来最明媚最安适的日子。《童话》固然有着梦幻似的美丽的境界，但不是轻飘飘的，而这些近乎甜蜜的憧憬，或许是聪明的作者抗拒与冲击惨痛现实的天真的手段。《小时候》就是诗集《童话》中的一首。在这首纯真的小诗里，作者也仍然是清醒的，"但是，妈妈说：现在你必须工作。"他从来不闪避迎面袭来的风暴。他的诗从一开始就没有甜蜜的素质，连他的少年的梦幻也带着无法脱尽的寂寞、伤感和凄苦。他在《憎恨》一首小诗里这样抒发他的憎恨：

> 不问群花是怎样请红雀欢呼着繁星开了，
> 不问月光是怎样敲着我的窗，
> 不问风和野火是怎样向这夜唱起歌……
>
> 好久好久，
> 这日子
> 没有诗。
>
> 不是没有诗呵，
> 是诗人的竖琴
> 被敲碎在桥边，
> 五线谱被谁揉成草发了。
>
> 杀死那些专门虐待着青色谷粒的蝗虫吧，
> 没有晚祷！
> 愈不流泪的，

愈不需要十字架；

血流得愈多，
颜色愈是深沉的。

不是要写诗，
是要写一部革命史呵。

这里，不仅是抒发他个人的憎恨，这憎恨显然是对大后方残酷现实社会的控诉。诗是一九四〇年十二月写的，那时大后方袭来了白色的恐怖，反动当局疯狂地扼杀着革命力量以及进步的文化事业。因此诗写得比较含蓄，但基调是悲壮的。然而从这些小诗，也可以看出作者后来在创作上的拼搏突进的内在因素。年青的诗人没有沉溺在童话的意境中，他向复杂而严酷的现实突进了。

抗日战争胜利前后，在国统区斗争最惨烈的那几年，西南大后方不复如抗战上半期那样热情蓬勃，诗坛上出现了沉寂的局面，有一些诗人在窒息中呻吟，但绿原却以挑战的姿态面对现实，写下了许多首气势宏博的战斗性很强的长诗。这些长诗，《终点，又是一个起点》、《伽利略在真理面前》、《咦，美国！》、《复仇的哲学》、《悲愤的人们》以及《给天真的乐观主义者们》，收在作者的第二个诗集《又是一个起点》里，这部诗集是历史的记录，也是中国新诗的战绩。这些诗，在学生运动的群众集会上，在民主广场上，曾经广泛地被朗诵过，深深地鼓舞了千万人的斗志。作者与现实生活、先进的人民的结合起来越紧密了。这时已没有《童话》时期的那种美丽而幻梦般的情境，进入一种坚实而广阔的创作天地；不论主题，还是形象、音韵，都具有庄严、深厚、飞跃的艺术特点。

……

四

到了五十年代，《白色花》的作者们，由于反胡风运动的原因，都一齐搁笔了，有的如阿垅、方然、芦甸、郑思、化铁等相继谢世。但随着政策的落实，他们的诗，今天却又终于能够重新与读者见面了。但是文艺创作毕竟是一种个体的精神劳动，这些诗人的已有成就既然各有不同，他们今后的发展也都难以逆料，他们作为一个文学上流派而存在，只是指历史上的情况而言，这本诗集主要地记录了他们当年所走过的一段道路。

（原载《中国文学》（英文版）1982年第8期）

不曾凋谢的鲜花（节选）

——读《白色花》随想

孙玉石

　　……绿原是富于哲理思考的诗人。他总是把生活的各种现象提到哲理的高度，又在这哲理的思索中凝聚他洋溢内心的诗情。他的《伽利略在真理面前》以对历史的机智议论尖锐地抨击了扼杀真理的国民党黑暗政治，提出了"在真理面前，伽利略是人的标准"这样富于战斗性的命题。……

　　《白色花》体现了新诗现实主义进步的战斗的传统，同时为这一传统增添了新的血液。这一诗人群对于诗歌美学进行的新的追求，给这个诗派带来了独立的特色。这种特色的最基本的一条，是他们在努力追求诗歌抒情的"主客观的高度一致，包括政治和艺术的高度一致"（绿原：《〈白色花〉序》）的时候，更加注重诗人对于客观世界的主观抒情。"诗的本职专在抒情"，"诗是诗人人格的表现"（郭沫若语）。即使诗歌要反映客观世界的现实生活，要唱出广大人民共同的心声，也必须经过诗人主观感情的选择和锤炼，通过诗人主观世界的过滤和折光。离开生活的土壤没有诗。离开主观的激情也没有诗。比起其他一些现实主义诗人来，《白色花》的作者们更加注意诗人主观感情的鲜明性。无论诗中是抒情，或叙事，是有"我"，还是无"我"，他们内心炽热的激情和鲜明的个性形象，总是伫立在诗行中，奔流在文字里。冷淡的描绘和枯燥的议论和他们大多数的诗篇是无缘的。

　　……而有些诗篇，如绿原的《给天真的乐观主义者们》、郑思的《秩序》这类包含丰富现实内容的讽刺性作品，把一连串的客观事物和种种生活印象交错地排列在一起，造成一种霓虹灯和电子音乐一般强烈的艺术效果。这在艺术上又带有英美现代诗派影响的烙印。其中有些诗句，如"永远踏着蔷薇色的旅途"，"在泥泞的时间的走廊上，他们用虚无主义的酒灌醉自己"，"我的急剧的心脏渐渐坚硬，象一块泡浸在酒精里的印地安橡皮"等等，比喻和想象的新鲜奇特，都更加有利突出表达自己的感情。……

……有时为了表达感情的悲愤和憎恨的波澜，同一首诗里诗句和节奏的变幻也是自由而有节制的。如绿原《憎恨》中的两节：

> 不问鲜花是怎样请红雀欢呼着繁星开了，
> 不问月光是怎样敲着我的窗，
> 不问风和野火是怎样向远夜唱起歌……

> 好久好久，
> 这日子
> 没有诗。

三行舒缓的排比长句，接着是一句话分割而成的三行短句，这种节奏的变化和嘎然而止的情调，更强烈地表现了作者对那个罪恶世界仇恨的感情。如果我们把后三行诗拉成一句"好久好久这日子没有诗"。其抒情的效果就大不相同了。形式可以增添内容美，形式也可以损坏内容美。自由体诗的散文美为这个流派的诗篇增加了抒情审美的效果。它反映了当时新诗美学要求的一种趋势。尽管我们应该承认，这种自由体诗和民族化群众化的要求还有某些距离，有些诗缺乏浓郁的诗意而只剩下散文化的口号；但是，他们这种实践毕竟是在走向新诗美的道路上一种前进的探索。而且这种几十年前的探索在他们自己也已经是历史的足迹了。他们不满足过去的成绩而在进行新的创造。本书中收录的诗人们的部分新花就是证明。

……

1982年元月于北大蔚秀园

（原载《诗探索》1982年第1辑）

他们的诗曾经是血液（节选）

——评《白色花》

杨匡汉

以历史唯物主义态度编选具有历史和美学价值的新诗集，除了可供一般读者阅读、欣赏外，同时，也是中国新诗史研究的必要准备。这是既公正地评价前人又启示着来者的不可或缺的工程。摆在我们面前的这本《白色花》（二十人选集，人民文学出版社1981年版），就属于这方面的有益工作。它的作者，是四十年代诗人阿垅、鲁藜、孙钿、彭燕郊、方然、冀汸、钟瑄、郑思、曾卓、杜谷、绿原、胡征、芦甸、徐放、牛汉、鲁煤、化铁、朱健、朱谷怀和罗洛，其中多数系共产党员；入选诗作计一百一十九篇，均为自由体新诗。他们曾经同遭多蹇命运，作品也随之几近湮灭。但历史毕竟是公允的。随着党的实事求是传统作风的恢复与发扬，今天，这批四十年代初出现、五十年代被埋没的"白色花"，在历经四分之一世纪的艰难岁月以后，又迎着新时期的阳光重新绽放于我国诗苑。之所以值得庆幸，除了为枯木逢春而祝福，还在于《白色花》的问世，为我们提供了四十年代又一个有特色的诗歌流派——"七月诗派"的某些面貌。诚然，这本诗集并非金属精品，入选作者也仅限于后来一起"为诗而受难"的一部分人，尚未包括七月诗派中更有代表性的诗人。但它对我们研究七月诗派至少起了铺路石子的作用，则是肯定无疑的。

绿原在《诗人》中曾描绘这样一类歌者："他唱真理的胜利/他用歌射击/他的诗是血液/不能倒在酒杯里。"《白色花》的作者们除个别情况外，大都是和四十年代的抗战文艺一同成长起来的。他们主要地先是在《七月》、然后是在《希望》、《呼吸》、《泥土》等文学刊物上发表作品，一部分还由《七月诗丛》出版诗集。在抗日战争高潮以及继而的解放战争中，他们有的驰骋在疆场，有的战斗在敌后，有的在艰苦的农村，有的在动乱的城市。尽管处境有异，但他们共同面对着酒色的糖衣难掩的血腥现实，也共同生活在黑暗与光明的交替时分。他们和自己多难的民族一起觉醒，也和自己坚毅的人民一起行动。尖锐的矛盾斗争和政治形势把他们投进漩涡，他们也颇得时代风气之先，在严酷的现实生活中升腾起诗情。他们没有把自己的才华用于甜甜蜜蜜和花花绿绿，而是出于一种社会责任感，对于正在用自己的血和泪写着中国现代史上壮丽的一页的同代人，呈献着真理的回响和黎明前的呼喊。他们的诗是血液，是从被四十年代现实生活的震撼造成的内心裂缝里流涌出来的，又以一种"涓流归海"的姿态汇进了人民的战斗的诗歌海洋。整个四十年代的诗创造，也有他们的一份劳绩。

这份劳绩自然是同他们的艺术追求密不可分的。按照这批诗人的初衷，他们是"努力把诗和人联系起来，把诗所体现的美学上的斗争和人的社会职责和战斗任务联系起来"，达到时代的真实、诗人的忠诚和艺术的真实的融合，主客观的一致。（见《白色花》序）但我不认为这是"七月派"独具的特色，倒是四十年代为人民斗争而歌吟而献身的、有成就的不同流派的诗人们共同恪守的客观艺术规律。我们考察问题，着眼点不能不放在研究这一创作规律在他们身上表现出来的具体形态，研究美的客观性如何触发他们的主观性而产生美感并绽放出有异于别人的精神的花朵，进而研究其独特之处和评骘其得失。

如果这样去看《白色花》，那么，这本诗集首先给我们的突出印象是，作者们在遵循现实主义的创作方法以反映时代和生活时，不满足于那种皮相描绘或概念演绎的浅薄的现实主义，而是努力使现实主义深化，即诗人向感知的对象深入，从对象的具体形态中开掘具有社会意义的内容；不是徒作隔岸观火而是以历史主人翁的态度，进入现实斗争和生活底层，创造出包含着个别对象又比个别对象更高的真实的形象和意境，从而把四十年代尖锐的社会矛盾与人民潜在的战斗力量表现出来。

……

《白色花》作者们称说的"诗所体现的美学上的斗争",另一个重要的努力,是这群"七月派"诗人在争取同人民大众的思想感情相通的歌唱中,基于自我感受并通过自我审察,从而使现实主义诗歌所需要的抒情个性和战斗精神得以增强。

按照一般的理解,浪漫主义诗歌创作具有"化物为我,以我写物"的特点,使艺术形象带有强烈的主观色彩。而现实主义诗歌创作则严格忠实于生活,往往是"物"带"人"走,诗中的主观情绪具有"化我为物,物中有我"的特征。那种把现实主义等同于摹拟生活、只重客观描写,显然是一种误解。实际上,诗歌中的现实主义,在驰骋形象思维的过程中,抒情对象的本质化与抒情主体的个性化总得结合起来同时进行;而充分具备和抒发正确优美的、个性鲜明的主体情感态度,才能真正完满地反映客观对象的本质真实,避免艺术形象的虚假。我们不赞成把诗的本质归结为纯粹的"自我表现",但也不能把抒时代和人民之情曲解为可以摒弃艺术中的自我。从《白色花》入选的一些较成功的作品来看,诗人们那种融于诗歌的艺术真实中的主观精神,那种在表情达意时对自己灵魂世界的展示,那种诗人的人格、情感、血肉和审美趣味的强烈渗透,同样作为对客观社会存在的一种反映而进入诗美的领域,是在表现生活真实基础上的创造。

我们可以看到,《白色花》的诗人群并非赤裸裸地离开生活去表现自我的"诗言志"。有时,他们是把那个时代的生活溶解在自我真切的感受之中。……

美感经验往往是历史的东西转化为个人的东西、逻辑认识转化为情感结构的成果与具证。抒情诗的美,一个重要的特征就在于咏唱对象一点也离不开抒情主体而独立存在。没有主体,没有艺术创造的主观精神,没有诗人怀着美的理想的独标真愫,往往是非诗的腊制涩果。在诗中独标真愫可以而且应当有多种途径与手段。我们可以看到,在《白色花》的不少篇章中,那种对于"我"所属于的人民和时代的情绪的传达,是通过严肃的自我审查和解剖,把自己在斗争实践中形成的、别人不可替代的内心感受和要求渗透到诗行里,展现一个个并非遗世自立,而同外界沟通的真诚而独特的心灵世界。无论是阿垅的《再生的日子》还是鲁藜的《泥土》,冀汸的《我不哭泣》还是曾卓的《有赠》,杜谷的《我的苇笛》还是绿原的《诗与真》,胡征的《我回来了》还是罗洛的《我和时间》,等等,都可以窥见诗人"在他所创造的世界中直观自身"(马克思语),通过自己血脉的活动把战斗的真情传送于读者。……

在中国现代诗歌史上,始终坚持写自由体新诗的人不能说少,《白色花》的作者们当是专注者中的一群。对于这种美妙和结构的奥秘难以掌握的语言艺术,他们怀有深深的向往。如果说,别的某些流派和诗人寻求的是和谐的意境与章法,那么,他们常常是选择事物的特征,寻找艺术港湾里不平静的风浪,用不和谐、不静谧的结构去表现那个动荡的岁月,并寻求诗中内在的融合与凝结。他们自然希望有一种自由、天然、朴实、明朗的诗风,但诗与生活结合的加深,使他们诗中感性形象分解的迹象也在扩大,表现为在尖锐评判当年的现实时折光手段与暴露性剖析的大量运用,而在追求明天时则运用诸如"回忆不过是远了、暗了的暮霭,希望才是近了、亮了的晨光"(绿原《给你——》)一类积极的联结,以呈现粲然微笑的风貌。在有的诗人容易模糊或者轻俏的地方,他们有时实在到几乎拍着桌子说话,有时又用含羞、象征或夸张去启发读者的思索。他们有时雄浑凝聚,有时精致入微;有时宽宏大度,有时深致悠远;有时还肆意驰骋,掠过诗的各个音节,或从表面跃至抽象,但没有拐进"非诗"的领地。他们全身心地走向生活的前面,艺术的长处也往往伴随着不足。人们可以责备他们忽视对诗歌形式上必要的艺术法则的遵循——如自由诗的于严整中见变化、于变化中见规律,他们就忽视得有些过分。人们也可以非议《白色花》中的某些略见粗糙的作品,诗人太象一个散步者,只是一面走路一面歌唱,在其经过的地方没有画出更确定的清晰的影子。人们还可以批评他们的一些诗作题材尚嫌狭窄,言词也较迂远,观察、感情及表达的方式上仍有程度不同的知识分子气。这一切,并非均出于纯艺术上的原因,更多的是历史和生活的局限,影响着他们更广阔、准确、深刻地理解和反映生活。尽管如此,作为曾经是战斗者的歌吟,他们在特定条件下的探索,同样为四十年代的新诗艺术增添了血液。

岁月无情,花开花落。《白色花》二十人中现今已有五位诗人谢世。人们议论着恶梦般的过去,寻访着这群心灵天宇上布过阴云的歌者的足音。……是的,他们"从来没有喑哑,一直在歌唱",也"从来没有泄气,更谈不上绝望"。这不仅是他们,也是我们这个伟大民族的诗坛上一代又一代的诗格与人格。

今天,作为一个流派,从七月泥土生长起来的白色花已经凋谢。四十年代国统区的"七月"诗派、"九叶"诗派,以及发源于陕北、酿成主潮的民歌体新诗派,还有其它一些闪过光辉的进步的歌唱,都作为历史现象已和我们告别。但生活和艺术双重的美不是一去不复返的。一旦同人们面临的新时期的伟大斗争和灿烂前程相结合,它要复兴和新生。这便是诗歌之谜的历史回答。这种复兴和新生也不是对过去简单的重复。而是站到新的时代思想的高峰,不拒细流地将包容这历史内容和美学因素的诗歌之泉都汇入艺术的深谷,并引向波涛万顷的大海,奏出更加雄伟壮美的交响乐。基于这一点,以历史和现实相结合的目光,对于从思想到艺术都曾是血液的七月诗的创作,仍有必要深入地研究其得失,以供繁荣今日新诗的借鉴。我们也热切地期待着足以反映这一诗派乃至新诗史上众多流派面貌的更完备的选本问世。

1982年4月北京

(原载《文学评论》1982年第5期)

245

荆棘和血液

——谈绿原的诗

牛 汉

　　一谈到绿原的诗的风格和几十年来的演变，就很难三言两语讲明白，我往往无法满意地答复人们提出的各种问题。我的不少朋友（大半也是绿原的熟人），常常谈到绿原的诗，但似乎没有谁能够对它概括出几条确信无疑的见解。多数情况是，激动地谈了不少，最后却感叹地说："唉，谈不好啊，他的诗很不一般，真应当认真地研究研究。"这些年，特别是近两三年，由于个人的偏爱和各方面的需要，我经常研读和思考绿原各个历史时期的诗，他的几本诗集一直搁在我的床头。有时我还抽冷子向绿原本人提问一些让他不能回避的疑难问题：关于他的不幸的家世，困窘的童年生活，在跌宕险恶的写诗的道路上他如何进行探索和拼搏，以及其他许多敏感问题。譬如我问过他：

　　"你有过幸福吗？"

　　"没有。"

　　"我看，你的诗里从来就没有过甜蜜的素质，你同意吗？"

　　"是的。"

　　"大概写《童话》的那两年，是你几十年来生活和心境最单纯和平静的时候。我这个看法符合事实吗？"

　　他迟疑了一会儿说："可以这么说。"

　　我的难题，都一一得到尽管简单却很明确的回答。他是朋友中最会解答问题（甚至谜语）的一个人。

但是直到此刻，我仍然没有多大的把握，把绿原的诗以及他走过的漫长的不平凡的道路，用通俗的语言说得明白无疑。

应当说，在这个世界上，我算是比较了解绿原的。真奇怪，他常常引起我的许多幻觉。我有时异想天开地把绿原比作蜗牛：在他瘦削的肩头，背负着沉重的家族和塞滞的命运，同时胆怯地伸出柔软的触角，触角的尖端闪烁着探索的眼睛；他默默地爬行在荆棘上，泥墙上，陡峭的岩壁上，高大的树干上，留下一道道自下而上的乳白色的足迹，那就是他的生活的历程和发光的诗行。我还想象他多么象一只外形不很雅观的穿山甲，向高耸的大山钻探——他和它至少在性格上有相似的地方。有时又忽然觉得他或许更象一只鹞鹰。翱翔和盘旋在风云变幻的高天，偶尔扑向大地，一瞬间，捕猎到一首首很难逃脱他锐眼和利爪的带血的诗篇。有时还梦幻般觉得，他似乎是一个深深的奇异的湖泊，九级风暴都吹不起一丝涟漪。而更多的时候，我仿佛看到一个熟悉的身影，远远地奔跑在我的面前。我听见他的喘息，听见他重重地摔跤子的声音。他跌跌撞撞，摇摇晃晃地闪动着。在他走过的路上，我看见他滴下了燃烧的鲜血和宝石一般晶莹的汗珠，和因摔倒而印在泥泞的大地上的庄严的人形。但他毕竟是一个诗人，用他自己的话说，"他的诗是荆棘，不能插在花瓶里；他的诗是血液，不能倒在酒杯里。"

大约是去年夏天，我跟他不止一次谈到他的诗。我说，从《童话》到《又是一个起点》，到《集合》，到《从一九四九年算起》一直到前几年写的《重读〈圣经〉》，在艺术领域的探索中，他几乎从来没有停顿过，总是在蜕变着。他在探索和拼搏中前进着，他的每首诗的境界，从来没有和另一首雷同或相似的。路尽管弯曲，却没有重复过；他总是向前拼命奔跑，不回顾，不徘徊。他很少向人谈他的过去，不论是他的诗还是他的生活，不论是他的成功还是失败。最近有来访者问到他这些年的遭遇，很希望他谈谈，他总是笑笑说："这是尽人皆知的，不必再提了。"

他写了《童话》之后，不少人耽心他会沉溺在美丽而虚幻的憧憬中，一旦走近严酷的现实生活，很有可能出现恍惚甚至晕眩的状况，因而会溃败下来。事实是他的确经常患有晕眩症（生理上的和心灵上的），但他并没有溃败——然而，每走一步都得付出多大的代价啊。

三十多年前，熟悉绿原的人和诗的路翎，在一篇短论《关于绿原》中就说过："我以为，绿原是属于这一类诗人的，他们是有向复杂的现实生活搏斗，与现实的人生并进的，坚韧的内在力量。"又说："绿原不是永远固执地守着一个堡垒的人们，他们只能歌唱特定的东西。绿原，在他遭遇现实的历史的一切的时候，他自己倒似乎是常常败北，撤退的，于是他经历了真正的战斗，他再冲锋，他的堡垒就随处皆是了。他的性格不是天生的坚强和爽朗，他的性格是付出了代价而明白了自己底和历史、人民底命运之后的坚决，生活的痛苦使他常常更坚决。"这些中肯的评论，到现在都没有失去它的切实意义。

绿原创作《童话》的时期，他浑身都是敏感的触角，对人生觉得广阔而新鲜，虽然朦胧闪烁，但心灵并不虚浮。他这种天真的梦境我是非常熟悉的，不过他的童年和少年生活比我更为凄苦和不幸，他试图用自己编织的童话弥补命运的缺憾。他七岁从乡下到了汉口，跟着比他大很多的哥哥，在一条阴湿而狭窄的小巷里厮混着。他们住过的简陋的木楼（是用砖头、旧木料、竹片、泥巴盖起来的），座落在京汉铁路高高的路基下面，多亏挤在一大排相依为命的棕黑色的木屋中间，才没有倒塌，而和左邻右舍一起向一个方向倾斜着。（七三年冬，我去看过那条所谓"铁路外"的小巷，他姐姐一家人至今还挤在那里面。）绿原的家屋里，充满了尘土、煤屑和动荡不宁的气氛。火车日夜隆隆地带着一阵阵的旋风，从他家的屋顶上急驰而过，他时刻觉得有被冲倒和辗压的危险。他的床铺和书桌不停地在抖动，小学课本上布满了抹不尽的尘屑。深夜他常常被凄厉的汽笛声惊醒，久久睡不着。透过窗口，他看得见飞快的车轮噙着铁轨，喷溅着火花。他就是在这种时刻有被冲倒和辗压的危险的震荡空气中度过了童年和少年。直到以后的许多年，他的心灵还时时感到这种震荡的余波。

抗日战争胜利前后，在国统区的斗争最惨烈的那几年，大后方不复如抗战初期那样热情蓬勃，诗坛上出现了沉寂的局面，一些诗人在窒息中呻吟，又一些诗人在枯竭中挣扎。绿原这时却以挑战的姿态面对着现实，挥写出许多气势恢宏的长诗，如《终点，又是一个起点》《伽俐略在真理面前》《咦，美国！》《复仇的哲学》《你是谁》以及《给天真的乐观主义者们》等。它们收集在作者的第二本诗集《又是一个起点》里，这部诗集是当时历史和人民情绪的真实纪录，也是我国新诗的战绩。这些诗同生活、同斗争、同先进人民的结合越来越紧密，已经脱尽《童话》时期那种美丽的幻梦般的情境，进入了一个坚实而广阔的艺术天地；不论从主题还是从形象、节奏看，都具有庄严、深厚、飞跃的特点，真实地再现了时代的精神。这些诗，在当时学生运动的群众集会上，在民主广场上，曾经广泛地被朗诵过，深深鼓舞了人们的斗志。一九四七年冬天，我从纱厂林立的沪西一个弄堂走过，听到一个中学校教室里传出女教师朗读《终点，又是一个起点》的因激动而颤抖的声音，我伫立在窗外，感动得流出了热泪。

我想着重说一下，绿原当时决不仅仅靠一点偶然落到心灵上的灵感写作，也决不是在从事个人的纯主观的战斗。他的思想感情和精神世界证明，他清醒地感觉到、认识到了作为一个诗人的神圣的历史职责。歌德于一八二六年一月关于"衰亡时代的艺术重视主观；健康的艺术必须是客观的"一次谈话中说："要是他（指诗人）只能表达他自己那一点主观情绪，还算不上什么；但是一旦掌握住世界而且能把它表达出来，他就是一个诗人了。此后他有写不尽的材料，而且能写出经常是新鲜的东西，至于主观诗人，却很快就把他内心生活的那点材料用完，而且终于陷入习套作风了。"的确，"主观诗人"只能雕琢那些"习套"的小玩意儿，只能靠内心生活喂养精巧的小诗。事实上，在解放前夕的国统区，大多数这样的诗人当时已经在那险恶的寒流里纷纷噤若寒蝉；而当主观和客观世界完全绝缘时，他们的诗就更象涸辙之鲋，简直无法生存下去了。然而，绿原决不是这样一个"主观诗人"。他正是因为突入并"掌握"了客观世界，才能在那几年中象活火山一般不停地喷发出烈焰般的诗篇。绿原当年的那些长篇政治讽刺诗，都是对于所谓"大后方"的丑恶现实的冷峻而沉痛的控诉，都是诗人通过崇高理想透视黑暗现实之后激发出来的精神极光。没有理想的烛照，任何讽刺都会流为轻浮的戏谑；绿原的政治讽刺诗在气质上无论如何是同轻浮的戏谑不相容的。

今年是绿原的六十周岁，他两鬓早已斑白，惯于紧闭的嘴角现出了粗深的皱纹。他"在人生的课堂"选择了诗已整整四十个年头，但诗从没有给过他一点儿安乐。在《诗与真》里，他吐露了对于诗所怀有的敬畏和纯真的心情："人必须用诗找寻理性的光/人必须用诗通过丑恶的桥梁/人必须用诗开拓生活的荒野/人必须用诗战胜人类的虎狼/人必须同诗一路勇往直前/即使中途不断受伤"。确实，他一生不止一次为诗而受难，遭到人们的误解和伤害。他的生活经历和创作道路充满了坑坑洼洼，其间自然有不少是由于他自身的弱点。在《童话》和第三本诗集《集合》中，就有一些篇什流露出伤感和颓败的情绪。绿原在干校向我背诵过他的一首短诗《我的一生》："我将钻进隧道里去/去摸寻为黑暗做锦标的银盾/我又将在洞口昏倒/等'光'把我拍醒/我钻的隧道是人生/我摸的银盾却是悲惨/我到的洞口是坟墓/我等的'光'却是平凡。"这首诗贯穿着追求光明的毅力，但也泛出了近于虚幻绝望的色彩。这种无以摆脱的苦恼和失望，常常是狂奋之后的感情沉淀物，它对于绿原当然是一种精神负担，虽然不见得有碍于他奔驰在生活的旷野。

　　从诗的角度来说，我倒觉得绿原诗里一直有着一种时起时伏、若明若暗的理念化倾向。前几天，冀汸也同我谈起这一点，是从《歌德二三事》谈起的。绿原在歌德逝世一百五十周年所写的这首诗，自然不单纯是为了纪念歌德，更表达了作者对于当前诗和现实生活的一些值得思考的看法；而且，作为诗来说，也明显地反映了作者一贯向前探索的特点。但是，在这首诗中同这些特点结合在一起的，显然有不少理念化的成分。当然不是说，诗应当完全排斥理念（思想），但诗毕竟是诗人的感性经验的结晶，过多的理念化成分无疑是伤诗的。关于这个问题，我对绿原提醒过不少次，他也为此很苦恼。对他来说，从理念化中解脱出来，不是一个新问题。他的第四本诗集《从一九四九年算起》里，那种席勒式的哲理倾向最为明显。如果说，解放初期新诗歌创作中那种缺乏艺术感染力的空洞颂歌，与他诗创作上潜伏的理念化倾向容易不自觉地合拍起来；那么他后来多年在孤独中被迫冷静思考问题的经历，他从事文艺理论翻译的习惯，以及他的诗作固有的冷峻的论辩性质，更从诗人主观上助长了那种理念化的倾向。然而，绿原始终有一种自信和雄心，他似乎能把非诗的素材用感情的高温加以熔解，让它升华出诗的虹彩来。这在理论上是可以理解的，但我觉得难度极大。他当年在《给天真的乐观主义者们》中，曾经利用熔解——升华的艺术手段，收到了特异的效果；现在，主客观条件有很大的变化，那种足以融化顽石的高温似乎很难再燃炽起来，而非诗的理念材料则往往不免变成一种精神的钙质。随着年岁渐老，这种理念化的钙质可能还会增长，绿原应当时时提防这一点。其实，不但在绿原身上，我还从另一些影响更大的诗人的近作中也看到了这些钙质的阴影。

但绿原是个倔强的诗人，他会咬紧牙关从理念化这道并不坚实的栅栏冲出来，凭着他对诗和生活的忠诚、敏感和反应力，能够写出更好的诗篇，我相信。我们在旷野上，不是常常能看见一些遍体瘢痕的老树，它们之中，有的甚至遭过雷殛，兀立着半边躯干，却仍开着芳香的花朵，并且结下累累的蜜果吗？

1982.5.22.

（原载《文汇》月刊 1982 年第 9 期）

251

读《白色花》（节选）

邵燕祥

……

一个时代的生活和社会关系，决定大多数人的感情，也决定同大多数人站在一起的诗人的感情基调。四十年代所谓"大后方"即国民党统治区的进步诗人及其诗作以悲愤为基调，是合乎逻辑的，悲愤的歌也许不是高音，却可以是强音；不论就音乐的规律或借喻的意义说，强音不必都是高音。

《白色花》一集作者中有部分同志先后前往解放区，而大半是留在国民党统治区，坚持战斗在与反动派犬齿交错的前哨岗位上。

绿原，以诗集《童话》结束了他创作的童年。他的诗不是花园中的玫瑰，而宁肯作鹿寨上的蒺藜。他写于一九四四年的长诗《给天真的乐观主义者们》，旗帜鲜明地重申"不是要写诗，是要写一部革命史"。也许正由于中国的现实是非常复杂的，仅仅靠诗的热情远远不够，他政治地楔入生活，直面敌人，寓热情于冷峻，化呼号为论战，把对客观世界犀利的剖析思索，同内心世界的披沥抒发融合在一起，以一系列尖新深刻的意象发人之所未发。严酷的现实生严酷的现实主义，然而现实主义的任务正在于动摇对那该死的现实的任何一点幻想：

在中国，谁能快乐而自由？就是这些天国的选民。……然而……日历撕完了，时钟停摆了，可爱的读者，向他们挑战！

这个上流社会的挑战者，在旧中国的心脏给那些"天国的选民"们唱出了末日之歌，同时以如此朴素的语言讴歌了为新世纪的黎明而斗争的战士：

> 虽然圣经不敢发表他们的史迹，博物馆不敢陈设他们的塑像，甚至百科全书不敢记载他们的姓名，然而我正走向他们……

还在"我们的身份不过是——尚未亡国的'四强之一'"的时候，诗人就严肃地声明"我并不信仰西欧的德谟克拉西，亚细亚也不需要人道主义的惠特曼"；诗人甘冒斧钺力求晓畅，而社会革命理想的表达仍然只能借助于伊索寓言式的语言。这是一首对知音者显得痛快淋漓，对另一些读者则不无艰涩之感的作品。然而明白它为什么不能明白如话的局限之后，就会对它的思想倾向和艺术倾向从总体上作出充分肯定的评价了。

集内还有绿原的另一首长诗，写于一九四六年的《伽利略在真理面前》，同样不是简单地表面地摹写生活现象，而是解剖生活，解剖历史，掘出沉积在生活和历史深处的真理和希望。诗人自觉地作为"450,000,000 个政治犯"（中国人民）的代言人，把伽利略这个"政治犯的老前辈"作为"人的标准"，对比思考伽利略的时代和二十世纪四十年代的中国：

> 你的时代同
> 我的时代
> 是相似的　不是相等的：
> 不光是人人相信
> 地球围着太阳在转动，
> 而且，伽俐略——
> 让我告诉你的在天之灵吧：
> 在今天，将受审判的
> 就决不会是我们！

和绿原的长诗相似，以诗为武器同反动派肉搏，而又在运用自由诗体上达到相当纯熟境地的，还有郑思鞭挞那颠倒疯狂的世界的长诗《秩序》。这些作品中对客观社会现实的反映和对主观思想感情的表现的统一，感情与理念的结合，形象思维和逻辑思维的互相渗透，都可以在创作上给我们很多启发。

更重要的启发是，战斗的诗之所以为战斗的诗，并不尽在于如实地以至逼真地描绘战斗场面，战斗历程，而首先要求把作为战斗一员的作者的全部的生命和灵魂熔铸在诗里。说到人民的疾苦而没有悲哀，说到敌人和有害的事情而没有愤怒，那就是无聊、油滑和伪善。我们从《白色花》诗集中听到和感到的悲愤之情，彻底地打破了"怨而不怒，哀而不伤"的传统诗教；它们不是按照任何游离于生活、斗争、群众之外的教条写作出来，而是象左拉的《我控诉》和《白毛女》中喜儿的"我要活……"那样，把人们和诗人自己用种种痛苦遭遇从生活漩涡中换来的感受与哲理，情不自禁地发为浩歌、痛斥、挑战、抗辩，不惜因此而流于袒露，毫不含蓄婉曲。

……

（原载《文艺报》1982年第12期）

献给他们白色花（节选）

——读诗集《白色花》

谢 冕

也许这是中国现代诗史最为悲凉的一页。那些"把照在自己身上的阳光全部反射出来"的白色花，不甘情愿地凋谢在它们所渴望、所追求的太阳光下。一九四四年，阿垅在《无题》中曾经写了这样的诗句：

> 要开作一枝白色花——
> 因为我要这样宣告，我们无罪，然后我们凋谢。

时间过了十年，这些话不幸却应验在他们自己身上。

他们真正是无罪的。

他们把纯洁素净的白花，先是献给了伟大的抗日战争，继而献给了伟大的解放战争，献给那些为民族解放的神圣事业而抗争以至牺牲的灵魂。这年青的一群，奋起于中华民族深重苦难的年代，程度不同地参加了那个年代各种形式的斗争。他们成为战士，不少人成为无产阶级政党的成员。有的进过敌人的监狱，有的在战争中流血负伤，他们象那个艰难年代的许多人一样，为战争作出了神圣的贡献。应当把白色花献给他们，而不应当让他们凋谢！

但他们毕竟曾经凋谢。四分之一世纪前所发生的这个事件，竟然牵涉到了对中国新诗的发展发生了重大影响的一个诗歌流派的湮没。

255

其原因，有待于研究工作者（政治的、艺术和诗的）进一步探究和阐明。这里，我们所能谈论的只是诗歌的事实。一部二十人诗选《白色花》足够证明，他们是革命营垒中的战士，把他们当作敌人只能是一种误会，因为——

他们曾用歌射击

这是从绿原的诗句衍化而来的概括。因为历史的偏见，曾经把他们的"射击"作了粗暴的歪曲。在这里，需要特意地着重地指出：他们曾经英勇地用诗参加过伟大的光明战胜黑暗的斗争，象前方战士用枪射击那样，用歌射击过敌人。

中华民族苦难最深重的年代，这批血性方刚的青年，他们不约而同地奋起在浸满血泪的中国大地。他们在黑暗中寻求光明，寻求着作为战士的岗位。有的走过艰难曲折的行程来到了解放区和敌后游击区，有的则苦斗在国民党统治区。不论走到哪里，他们作为战士，都找到了自己射击的位置，他们射击的目标是明确的。

一九四四年，绿原写了一首著名的长诗《给天真的乐观主义者们》。他敢于以"魔鬼"的身分面对整个腐朽的统治"大摇大摆地背诵讽刺小品"——实际上是向着国民党统治的腐烂没落的社会，发出了长篇的抗争檄文。他以无情的笔墨揭露那个"破裂的棺材""掩不住的死体的臭气"，尖锐地挖苦说："我们的身分不过是——尚未亡国的'四强之一'"而已。当然，他面对那黑暗的一切，心中有着光明。在当时的条件下，他对此还是作了最清晰的表述："虽然圣经不敢发表他们的史迹，博物馆不敢陈设他们的塑像，甚至百科全书不敢记载他们的姓名，然而我正走向他们……"

……

他们始终和人民站在一起，用发自内心的呐喊，以推进和赞助那呼啸而来"暴雷雨"，让人民的敌人在人民的雷鸣电闪中发抖。他们坚信自己的力量，尽管他们知道通往自由解放的道路是极为艰难的。他们之中，也许绿原是最有历史感的一位诗人。他的《伽利略在真理面前》和《重读〈圣经〉》（后者将在后面谈到），都以历史的深度和对比的鲜明而显示其锐利的力量来。伽利略在愚昧和暴力面前作为人的尊严而站立着，他生活的那个时代——科学是异端，星象学家贩卖符咒，文化跪在十字架下哭泣。而诗人生活的那个时代——"人们不哭不笑，不能哭也不能笑，也不愿哭不愿笑"！这两个时代是相似的，但是，也不会相等，诗人指出，"那时，在真理面前的，只有你一个，伽利略，而现在，却有无数为真理而献身的人民"，"今天，不光是人人都相信地球是围绕着太阳转动，而且，在今天，将受裁判的，决不会是我们"。这无异于为历史的发展作了翻天覆地的宣告：新的人民的时代已经诞生！

……

他们总能这样，以活泼的跳动的诗行清新自然地再现着中国旷野上的自然风景。但他们又总是让这些充满泥土和乡俗气息的画面，自然地掺杂着并使其涌现出蓬勃的斗争场面。他们的动机，与其说是表现自然界的美，毋宁说是借自然以映衬人的壮丽的斗争生活。孙钿的《雨》，抒发的是一种崭新的情怀。雨中的梦境，雨中的人们保护枪枝，少年玩水的伙伴已经出征。随着雨中的思绪，忘记了雨中的缠绵和阴郁，最后来了一个惊人的收笔：

> 我脱掉草鞋
> 在给雨捣烂了的泥地上
> 向一座破屋走去
> 那里
> 《新华日报》到了

这样的诗，如果是油画，便不是静物写生，而是富有自然色彩的历史画，正如绿原所宣称的，"不是要写诗，是要写一部革命史呵"（《憎恨》），不是写生画，而是历史画；不是写诗，而是写革命史。当年，在他们的艺术观念中，具有这种非常明确的革命功利主义的观念。（今天的人们对此可以持商榷的乃至不赞同的态度，但无疑的，应当对此充满钦敬之情。）在他们的诗中，原先平淡无奇的画面，因增添了人民斗争的生动笔墨，顿使画面充满了辉煌的光照。

……

在我国新诗的创立中，作为向着文言体的旧诗作战最力的，是当日初具规模、但还不稳定的自由体诗。这种诗体经过许多前辈诗人的身体力行，当日已经具有相当的战斗力。如今看来，早期的自由体诗较为成熟的典型应推周作人的《小河》——但总的说来，它们往往带着矫枉过正的幼稚，力求语言的平实，而趋向诗意的寡淡；加以对生活的提炼不够，使结构失之松弛；而且内在节律上也缺乏考究。久之，自然影响了新诗的威望。于是"新月"一派崛起而力主格律诗运动，他们往往忽视诗的内容之切合时代人民的脉动，而过于寻求诗的艺术形式的精深圆熟。在民族危艰的时刻，他们的主张自然地与时代产生了不和谐。这时，应运而起代表了时代强音的是艾青、田间等人。绿原在《白色花》的序中回顾了自由诗发展的事实是有说服力的："中国自由诗从'五四'发源，经历了曲折的探索过程，到三十年代才由诗人艾青等人开拓成为一条壮阔的河流，把诗从沉寂的书斋里、从肃穆的讲坛上呼唤出来，让它在人民的苦难和斗争中接受磨练，用朴素、自然、明朗的真诚的声音为人民的今天和明天歌唱：这便是中国自由诗的战斗传统"。本集的作者们是这个传统的自觉的追随者，始终欣然承认，"他们大多数人是在艾青的影响下成长起来的"。

……

但生活毕竟曾经是相当冷酷和艰难的，绿原曾以毫不留情的笔墨以《给你》这样的赠答方式表达过他的难以抑制的愤怒：在那些日子里，唯愿天天下雨，免得让人看出脸上的泪珠，唯愿"红海洋"淹没一切，免得在墙里墙外，燃起一滩滩的血；甚至愿意二十四小时不停地劳动："免得一不小心睡着了做一个交代不清的梦。"他的深刻在于并不辍笔于此，而是反转过去，讲那一切"愿望"似乎都是多余的：

> 更多的眼泪是流不出来的
> 更多的血都积在内伤的脏腑里
> 喟叹是一种早已扑灭的病毒
> 梦则是资产阶级的一种奢侈品

他总是表现出一种独特的沉思型的讽刺力量。他是一个擅长于以进行历史性对比的思考来表达对于现实的态度的。"牛棚"诗抄的《重读〈圣经〉》可以称为早年的《伽俐略在真理面前》的姐妹篇。二者各自面对一个畸形的年代，《重读〈圣经〉》对十年动乱进行了无情的揭露和批判。诗人自信是无神论者，确认自己的"上帝"只能是人民。他打开《圣经》，没看到什么灵光和奇迹，而只是他认识的形形色色的活动着的人，从而自然地联想到当时的现实，他慨叹说："论世道，和我们的今天几乎相仿，论人品（唉！）未必不及今天的我们"——"今天，耶稣不止钉一回十字架，今天，彼拉多决不会为耶稣讲情，今天，马丽娅·马格达莲注定永远蒙羞，今天，犹大决不会想到自尽"。诗人在这里慨叹的，不过是对人们在日常生活中的议论的概括，大约就是"人心不古，世风日下"八个字。那曾经是疯狂而耻辱的年代啊！

……

回顾那来路的艰辛，也许难以抑制那种失落的怅惘。但是，作为诗人的一生，这种失落也许竟是一种收获。绿原有两句诗，几乎和阿垅的《无题》那两句有同样的悲凉，他说："我和诗从没有共过安乐，我和它却长久共着患难。"说这话时，是一九四八年，他正站在光明中国的门坎上。失去的是年华，得到的却是对于人生和诗歌的钻石般坚贞的信念。他们已向昨天告别，应当把一束象征着安宁和幸福的白色花赠送给他们。

1982年春节，北京

（原载《新文学论丛》1982年第4期）

射向敌人的子弹和捧向人民的鲜花

——论绿原的诗

张如法

在现代文学史上，绿原的名字是与四十年代的诗歌创作运动连在一起的。自一九四一年八月十一日在重庆《新华日报》上发表《送报者》起，到新中国诞生时止，诗人共付梓了一百首左右的诗歌，大部分收辑在《童话》、《又是一个起点》和《集合》这三本诗集里。诗的数量不能算多，虽然这位始终生活在困苦之中的业余诗人已经作出了极大的努力。整个说来，这些诗篇经过时间证明，反映了时代脉搏的跳动频率，抒发了当时非沦陷区和国统区人民的心声，在内容和形式上都具有鲜明的独创性，在当时的文坛上和人民的斗争中引起了非同一般的回响。当时国统区站在反压迫、反饥饿、反内战运动前列的大中学生们，高声诵读绿原的那些慷慨激昂的政治诗作，以磨砺自己的斗志，鼓舞队伍的士气，这是今天不少人还记得的。郭沫若在评价当时国统区文艺创作时说过，在国统区零下三十五度的政治冬季的雪地冰天里，仍然有"坚强苗壮，经得着冰风雹雨的铲削"的作品生产出来，这是使人"得到无上安慰的地方"，而"诗歌方面的马凡陀，绿原，力扬"等人，正是属于"类似超人"的那部分作家（《新缪司九神礼赞》）。有的评论家甚至认为，"年来（按：指一九四八年），绿原之受读者欢迎，在这半个中国已驾凌于所有诗人之上。"（天风评《又是一个起点》，载《大刚报》一九四八年十一月三日）

然而，由于众所周知的原因及其它一些因素，一些文学史著作抹煞了在四十年代产生过广泛影响的绿原及其诗作,这是极不公正的。只因为党的三中全会重新肯定和提倡实事求是的优良传统,我们才得以试图恢复绿原诗歌的历史地位和本来面貌。

(一)

> 我和诗从没有共过安乐
> 我和它却长久共着患难
> ——《诗与真》

在绿原的创作道路上,《童话》和《又是一个起点》代表了他的两个既有联系又有区别的发展阶段。前者偏重于追求美丽的理想世界,后者致力于控诉腐朽的罪恶世界。若论对现实描写的直接性与深刻性,以及与人民斗争的密切程度,后者是大大超过了前者的。但是,《童话》自有其独特的艺术价值,而且从《童话》到《又是一个起点》,在诗人本身来说,并非是跨越了一道鸿沟。"我和诗从没有共过安乐/我和它却长久共着患难"。创作《童话》的时期(一九四〇年年底至一九四二年)的绿原,虽然阅世不深,只是个十八岁至二十岁的青年,但是由于幼丧父母,很早开始独立生活,已经饱尝了人生的辛酸。而且,他接触文艺与接触革命的政治实际上是同时的,他心目中闪亮着延安这座灯塔。这些因素必然会反映到他的创作中去,使他的童话诗不但浸透了现实的血和泪,而且通过对光明与幸福的向往同时鞭挞了黑暗和灾难。

绿原的《童话》,与其说是写给儿童看的,不如说是借用童话的题材和表现手法,来创造一种新的诗体。这种童话诗有着丰富复杂得多的内容,深刻隽永得多的含义,广阔奇特得多的手段。值得注意的是,绿原童话诗中的小主人公都是些处于社会底层,经历过人生的艰难困苦,并对旧社会怀有憎恨和反抗情绪的穷孩子。更值得注意的是,他们所幻想的那美丽的童话世界,虽然有着朦胧的色调,但清楚地通向民族和人民的革命斗争。同样值得注意的是,绿原的童话诗,一般并不写"过去怎样怎样……",或者"从前有一个什么什么……",而

261

是写现在的生活，现在的感受，现在想象中的过去发展到今天的面貌，现在希望中的今天迈步到明天的情景。再加上诗人的一颗纯洁的童心，他的独特的令人惊异的想象，他的奇妙的使人叫绝的比喻，他的善于编谜和解谜的能力，于是形成了绿原特有的童话诗体。

这个时期的绿原诗作，很多是写星，写夜，写风，写雪的，他爱星星，那被监禁在云的城墙和云的楼阁里的星星的命运正是他自己的命运，那从不哭泣（千万不要误会，露水不是星底泪水啊）的星星的性格正是他自己的性格。他爱星星，群星为他开放花朵，在苦难中给他安慰，而且引着他去迎迓红色的太阳。他恨夜，他又爱夜——因为在一切被统治于黑夜的地带，人类不惯于苦痛的睡眠，却偏被苦痛的梦魇所主宰着，而且许多人因被窒息而咳嗽，因被践踏而喘息；但是黑夜中的野火是多么美丽动人呵，而且黑夜能引起人们对于明天的多少幻想啊。那风，如果夹着砂石从山谷卷着夜的旗子吹来，预示着为了明天的到来将有如同潮水一样的集会出现，那当然是值得赞颂的；如果是象箭一样射向那些没有房屋住、连动脉也凝冻的人们，如果是象法西斯妖军底口哨，无耻地滚响着，那当然是可恶极了。至于雪，如果那是白茫茫的面粉该多好，可惜这是虚假的梦；在那一串落雪的日子里，人类在自然气候与政治气候方面都给囚在寒冷的日子里，只盼望着早日解冻……。诗人在这一类诗歌里，把现实与理想交织起来，互相映照，以一种童话式的比较含蓄的方法，诅咒国民党统治下的所谓"大后方"的黑暗现实，从而鼓舞人们对于光明的信念和渴望。

毋庸讳言，在童话诗里，诗人对黑暗世界的描写是欠深刻的，不少限于一般性的间接的揭露。但是绿原的童话诗乃是抒情色彩十分浓厚的诗作，其中流露出来的对旧世界的憎恨情绪，无疑却是十分强烈的。下面是一首典型的例子：

> 不问群花是怎样请红雀欢呼着繁星开了，
> 不问月光是怎样敲着我的窗，
> 不问风和野火是怎样向远夜唱起歌……
>
> 好久好久，

这日子
没有诗。
不是没有诗呵，
是诗人的竖琴
被谁敲碎在桥边，
五线谱被谁揉成草发了。

杀死那些专门虐待着青色谷粒的蝗虫吧，
没有晚祷！
愈不流泪的，
愈不需要十字架；
血流得愈多，
颜色愈是深沉的。

不是要写诗，
是要写一部革命史呵

（《憎恨》）

　　对蒋介石的法西斯独裁统治，对屠戮人民、虐杀一切艺术、制造死一般寂静的反动派，诗人通过描绘"不是没有诗"而是不能作诗的情景，用"杀死"它们的语句，用"要写一部革命史"的呼唤表示了极度的"憎恨"之情。在《我们也是这土地底儿子》一首未收集的诗作里，诗人直接谴责"将土地上的一些财产/在我们疲倦得没有一点力气的当儿/挑到他们自己底仓屋里去了"的那些卑鄙无耻、黑良心的地主们。绿原是在农村出生的，他没有忘却为维护农民的利益而斗争。

　　也毋庸讳言，这些童话诗中所呼唤的革命，所描绘的理想世界，确实是比较朦胧的。但是，诗人当时已经如饥似渴地阅读了延安的报刊，接触了革命的理论。他在险恶的政治环境中，赞颂过重庆《新华日报》的报童"象人类底先觉者"，"陪着朝阳/把消息/送给沉迷在梦里的人们"（《送报者》）。他还描写了"一群有如农夫一样辛勤的工人"，担负着"解冻着日子里的寒冷"的责任，而且写出这样的诗句："一天/雪花谢尽了/有人骑马从远方来/说一个远的消息/说那里/四季是春天"（《星的童话》），隐隐约约地预示延安的今天就是重庆的明天。这些对一个刚接触革命政治，刚步入诗坛的文学青年来说，特别是在当时反动统治的高压空气下，都还是难能可贵的。当然，绿原也有少数的童话诗缺乏深刻的社会意义，仅仅陶醉于生活的零碎的、片断的美以寻求自我宽慰，如《花朵》、《小歌》、《弟弟呵，弟弟呵……》等。这些大致说明作者的世界观和艺术观当时都还不够成熟，在复杂而尖锐的现实斗争中一度感到过迷惘。

没有想象就没有诗歌，而童话诗更需要有力地煽动想象的翅膀。绿原在童话诗里显示了他那丰富而奇特的想象能力。且不说写星、写黑夜、写对孩子讲神秘的童话的那些诗作，在另一些同时期的诗作中，自由驰骋而又完全合乎逻辑的联想，将历史与现实、文学与生活融成了一体，更证明诗人的想象力并不是空幻缥缈的本能，不是没有现实生活的基础的。例如，《读〈最后一课〉》是这样开头的：

> 普鲁士底兵队
> 扬卷着黑色的旗
> 再一次地走过洛林亚尔萨斯底街道……

一下子就把读者带进了现实。这种想象的奇妙处在于使人不觉得自己在读文学作品，而是在历史的基础上进行形象的联想，因为它写的正是今天现实中正在发生的事情。然而它又确实是一种想象，是对文学作品中的人物与事件的发展的想象，对历史常有惊人相似之处的想象，是能发人深思的想象。作品就由此展开了丰富的形象思维活动。还是这块土地，还是普鲁士底兵队，还是小法兰西、汉麦先生这一些人物，然而现实的却比历史的更为残酷。诗人想象过去的市政府已被改成侵略军的军司令部，因此它的辕前已不再拥有那探听消息的民众；昔日的学校，"今天，是不是已被变作士兵底营房？连那最后还呼喊着'祖国万岁'的黑板，也被普鲁士底长剑劈折了么？"连上"最后一课"都不复可能；铁匠瓦奇特可能逃亡到什么地方已经死去了，老赫叟也不知颠跛到哪儿去了，年轻的小法兰西自然只能低头流转在这悲哀的国土之上。诗人满怀仇恨地诅咒"那以战争为美术的/以火药为谷粒的/以流血为笑的"法西斯蒂，不断地践踏着一块块土地、一个个城市，以及丛林、河流、公路与铁道。诗人满腔悲愤地呼叫："法兰西底小儿子，/你将走向哪块土地去呢？/如果懦怯者和妥协者/还有着他们底日子，/你能在哪儿/呼吸着自由呢？"诗人的思想，诗人的态度无疑要比《最后一课》的作者激烈得多，他希望小法兰西认真地想一想汉麦先生一再讲述的巴黎公社和巴士的尔的故事（这当然也是作者合乎逻辑的想象），"用你底哭泣发誓，用你生命底'最后一课'发誓，你应该停留，你应该放一把火，给这个被灭亡的国家……。"由此可见，诗人的想象丰富而不芜杂，奇妙而不荒诞，视线所及在时间与空间方面都悠远旷阔而并不脱离现实的土壤《读〈最后一课〉》，当然是对希特勒法西斯残暴罪行的愤怒控诉，对向敌人妥协的法国当权派无耻面目的愤怒揭露，对象汉麦先生和小法兰西一样的法国人民的同情与希望。同时，不言自明，这首诗也是对日本帝国主义和蒋介石反动派的控诉和揭露，并表达了一种用巴黎公社的精神来改变中国面貌的强烈愿望。

当然，用童话诗这种形式来反映现实，毕竟是迂回曲折的。这时期，诗人对现实的解剖，对战斗的呼唤，同他后期的作品相比，显然是不够深刻有力的。绿原当时也写出了《颤抖的钢铁——悼念一群死在敌后的民族战士》这样的诗篇，歌颂"你底死/象正午十二点的影子一样正直，/你底死/象塔高到最高，/监督着一片磷火乱滚的国土"的牺牲在皖南事变中的英雄们，但这类作品在那个时期毕竟是个别的。现实的民族矛盾与阶级矛盾是这样的尖锐，共产党领导下的中国人民赶走日本侵略者和此后推翻蒋介石政权的一浪高过一浪的革命斗争，要求进步的文艺工作者紧跟时代的步伐，为人民解放事业作出应有的贡献。绿原如果继续徘徊在《童话》的梦幻式的境界，继续凭借天真的渴望和追求来迎接现实斗争的挑战，他在创作道路上无疑迈不了几步就会败北落荒而走。然而，处在这样的环境中，由于时代的要求和现实生活的教育，加上以鲁迅为旗手的革命现实主义文学传统的熏陶，诗人在艺术上同他在生活上一样很快脱离了童年，找到了又一个"起点"。

（二）

> 如果只是一篇诗
> 我又何必写它呢？
> ——《口号》

　　从"五四"开始，文艺界一直存在着文学是为了游戏消遣和自我表现，还是为了反映人生、改造人生的争论。这场原则性的争论当时主要是在小说体裁这一领域里展开的，后一派革命现实主义观点以鲁迅的创作为代表，取得了决定性的胜利，并由于基础比较广泛而扎实，以及各方面的准备比较充分，很快走向成熟并取得丰硕的成果。自由诗体的发展要比较缓慢一些。它从"五四"发源，经历了颇为曲折的探索与实践过程，到三十年代才形成一条壮阔的河流。绿原和一些同时代的青年诗人们一起，在抗日战争的复杂而严酷的环境中，继承艾青等前辈诗人所开拓的自由诗传统，用自己的创作建立了一个如下正确的创作方向："把诗从沉寂的书斋里，从肃穆的讲坛上呼唤出来，让它在人民的苦难和斗争中接受磨练，用朴素、自然、明朗的真诚的声音为人民的今天和明天歌唱"（《〈白色花〉序》）。在这样的美学思想指导下，更由于抗战后期及解放战争时期空前激烈的政治斗争的要求，绿原和他的一些诗人同志们不能不认为，"诗就是射向敌人的子弹，诗就是捧向人民的鲜花，诗就是激励、鞭策自己的入党志愿书。"（同上）正如诗人就他自己的诗作所说的："如果只是一篇诗，我又何必写它呢？"《又是一个起点》和《集合》中的大部分诗篇就是这种创作思想的实践产物，而绿原本人也在一九四八年加入了伟大的中国共产党。

　　绿原这个时期集中精力写出了大量的政治诗。他的一些出色的政治诗敏锐地捕捉了一系列与千百万人休戚相关的重大社会问题，并对它们较深入地进行了艺术的剖析，较科学地给予了艺术的回答。在那些诗篇中，诗人脉搏的弹跳声正和人民心脏搏动的旋律相一致，无数读者在诗中听到了他们被艺术地集中了的、被艺术地形象化了的声音，这是绿原的政治诗能够在社会上引起强烈反响的重要原因。绿原写在抗战末期的诗歌，主要是回答这样一些问题：以重庆为代表的"非沦陷区"，对人民来说，究竟是幸福的天堂，还是罪恶的深渊？光明的希望究竟寄托在谁的身上？对那些出卖国家命运的家伙，对那个腐烂透顶的上流社会，究竟应不应该宽容？《集合》中的《给天真的乐观主义者们》和《破坏》组诗，是这类诗的杰出代表。

前一篇最初在文艺刊物《希望》第一集第三期上发表的时候，编者胡风曾有这样一段评语："……单就《给天真的乐观主义者们》这首怪诗说罢，以真正诗人或正统诗人自命的诗人大概要投以冷嘲热讽的，象句子太长，用字不妥，甚至技巧不巧之类，但有着平凡的感受，有着平凡的悲愤的我们，却是不能不为作者底痛切的控诉所动的。一样地是反抗现实，但有的人却非得踩着现实生活里的荆棘开拓道路不可。"这个评语今天来看也还是中肯的，它的确是一篇"痛切的控诉"。诗人显然受了俄国诗人涅克拉索夫的影响，也在愤怒地责问："在中国，谁能快乐而自由？"但《给天真的乐观主义者们》在根本上是一篇独创的佳作。它揭露反动派"在白昼的思维里，在夜晚的梦幻里，进行组织'罪恶'同解散'真理'"。它描写"大街上，警察推销着一个国家底命运；/然而严禁那些/龌龊的落难者在人行道上用粉笔诉写平凡的自传"的矛盾现象；它描写每次空袭解除后，"庆祝常常比哀悼更热烈"，许多人的生命没有一条叭儿狗值钱的丑恶情景；它描写汪精卫得到重庆方面的垂青，而一个保卫过南京的士兵，想念哭瞎的母亲，悄悄地逃回故乡，却被处以死刑，连"最后的晚餐"都没有的惨象；它描写工人有着千篇一律的体格检查表："……月经停闭，脸黄，晕眩，下午发烧……""……肺结核，痰臭，盗汗，指甲透明……"几年以后死在无声无息中，而把饭碗让给别人的苦景。绿原的政治诗容量很大，他的笔触能深入到社会的许多方面和不同人的生活中去，能够表现丰富而复杂的社会现象，这是一个很大的优点。绿原比西方诗人高明的地方在于，他"不信仰西欧的德谟克拉西"，也不崇尚欧美的人道主义，他赞颂"这无光的大陆正从事反抗同斗争"，他为工人不再以"打倒机器"为口号、已将反抗发展为政治斗争而自豪，他肯定光明前途属于"圣经不敢发现他们底史迹，博物馆不敢陈设他们底塑像，甚至百科全书不敢记载他们底姓名"的工农"战斗者"。

267

《破坏》组诗包括《破坏》、《虚伪的春天》、《给化铁》、《集合》等十七首。值得注意的是，其中突出地表现了与旧世界彻底决裂的思想，彻底破坏旧社会的精神，和对历史的主人——人民大众的热情颂扬。你听！"一排钉靴/踏过去！/要这条穿兽皮、插羽毛的街秩序大乱/而且，/破坏！/对他们已经决裂了，/谁再侍奉/那些被滋阴品和食欲所毒伤的上流社会？"（《破坏》）这掷地有声的诗句，真叫人痛快万分。你听！"中国，你不知道吗——/……将你从血污里救出来/戒绝你底鸦片瘾，医治你底牙痛/然后扶你站起来的是/那些孤哀地活在你底乳房外边的/最渺小而又最勇敢的/众大的人民……"（《集合》）这是历史的真理的声音，它起到了人民的喉舌的作用。

抗战胜利了，全国亿万人民欢天喜地，但是蒋介石发动内战的阴云却笼罩着中国大地。"人民中间和我们党内的许多同志中间，对于这个问题还不是都认识得清楚的"。（毛泽东《抗日战争胜利后的时局和我们的方针》）政治上异常敏感的绿原，反应十分迅速，他用诗歌去敲动警钟，他用诗歌去击打战鼓，他在抗战胜利后的第五天就吹出了《终点，又是一个起点》这震人心魄的号角般的旋律。这首诗的精彩之处，不在于诉说抗战的胜利是怎样来之不易，而在于艺术地深刻地揭露了蒋介石反动派妄图抢夺人民抗战的胜利果实，阴谋发动全国性内战的狼子野心，在于艺术地呼告人们要拿起武器，继续斗争，从一个新的起点出发，进行新的征程，以推翻旧世界，建立一个"中国人民/决不再是/痛苦的原子"的新中国：

> 人民底军队啊，
>
> 当那些没有流血，没有流汗，甚至做梦也没有想到
>
> 中国还会胜利的坏蛋们
>
> 面对着
>
> 中国人民底狂欢
>
> 而心惊、
>
> 而肉跳、
>
> 而阴险地策动中国底第二次难关的时候，
>
> 我们底武器

不能放下！

我们底

凄凉的记忆

不能遗失！

我们有战斗的知识，

不能迷信

过去的奴隶底习惯！

因此我们有

更艰难的课程：

我们要保卫

这次用多少回伤心的失败换来的胜利，

粉碎

一切肥皂泡般的

保护色，

用新的号召！

用新的战斗！

269

在解放战争时期，绿原的诗歌是以要不要争自由、争民主？要不要反内战反饥饿反压迫？是对敌人宽恕，还是以其人之道还治其人之身？面对血腥的白色恐怖是低头"悔罪"，还是为捍卫真理而斗争，宁死不屈？美国佬究竟可怕不可怕？人民的斗争能不能取得最后的胜利？等等一系列尖锐的政治问题为主题的。这一阶段是绿原政治长诗的丰产期，主要作品有《复仇的哲学》、《咦，美国！》、《伽利略在真理面前》、《轭》、《悲愤的人们》、《你是谁？》等。其中以《你是谁？》最为脍炙人口。《你是谁？》最初在《荒鸡》丛刊之一《天堂底地板》上发表的时候，题为《口号》，并有后来收入诗集时被删去的最后一节诗："我底熟悉的和陌生的读者呵。/在喊口号，贴标语的今天/这能是一篇诗么？/如果只是一篇诗/我又何必写它呢？/如果你肯赏光/一口气读到这一行/而却叹息我底想象已不如前，/那么，你又何必要读它？"我们当然不主张作家在文学作品里喊口号和贴标语，因为缺乏艺术性的作品，政治思想内容再好，也是没有力量的。绿原的这篇诗与这类拙作无缘，诗人不过借用这个题目（《口号》）和最后几行诗句，表达他作诗的鲜明的政治目的与炙热的革命激情罢了。所谓"在喊口号、贴标语的今天"，即政治斗争十分激烈的今天，诗人他决不能为写诗而写诗，他的读者也决不是为读诗而读诗——一切为了战斗啊。这篇诗不久在上海《中国作家》（全国文协机关刊物）上重新发表，题目《口号》改为《你是谁？》，最后几行也被删去，这不是出于什么艺术上的考虑，而是为了应付当时国民党反动政府的书刊审查制度。虽然如此，《你是谁？》一诗仍然充满了战斗的鼓动性，它那象不断迸射出火花与不断散播出热气的铁的溶流的诗句，它那象钢锤击打铁块而发出的铿锵响声的诗句，曾经激动过多少爱国的青年学生啊。诗篇开始是以受压迫受剥削受欺侮、正在死亡线上挣扎、企图反抗而又软弱犹豫的人，为劝说和动员对象的。它用"中国啊，你对我们是／一座昼夜不休停的屠宰坊，／徒手的人民是（而决不甘心是）你底牲口"来惊醒他们。它用"为了打死它／我们要学习它底残酷！／专门对它，和／对它底种族"来启发他们。它用"踌躇和失败是在一起的！／忍受和被杀是同时的！／……为什么只是向着失败和死？／为什么不让／荣誉归于我们？"来激励他们。然后，诗人分别向市民、农民、学生、士兵发出了热情的呼吁。他呼吁市民思考国家的命运、个人的命运为何落到如此悲惨的地步；呼吁农民不再迷恋被抢个精光的田地，而去参加战斗的队伍，为了以后"只用汗液、不用眼泪去灌溉土地"；呼吁学生再来一个"五四"，再来一个"一二·九"；呼吁打内战的士兵"回过头来，把刀和枪掷向"派他们去打仗的人们。诗歌生动地描写了人民那种火山爆发式的愤怒感情，形象地显示了定叫反动派插翅难逃的决心和信心：

> 一切的窗户
> 向大街开着。
> 只要一声呐喊：
> 无数激怒的面孔
> 就会从屋子里跳出来。

集合在一起——
集合起来，集合着
一切苦烟似的怨恨，
变成烧灼世界的光柱
冲向黑暗的天空
不许枭鸟飞过！

绿原的政治诗有着狂飙般的气势，进行曲式的旋律和战鼓般的节奏，这是它能够在社会上引起强烈反响的另一个重要原因。诗有两种，一种供人阅读，另一种不仅能供人阅读，还能供人朗诵，当然以后者为好。一位在解放前夕参加过上海某大学诗歌朗诵会的同志，回忆他当年倾听朗诵绿原诗作的印象时说："想不到绿原诗歌的气势、旋律和节奏那样感人，那样振奋人心。"诗人要战斗，要鼓动，要议论，要裁判。的确，绿原为自己的诗歌内容找到了和谐一致的表现形式。这种表现形式的诞生，来源于这样一个美学信念，即艺术的生命在于生活本身，而不在于对既成作品的模仿，虽然他并不拒绝从古今中外诗歌中吸收营养。因此，他的确为自己创造了一种独具一格的自由诗体。例如《伽利略在真理面前》一诗中，诗人对真理的坚定信念，对反动派的极端蔑视，使他无法迁就任何既定的格律音韵，但那为探索艺术规律而进行的历史与现实的对照，那着眼于大处的不凡的笔触，以及着意描写重大尖锐的矛盾冲突，力图记录时代及其英雄前进的脚步声的美学思想，却产生了多么激动人心的气势、旋律与节奏：

那时，一致的信仰是
智慧装在一部《圣经》里，
那时，说是
约西亚命令日头停着不动
——于是日头便停着不动：
象现在，人们不能
想到这部铁定《命运》的反面去，
人们不哭不笑，不能哭不能笑，也不愿哭不愿笑啊！

那时和现在是何等相似，

现在和

那时又是

何等相似：都是分不清蹄子、鱼鳍，翅膀的时代。

然而，那时，你的时代，和

现在，我们的时代，是决不会相等的。

那时，在真理面前的，只有

你一个，

现在，我们，你看，是数不清的呀，伽利略。

……

然而

你的时代同

我的时代

是相似的　不是相等的：

不光是人人相信

地球围着太阳在转动，

而且，伽利略——

让我告诉你的在天之灵吧：

在今天，将受裁判的　就决不是我们！

绿原的政治诗当然也有时代的客观限制与个人的主观原因所造成的弱点和缺点。诗人主观上努力为人民大众的解放事业而歌唱，并取得了他应有的成就，但是国统区的政治环境和他的教职员的职业性质，毕竟限制他不能与工农群众有更直接、更广泛、更密切的联系。另一方面，诗人虽然在接触文艺的同时就接触了革命的政治，并认真学习了一些革命的理论，但他的世界观中毕竟还留有旧社会所给予的精神创伤，和资产阶级文化教育的不良影响，再加上由于那时年纪尚轻，对生活的理解及对文艺技巧的掌握还不够深刻和熟练。因此，绿原前期的作品就产生了如下的一些缺点和弱点：缺乏对工农力量的深刻描写；流露出来的思想感情还带有某些小资产阶级知识分子的狂热性，其所崇拜与歌颂的对象还有一些资产阶级美学的气息；此外，作品的结构与语言还有欠锤炼的地方，一些言词的迂远与晦涩也是比较触目的。

（三）

草是朴素的

——《草》

　　无论是在创作童话诗的时期，还是主要抒写政治诗的时期，绿原都发表了一些短小而有深意的哲理诗，同样很引人注目。

　　诗与哲学是有亲缘关系的。亚里斯多德说过："历史家与诗人的差别不在于一用散文，一用'韵文'；……二者的差别在于一叙述已发生的事，一描述可能发生的事。因此，写诗这种活动比写历史更富于哲学意味，更应该严肃地对待；因为诗所描述的事带普遍性，历史则叙述个别的事。"（《诗学》第九章）哲学所揭示的是人们感觉不到的现象的内部联系，是规律性的东西；诗同样做得到这一点，它同样一字千金，富有生命力，而它的形象性与想象力更使哲理成为十分具体、十分生动、十分感人的东西。因此，伟大的诗人一般来说也是伟大的哲学家；谁想吟写出好的诗歌，谁就应该认真学习并掌握活生生的哲学。绿原曾经说过："人必须有海水底方向/诗和真理都很平常/诗决不歌颂疯狂"，"人必须用诗找寻理性的光"（《诗与真》）。诗人在写诗的同时找寻理性的光，用理性的光照亮了他的诗歌，使它显得更加光彩夺目：这个方向是完全正确的。

　　我们所说的"光彩夺目"，不是指诗的外表而是指诗的内涵。古希腊哲学家德谟克利特指出："有些偶象穿戴和装饰得看起来很华丽，但是可惜！它们是没有心的。"绿原的哲理性恰恰相反，它们没有任何装饰，外表象草一样朴素，然而有一颗火热的心，一颗追求进步、追求革命、追求光明的心。

273

不过，绿原的哲理诗与他的其它诗歌一样，也有个发展过程。四十年代初，它们歌颂反抗黑暗现实，宣扬不靠救世主而靠自己努力的思想，但总带有幻想朦胧、孤独奋斗的色彩。例如《萤》一诗："蛾是死在烛边的/烛是熄在风边的/青的光/雾的光和冷的光/永不殡葬于雨夜/呵，我真该为你歌唱/自己底灯塔/自己的路"。到了四十年代中末期，它们的色彩就明亮多了，声音就昂扬多了，诗人着眼于集体，希望自己和同行们都成为英勇射击敌人，争取真理胜利的战士。例如：

> 是动物园
> 是稻草人底家庭
> 是雄蜂底天下
>
> 应该是牯牛底恢复了野性
> 应该是巨人底种族
> 应该是蚂蚁底合作状态
>
> （《是和应该是》）

> 有奴隶诗人
> 他唱苦难底秘密
> 他用歌叹息
> 他底诗是荆棘
> 不能插在花瓶里
>
> 有战士诗人
> 他唱真理底胜利
> 他用歌射击
> 他底诗是血液
> 不能倒在酒杯里
>
> （《诗人》）

绿原的哲理诗寓深刻于浅近之中，寄新奇于平淡之中，现哲理于形象之中，起联想于片言只语之中，发深思于掩卷诵读之后，是有相当高的艺术性的。如《航海》一首：

> 人活着
> 象航海
>
> 你的恨，你的风暴
> 你的爱，你的云彩

这首诗写于一九四九年元月，正是解放战争取得节节胜利，蒋介石反动派负隅顽抗，并带上"求和"的假面具，竭力装出无害而可怜的样子的时候。毛泽东同志指出："几千年以来的封建压迫，一百年以来的帝国主义压迫，将在我们的奋斗中彻底地推翻掉。一九四九年是极其重要的一年，我们应当加紧努力。"（《将革命进行到底》）《航海》这首小诗以极简练极朴素的语言，极生动极形象的比喻和描绘，启发我们进行十分丰富而深沉的思维。

（四）

> 我始终信奉无神论：
> 对我开恩的上帝——只能是人民。
>
> ——《重读〈圣经〉》

踏着晨光，绿原用出色地完成地下党组织所交给的革命任务与高吭的诗歌声，迎接了新中国的诞生。绿原始终不是专业诗人，有大量非诗性业务和生活方面的负担。但是，既然诗歌创作已经成为他生命中的一部分，而且他把写诗当作对人民的神圣义务，那么，他就不可能停止创作活动；相反，因为人民的解放，因为新生活的丰富和灿烂，诗人吟唱得更勤奋了。他歌唱党，歌唱新社会，歌唱人民的斗争和生活。其中激励人们抗美援朝、保家卫国，抒发对亲爱的党崇敬赞美之情，鼓舞大家从一九四九年开始进行新的征程的诗，收辑为诗集《从一九四九年算起》，由上海新文艺出版社正式出版。他又写了一组《北京的诗》，其中三首《沿着中南海的红墙走》、《到公园去玩》和《雪》，在《人民文学》发表时，得到了诗歌界和读者的好评。诗人对自己的创作是从不满足的。在他，也从来是不停地走向一个又一个的新起点的。从暴露旧社会到主要歌颂新生活，这是一个极大的转变，诗人又走到了一个新的起点，要"从一九四九年算起"了；实际上，他已经开始取得了新的成就。

一九五六年后，由于众所周知的原因，绿原的生活道路极其崎岖坎坷。特别是在十年浩劫之中，他受尽了迫害和折磨。在此期间，他被剥夺了书面创作和发表的权利，然而他仍在心中吟唱。在与党和国家一起接受严峻的考验中，在同人民共受苦难中，他不断地思索；他的眼界更宽阔了，对诗的理解更深刻了，对自己创作的要求也更严格了。

如果说，绿原前期的童话诗有着对理想的执着追求，政治抒情诗饱含着撼人心灵的力量，哲理小诗蕴藏着深刻隽永的哲学思想，那么，绿原后期、特别是晚年的诗歌，在对生活更深刻的认识的基础上，将这三者交融在一起，达到了一个新的高度。诗人在写作中依赖形象思维，但从不排斥逻辑思维；相反，他后期更经常从哲学上思考诗的问题。这使他这一阶段的诗歌抒发的感情更加深沉，文字也更加凝炼。《给诗人钱学森》、《重读〈圣经〉》、《给你》、《我失落了一支歌》、《歌德二三事》等，这些在绿原第二次获得解放后才能够付梓的诗篇，就是一些杰出的代表作。例如《重读〈圣经〉》（作于一九七〇年）的最后一部分诗句：

> ……
> 读着读着，我再也读不下去，
> 再读便会进一步堕入迷津……
> 且看淡月疏星，且听鸡鸣荒村，
> 我不禁浮想联翩，惘然期待着黎明……
>
> 今天，耶稣不止钉一回十字架，
> 今天，彼拉多决不会为耶稣讲情，
> 今天，马丽娅·马格达莲注定永远蒙羞

今天，犹大决不会想到自尽

这时"牛棚"万籁俱寂，
四周起伏着难友们的鼾声、
桌上是写不完的检查和交代，
明天是搞不完的批判和斗争……

"到了这里一切希望都要放弃。"
无论如何，人贵有一点精神。
我始终信奉无神论：
对我开恩的上帝——只能是人民。

比起前期的诗歌来，追求的理想要明确坚实得多，撼人心灵的力量要深沉有力得多，带有浓厚的哲理性的意境也要广阔深远得多，而诗句则更为凝炼，结构则更为严谨。

绿原已将自己的全部诗作（包括未发表者）整编成两本诗集：一本《人之诗》（将由人民文学出版社出版），一本《人之诗·续编》（将由宁夏出版社出版），共收诗180余首。

从这两本诗集我们可以更具体地看到，绿原的诗风十分宽广，有抒情诗、政治诗、讽刺诗、哲理诗等。他凭借自己对诗的敏感，从各处汲取营养，在内容和形式上力求创新，不与别人雷同，也不与自己的过去雷同。不拘泥于一种形式，一种体裁，一种风格。

中国新诗的战斗传统，已有半个多世纪的历史。通过研究绿原和他的同代诗人的作品，可以接触到关于诗的内容和形式的一些原则性问题。本文限于篇幅，未能一一涉及，只能留待正式的文学史著作。

我们期待着这两本诗集问世。我们更期待着诗人从此又走向了一个新的起点，有更多更精彩的诗作不断问世。

1982·2·2初稿

1982·3·23二稿

（原载北京出版社《中国现代文学研究丛刊》1983年第1辑，
收入此集时，作者作了一些修改。）

277

试论"七月诗派"（节选）

文振庭

......

绿原的两册诗集，分别写于"七月诗派"的前后期，它们如实地反映了历史的和他个人思想发展的进程。

《童话》多是短篇，诗中常有色彩缤纷的奇丽的想象。《圣经》故事，安徒生童话，西方文学的幻想，大海的泡沫和沙漠的喧哗，一齐涌入这位青年诗人的诗篇。《惊蛰》、《忧郁》和《花朵》似乎有几许"朦胧"，但《小时候》、《读〈最后一课〉》和《弟弟呵，弟弟呵》却回到了现实世界，其中流动着单纯和真挚。象《雾季》、《黑店》、《越狱》和《夜记》，更容易理解，反映的是劳动人民的灰暗生活，它们在题材和主题上有新的探索。

诗集《集合》容量更大，它标志了绿原诗创作的新阶段。

用自己的诗篇反映生活，以明朗的态度参加现实斗争，是《集合》的基点。正如诗人自己所说："读者们从这本小诗集能够隐约地看出旧中国性格底沉重负担的一面和英勇突进的一面"。例如《圣诞节的感想》、《琴歌》、《不是忏悔》就属于前者，而《破坏》以下的大量诗篇，则应属于后者。

《给 CF》是感人的。它鄙视庸俗的乐观，赞美真正的反抗，认为地下工作者是一些敢于为理想而团结斗争的热血青年："我们不像一些没有方向的小河：即使是渺小的波涛也要集中起来！"诗中有两节对于地下工作的具体描绘，对于当时的进步青年是有吸引力的：

落雪的夜晚，
一件露着棉絮的大衣
掩覆着木柴般的肩膀，
在桐油灯光下，
颧骨通红地
研究辩证法……

雨天躲到野外去
摘一片荷叶戴在头上
在水沟里洗脚，
一面读着有油墨气味的印刷品……

　　如果我们把这些诗行同贺敬之的《这里没有冬天》对照研究，将会发现两个地区的革命斗争生活的一幅完整的画面。

　　《颤抖的钢铁》也是感人的。作者注明这首诗是"悼念一群死在敌后的民族战士"，实际上是对于"皖南事变"的直接反映。诗人在国统区只能以这种较为隐晦的语言来控诉国民党反动派的反共反人民罪行。但是诗人的感情是怒不可遏的，他在诗的结尾写道：

你看，你看我
满嘴是血，
牙齿咬断了舌头，
想着这场斑斓的屠杀像舞蹈一般，想着……
我没有受人赂贿，我！
我要告发……

　　《给天真的乐观主义者》有一种滔滔不绝的雄辩力量。这是一首长篇政治抒情诗，是诗的政论。它写于一九四四年年底。全诗概括了抗战后期国统区的人民的苦难和统治者的荒淫无耻，以比涅克拉索夫的诗篇《俄罗斯谁能快乐而自由》更愤懑更严厉的语气提出控诉：

在中国，谁能快乐而自由？就是这些天国的选民。信不信由你。
然而今天，地狱的牧者率领一群哀军来了。不要怜悯！
要用可怖的悲惨惊吓这些选民！要把唾沫吐在它们底粉脸上！
日历撕完了，时钟停摆了，可爱的读者，向它们挑战！

但这篇诗不只是揭露和控诉，还给读者带来光亮和希望。诗人绿原的政治观点和思想倾向这时已经接近成熟，他在诗的结尾宣称：

我并不信仰西欧的德谟克拉西，亚西亚
也不需要人道主义的惠特曼；
这无光的大陆正从事反抗同斗争！

到了一九四九年元月，当人民解放事业就要胜利的前夜，国统区的进步青年纷纷投奔解放区，诗人绿原感同身受，以另一种抒情的笔墨写下了《到罗马去！》：

条条路通罗马
你乘车
他坐船
我用脚走去

在车站里
你碰不着他
在码头上
他找不到你
在崎岖的小路上
我看不见你们

但是，我们都到罗马去
到了罗马
大家都握手
都找工作做

全诗采用暗喻、暗示手法，但细心的读者是会理解的。人们可以看出：绿原的诗，就是这样反映着历史的进程；而诗人自己，也在这个进程中日益成长，走向革命。"七月诗派"诗人们的创作实践和生活实践，几乎都有这个特点。

……

绿原的诗也具有诗的散文美。绿原的诗有多种式样，我主要指的是他的短篇抒情诗：

　　　我骄傲
　　　生活如同风景

　　　第一，行走在阳光的踪迹里
　　　第二，高声说话
　　　第三，写着诗

　　　从空间走来
　　　向时间走去

　　　我死了
　　　让人类的歌
　　　抬起我底棺椁

这样的诗象行云流水，舒展自如，无粉饰雕琢之病，有朴素自然之美。它也"言"了诗人美好之"志"，并非空洞无物。绿原写了不少这样的诗。不过，他也写了一些长诗，一些朦胧诗，作了多方面的尝试和探索，但并非都是成功的。

1982年6月

（原载《新文学论丛》1983年第2期）

罗雷莱在远方歌唱

——读《西德拾穗录》

杨匡汉

也许是出于一种职业习惯，也许是看多了机械地将中心工作、具体政策和红白喜事进行图解以及从构思到表现平庸的诗作，抑或是那些主题不可捉摸、想象虚幻莫测、情感无端跳跨、形象七拼八凑而又故作深奥的诗作，使我在阅读一些新篇时，持有一种平静甚至近乎苛刻的态度。但是，当我拿到《诗刊》一九八二年十二月号，默默吟咏老诗人绿原的组诗《西德拾穗录》，却掩饰不住心中感情的潮汐。因此，尽管《作品与争鸣》在转载这一组诗时配发了诗人自己介绍创作过程与感受的文字，我仍然乐意写一点读后感。

这是一组看上去平常的篇章——没有惊涛骇浪，没有操起解剖刀对西方世界作尖锐的剖析或激昂的鞭挞，也没有对"风光加友谊"大赞大颂。然而，诗人为我们提供了一个深谷。这里流淌着清泉，充溢着鲜活的诗的生命。

诗人要引领我们去的异邦，那是交织着歌德、海涅、贝多芬、黑格尔、莱辛、舒伯特等等名字的土地，如今彩缎似的莱茵河还在流淌。由于走马观花，诗人自然不可能揭橥那个社会的全部奥秘。但善于扬长避短的绿原，凭借他对德国文学的修养，在开拓这组诗的艺术天地时，以一种既使历史与现实相通、又有自己独特的感受和发现的笔法，为人们展示了联邦德国的某些风貌。雪莱在《诗辩》中曾说："诗揭开帷幕，露出世界所隐藏的美。"这"世界所隐藏的美"以及人们内心对美的追求，人世间无处不有。诗人的任务，就是有宏观与微观相结合的眼力，去发现与展示它。绿原曾告诉笔者，他在威利巴德埃森和戈廷根参观少女和鹅姑娘两尊雕像时，始而仅感到"栩栩如生"，但他不满足于此，"停步，回头，凝眸"，终于捕捉到了那种新鲜的感觉，那种历史和现实相交融的感觉：唯愿那位青春优美的少女是活的，唯愿鹅姑娘能把鹅送给一个值得送的人。显然，少女和鹅姑娘在诗人笔下，均已非实指，而是崇高和美好的情感的象征，是德意志民族代代相传的对美的追求的象征，但在今天还处于"期待着"的状态。这里，诗人无需直抒胸臆，而是通过自然动人的"白描"，把中国人民的友情和温暖，也把德国人民美好的心愿，委婉地传送了出来。

这些年来，几位出访归来的诗人跟笔者谈及，由十年禁锢到重新开放，对另一个世界需要重新认识。如何把握那里高度的物质文明与贫乏的精神文明之间的矛盾，如何区别两种文化，都必须化些气力。然而，中国诗人写国际题材的诗篇，毕竟是代表我们民族面对世界的发言，毕竟要以先进、正确的思想和慧眼，去观察、概括并艺术地反映那个世界。我们不能强求别人接受我们的人生主张和艺术观点，但希望别人了解和理解我们的观点主张而不至于继续怀有偏见。我以为，绿原在《西德拾穗录》这组诗中，是遵循了这一原则的。作为"好奇的生客"来到联邦德国，他努力尽到诗人的职责，去探索和解答人生的困惑，发掘深藏在表象之下的一些本质真实，并不隐匿自己的倾向。在诗的表达上，绿原在力所能及的范围内进行真诚探索时，采取的是理智与想象相结合的方式，从而结出诗意之果。在《访贝多芬故居》一诗中，正如绿原自己所说，望着那座过目难忘的半身像，"不由得想象出一个在告别世界的时刻仍然愤愤不平的灵魂"。贝多芬一生拒绝循规蹈矩，通过天籁发挥主观幻想，以宏伟壮美的交响乐把人类的艺术思维推进了一步。诗人站在历史长河的堤岸上来反观与审视德意志今天的现实，不能不发出这样的感叹：

> ……它的最后一个音符
> 仍然是恼怒的，仍然在抗议
> 光太暗

　　　　空间太小，
　　　　周围太嘈杂。

同样，在《科隆，登大教堂》一诗中，诗人让人们确信，人应当而且
实际上比那个"让灵魂伛偻，让肉体匍匐"的"上帝"站得更高：

　　　　科隆大教堂也是人造的，
　　　　当人攀登到最高最高的哥特式尖顶，
　　　　上帝就在他的脚下。
　　　　于是大教堂变成了他的玩具之一。

这是从人们习焉不察的事物中发现并揭示真理。诗无一字直接批判有
神论，却用生活的画面告诉读者一个最浅显的道理，也成为诗人世界
观的直率的回声。

　　这种探索事物的真诚与面对事实的勇气，也体现在《从威廉高堡
到 documenta 7》一诗中。由于我们民族的传统的欣赏和理解习惯，许
多人对西方的从"古典画廊"到"现代画廊"，存在着显然不易跨越
的美感距离。这一点，对于艺术造诣甚深的诗人来说同样如此。这首
诗，诗人最终采取了"借用向导口吻"的抒写方式。我们都不难看到，
诗人"没有吹捧现代派的意思"，倒是表达了诗人对于要批判它必须
首先了解它、研究它的向往。见了看不懂的、十分别扭的洋画、洋诗，
仰人鼻息、五体投地乃至全盘照搬当然必须坚决反对，但也不是骂一
声"现代派"扬长而去就可解决问题。我们不能同意作为西方现代派
诗歌基石的那一套政治的、社会的、哲学的观点，对此必须合理地排
斥与设防；但并不妨碍我们今天通过对它的了解和研究去考察与理解
西方诗歌，更不妨碍用历史和美的观点，从艺术上有分析、有鉴别地
剔除糟粕而吸取某些可以借鉴的表现手法，经过改造和消化达到"洋
为中用"，以丰富表现我们民族精神和生活的现实主义或浪漫主义诗
歌艺术。

　　《西德拾穗录》最动人的情愫是"怀乡"的感情。这种感情渗透
于组诗的字里行间。而我感到《过罗雷莱》和《白云书简》是更能引

起我们心情激荡,并且是更能提高和净化我们思想境界的篇章。诚然,在异邦,那里主人好客、蜂蜜很甜、牛奶很鲜,土地肥沃得象蛋糕,然而——

> 我坐在窗前,
> 窗外是一朵朵
> 从中国飘来的白云
> 和映在白云上的
> 你的脸。

诗人要把归期提前,赶快回到祖国母亲和亲人身边。诗人曾按照海涅歌唱过的传说,要去听听罗雷莱的心声,但也同海涅在《一八三九年》中抒唱的对故园的深深恋情一样,心中的罗雷莱不在德国,而在中国:

> 我的罗雷莱,我的罗雷莱啊
> 她只能是你——我的中国
> 哪怕离得再远,再远
> 我也望得见你的嵯峨,你的平阔
> 也听得见你的呼吸,你的歌

这并非一个"临时性"的游子的思念,而是中国人普遍具有的民族情感的喷射。尽管,我们物质上贫穷,精神上却充实,而且在当今动乱的世界上更显出我们伟大民族美德的高尚和生命的健旺,并以巨大的向心力吸引着远离故土的人们。诗人用动人的笔墨抒唱这一情感,激发我们的自尊和自信,让人们更珍爱祖国和今天。

对于诗,绿原的主张是:"我相信自由诗仍有广阔的前途;我相信经过提炼的现代口语仍然具有生命力;我相信通过自然、凝练、富于内在节奏的形式,努力追溯、体验、表现人民群众在斗争和建设的典型环境中向前向上的典型情绪。"我认为,从总体上看,《西德拾穗录》这组诗体现了诗人的上述艺术追求。当然,由于题材的原因,诗艺的探索有所侧重。这种侧重,主要表现在诗人从捕捉感受最深切的事物入手，找到一个特殊的角度，但"入口"又不"陷入"到不能自拔，而是求得一种向生活深处把握的能力，使诗情升腾起来，然后以自然、朴素的形式把情感表达出来。

凡作诗者，一定要努力把握生活的思想性及整体地把握情绪世界，使之有机地结合。但也一定要找准那个思想和情绪的喷发口。诗人在《少女雕像》中找到的是"终于等不见你站起来"的独特感受，在《拜占廷教堂》中找到的是"神圣的帝国杳无踪影"的独特情绪，在《科隆，登大教堂》中找到的是祭坛不过是人的"玩具"的独特思索，在《怪石群》中找到的是诸位石兄在人类面前"一下子失去动态"的独特发现，在《过罗雷莱》和《白云书简》中又找到了落叶归根的独特恋情，这些，都带有个性化感受的特征。诗人一旦捕捉到这些，如同指挥员抓住了战机一样，几乎是用全副精力去拼搏。但在表现生活的真实和独标自己的情愫时，诗人又本着情绪流动的不同形态，采用了既自然、朴实而又时起时伏、时抑时扬的抒情方式。如在《鹅姑娘》中，是近似口语而又发人深思的表达：

> 古往今来的博士们
> 一个个都把你吻过了，
> 你仍然没有满足，
> 仍然站在那里期待着，
> 期待着一个
> 值得你把鹅送给他的
> 人。

诗语平淡无奇。但那种"期待"，那个"人"，却以内发的力度突兀地站到了读者面前。而在《过罗雷莱》中，诗人惘然站在甲板上，望着、听着空荡的悬崖下面的莱茵河，不禁神越魂飞，情似浪涌：

> 望见了他的巫山，他的神女
> 听见了他高吭的号子，低哑的水磨
> 望见了他的降服苍龙的葛洲坝

听见了他的滚滚长江不尽的波

无论是前者的长吁或后者的高歌，都在诗意的范围之内进行，并使他人难以替代的"自我"形象活跃其间。

　　绿原的这组域外诗，不见大千世界的政治风暴，但实在还是表现了进步时代的诗人对时代的进步的关切。当他以自己的方式去感受诗歌时，诗人没有离开土地上的风云，没有向应当属于人类的春天和希望逃避。我想，这至少可以给我们、尤其是青年诗歌爱好者和写作者以启迪，那就是：追随时代前进、愿为人们代言的诗人，他的心应和人民的忧乐与共、同人类的命运攸关。对于诗人来说，才华往往是脆弱的，它只有在呼应时代的风雨以及和人民一起思考一起前进中得以根深叶茂，永驻青春。现在确有极少数不无才能的诗作者，竞相以脱离时代与人民生活为创作主旨，醉心于寻觅由陈腐的眷恋与玄虚的哀伤交织而成的小塆。这是从心灵到诗情的枯竭。此种不健康的倾向，应当注意克服和避免。这些读了《西德拾穗录》生发的"套话"，权当寄语，也供一些写诗的同志考虑。

1983年1月13日

（原载《作品与争鸣》1983年第3期）

关于《夜记》

张香华

第七首《夜记》，作者是绿原。

（下面引诗从略）

第一段说"灯笑着"，台北每夜都有很多灯火，使我们眼花缭乱。诗人在这里所响往的世界是：城市的人在黑夜里，在风雨交加的晚上，都很认真的工作，所以那样的夜晚，灯是在笑着，即使是在风雨里头，城市也披着灯火在做工，多么使人振奋？如果每一个人都是这样的话，那么这个世界应该充满朝气。

我们常把夜想成黯淡、苍凉，可是如果有了希望，有了响往，灯火即使是在风雨里，也是在笑着，好象果实笑着在森林里。诗人的联想力真丰富，果实成熟了，要裂开了，不是在笑吗？灯笑着，在黑夜里，好象池沼笑着在沙漠里。沙漠里最没有水了，如果有水的话，让人真的觉得欢笑。下面把汗珠写成叮叮当当的汗珠，真亏他想得出来，把汗珠写得这样有力量。这就是挥汗如雨，汗珠是会发出声音来的，叮叮当当地笑着力量的河里，因为大家都在努力，汇成一条力量的河流，这是诗人所响往的世界。

他所响往的世界是那么有力量，那么有朝气，而第二段和第一段却是个对比：雨是痉挛的雨，而且是昏昏欲睡的夜，就象子弹射击的夜，那么无情，雨捆绑着夜，永远没有力量挣脱。

这首诗有追求，有批判，也有控诉。

（摘自张香华著：《星湖散记》。台北市学英文化事业有限公司1983年出版。）

绿 原 的 诗

罗 洛

不折不挠而又兼容并蓄

不偏不倚而又日新月异

——绿原：《歌德二三事》

绿原在回顾自己创作生涯的时候，曾经说过这样的话："几十年来，每想写一点什么，总象第一次提笔一样感到窘迫和惶遽。我终于发现，诗对于我永远是陌生的，或者说，我对于诗也永远是陌生的。"

绿原是一位成熟的老诗人了。稍稍熟悉他的作品的读者都不难发现，他对诗有着何等真挚热烈、严肃崇高的感情。一九四八年十月，已经出版了三本很有特色的诗集、年方二十六岁的绿原，曾经这样宣称："在人生的课堂，我选择了诗"；"人必须同诗一路勇往直前，即使中途不断受伤"。一九七〇年，已经沦落到人生底层、不得不和芜杂的散文打交道、年将半百的绿原，面对着"你的诗一文不值"的告诫，写了《断念》一诗，从否定中进一步肯定了对诗的信念。在那焚琴煮鹤的年代，诗人们不能用笔来写诗，甘愿用生命来写诗！他在另一首诗中还表达了这样的思想：即使诗人一生不落言筌，也能留下无形的丰碑，只要他不背弃真理。一九八〇年，象燕子一样振翅飞回诗坛的绿原，在他第一首和久别的读者见面的诗中就这样宣告："诗人的座标是人民的喜怒哀乐，人民的代言人才是诗的顶峰。"

绿原选择了诗，坚信诗、诗人和历史、人民是不可分割的。只要历史和人民存在，诗，作为人民的乳汁和眼泪的结晶，也就存在。——

就是这样一位诗人，却宣称诗对于他或者他对于诗永远是陌生的，这是可以理解的吗？

诗人对诗永远有一种陌生之感，这说的正是艺术创造的一个秘密。诗，其他艺术也一样，是不能用模子来制造的，是不能按照一定的规则、程序来制造的，甚至不能按照诗人事先的主观设计来制造。诗是生活的花。诗在生活之中，好象种子在土壤中，而诗人就象既遵循自然又改造自然、能够创造出千种万类奇花异卉的园艺家。作为一个诗人，绿原总是在不断探索，不断创造。他每次从生活采摘的花，似乎都是一种新花，或是一个新的变种。

一九四二年，绿原的第一本诗集《童话》出版时，他还在复旦大学念书。当时的重庆还是"被统治于夜的地带"，黑暗是浓重的，然而也有光明。那儿有白公馆，也有红岩村；有荒淫与无耻，也有严肃的工作。在那交织着光与暗、热与冷的年代，绿原怀着"要写一部革命史"的愿望向读者讲述他在生活探险的历程中看见的一个个"童话"。他的心中有一面永不降落的旗，使他从心底"向劳碌的人民呼唤着万岁"，使他向世界宣告："我们是还没有阵亡的士兵"，并不无悲凉地倾诉："现在战斗常从夜间开始，如果黎明没有来而我死去，也好，夜就是碑……"。

歌颂进步，追求革命，鞭挞反动，揭露黑暗，——这是四十年代国统区进步诗歌的共同特点。而在当时众多的诗人中，青年绿原之所以引人注目，还由于他具有自己的艺术特色。他有丰富的想象，并总是在探求新颖的构思和表现手法，而决不信奉任何固定的定义和规矩。他还特别注意语言的凝炼自然、内在的节奏以及意境的完整。他富于想象但很少滥用想象，富于形象但在几乎是可触摸的形象中不时闪射出智慧和理性的光芒。

《童话》是绿原的第一声。总是难免留有尚未褪尽的童音，然而它的纯真也是不可重复的。不过，诗人即使想要重复它也不可能了，荆棘的现实把诗人推向现实的陷阱，绿原不得不向更严峻的人生进行更艰苦的搏斗，这不能不对他的诗作产生重大的影响。

一九四四年，绿原即将在复旦大学外文系毕业，当局征调他去"中美合作所"当译员。他在友人的告诫和帮助下拒绝征调，因此受到国民党特务的迫害，使他不得不离开学校。新的流亡生活使绿原对当时的反动特务统治有了更深的了解和更大的憎恨，他决心"用狰狞的想象，为娇贵的胃，烹一盘辛辣的菜肴！"这就是发表在《希望》杂志第二期的组诗《破坏》，和发表在该刊第三期的长诗《给天真的乐观主义者们》，并以此为转机，写了一系列的政治抒情诗和讽刺诗，宣告他和那个盘踞着一堆响尾蛇的反动统治彻底决裂。这些诗，后来分别收集在《又是一个起点》和《集合》这两本诗集里。前者收录七首，主要是长诗；后者收七十首，主要是短诗。

《终点，又是一个起点》、《悲愤的人们》、《复仇的哲学》、《轭》、《伽利略在真理面前》、《你是谁》、《咦，美国！》等等；这些诗，调子激昂悲凉，情绪饱满深沉，语言粗犷急促。面对着在生死线上挣扎的还在受难的人民，面对着在苦难中在斗争中崛起的祖国，诗人用霹雳般的诗句，激励人们联合起来参加战斗，用自己的双手，改变那种把锁链当作服装、把噩梦当作食粮的命运。要复仇，向吃人的双脚兽复仇，向压迫人剥削人的暴君复仇，然后用"今天流的汗与昨天流的血可以比赛一下的工作"来庆祝胜利，来建立一个人民自己的国家。

绿原的这些诗，在艺术表现手法上也是多种多样的。单以形式而论，既有惠特曼式的长行，也有鼓点般的阶梯式，这不仅说明他的辛勤探索，也说明了自由体具有极大的弹性和活力。四十年代是自由体新诗得到巨大发展的年代，在这方面，绿原也作出了他的一份贡献。

如果说，前面提到的那些长诗有如轻骑兵的奋击，那么《集合》中的那些短诗则或是匕首的一击，或是人生探索的瞬时记录，或是"石头缝里一茎绿色的生命"，或是"眉间尺激越悲歌的一组音符"。内容和形式的多样化，说明诗人是按照生活的本色，从事探险式的创作。其中有含蓄的诗，也有明朗的诗；有象征的诗，也有直白的诗；有抒情性很浓的诗，也有政论性很强的诗。大多是不拘一格的自由体，也有半格律体。基调是沉郁悲怆的，但也透出几分亮色，好象从浓黑的天宇透出的熹微的曙光。

对于绿原来说，矫揉造作会窒息诗，任何矫揉造作都会离开生活的真实；自然才是诗的生命，因为自然是感情的真实形态。然而，诗作为艺术，不仅需要自然，还需要凝炼和适度。一个荒芜的杂草丛生的园子不是诗，经过诗人惨淡经营而又不失自然之美的园林才是诗。绿原的短诗大多写得凝炼自然，不枝不蔓，试举《航海》为例："人活着/象航海/你的恨，你的风暴/你的爱，你的云彩"。这首诗一共四行二十个字，正是一首五言绝句的字数，但它的内涵是丰富的。爱和恨是人生最基本的两种情感，而风暴和云彩却有多种多样的表现形态，读者可以根据自己的生活经验去补充它，去参与诗人的创造。

简言之，在四十年代，在绿原的诗的色谱中，有着多种颜色，有着各种浓淡色度。诗人的精神世界是寥阔的，他的探索的路也是宽广的。

全国解放以后，绿原先在报社、后到宣传部门工作。工作是繁忙的，然而他还是挤出时间来写诗。记得他寄我看的第一首诗是《大虎和二虎》，我的第一个感觉就是新鲜：它和他过去的诗完全不同，是用民歌体写的一篇民间故事，一个聪明的长工智胜地主的故事。读完以后，总觉得缺少一点什么。当时没有细想，现在回想起来，缺少的是诗人绿原的风格和艺术个性，探索是有益的，然而未必都是成功的。

从一九五三年起，绿原又开始了新的探索：用直抒胸臆的抒情诗，来歌颂新的生活。这些诗在当时发表出来的不多，但当我在《人民文学》上读到《沿着中南海的红墙走》和《雪》的时候，我感到绿原又走上了一个新的起点。

《人之诗》及其《续编》收录了绿原写于一九五三——一九五四年的二十二首诗。我们又听到了诗人的又熟悉又陌生的声音。诗人在生活中，随时随地都感到诗的存在："在我们这个时代里，一切都是新鲜的，一切都有节奏和韵律，一切都能变成歌"。于是他歌唱红光满面的天安门，亲热慷慨的王府井，醒了的小河和唱歌的少女，老实的小毛驴和吸引人的书店，同老鹰一起盘旋的飞机和在旷野奔跑的列车。

《明朗和晦涩》是一首用象征手法写的富于奇想的诗。骄傲的月亮要和谦逊的太阳较量，它对于在黑夜放光还不满足，要去占领白昼，但当太阳扬起火红的云霞时，月亮就在朝霞的陷阱里消失了。

诗人歌唱快乐的火焰，因为人的生活就是一团火，一团看不见的、永不熄灭的火，一团叫世界更明亮、更温暖的火。"烧吧，火焰，快乐的火焰，/我们把心投给你，/我们把血浇给你，/让我们成为你的一部分吧"。

读着这些诗，仿佛看到了诗人的童心，好象经过螺旋的阶梯，他又回到《童话》时期比较明朗、单纯的心境去了。只是在四十年代初，对美好生活的向往只是憧憬，而在五十年代，美好的生活已经成为现实了。

然而，绿原的探索并未能继续下去，一阵严霜几乎凋零了他的诗之花朵，一阵骤雨几乎熄灭了他的生之火焰。他成了二十世纪的哥伦布，在时间的海洋上航行，手捧一部"雅歌中的雅歌"，坚信前面有一个历史的新大陆。

在十年动乱中，绿原继续在时间的海上漂流着，不过在烟雾腾腾的海面上，已经可以看到一些亮色了。如果在现实中看不到，至少在梦中可以看到。绿原在这十年间写的十首诗，就是在梦与现实的交织中捕捉到的一些亮色。

这十首诗，是对现实的严峻所作的深沉的思考，有的诗写得很沉痛（《母亲为儿子请罪》），但并没有消沉和绝望；在那人对人红了眼的年代，诗人并没有失去单纯的童心（《往往》），流血的心还向往着太阳和花香（《但切不要悲伤》）；一个微笑就会唤醒对春天的希望（《谢谢你》）。在那一纸诬陷就可以把人送进精神刑场的年代，诗人的信仰却象婴松和礁石一样坚定（《信仰》）；在那人们都暗哑了的年代，诗人却从历史的脚音听到"沉默比虎啸更宏亮有力"（《给一个没有舌头的人》）。

绿原这一时期的诗，写得都很精炼，仿佛是经过高温高压浓缩而成的结晶。如《重读〈圣经〉》几乎可以说是对十年动乱的历史所作的诗的概括，一行行诗句仿佛掷地有声。又如《不是奇迹》诗人用高度概括的诗句，为我们讲述"天安门的童话"："话说某年某月某日，人间忽然发出了一片抽泣，抽泣变成了一团怀疑，怀疑变成了一阵耳语，耳语变成了一片霹雳，霹雳变成了一座花海，花海变成了一摊鲜血，鲜血变成了一堆烈火，熊熊的烈火变成了无穷无尽愤怒的微粒，充塞在全中国的空气……"诗人的概括，是多么准确、鲜明、有力。

一个对革命、对人生保持着信念的诗人，也就不会丧失对诗的信念。我们看到：在那万马齐喑的年代，绿原继续对诗进行探索。而他当时还在为诗而受难，"还写什么诗啊，脑袋在发烧？"对此，诗人在一九七〇年写了《断念》一诗来回答。表面上看，诗人对诗"断念"了，但这断念，却是更坚定的信念。绿原追随"信而见疑，忠而被谤"的古代诗人的脚步，追随"怨诽而不乱"的风骚传统，宣称在那特殊的年代里，"把你的追求、你的迷惘、你的挫折/你的罪过、你的检讨、你的祈祷/一丝不改，加以白描——/可不就是一部现代的《离骚》！"

一九七二年，绿原写了《陌生人之歌》，写的是诗人终于回到阔别多年的故乡武汉，却发现自己成了陌生人。"我想跟每个人打招呼/但没有一个人理睬我/那个小板屋对我关着/那个老妇人流着泪掉转了头"。这真是一丝不改的白描。因为有一个诗中没有写出来的故事，即使细心的读者也很难想到：那个小板屋就是诗人在故乡的唯一的亲人的家，那个老妇人就是诗人自幼相依为命的姐姐。经过很长很长的离别后，弟弟来叩姐姐的门了，但当她打开门一看是他，却流着泪砰地关上了门。被关在门外的诗人也只好转身走了，走到黄昏的江边，当天就离开了陌生的故乡。亲人成为陌路，在那时并不鲜见，于是诗人把这个令人惊心的故事，压缩成两行白描的诗句，再没有更多的话好说了。

一九七九年十一月，绿原参加了第四届文代大会。钱学森应邀给大会作了个报告，他讲的是科学，而绿原却从中听到了诗。这就是一九八〇年二月在《诗刊》发表的《听诗人钱学森讲演》。

这是诗人经过长期漂流踏上陆地后的第一声呼唤，是想让科学和诗水乳交融的一个尝试。他想证明诗的想象和科学的规律二者是相通的，都存在着"创造"的奥秘，都是为了人民和社会主义。这首诗，以及稍后的《歌德二三事》都是对历史或现实杰出人物的礼赞，也是作者自己的抒怀，字里行间闪烁着诗人对人生和艺术的思索，就象青草地上闪烁着一簇簇凤仙花。

在绿原的近作中，有对党的赤诚的颂赞（《献给我的保护人》），有对年轻一代的衷心的祝福（《尽管我再也不会唱》），有对过去沉痛的诀别（《给你——》、《燕归来》），也有对于阴霾已消的新时期的欢呼：

世界上数我的国家最有希望，
世界上数我们白手起家的成就最值得自豪！

　　有人认为，在绿原的近作中，理性的东西多了一些。有时他不是在抒情，是在说理了。我不想为绿原辩解，不过我认为这是一个值得探讨的问题。对于那种认为诗只与形象思维有关、而与逻辑思维无缘的说法，我是不大赞成的，因为这种说法不大合乎创作的实际。诗是抒情的，但是，没有理性（思想）的感情，正如没有感情的理性一样，会伤害诗；而从生活中提炼出来的、有血有肉的理性或思想，只会为诗增添光彩。因此，诗拒绝僵死的既成的教条，而拥抱智慧和理性，就象果肉拥抱果核一样。

　　要完美地做到情与理的融合，有赖于诗人的经验、才华和功力，包括艺术技巧和思想水平。在这方面，绿原在《西德拾穗录》（刊于《诗刊》一九八二年十二月号）组诗中，又作了新的探索，并取得新的突破。这一组诗已编入他的下一本诗集，且待他的新诗集出版之后，我们再来讨论诗人的新的风貌吧。

　　绿原写过不少关于诗的诗，本文没有细谈。为了弥补这个缺陷，我想从他的《歌德二三事》中摘引一小节，作为本文的结束：

不学玩世不恭的浪漫派
反对晦涩、颓废和感伤
更排斥一切概念的抽象
要从客观世界出发
写得自然，写得明朗
写得完整，写得大方
写得严肃，写得健康
写得妩媚，写得雄壮

1983年国庆节，兰州

（原载《读书》1984年第1期）

《白色花》学习笔记（节选）

公 刘

......

十七、绿原，我认为，他是"七月派"中最为杰出的一员。他在近作《歌德二三事》中，写过这么几行。

> 写得自然，写得明朗，
> 写得完整，写得大方，
> 写得严肃，写得健康，
> 写得妖媚，写得雄壮。

综观他自己的作品，也许可以说一声庶几近之了。

这当然是了不起的成就。

从他第一本诗集《童话》起，直到目前，诗人走的始终是一条奋斗之路——不断地自我更新，不断地向高水平前进。令人遗憾的是，中间有将近四分之一世纪的空白，虽然不是他的过错。然而，失之东隅，收之桑榆；假如不是这样，绿原恐怕就停滞在一位政论诗人的境地，难以自拔了。我们也就读不到象《重读〈圣经〉》这样出类拔萃之作了。

"七月派"诗人的作品中，每每有涉及《圣经》故事的，我想，那实在是一种斗争策略。处在蒋家王朝的暴政压迫下，现实既不可接触，动辄遭忌犯讳，于是，诗人们便借用《圣经》这部外国宗教经典，寄托讽喻，以明其志。新中国建立，本来这一现象该是一去不复返了的，无奈又有一场"十年浩劫"，逼得人们重新捡起这本"异端"的著作，这样做，并不意味着最后皈依了宗教，到"天国"去求解脱，也不意味着真有什么需要忏悔，到"造反派"脚下去"坦白交代"。绿原的结论做的是革命者和无神论者的结论："对我开恩的上帝——只能是人民。"这话在当时，的确是苍凉的，而同时又是洒脱的；这不是诗人的二重性，这是一件事物的两面。我完全能够理解。后来的事实也证实了，这一信念带有预言性质的准确。党根据人民的意志，认真而彻底地清理了历史上遗留下来的种种积案难题——"左"倾思想的若干批受害者头上的乌云吹散了，太阳的光辉重新照耀着每一个一度被割弃的儿子们的心田。

诗人迭有佳作问世，这大概也是对"上帝"的一种报答吧。

我惊喜地注意到，诗人的风格有了转变，不，与其说是转变，不如说是飞跃。论辩的机智让位于哲理的旷达，精巧让位于纯朴，尖锐让位于老练，甚至连节奏也换了一套新的鼓点，急骤一变而为沉稳了。这当是饱尝人生忧患的结果。

从前的绿原可不是这个样子。

从前的绿原是写《憎恨》与《小时候》的绿原，是写《给天真的乐观主义者们》与《伽利略在真理面前》的绿原。

《憎恨》是那样的激烈：

> 杀死那些专门虐待着青色谷粒的蝗虫吧！
> 没有晚祷！
> 愈不流泪的，
> 愈不需要十字架；
> 血流得愈多，
> 颜色愈是深沉的。
>
> 不是要写诗，
> 是要写一部革命史呵。

这里流露了一种纯正的、急切的、然而毕竟有一点幼稚的主观愿望。

再读《小时候》。

> 小时候，
> 我不认识字，
> 妈妈就是图书馆。
> 我读着妈妈——
>
> 有一天，
> 这世界太平了
> 人会飞，
> 小麦从雪地里出来
> 钱都没有用……

你看，天真得如同一朵轻云，明净得如同一泓山泉，从孩子的眼睛里幻化出一个多么美好可爱的世界！可是，现实呢？

诗人念出来妈妈的结论：

> 但是，妈妈说：
> "现在你必须工作。"

岂不是有点煞风景吗？诗人是诗人，他有不受约束的想象之翼；诗人是人，他必须在大地上找个落脚点。他不能不收敛自己孩子式的冲动，也不能不习惯于成人式的冷静。简简单单两个字：工作，立刻就回到了人间，不平的人间，纷乱的人间，应该改造的人间，于是，整首诗象获得魔力一样地飞腾起来了，主题升华了，有了革命的含义了。

到了一九四五年前后，中国土地上开始了两种命运的决战，诗人的敏感的心，又响应了历史的庄严号召，诗风为之一变——他老是寻找对手辩论，他老是想说服不觉悟的人们起来斗争。

写于一九四四年的《给天真的乐观主义者们》，慷慨陈词，有一种内在的振聋发聩的雄辩力量，作者毫不畏缩地展开了自己的政治旗帜。

> 我并不信仰西欧的德谟克拉西，亚细亚
> 　也不需要人道主义的惠特曼
> 这无光的大陆正在从事反抗和斗争

诗人的目光投向了延安，投向了明天的中国，投向了自己英勇的同志，把希望完全寄托于中国共产党领导下的人民大革命。因此，

> 虽然《圣经》不敢发表他们的史迹，
> 　博物馆不敢陈设他们的塑像
> 甚至百科全书不敢记载他们的姓名，
> 　然而我正走向他们……

战斗者是不需要颂歌的，正如战斗的诗本身也不需要颂歌一样，他们的和诗的存在与壮大，就是完整的肯定和崇高的赞扬。

在这首长诗里，作者以犀利的解剖刀，剥开了黑暗社会，从最高层直到最底层，暴露了当时国统区一面是荒淫与贪婪，一面是饥寒与死亡的真情。然而，诗人并未因为一片漆黑而悲观绝望，相反，他眼中充溢着幼儿诞生的光明，他把自己的诗比作"从中国这古老的胎盘出世的同志的报告"，又说，"愿他们希望比他的回忆愉快些！"什么是"亮色"？这，我以为就是"亮色"，而并不是去美化现存的东西。

如果"干预生活"这个口号可以成立的话，那么，绿原早就在"干预生活"了。人世间没有一件事，能逃脱诗人的目光。我相信，诗人将永远信守这一点。

选入《白色花》的他的九首诗，我的评价是：每一首都是耐读的精品。

（原载《艺谭》1984年2期）

《拾穗》随拾

吴 嘉

　　我们喜欢诗明白易懂，我们又希望诗耐读，饶有余味。诗，应该经得起反复吟咏，切忌一览无余。好诗就象自然和生活本身那样明朗、朴素，又象自然和生活本身那样蕴藉和深奥难穷尽。苹果从树上落下，人人都懂，但这个普通的现象中却包含着深刻的万有引力的规律。没有人感到自然或生活晦涩，而自然和生活却蕴藏着最深刻的科学和哲理。绿原的组诗《拾穗》（《西德拾穗录》）❶便是既明朗又蕴藉的诗作，是自然和生活的影子，可以浅赏，也可以深思；浅有浅的情趣，深有深的寄托。

一

　　组诗之一《少女》（《威利巴德埃森，一座少女雕像》）写了少女的孤独和诗人的哀愁，我从诗中体会到了一些孤独、哀愁的滋味，却又把握不住我的体会是否符合诗人的初衷。"天下雨了，/游人都走了"，最初我是从这两行关于寂静的描写来理解少女的孤独的，后来又悟出雨前的热闹到雨后的寂静的过渡才是更深刻的孤独，犹如从"五陵少年争缠头"到"门前冷落车马稀"的那种孤独——这便是我初读《少女》的体会。

---

　　❶　组诗共九首，发表于《诗刊》1982 年 12 月号，获《诗刊》1981—1982 年优秀作品一等奖。

当我再次读它后，又有新的理解。《少女》中孤独的真谛，是少女与外界的隔膜，就象诗中所暗示的："四周，绿窗红瓦/如梦一般漂浮——"触到隔膜，我们对诗的感受便进了一层。例如："一点也不在乎/让人们指指点点，叽叽咕咕"，乍看，是少女的傲慢，细想起来，却竟是她对外界的淡漠。又如，"让长发垂拂着草茵，/让优美的青春的轮廓/开放在/一块粗糙的大灰石上"，似乎是对美的形象的抒情，实际上，应该是对"昨天就伏在那里，今天还伏在那里"的美的遭际的咏叹。

诗人的哀愁，在对少女不幸的同情，在"冒雨，停步，回首，凝眸"的热切被冷落的寂寞。然而，这些都不是主要的。生活对少女的冷酷造成少女精神的扭曲和心理的变态，表现为对生活的淡漠。一旦隔膜形成，原来热情的少女对他人的热切也报之以冷淡。如此反复，形成恶性循环。这该是更令人哀愁的吧！

组诗之三《姑娘》（《戈廷根的鹅姑娘》）是《少女》的姐妹篇，写一位"被吻次数最多的女性"，"仍然没有满足"仍然得不到爱情。她在期待，期待着一位值得把她鹅送给他的人。鹅姑娘所以不满足，是因为每一个吻都是虚假的："每个新博士/领到证书以后/都将来到广场上/当众吻一下/你冰冷的铜唇。"这也是隔膜。

《姑娘》与《少女》有相通处，也有不同之处。少女与外界的隔膜是羞愤的。她受了骗，对外界——冷漠的或热切的——一概冷漠。她自暴自弃，让优美的青春的轮廓开放在大灰石上，毫不在乎地任人们指指点点。姑娘与外界的隔膜则是腼腆而警惕的，她没有受骗。她低着头，左手抱的一只鹅没有随便送人，右手抱着的一只鹅也未轻易送人。她的希望并未泯灭，她在期待……

二

组诗之二《教堂》（《帕德博恩的拜占廷教堂》）、组诗之四《故居》（《波恩，访贝多芬故居》）和组诗之六《怪石》（《日耳曼古森林的怪石群》）等三篇属于咏史怀古之作。它们内容相近，表现手法各异，《故居》奔放，《怪石》隐约，《教堂》介于两者之间。

贝多芬从青年时代起定居维也纳，波恩的贝多芬故居是他幼年居住的地方。《故居》的描写便从婴儿的啼哭开始。这首诗的象征意义是明显的。从"婴儿的啼哭"到"最后一个音符"，贯穿着恼怒和抗议，抗议"光太暗，空间太小，周围太嘈杂"，便是象征贝多芬毕生对资产阶级民主自由的热切向往和对封建势力的抗争。后面写这抗议，在室内回旋，通过钢琴，冲出窗口，飞到花园，飞到街头，飞到维也纳，飞到世界的各个角落，教玫瑰低头，教马车停步，教绅士淑女惶惑，教一切受难的心灵得到抚慰。诗行仿佛乐曲中的华彩段，明丽舒畅，热情流溢。

《怪石》的结构有跳跃而略显突兀，前三行想象古森林中的怪石群是被奇异的力量（"飞碟的发射者"）发射来的，后七行中怪石群则被想象为由于人类的出现而灭绝的古生物的化石：

> 也许当初巨人们在这里野餐过，
> 恐龙、猛犸、始祖鸟在这里拼搏过，
> 洪水以前的文明世界在这里繁荣过……
> 但当森林深处钻出了渺小的人类，
> 它们便一下子失去了动态，
> 面对历史教科书的小画册——
> 从此几万年目瞪口呆。

这是诗人对历史（史前史）的感慨。它不象《故居》那样顺情抒发开去，而是把问题挑开以后，嘎然刹住，未加发挥。《故居》好比做好的饭菜，让读者品尝它的酸甜苦辣；《怪石》则是半成品，要求读者自炊自品。诗的鉴赏是一个接力过程，有赖于作者和读者的协力。作者是迟或是早把接力棒交给读者，在各首诗中是不尽一致的。

诗的萌芽，往往是在诗人的品格、观点、学识、感情的必然基础上偶然产生的新鲜的、激情的、模糊的、不稳定的意念。在《故居》中，诗人把他的原始意念作了发挥，使本来模糊的意念明朗化，着重给读者以感染。在《怪石》中，诗人对原始意念进行了剪裁，相当程度地保持了原始意念的模糊状态，着重促使读者迸发思索的火花。《怪石》给读者留下的思索天地是广阔的：对历史无常的感慨，对庞大古生物覆灭的悲叹，对渺小人类征服恐龙等巨兽的惊讶（如果撇开恐龙灭绝于中生代末期，人类祖先出现于新生代后期这类历史地质学问题）等等，并使我们从中引出必要的经验教训。

三

组诗之五《登堂》（《科隆，登大教堂》）和组诗之七《画廊》（《卡塞尔，从威廉高堡〈古典画廊〉到 documenta7〈现代画廊〉）可归为一类。

《登堂》是对宗教迷信的批判，形象化说出了宗教的本质："让灵魂伛偻，让肉体匍匐。"宗教与迷信有密切联系，唯物主义与宗教是对立的，而党的政策对于宗教和迷信又是有区别的。诗中的描写也隐含这种区别。一方面，"讲坛，铁栅，和唱诗班的台阶/刻满了精巧的繁琐的花纹，/处处显得庄严、华美、肃静"；另一方面，"琴声低沉，/空气凛冽，/光线惨淡而阴森，/窗玻璃五颜六色而化为血红"。处在这样的氛围中，诗人不禁提出"向导先生，让我们逃走吧"，"登上去，到上面去，到最高层去"。上帝是人造出来的，上帝的地位也是人赋予的。当人匍匐时，上帝在天上，"当人攀登到最高最高的哥特式尖顶，上帝就在他的脚下"。

《画廊》是对 documenta 7 的批判。这是一个难度很高的课题，因为对这样一个理论问题，诗的批判比论文的批判要难得多。全诗共65行，其中51行是向导先生向我们介绍现代画廊。诗人没有把向导先生描绘成一个丑角，而是有礼貌地、扼要地记录了向导介绍的内容，正是向导介绍的内容本身，起了对现代画廊揭露、批判的作用。从这里我们看到《画廊》一诗的高度技巧。诗的最后，"惩罚我倒不怕，却实在令我惊诧，/我并没有发笑，也决不会遗忘"，委婉而轻省的两行，显示出它很重的分量。

303

四

最后，组诗之八《过罗》（《过罗雷莱》）和《书简》（《白云书简》）是一个单元，流溢出诗人深切的爱国主义思想感情。

罗雷莱是传说中的一个魔女。海涅在他的诗中写道：美丽的罗雷莱坐在莱因河畔的一座巉岩上唱歌。小船里的船夫听到她的歌声，感到狂想的痛苦；他仰望高处，不看水里的暗礁，以致连人带船被吞进漩涡。海涅诗中所写的是歌声引起狂想而不幸牺牲的悲哀。

一个半世纪过去了，中国诗人乘兴泛舟莱因河。他知道莱因河上的漩涡，他也理解罗雷莱崖的恐怖（因为海涅这样说过），然而他一心想听罗雷莱的歌，那使船夫产生狂想的歌。

"轻风，细雨，微波/教堂，古堡，村落"，莱因河使诗人感到平淡，"没有诱惑"，听不到他所想望的往昔罗雷莱的歌。然而，"没有绉纹，没有瘢痕的/彩缎似的莱因河"，却也显示出今日的繁荣，这又使诗人惘然，深深感到我们在科学技术等方面落后了。诗人神越魂飞，想起了祖国高亢的号子、低哑的水磨……号子和水磨在二十世纪八十年代是一种落后的劳动的象征，它们同可以使我们自豪的巫山、神女、葛洲坝和滚滚长江一样牵动着诗人的心。爱国主义是无往不在的。我们祖国的每一个成就都激发我们的爱国热情，我国物质技术基础仍然比较薄弱也激励我们加倍努力。前者是自豪的爱国主义，后者是自强的爱国主义。《过罗》中把人们容易忽略的后者激情地抒发出来，使得这首诗的爱国主义抒情更加深沉。

《书简》是组诗的结尾，诗中富有情趣地描写了异国的富饶和主人的好客；"蜂蜜很甜，牛奶很鲜；/土地肥沃得/象一盘翠绿的蛋糕……"，但得出的结论却是："我将把归期提前。"诗的结尾处"异国是爱国主义的培养基"，"别离是爱情的维生素"，这两句把诗的主题一下子提高了，读过后也很易记住。但我又感到它抽象和直白。尤其是刚读了"我正向主人道歉：/我们刚搬了家，/不能让她一个人忙着——/去打扫，去擦洗/去配玻璃，去挂窗帘……"这些既形象又蕴藉的诗行之后，忽然接读两句"说理"，总感到不很自然。"自然作为感情的真实形态，我以为正是诗的生命"❶，就这一点来说，上述那两个诗句，虽然可称思想内容上的点睛之笔，却也是艺术上的小小瑕疵。

（原载《名作欣赏》1984年第3期）

❶　见绿原《人之诗续编·序》

绿原和他的诗

——读《人之诗》*

曾 卓

一

我面前放着绿原的两本诗集：《人之诗》正续编。这不是他的诗的全部，但包括了从一九四一年到一九八二年这四十年间他的主要诗作。

三年前，当他着手编这两本诗集时，来信这样说起了自己的心情："目前翻了一下旧作，实在惭愧。时间是凶恶的鼠辈，把那点破烂啃得面目全非了。我深深感到自己没有成熟，在真正文学史这个战场上只属于无名的阵亡者，实在留不下什么的。不是矫情，这是我真正的悲剧。"这只是他自己的看法。在四十年代，特别是在抗战胜利前后，绿原的诗在大后方有相当大的影响：在进步的学生运动的集会上被朗诵，在许多年轻的读者中流传，也受到了文艺界的广泛重视。诗人流沙河在自传中就提到他当年"狂热地"阅读"艾青、田间、绿原的诗"的情况。绿原不可能是一个"无名的阵亡者"，在写到那一段新诗的历史时，他的创作业绩将得到公正的评价。

绿原自己这样估价自己过去的作品，也的确不是出于矫情——他

---

* 《人之诗》人民文学出版社 1983 年 4 月第一版；《人之诗续编》，宁夏人民出版社 1983 年 4 月第一版。

不是那种矫情的人。当他开始写诗时，对于什么是诗，感性的体会多于理性的认识。经过了几十年在诗领域中的探索和对人生的体验，经过了全面的思想修养和艺术素养的加深，他更深刻地理解了诗，因而，对于诗有着严格的要求。他凭着这种严格的要求去衡量自己过去的诗，而那些诗当然不是没有缺点的。另外，这也是他对于自己作为一个诗人的严格要求——他也不是那种小有成就就沾沾自喜的人。在被迫销声匿迹二十多年后，他写信给我谈到他对自己过去作品的感想，给了我很深的印象。当时他正重新开始发表新诗与读者见面。我们可以想象他的激动心情。同时，他也有着一种严肃的责任感。他苛责自己过去的作品，正是为了激励自己，鞭策自己，在新时代的光辉的照耀下，更好地尽到一个诗人的职责。能够"深深感到自己没有成熟"，就正是走向成熟的标志。他的目标还在前面。他说："只要我活下去，总想再写下去；只要我再写下去，总想写得更好一些。"诗人的雄心未已。虽然他已年过花甲了。

307

对照一下，看看他早期那些带着梦幻色彩的、在纯真的心情中对生活礼赞的诗，再看看他近年所写的风格朴质，对人生、对生活作了深沉思考的诗，可以看出诗人在思想感情上，在诗的风格上，是经历了多么大的变化。绿原是忠实于生活，也忠实于诗的。通过他各个时期的诗，可以看到诗人成长、发展的过程，而那中间，又都留下了时代的烙印。绿原的生活道路充满了坎坷，没有什么浪漫色彩和玫瑰的芬芳。在生活的重压下和磨练中，作为人来看，他是平凡、质朴的，有时甚至如他自己所说的有点"自惭形秽"。然而，在内心，他是一个真正的强者，他能够"痛苦地活"。他的诗闪射着耀眼的光华，那是他在人生的搏斗中撞击出的火花。他说："我和诗从来没有共过安乐，我和它却长久共着患难。"那意思不仅是指他曾为诗而受难，也表明了他并不想凭借诗人的桂冠为自己争来荣誉，而是在艰难的搏斗中、在诗里面去寻求慰藉，通过诗来表达自己的痛苦与欢乐、渴望与追求，同时，也通过诗进行战斗。《人之诗》就正显示着他的战斗历程。

二

一九四一年的夏天，以邹荻帆为首的几个年轻的写诗的友人（顺便说一下，在年龄上，荻帆是我们的兄长，在写诗的道路上，有一阵他是携着我们的手前行的），在筹备出一本诗丛刊《诗垦地》。第一辑已经编好，即将发排。这时侯，荻帆又拿出了一首诗：《雾季》。我读了以后，觉得很不一般。署名"绿原"，是一个陌生的名字。一个新人一出手就能写出这样的诗，使我惊异。我激动地向荻帆打听作者的情况。荻帆说，他是我们的湖北同乡，在一家工厂当小职员。那首诗临时补进在那一辑发表了。

不久以后，我就见到他了。他衣着褴褛，还有一点邋遢，当时流亡的学生大都是那样。瘦长的苍白的脸，谦和地微笑着。交谈之后，才知道我们还是小同乡，而且同年。但我们在性格上很不相同的：他内向而我外露，他朴实而我浮华。这并没有妨碍我们很快就成为无话不谈的朋友。那十九岁年轻人的动人的情谊随着岁月的流逝而成熟。在患难与共的磨练中更为坚实，现在还温暖着我们的老年。

熟悉起来后，就可以感觉到，在他朴实、谦和的外表面下，深藏着聪明与智慧，有时也会说几句令人捧腹的幽默话，（我忍不住要举一个例：那时候我们是穷困不堪的，有一次，一个有职业的朋友请我们吃鸡，那在我们是难得的盛宴了。大家在杯盘狼藉的桌前笑闹时，他深深地叹了一口气，说："光阴似箭，一只鸡一转眼就吃完了。"）而他内心是有着强烈的进取要求的。

他不久就考取了复旦大学，和原已在那里的荻帆、冀汸等在一起了。在那一段时期，他写了不少诗。

这个诗坛的新客很快就受到了读者的喜爱和文艺界的重视。在一九四二年，曾经发现和培养了不少年轻作者的胡风先生就为他出版了第一本诗集——《童话》，收在《七月诗丛》中。

绿原能够这样顺利地就走进了诗坛，是因为，当时的诗看来发达，但能以真情实感拨动读者心灵的诗并不是很多。而绿原的诗，以纯真的感情，童话似的境界，新奇的想象，俏丽的语言，在那一般化的作品中放射着异彩。

　　绿原的妻子罗惠在《我写绿原》一文中，比较详细地介绍了绿原的生活。他出生于一个城市的贫民家庭。他的童年，既单调而又暗淡。十六岁时，就离开了即将沦陷的家乡，成为了一个流亡的学生。高中没有毕业就因受到反动派的迫害逃亡到重庆。在我和他交往的初期，发觉他有时流露出一种沉重的阴郁的情绪，那是与他的年龄很不相称的。他过早地直面惨淡的人生，使他幼小的心灵中，留下了阴影。但事实上，他的真正的艰苦的生活道路还在前面，当时他只是经历了一个准备期。

　　然而，在他的诗中却笼罩着梦幻般的色彩，展现了童话般的意境。

　　我们就从《人之诗》的第一首《惊蛰》中随便摘几句来看看：

　　　　草原上，我来了
　　　　好不好，你
　　　　　　蓝色的，海的泡沫
　　　　　　蓝色的，梦的车轮
　　　　　　蓝色的，冷谷的野蔷薇
　　　　　　蓝色的，夜的铃串呀

他那两年所写的诗几乎都是这样的风格，这样的情调。这不是那种故意憋出来的少年腔调，不是生硬推想的少年的心情。这些诗，从语言到感情的情趣，都只能出于还未丧失的童心。譬如：

　　　　小时候
　　　　我不认识字
　　　　妈妈就是图书馆
　　　　我读着妈妈——

又如：

　　　　我要摘一朵美丽的花
　　　　送给我的小恋人

但是：我爱谁呢

他是这样表达乡愁的："我想起我的乡村，想起了我忠实的家畜，羊的颈铃，牛的轭，驴子的阔笑……我想家了。这地方，没有什么好风景，我不爱。"即使他有的诗中也用了"不是要写诗，要写一部革命史呵"（《憎恨》）、"旗呵，我们是还没有阵亡的士兵"（《旗》）。这样的句子，歌唱着战斗和胜利，而就通篇诗看，也都还是出于少年人的口吻和感情。

作者并没有深入地认识现实，不是从血肉的体验中迸发出爱憎。他是用少年人的眼睛去看世界。现实世界通过他纯真的心得到了净化和升华，变形为一个童话般的世界。他也有他的向往和憎恨。那向往是美丽而缥缈的，那憎恨并不强烈，也缺乏具体的对象。那些诗，与其说反映了苦闷的追求，倒不如说是一个还没有真正走进生活的少年对生活的憧憬和礼赞。

当然不必从是不是深刻地反映了时代精神和表达了人民的情绪这一角度去衡量这些诗。但即使是历尽风霜和饱经战斗的人。也能从这些诗中感到温暖和喜悦，而且有助于纯洁自己的感情。童话的境界是迷人的，而那又融合在诗的形式里面，就更产生了独特的艺术的魅力。这是新诗园地上的一簇美丽的小花。

我当时曾感到一些费解：为什么他的心情有时显得那么悒郁，而他的诗表现出来的是完全不同的色彩呢？罗惠说，那可能是他童年时受压抑的感情的无意的流露。我想补充一下，更可能的是，从幼小时开始，他所接触到的一些文艺书籍，在他内心深处培养了一种美好的感情，保护了他，使他不致被不幸的生活所压毁，而在诗里，这种美好的感情就象火花一样放射了出来。

三

但不久以后，绿原的诗就向一个新的领域突进了。

一方面，他渐渐成长了，在党的政治影响下面，在与进步友人们的交往中，他比较清醒和深刻地认识了生活；另一方面，严酷的现实也不允许他永远沉浸在童话般的天地中。

一九四四年，他受到国民党的迫害，还没有毕业就离开了大学，又一次逃亡了。有好几个月，我不知道他的消息。后来，收到他的信，才知道他又流落到川北一个小县城里，在一所中学教书。他的青梅竹马时期的女友罗惠，千里迢迢地从沦陷了的家乡也到了那里。他们结了婚，绿原有了人生长途上的伴侣，享受到了家庭的温暖，那正是他当时所需要的。

而也就是在这个僻远的小县城里，在看来是平静的生活当中，他经历了思想感情上的一个大的突破。他接连写了好几篇较长的政治抒情诗。他后来将这些诗的结集取名为《又是一个起点》。是的，这是他的又一个起点，诗的内容、思想感情、诗的风格，都不同于《童话》时期。

那正是抗战胜利前后，国民党反动派想独吞胜利的果实，发动内战，将中国又一次推入血的深渊。绿原不再沉浸于那种带梦幻色彩的童话境界中，转而正视现实。正因为他是从单纯的天地里突破出来的，他的原是柔和的心，对于种种黑暗现象，触目惊心的人民的苦难，那感受就特别敏锐；他的憎恨、愤怒、对光明的渴望就特别强烈。绿原直接面对现实，发出了震撼人心的歌声。

> 呵，我是一条好汉
> 在中国的黑夜
> 在用血洗着
> 　　仇人尸体的时候
> 我要唱
> 最后一支可怕的悲歌：
> 一支用痛苦的象形文字写成的悲歌

在《复仇的哲学》、《破坏》、《你是谁》等篇章中，他以奔放的激情，恢宏的气势，通过生动的形象和犀利的语言，控诉了反动派的罪恶，并以这半个中国的人民的受害、受难的生活与官僚、财阀、贵妇们的花天酒地、荒淫无耻的生活相对照。他大声疾呼：

起来——柴棒似的骨头们！
锈钉似的手指们！
石箭似的牙齿们！
起来——饥饿王！
是的，是我们，
是中国人民！

他这样表达了人民的愤怒和仇恨：

一排钉鞋
踏过去
要这条穿兽皮、插羽毛的街秩序大乱
而且
破坏！

他这样表达了人民的意愿：

一起站到
左边
去！
——把在右边盘子里打鼾的
做梦都含着狞笑的
那只狮身人面兽
推到崖下
去！

他也表达了人民"要生存"、"要自由"、"要一个自己的国家"的
渴望，和为此而斗争的决心。
《给天真的乐观主义者们》也是对现实的揭露和控诉，用的则是
冷峻的口吻。诗人指点我们看多种多样的社会现象，并随时发表一点
议论。那些现象似乎是各不相干的，而组合起来就是一幅完整的色彩

浓郁的油画，使大后方的黑暗、堕落生动地暴露在我们面前。同时我们也看到了在暗影的笼罩下从事庄严的工作和进行着反抗、斗争的人们。诗人的议论的口吻是冷峻的，但那是由憎恨和热爱所凝结出来的冷峻。

在《伽俐略在真理面前》一诗中，歌颂了"这个政治犯的老前辈"，歌颂了他在异端裁判所的审判台前坚持真理的精神，将他作为人的标准。诗人歌颂这样一个历史人物，是为了歌颂当代无数为真理而斗争的战士们和他们为真理而献身的崇高品质，同时也讥嘲了反动派想以"铁定的《命运》"（指以蒋介石的名义出版的那本《中国之命运》）来统治中国的愚妄。

这样沉痛的控诉，这样强烈的憎恨，这样冷峻的讽嘲，这样满怀激情的对幸福的明天的渴望，而且是通过这样有着生动的形象和犀利的警语的诗的形式表达出来的，对于生活在那个旧中国、正在艰难中求生的青年们，对于正参与了日益壮大的"反饥饿、反内战"斗争的学生们，是不能不引起强烈的共鸣的，是不能不更旺地煽动他们心中的火焰的。——绿原用他的诗参加了斗争，而且鼓舞了人们的斗志。

这些诗在当时也引起了一些议论。其中有一些是别有用心的指责，可以不理，在友人们和认真的读者中也有一点看法。我也向绿原当面谈过，并写过一篇题名《片感》的短文说出了我的感受。在赞扬这些诗的同时，我感到诗里面流露出的某些情绪和利用的某些词句是过于凄厉了。作为暴露大后方的黑暗，表达人民受难的状况，强烈的仇恨和对幸福生活的渴望，这些诗是有力的；但是，反映人民的战斗的欢乐和战斗的自信就显得有些不足。现在重读这些诗，我还是愿意保留我的看法。作者在《人之诗》的序言里，引用了鲁迅先生的话来说明自己当时的情况："一匹受伤的狼，当深夜在旷野中嗥叫，惨伤里夹杂着愤怒和悲哀。"并说这些诗反映了他当时"在平凡、狭隘而艰苦的生活环境中那种困兽犹斗的焦躁性情"，自己的心情"是十分不健康的，不符合已经如火如荼的人民革命斗争形势"。他的自省是诚恳的，虽然语气过重了。他的处境，他在当时当地的直接的感受，当然会直接影响到他的情绪；而他在思想感情上，的确也没有达到那个时代所要求的高度。在他同时期写的有几首抒情诗中，就更明显地流露出他的某种阴郁、颓伤的情绪。

但是，比起《童话》时期来，诗人是跨出了一大步，而且是重要的一步：他直接歌唱现实，楔入现实的斗争，企图反映历史的要求和人民的愿望。他的步子还沉重，但他是在前进的途中。

四

抗战胜利后，一九四七年的夏天，他回到了武汉。在这座阔别了八九年的大城里，在他的故乡，他没有一个可以安身之地，只能借住在亲戚家里。他要找一个可以糊口的职业也是如此艰难。好几个月后，通过考试，进了一个外商办的油行当小职员，生活才比较安定下来。

我当时也正在武汉。我们是在分手三年多后重逢的。我们的谈话除有关文艺问题外，更多的是有关时局的——当时解放战争正在进行，武汉临近的几个县也有游击队在活动。我感到，他在政治上远比几年前成熟。不久，他参与了地下活动，后来加入了地下党。这是他多年追求的目标，也是他一生中的重要转折。

当时，他写的诗，大都是发表在我和另一个友人编的当地的报纸副刊上。在敌人严密的注视下面，诗的政治倾向当然不可能那么显露，主要是一些抒情短诗，为了避免敌人的注意，还大都是用化名发表的。《到罗马去》、《一个什么在诞生》、《晴》等，虽然没有直接写到当时的斗争，但都含蓄地、象征性地表达了对胜利和解放的信心。那些以平凡的事物为题材的小诗，也都对生活有所挖掘，带给读者一种健康的向上的情趣。其中有几首如《诗人》、《月光曲》、《诗与真》等都可以算是诗的珍品。特别是那首《航海》：

　　人活着
　　象航海

　　你的恨，你的风暴
　　你的爱，你的云彩

只有短短的四行，却带来了一个壮丽的意境，使人产生许多联想和向往。

这些小诗的风格与《又是一个起点》时期又有所变化，不是那样气势恢宏、锋芒逼人的。它们是用平易的方式、朴质的语言，表达了一种明净、乐观的感情。——这些小诗和他前几年写的一些诗，后来都收入他的第三本诗集《集合》中。

武汉解放了，他长久渴望、追求的日子终于到来了。他理应发出壮丽的歌声的，但是那几年，他写的并不多，用他自己的话说，只是"有时勉强挤出几首"。后来，他曾将这些诗编入他的第四本诗集《从一九四九年算起》。他的妻子罗惠说："这是一个失败的记录。"他自己说："没有一首是自己满意的。"说得也过重了一点。不过，那些诗的确大部没有达到过去的水平。

一九五三年，他调到北京工作，遇到了牛汉。绿原说："在他的天真信念的鼓动下，俩人约定摆脱一切习惯上和陈规上的束缚，试写一些新式的直抒心臆的抒情诗，来歌颂我们盼了几十年的新生活。记得俩人埋头写了不少，但有机会发表出来的却不多。"那时，绿原写的《雪》等三首短诗在《人民文学》上发表后，曾引起了许多读者喜爱和注意。但就收在《人之诗》中的那一时期的诗来看，虽然水平不一，但总的说来，也没有达到过去的水平。

是不是诗人的才华凋落了呢？不。

这里有一些复杂的客观原因。罗惠在《我写绿原》一文中、绿原在《人之诗》的序言中，都大致提了一下。罗惠提到了绿原因为和胡风的关系"所引起的一些遭遇"。绿原则指出当时"诗人们的主观世界的改造固然是一个迫切的问题；同时，对于诗本身，还出现了一些不应有而竟有、亟待克服而无从着手的分歧意见（例如在形式问题上）；加上长期以来对于新诗存在着先天性的反感、偏见以至奚落；更严重的是，艺术见解的分歧一搞不好，就被视作政治立场的分歧。"在当时，绿原就多次对我说过他写诗的苦恼和苦闷的心情。他不会屈服于那些对诗的偏见和误解，但在那种情势下，不能不感受到那无形有形的压力。而且，他也意识到自己的思想感情还不能说是完全无产阶级化的。唯恐在诗中流露出"小资产阶级的东西"。这样，他就往往诗兴索然，有时硬逼着自己写一点，写时也不敢放手。在这样状态和心情下，怎么可能写出很好的诗呢？车尔尼雪夫斯基说得好："自主是艺术的最高法则。"他又说："谁有权利要求诗人强制自己的才能呢？我们只能要求他努力提高作为一个人的他自己。"通过这些年的文艺实践中的正反两方面的经验，那道理是我们都能理解的。

来了一九五五年的大风波，我和他都归入了一个集团受到审查。运动是逐步发展的，我不能说完全没有思想准备，但问题提到了那样的高度，还是使我惊骇和悲痛。

那之后的二十多年，是他一生中极其重要的时期。他深入地学习了马列主义著作，也广泛地读了一些古典哲学（特别是黑格尔）书籍。他的视野更广阔了，思想更深刻了。而沉重的岁月也磨练了他。他在炼狱的烈焰中成熟了。

关于与诗的关系，他是这样说的："二十余年来，除了默然承受应得的惩罚外，我倒有机会成为一名真正的读者，即不再为写作这捞什子操心的读者。在漫长的隔离期间，我读了一些书，想了一些问题，唯独很少读诗和想诗了。"但我们还是读到了他在隔离期间所写的一首诗《又一名哥伦布》。

我们的诗人将自己想象成为二十世纪的哥伦布。如同五百年前的那个哥伦布一样，他也"告别了亲人，告别了人民，甚至，告别了人类"。不同的是，哥伦布是自愿，而他是被迫这样做的；哥伦布有着众多的水手，而他是独自一人。他的"圣玛丽娅"不是一只船，而是"四堵苍黄的粉墙"。他不是航行在空间的海洋，而是在"永恒的时间的海洋上"。"再没有声音，再没有颜色，再没有运动"，他孤独地在时间的海洋的波涛上沉浮。谁能想象他的无边的寂寞，他的深沉的悲哀？然而，这个哥伦布象那个哥伦布一样，任何风浪都没有熄灭他内心的火焰：

> 这个哥伦布形销骨立
> 蓬首垢面
> 手捧一部"雅歌中的雅歌"
> 凝视着千变万化的天花板

> 飘流在时间的海洋上
> 他凭着爱因斯坦的常识
> 坚信前面就是"印度"——
> 即使终于到达不了印度
> 他也一定会发现一个新大陆。

正是凭着对党、对人民的无比信任，对于真理的坚强的信念，他才可能承担起那样巨大的痛苦，熬过那二十多年艰苦的岁月。

《又一个哥伦布》的构思是如此新颖（当然，那不是凭着才气想出来的，而只能是出于他在那种环境中的体验了），感情是如此深沉而含蓄，每一次当我重读它时，都引起了心的战栗。

在几乎十年后，他又写了一首诗：《重读〈圣经〉》。那正是十年浩劫的中期。这一次，他不是在单人的隔离室中，而是在"牛棚"里。"桌上是写不完的检查和交待，明天是搞不完的批判和斗争"。在一个深夜更，他倍感凄清，于是，披衣下床，"点起了公元初年的一盏油灯"，披读禁书——一本异端的《圣经》。他写下了他的感想。

我们当然不会去追究这是不是真实的情况，我们重视的是他所表达的他当时的真实的心情：他想到了为人民受难的"人之子"耶稣；想到了《圣经》中的一些故事，并用以来与当时的浩劫对照：

> 今天，耶稣不止钉一回十字架，
> 今天，彼拉多决不会为耶稣讲情，
> 今天，马丽娅·马格黛莲注定永远蒙羞，
> 今天，犹大决不会想到自尽。

在这样乌云翻滚、血风腥雨的现实中，他又想到了悬在但丁的"炼狱"门上的那句话："到了这里一切希望都要放弃。"然而，果真这样无望和绝望么？不！"无论如何，人贵有一点精神。我始终信奉无神论：对我开恩的上帝——只能是人民。"

揭露和控诉"四人帮"的诗是不少的，《重读〈圣经〉》有其独特的风格，独特的角度。我们似乎是听到在一个凄清的深夜里诗人静

317

静的独白，他没有呼喊，他不可能呼喊。然而，在看来是平静的海洋下面，汹涌着激流，诗人的感慨是多么深沉，思想是多么深刻。而且，他又是有着怎样承担考验的意志和对党、对人民的信心。这首诗可以说是《又一名哥伦布》的姊妹篇，而内容更深广。

我们的党，我们的人民，当然是不会使绿原失望。他在"时间的海洋"上经过了长期的风风雨雨的飘流后，终于到达了"新大陆"。所以，在一九八〇年，他怀着那样的激情写了《献给我的保护人》——献给党的诗。

在阔别二十多年以后，绿原又重返诗坛。《听诗人钱学森讲演》是他复出后发表的第一首诗。知情的读者们欣喜地又看到了他的名字。而当他的《歌德二三事》发表后，人们注意到，老诗人绿原又以新的姿态站在我们面前了。

五

绿原在《人之诗》的序言中说："我终于发现，诗对于我永远是陌生的，或者说，我对诗也永远是陌生的。"他强调："我的整个写作过程，便不能不始终是一个摸索的过程。"

一个真正尊重诗的作者，一个真正尊重自己的诗人，不仅以严肃的态度对待人生，而且永远以严肃的态度对待诗。每一首诗，都应该是他从生活中汲取、挖掘来的，那里面融合着他的感情和他对人生的体会；同时，他必须寻找最能表现他要表达的内容和适应他的感情状态的形式。也有"妙手偶得之"的时刻，也有灵感爆发的瞬间，但一首诗的创作，往往是一个艰苦的探索、锤炼的过程。绿原好几次对我说："写得愈久，就愈感到诗是不容易写的。"这是深知甘苦的经验之谈。

绿原有着对生活的敏锐的感受力和活跃的思想力，往往发人所未发；有着丰富的有时是特异的想象力，使诗生动而富于色彩，有着精细的对语言的鉴别力，善于区分语言的情绪、色调、分量，能将平淡的或平凡的语言组织成诗的语言，能准确地掌握语言的节奏（也就是准确地表达出感情的波动状态）……其中有许多经验是值得我们借鉴的。

　　但是，他的这种艺术才能如果运用得过分，就反而会削弱诗。在有的诗中，他用了许多生动的形象，用了许多富于才气的语言，用了许多丰富的想象，想通过这些来加重他所要表达的思想感情，来加重他的内容的色彩。读者应接不暇，甚至眼花缭乱，但是，却不容易得到一个完整的印象，与作者在感情上更好的交流会受到影响。这一现象，在《又是一个起点》时期较为明显。

　　对绿原很了解的牛汉，提出过这样的一个忠告：要他提防诗的"理念化"；他说："绿原诗里一直有着一种时起时伏、若明若暗的理念化的倾向……他后来多年在孤独中被迫冷静思考问题的经历，以及他的诗作固有的冷峻的论辩性质"，和由于老年的渐渐凝定的感情，都容易从主观上助长那种理念化的倾向。

　　诗人老去，大都不能保持年轻时的那种热情（能够保持那种热情的老诗人是多么幸福），"曾经沧海难为水"，他也不那么容易激动。有的老诗人就此搁笔。有的老诗人则将他对人生的体会、思考、感受，通过凝练的感情表达出来，那往往比呼号狂歌更激动读者的心。但是，有时候那却仅仅是一个思想的表白，是智慧的产物，并没有通过作者感情熔炉的锻炼。它可以给人以启迪，却不能给人以感动。恩格斯提醒过：智慧的产物并不是诗。这两种情况的差别有时在毫厘之间，而且有时在同一首诗内混杂在一起。许多著名的老诗人的诗都有这种现象，绿原也未能避免。而且有着如牛汉所提出的那些原因，他更应该提防这一倾向的发展。

　　事实上，绿原自己也探讨过以上我们所提出的两个问题。他说："想象力泛滥，同想象力贫弱一样，都会伤害或窒息诗。"他也说过诗中的思想应该"带有感情的血肉"，强调了诗的感染力。我相信，当他考虑这些意见时，是也将自己的诗放在考察之内的。

　　总的说来，绿原近年发表的诗，不算很多，却大都有其分量，受到了诗坛的注意。他的思路还是那样活泼，感受还是那样敏锐，构思还是那样新颖。而且，由于他的丰富的生活经验，加上他对人生进行思考的习惯，他的思想是更开阔也更深沉了。他善于从一个独特的角度去看生活中的事物，将不容易写成诗的题材提炼成为诗。我们还发现，他正力求以凝练的感情去浸润他所要表达的思想。在表达方式上，力求摒弃铅华，避免一切刀斧的痕迹。朴素和自然原是诗以至一切艺术的最高境界。我们可以看出他向这个境界攀登的决心和所付出的努力。

当然，诗的探求首先必须是人的探求：只有人达到了怎样的高度，诗才有可能达到怎样的高度。仅仅有才华，有艺术技巧是不够的，是不行的。我们曾经看到绿原思想感情上的一些弱点怎样影响了他的诗，我们也看到了当他在人生上有所突破时，他在诗上也就有所突破。他的诗是和他一道在坎坷的道路上跋涉前进的。今天，绿原到达了他生命长途中的一个高点：我不是指他终于得到了比较安定的生活和他的名望、地位；我所指的是他的思想境界：生活的磨练和斗争的烈焰，没有摧毁他，而是锻冶去了他思想感情上的颓败的杂质，使他更坚强，也更纯洁，使他有着更坚定的对人民、对时代的责任感和义务感。因而，我们相信，他将带给我们更好、更美的诗。

1984年1月22日

（原载《诗刊》1984年6月）

诗 心 似 火

——读绿原的诗

蒋 力

可以肯定，绿原，是一个有着自己独特风格的诗人。

他是在四十年代初走上诗坛的，一九四一年他发表第一首诗时，中国的诗坛上已经奔走着不少卓有成就的先行者。如果没有意外的话，时至今日，绿原的创作历程也不过四十余年，但是，意外恰恰降临在他的头上（当然，遭至那种厄运的不止绿原一人）。在这四十余年中，有整整二十五年——四分之一世纪，他被剥夺了发表诗歌作品的权利。余下的时间，对一个充满激情的诗人来说，简直难以容他诗的骏马纵情驰骋。正因为他曾经为诗而受难；如今，作为一个"没有阵亡的士兵"，又重新唱起曾失落的歌，才引起了我——一个年轻的诗歌爱好者的注目。《白色花》中的诗及绿原所写的序言，《人之诗》及其续编，这些作品，每读一遍，都令我激动不已，那久远而生疏的年代似乎在朦胧中渐渐复现，一个陌生的前辈诗人渐渐变得熟悉可敬。因此，首先要强调的是，我不是以评论者的身分来谈绿原的诗，只是在反复的咀嚼和思味中，记下了一些不算成熟的印象。

他的诗是荆棘 他的诗是血液

绿原是唱着"原始的童音"走上诗坛的，也许，正是因为童年生活的不幸，他才在自己的诗中布下一片浪漫的投影。这里，有初涉人世的少年的"忧郁"，有唱给草原的铃串般的歌声，有在盛开的"花朵"面前的沉吟。写《童话》（绿原的第一本诗集）的这两年，是绿原生活和心境较为单纯、平静的时候。他承认，这"只是一个偶然的开始"，因为严酷的现实没有给这些浪漫的情调留有可供生存的土壤。现实使他早熟，使他越来越激烈地喊出了与他的年龄不相符合的音调，使他成为一个用歌射击的战士。

"诗，可以兴，可以观，可以群，可以怨。"如果说，孔夫子对诗的社会作用的这番议论至今仍有一定的道理的话，那么，绿原，以至整个七月诗派的作品，便是一个有力的佐证。初读《人之诗》，难免有隔世之感，这是诗集中的多数作品长久不见天日所造成的，但细读下去，你就会被它所蕴含的显而易见的激情所感染。无疑，这就是兴的作用——启发、鼓舞、感染读者。继而，你的眼前仿佛会展现一幅黑暗与光明交替时分的中国图景，一个坚毅、多难的民族群像跃然纸上。对同辈人，尤其是在同一战场上拼杀过来的"战斗者"，这是一种欣慰而不轻松的回忆；对年轻一代，则更是认识四十年代中国诗人（不是全部）的精神风貌及那一段历史的教材。也许，当时的诗人们并未意识得这么清楚，但他们知道，他们所写的远远不止是诗，绿原就有这样的诗句："不是要写诗/而是要写一部革命史啊。"后人能够借助这些诗篇来认识未曾经历过的历史，实际上就是"观"在起作用。七月诗派形成于中华民族苦难最深重的年代，他们血气方刚，不约而同地奋起，无论是在前线还是在后方，他们都是战士，他们都紧握着诗的武器。相互吸引，相互感染，相互鼓励，使得他们的气质和风格相近，自然形成了"群"（群居相切磋）。至于"怨"的含义，对这个流派来讲，已不是简单的"怨刺上政"，而是一种自觉的对国民党反动政权和帝国主义分子的反抗行动了。若是这个解释能成立的话，绿原则是他们中间"怨"气——反抗性在诗中体现得尤为直率的一个。

绿原在《人之诗·序》中写道："神圣的抗战在摧毁陈旧趣味的同时，却向全国诗人们发出了不可抗拒的律令。为祖国而歌！这才是诗人们义不容辞而且至高无上的职责。于是，从天南到地北，从荒僻的农村到紧张的城市，从严峻的前线到混乱的后方，一时间合奏起一阔慷慨激昂的抗战交响乐。每个诗人作为其中的一个音素，一个音符或一个音阶，各自在岗位上，在行列中或者在无组织的人群里，一致抒发着自己最真诚、最美好的爱国主义情愫。"虽已事隔四十年，但诗人回忆起这段历史时，字里行间仍带有一种崇高感、神圣感和自豪感。读绿原这一时期的作品时，我们也明显感觉到，他的诗，就是时代映射在一个革命的知识分子身上的折光！那时的解放区，曾回响着这样雄壮的歌声："黄河之滨，集合着一群中华民族优秀的子孙，"但民族的耻辱、自尊和觉醒，绝不仅仅反映在那些奔赴解放区的，以及正在前线奋战的青年们的情绪中，在大后方，在更为恶劣的环境中，象绿原这样的青年，也勇敢地发出了自己的吼声："向着/被统治于夜的地带/我们召唤。"在决定诗的选择时，年轻诗人的心情大概并不轻松。这时，他还没有认清诗的真谛，更不可能预料到诗会给他未来的生命进程带来厄运；他只是朦胧地感到，生活于他，浪漫的幻想色彩即便再厚滞，也掩饰不住严酷的现实本身了，所以，他不无悲凉地唱道："如果黎明没有来/而我死去/也好，夜就是碑……"但他抬起头来，迈出坚毅的第一步时，他又变得充满信心了，那是因为前辈及同辈中的先行者，"特别是艾青、田间几位诗人"，以他们的诗句，挑战般地催生着诗的新生命。此后的绿原，便不再是那个徘徊在童话王国里的少年了，如果能打个比方的话，我觉得他更象一根燃烧于寒夜的火柴。

虚伪的春天，沉重的雨雾，昏厥的夜，对一个生活在敌后方的爱国青年，与其说这是恶劣的自然环境的氛围，还不如说是恶劣的政治气候的裹缠。浑黄的扬子江水因愤怒而难以清澄的时刻，是无处寻觅诗的润滑剂的，因而，在绿原这一时期的作品中，我们很难看到为艺术而艺术、为个人而低吟的诗章，在更多的诗行中，我们看到的是诗人怒不可遏的情感的迸发。无止息的淫雨，似乎已无能为力，甚而犹如迎面而落的汽油，使这诗的火焰越烧越旺。从这个角度看，诗集《又是一个起点》中的七首长诗，便是他火焰般的交响诗的第一主题。

写于一九四七年的《你是谁》是以这样几句结束的："暴戾的苦海/用饥饿的指爪/撕裂着中国的堤岸，/中国呀，我的祖国，/在苦海的怒沫的闪射里，/我们永远记住/你的用牙齿咬住头发的影子。"诗人用了"苦海"这样一个极度夸张的词来暗喻当时帝国主义国家对中国的弱肉强食和国民党反动政权的不得人心。内忧外患，已使我们的祖国不成样子了，于是，呈现在诗人笔下的就是这样一个"用牙齿咬住头发的影子。"即使是对诗一窍不通的人，读到这样的意象也会怦然心动，何况，置身水深火热的现实中的人民是怎样切盼着解放，他们能对这样的诗句无动于衷吗？但是，诗人的忧虑也正在此。面迎着他的是调动一切宣传机器为之鼓吹的"尚未亡国的'四强之一'"的论调，而他自己，不过是一个等而下之的"没有身份证的公民"。人们的认识本来就不可能整齐一律，几千年封建意识的熏陶，又使为数不少的人习惯于依附统治者，习惯于"埋在痛苦的茧壳里做一颗软弱的蛹"，如果任凭这种意念繁衍下去，我们的祖国不仅不可能成为"一个父亲似的国家"，而且将在苦海的怒沫中消失，留下的只是一个似是而非的殖民地，一块任人宰割的鲜肉。基于这样的认识，诗人摈弃一切渲染和修饰，用朴素的白描直言不讳地写出了敌后方街头之所见：

> 男人照样同女人吊膀子……
> 电影院照样放映香艳巨片……
> 理发厅照样替顾客挖耳粪……
> 花柳专科医师照样附设土耳其浴
> 　　　　　奉送按摩……
> 绅粮们照样欢迎民众们大量献金……
> 保甲长照样用左脚跪在县长面前，用右脚踢打百姓：
> 　　如此类推，而成衙门……
> 译员们照样用洋泾浜英语对驻华白侨解释国情……
> 公务员照样缮写呈文和布告……
> 报纸照样发表胜利消息，缉拿和悬赏，更正和驳斥……

粗俗，卑劣，麻木，无动于衷，诗人不过是把这些已被人们习以为常的现实做了一个高度凝练的概括，他的概括能力是惊人的，很容易让人想起惠特曼那些无遮无饰的诗句。表面看来，这只是扭曲的都市生活的陈述，但平俗中的深刻，沉静中的激烈，漫不经心中的坐卧不安，却足以令每一个置身其中的中国人震惊、省悟！惠特曼说过："诗人是一个招募兵士的人，他击鼓走在前面。"绿原正是在民族危难的时刻，勇敢地扯起了反抗的大旗，如果以诗人的标准衡量他的话，毋宁说，他更是一位呼啸在诗坛上的战士！

在这样的环境中，写诗同样是战斗，一首首诗就是一颗颗射出枪膛的复仇的子弹，因此，评价这一段时期的作品，更主要的应当是注重它的战斗性。绿原这一时期的诗作，在不乏战斗性的前提下，形成了一种沉郁悲怆的特殊风格。生活的变形导致了诗的变奏，所以，他的诗有时也给人一种因沉郁而压抑不住、因悲怆而声嘶力竭的感觉。但这并非诗人主观上的弊端，象《轭》所呈现给人们的沉闷的氛围和人性的硬度，就是因为死者用他"未完成的理想轭着"生者的颈项；对人世的诅咒（《是的》）是因为不少人生同行尸走肉，而不思虑民族的安危。爱和恨之间本就存在着复杂的关联，在这特殊的年代，它们的交织就会更难以理清经纬；缺乏滋润生命的泉水时，连诗都会燃烧，都会形同一片大火，艾青在四十年代不是也写过这样的诗吗："假如我是一只鸟，我也应该用嘶哑的喉咙歌唱。"更何况，那个年代里，需要的正是悲壮的战歌，而不是花腔女高音演唱的咏叹调。绿原的诗友阿垅曾对绿原这段时期的作品做过归纳："绿原的诗，往往是激烈而凄厉的，恋战的。那是在反动的蒋政权之下向这个政权斗争的激情和条件所规定的，他那风貌和感情的表现。"虽然阿垅的归纳并不全面，但针对《又是一个起点》和《集合》中的大部分作品而言，还是比较准确的。

真理的价值在于追求

绿原对歌德的崇拜和敬仰是明显的，他在四八年写的《诗与真》就显然是受了歌德自传（Dichtung und Wahrheit）的启发。诗中，他将自己比作歌德笔下的少年浮士德，将诗比作梅菲斯特，他写道：

人必须用诗寻找理性的光

人必须用诗通过丑恶的桥梁

人必须用诗开拓生活的荒野

人必须用诗战胜人类的虎狼

人必须同诗一路勇往直前

即使中途不断受伤

如果我们对绿原的经历大致有所了解，便会清楚，这首诗的创作绝非偶然，而是他人生道路上一个较大转折的标志。四四年间，绿原因逃避国民党的通缉而再次流亡，直到四七年才回到故乡武汉。在这里，他开始接触地下党，表示希望到解放区去，就是在四八年，他光荣地参加了地下党组织。这一年里，他写的不少诗篇都透露出"亮色"，如《一个什么在诞生》，简直就是对即将诞生的新中国的预祝和期待。就创作的指导思想而言，《诗与真》对诗的追求目标已经明朗化，这个目标就是"真"。

在追求"真"这一点上，歌德老人的启示是不容忽略的，但若没有《歌德二三事》的问世，我们对歌德于绿原的影响之深大概也不会了解得十分清楚。真与诗的关系，用梁宗岱的话来解释（但愿不致和绿原的理解相悖），就是："真是诗的唯一深固的始基，诗是真的最高与最终的实现。"至于"真"的内涵究竟容纳了些什么，我们与其做些空泛的揣测，还不如听听绿原的自白：

我要永远记住他

那颠扑不破的诗教——

不学玩世不恭的浪漫派

反对晦涩、颓废和感伤

更排斥一切概念的抽象

要从客观世界出发

写得自然，写得明朗

写得完整，写得大方

写得严肃，写得健康

写得妩媚，写得雄壮

基于这样的追求，即使是身陷囹圄，诗人也没有放弃对充斥现实的"假"的嘲讽和鞭笞。七四年，昏暗的油灯下，他重新翻读《圣经》，从中辨析着"真"的足迹，顿然悟出："今天，耶稣不止钉一回十字架，/今天，彼拉多决不会为耶稣讲情，/今天，马丽娅·马格黛莲注定永远蒙羞，/今天，犹大决不会想到自尽。"（《重读〈圣经〉》）写于特殊年代的诗篇必有其特殊之处，若说这首诗的特殊，我认为，它体现了绿原从追求"真"到追求真理的认识上的飞跃。在当时，这样的诗是不可能发表的，但那个环境中，敢将这样的追求凝于笔端，可见诗人早已将自身的荣辱置之度外，他所想到的只是坚持一生、矢志不移的追求。岁月的磨洗，环境的变迁，亦难改变他的初衷，以他近年来的诗作为例，《西德拾穗录》称得上是这方面的佳作。

谈到绿原的追求，不能不注意到坚定的信仰、坚强的信念在他身上产生的作用。四三年，他在《信仰》一诗中，嘲笑了那些祈祷"上帝与我同在"的人，宣称："站在断头台前，我们微笑，我们不祈祷；"写于七一年的同名诗篇，更是一首明白无误的言志诗，面视欲将他置于死地的对手，诗人豪迈地将自己比作"悬崖峭壁上一棵婴松"，比作"滔天白浪下面一块礁石"，比作"万仞海底一颗母珠"，比作"高原大气层中一丝氧气"，比作"北极圈冰山上一面红旗"。生命在，精神就不会死亡。写于五十年代末期的《又一名哥仑布》，如仅只理解它的意思是悲壮的诀别，大概还不够准确，他"形销骨立，蓬首垢面"，却"坚信前面就是'印度'"，坚信"一定会发现一个新大陆"，这不就是忠贞不渝的信念在支撑着他吗？在那严寒的日子里，"一个看不见的微笑"，也让他感到了阳光般的温暖；对同遭厄运的友人，他默默劝慰"切不要悲伤"。这个为诗而受难的人，在难中还持有这样坚定的信念，正因为他热爱生活，热爱养育了他的这块土地。哪怕暂时（可怕的暂时）被人曲解，甚至得不到亲人的同情，他也没有改变对党和祖国的信任。当他孤身一人，行走在故乡的土地上时，他得到的感受仍是"发烫的土地/一点没有变，象母亲的胸脯/永远使孩子在梦中感到甜蜜；"（《陌生人之歌》）远离祖国，身在他乡时，他仍呼唤着"我的罗雷莱啊/她只能是你——我的中国。"诗人，该怎样理解和评骘你这番情感呢？我想，纵有千百句更直白、更灼热、更明确的话作结论，也不如你最简洁、最凝练的诗句能让人回味无穷："你的恨，你的风暴/你的爱，你的云彩。"

作为诗的读者，恐怕很难弄清，一首好诗究竟凭借什么力量在你心上留下不可磨灭的第一印象，或许是形式的精巧，或许是内容的"真"，也可能是形式与内容的完美统一。但毋庸置疑，一切好诗都离不开一个"真"字，真，是诗的土壤，更是诗的灵魂。这样简单的一个定理并不难理解，难的是将这个定理付诸实践，更难的是将其作为毕生的追求。

绿原，是敢于知难而进的。

永远喝不完的第一杯苦酒

在人生的课堂，绿原选择了诗。远在他年轻的时候，就曾写下这样悲壮的断言："我和诗从没有共过安乐/我和它却长久共着患难。"对此前的历史，这是一个合乎情理的总结；对尔后的进程，则成了不幸而言中的预言。诗，是绿原的一个"友人"，这二者之间的友情，简直到了患难相扶、生死与共的地步，得以使诗人难与人言的情感能够通过诗篇而传诸人世。但是，就是这样一个对诗几近于痴的人，却说出了似乎不近情理的话："我的写作和我的整个生涯一样，却象一盘远古传下来的象棋残局，只有一条狭窄的出路，毫无左右逢源的机缘。因此，几十年来，每想写一点什么，总象第一次提笔一样感到窘迫和惶遽。我终于发现。诗对于我永远是陌生的，或者说，我对于诗也永远是陌生的。"（《人之诗·续编·序》）一个可以称之为"老"的诗人，竟然说出对诗的陌生，莫不是谦逊之词吗？或许有人会产生这样的疑窦，但读完绿原的作品后，我却认为他并非故作惊人之语，他对诗的态度是严肃的，不妨说，这种永远带有的"陌生感"，正是绿原的风格。

的确，如绿原所说，有些诗人一开始就找到了自己的风格，以后便可以从容不迫地源源抒发自己的情愫。这样的诗于读者的鉴别可能有一定好处，于作者却难免有画地为牢、作茧自缚的危机。风格，不应是静止、凝固、一成不变的东西，没有变就无所谓发展、无所谓前进。而"陌生感"，正是导致变、导致新的探索的一个契机。纵观绿原的作品，如果拿《重读〈圣经〉》和早期的《忧郁》做一番比较的话，便不难看出"陌生感"对他的创作的不断出新起了多么大的推动作用。绿原说："我在诗这片精神异域作为一名陌生的流浪汉，不但在气质上一贯见异思迁，不善于循规蹈矩，而且似乎存心在实践某种偏见。"（《人之诗·续编·序》）在几十年的摸索过程中，他几乎遍尝各种诗体的创作苦衷，无论是抒情还是叙事，是讽刺还是象征，是政论还是民歌，他都做了大胆的尝试。更可贵的是，他不象某些诗人，转了一个大圈子，最后又令人遗憾地回到原先起步的地方；他宁愿撞得头破血流，绝不肯去走回头路。这一点，也可以他的诗来作证："永远不失败/因为永远不好胜/永远不示弱/因为永远不逞强。"当然，尝试并非都连接着成功，跳高运动员的每一轮进攻，都是以失败而告终的，因为一次记录的打破并不是他的最终目的。这虽是运动场上的真理，但对那些敢于否定自己的诗人来讲，又何尝不是如此呢？因而，我们对绿原一些不算成功的尝试是没有理由去责备的，我觉得，在诗的领域里，他的哥仑布一般的气魄，倒更应当为我们所看重。在探讨这种风格的成因时，我们不仅要注意它的内在因素，也不可忽视它所受的客观影响。几十年变幻不定的生活际遇，本人对其它类文学作品的研究和文学范围之外的知识的兴趣，大概也是促成其风格的间接原因。以对绿原影响颇明显的歌德为例，他的"通过'断念'挣脱自己的皮囊"的主张，也就是不断的自我否定精神，在绿原的创作思想中就起了潜移默化的作用。

郑板桥写过这样一首题画诗："四十年来画竹枝，日间挥写夜间思。冗繁削尽留清瘦，画到生时是熟时。"板桥老人之语，恰好为自己不断求新的画风做了注脚。此诗既可看作画论，亦可视为诗论，因为文学艺术之间本就存在一些共有的规律，而用这首诗来形容绿原的风格，也大有合理之处。今日的绿原，已从一个流浪的少年变成一个久经沙场而未阵亡的士兵，往事纷纭，有如过眼烟云，在他身上，难以溶化的信念更加坚定，几经沉淀的情感更加蕴藉，因而，他的作品也就显得削尽冗繁，消瘦中见其真淳。"画到生时是熟时，"提出的显然是一个更高的艺术目标，以板桥老人一生做画之资本，而能如此

大彻大悟，尤为令人钦敬。我以为，绿原的"陌生感"与板桥老人的
箴言，有着血缘上一脉相承的关联。凭着这种承继，我不无理由地相
信，绿原，这位勇于喝苦酒的诗人，虽已年过六旬，仍会写出更好的
作品来。

在续编的序中，绿原着重谈了他对诗的艺术的见解，其中，特别
强调的，自由诗要求诗的内容的自我肯定（这与诗人要求自身的"自
我否定"并不矛盾），要求内在韵律的自我表现。他近年来的新作，
无一例外地朝着"自然"的方向努力着。这里，我想谈一下《西德拾
穗录》中的《科隆：登大教堂》，从中或可辨寻出这种努力的轨迹。

大教堂的外表是华美、森严的，甚而至于让人产生一种悚然之感，
但对诗人——一个无神论者来说，表面的威严掩盖不了空洞的实质，
"这里没有自然，/这里不是人间，/这里让灵魂伛偻，让肉体匍匐，/
这里只听得见呵斥和嗫嚅，/只能进行天堂和地狱的对语。"诗人的
感情承受不了这种虚伪的压抑，他迫切地要看清、要戳穿大教堂的
本质：

> 登上去，到上面去，到最高层去，
> 去眺望一下大科隆，去欣赏
> 它积木似的房屋，甲虫似的汽车，
> 贝壳似的轮船，风筝似的喷气机；
> 让我们证实一下，
> 科隆大教堂也是人造的，
> 当人攀登到最高最高的哥特式尖顶，
> 上帝就在他的脚下。
> 于是大教堂变成了他的玩具之一。

这首诗并不着意外在的韵律，诗的节奏显然是随着诗的感情而同步升
华的。层层披露的思想，犹如向教堂顶端的步步登攀，若没站到教堂
的最高处，最后的结论就不可能产生。咋一读来，极易让人误觉结尾
的升华不过是一种自然的客观印象，其实，一个老人的冲淡的激情和
睿智，正藏匿在这声色不动之中。形式上的自然发展与主题的自然深

化结合得天衣无缝，宛若一曲天然的音籁，几乎看不出雕琢的痕迹，诗人的匠心于此可见一斑。

黑格尔曾以荷马和歌德为例，讲过这样的话："通常的看法是炽热的青年时期是诗创作的黄金时代，我们却要提出一个相反的意见，老年时期只要还能保持住观照和感受的活力，正是创作的最成熟的炉火纯青的时期。"作为绿原的诗友，他们担心、提醒的是随着年岁渐老，理念化的钙质可能在他的作品中有所增长，可喜的是绿原自己也注意到了这点。作为一个后辈，我衷心祝愿他突破年龄的极限，保持"活力"，同诗一道前行。对一个在诗的国土上奇迹般复活了的人，这不会是奇迹。

1984年3月　二稿

（原载《诗探索》1984年12期）

霹雳的诗

——从绿原的诗《你是谁》想到的

木 斧

我写下这个题目，也许会引起诗歌界一些同志的笑话吧。

唐朝诗人司空图的《诗品》，把诗的风格分成了二十四种，有雄浑、有冲淡、有纤秾、有沉着、有高古、有典雅、有洗炼、有劲健、有绮丽、有自然、有含蓄、有豪放、有精神、有缜密、有疏野、有清奇、有委曲、有实境、有悲慨、有形容、有超诣、有飘逸、有旷达、有流动，这里姑且不论精神、实境、形容、超诣是不是叫做一种诗品，即使以此分类，也没有霹雳之说。顾名思义，霹雳，是指一种超乎寻常的剧烈的音响，一种巨大的震动，如雷声轰然而至，其效果是很不悦耳的，听之毛骨悚然。霹雳之声，还能入诗吗？

事实上确有这样一种霹雳的诗。四十年代，在历史的转折关头，在革命的大风暴席卷的国统区，我的确读过不少这样震聋发聩的诗，令人战栗，令人猛惊，令人心灵受到震动，久久不能平静。

霹雳的诗，来自绿原的政治抒情诗《你是谁》诗的开头，犹如漫天巨雷滚滚而来：

> 你是谁，你从阴沟里伸出手来？
>
> 你是谁，你把压在你身上的棺材盖子推开？
>
> 你是谁，你充满希望，同时又
>
> > 绝望到宁愿被暗杀掉？

> 你是谁，你让灵魂没有衣服
>
> 　　　而长出钢针似的毛发？
>
> 你是谁，你从饥饿的枪膛
>
> 　　　射出懦怯的子弹
>
> 　　　而爆发了疯狂的火光？
>
> 你是谁呵，你和我
>
> 从一个母亲的衣胞里出世？
>
> 在从卑污的生存到圣洁的死亡的攀登里，
>
> 兄弟呵，请容我献给你以霹雳的诗。

这首诗，在水深火热的国统区青年学生中间，曾经产生过广泛的影响。在各种集会上，我听到过这首诗的朗诵不止十次，我朗诵这首诗也不止十次。它象磁铁一样紧紧地吸引住听众，它象火把一样点燃了听众燃烧的心。"那个披着钢针似的毛发、没有衣服的、象死尸一般的，推开棺材盖子，从阴沟里伸出手来的人原来是我们自己的形象呀！"至少，它反映了当时我们这批受苦受难的知识青年的苦闷和挣扎，对反动派统治的强烈憎恨和对全国解放的热烈向往。一句话，它表达了我们这批不太成熟而又热烈追求进步的青年学生的心情，传出了我们当时想要发而没有发出的声音。每次听到这首诗的朗诵，都会又一次受到震动，又一次产生新鲜的感觉，又一次被它激起感情的浪花，心潮澎湃，甚至感动得热泪盈眶。其中一些诗行，如"天堂的地板就是地狱的天花板，它撕裂着我们的头发做巢……"，"中国呵，你对我们是一座昼夜不休停的屠宰场，徒手的人民是（而决不甘心是）你的牲口。……"，一直深藏在我记忆的仓库里。

　　三十七年以后，绿原的《人之诗》出版了。重读《你是谁》，许多似乎已经忘却了的往事——革命大风暴中的集会、罢课、游行等等场面又在我的脑际中展现出来，给我鼓舞，给我力量。这鼓舞，这力量，再一次震撼着我的心房。

　　写到这里，写到我的这番推崇备至的话也许过了头的时候，不妨作一番反问。问问自己：这首诗，今天读起来，你觉得美吗？这，不得不又引起我又来一番议论。我以为，任何诗，都是离不开时代背景的,绿原的这首诗,产生在当时的政治迫害与经济剥削最尖锐的时刻,诗中的那种困兽犹斗的焦燥情绪呼之即出,它必然会遭致一些非难,"声嘶力竭","不合语法","受外国的影响",议论纷纭。面对这些非难,绿原自己也不得不说,"存在决定意识,环境决定性格,我当时确实丧失了诗人所必备的任何优美的感情,也从来不善于把并不优美的感情弄得优美起来"。今天来读这首诗,我倒很想向过去没有读过这首诗,今天第一次读到这首诗的同志发问:你说呢?你觉得美吗?或者不美?或者不是滋味?我的感觉它首先是真挚的,因此也是美的。诗,同其它文学作品一样,归根结底,是要表现世界观的。"世界上没有无缘无故的爱,也没有无缘无故的恨。"爱和恨都是要受世界观制约的。诗是艺术品,诗的内容,诗的意境,诗的形象,等待着诗人在社会生活中去发掘,去表现,美在其中。绿原在这首直叙胸臆的诗中表现出来的那种时代的激情,感人的激情,正是一种诗美。

一九八四年二月,绿原赠我一本《人之诗》,这本诗集中的诗,许多都是我当年读过和熟悉的。作为一位诗人,应当说,绿原的诗,也是多样化的,有的清新,有的绮丽,有的严谨,也有不少精巧之作,但更多的,使我感受最深的,还是他的那些政治抒情诗,那些霹雳的诗,《终点,又是一个起点》,《复仇的哲学》,《伽利略在真理面前》,《你是谁》等等,感情充沛,情绪激昂,其中不乏警语与佳句,有一种震憾人心的力量。在这本诗集中,有一首小诗《音乐会》,则是我过去所没有读过的,读起来别是一番风味:

战地。
子弹当音符,
刺刀作指挥,
我们举行音乐会。
大炮唱低音,
机关枪迷人地
表演急口令。
假充内行的
鸽子吓跑了,

一群鹰在半空
向我们叫好。

大概绿原到了我军的战地了吧，心情格外开朗了。奇怪的是，用子弹，刺刀，大炮，机关枪写起诗来了。我不禁又要问：美吗？记得有人说过，诗人的职责，就是四面八方去寻觅美。有人在花朵中寻到美，有人在枝头寻到美，有人在云彩中寻到美，有人在酒精中寻到美，而这位四十年代写诗的绿原，竟然到燃烧和爆炸的元素中寻美去了。

"玩儿命哪！"记得老年人经常警告顽皮的爬电线杆子的儿童说："这不危险吗？"

真的，从八十年代的角度来看四十年代的这些诗，确有令人不可理解的某些方面：冒着生命危险去写诗，岂非玩儿命吗？

其实，写这些霹雳的诗，绿原并非创始人。十九世纪美国诗人华尔特·惠特曼就写过《我听见美洲在歌唱》《百业之歌》《欧罗巴》；巴黎公社诗人欧仁·鲍狄埃就写过《国际歌》；十月革命中的苏联诗人马耶可夫斯基就写过《好》《列宁》。在革命的大风暴中，这样震撼人心的好诗，都有其豪迈、奔放的特色，尽管也从来受到过"语法不通""不讲韵律"等等非难，终于成为了历史的篇章。

用武器来比喻诗，也并非绿原的创造。诗人马耶可夫斯基曾经讲过这样一句话，"无论是歌，无论是诗，都是炸弹和旗帜"。这句话也一直受到过许多人的非难。理由是：诗就是诗，把诗比喻为"炸弹"或者"旗帜"都是不恰当的。可是我要反问一句：有人把诗比作花，比作酒，什么"纯洁的花""醇香的酒"之类，恰当不恰当呢？也许仍然是不恰当的。可惜这些比喻总是取消不了。诗人总是经过他亲身经历的时代，通过各种形象去寻求诗的涵义的。如果我们设身在马耶可夫斯基当年的时代来看待他的气势磅礴的诗篇，他的比喻应当说是恰当的。在十月革命的大风暴中，在冲锋中，在拼搏中，在唤起人们去摧毁旧的营垒之时，马耶可夫斯基的诗，确实起到了炸弹和旗帜的作用。因此，在不同的年代，不同的诗人的心目中，把诗比喻成花朵，或者比喻成炸弹，都是对诗的一种形象的认识，我看可以共存。

我自己绝非诗歌＝炸弹论者，也无意要把革命战争年代诗的创作经验撕成碎布用来捆绑当代诗人的手脚。时代在前进，在日新月异地前进，新诗在发展，一浪高过一浪地发展，各种体裁、各种流源、各种风格的诗相继出现，湖光塔影，各有姿色和光辉。对于中国新文学发展史，新诗发展史，对于新诗的分类，我是无知的。我这里只是想谈一谈，在二十四诗品之外的霹雳的诗，是新诗发展中的一个客观存在，在四十年代诗歌发展中是一种特殊的现象。现在没有人再说"四十年代不出诗"了，但是对于四十年代的诗，还有争论，有一种看法，认为那个时期的诗比较幼稚，粗犷，缺乏诗意或者诗意不浓。这种看法不能说没有根据，也不能说没有道理。但是作为一种历史现象，实在可以进行一番探讨。绿原在《人之诗》的自序中有一段话，说得好极了。他说："今天如能用长焦镜回顾一下那个酷热的时代，诗者当不难想象：那时濒于崩溃而趋于疯狂的国统区，真不啻一座失火的森林；济慈的夜莺和雪莱的云雀早已飞了，也见不到布莱克的虎和里尔克的豹，只剩下'一匹受伤的狼'当深夜在旷野中嗥叫，惨伤里夹杂着愤怒和悲哀。"所以那个时代的诗多是愤怒和控诉，是《悲愤的人们》和《复仇的哲学》，并不是那个时代的诗人不愿意去歌唱夜莺和云雀呵！这对于研究中国新诗的发展，研究四十年代国统区诗歌流派的发展，研究"五四"以来新诗的革命的传统和继承，展望今后诗歌的发展，也许不无裨益吧。

（原载《诗探索》1985 年第 13 期）

绿原的《小时候》

吴奔星

小时候，
我不认识字，
妈妈就是图书馆。
我读着妈妈——

有一天，
这世界太平了：
人会飞，
小麦从雪地里出来，
钱都没有用……

金子用来做房屋的砖，
钞票用来糊纸鹞，
银币用来飘水纹……

我要做一个流浪少年，
带着一只镀金的苹果、
　一只银发的蜡烛、
　　和一只从埃及国飞来的红鹤，
旅行童话，

去向糖果城的公主求婚……

但是，妈妈说：

"现在你必须工作。"

1941年3月

选自诗集《童话》

绿原在四十年代就活跃在国统区的诗坛上，五十年代遭到不应有的误解和伤害。尽管四十年来他的诗风发生了很大的变化，他那在生活和斗争的道路上执着追求、不断拼搏的精神，却是始终不渝的。这正如他自己在《诗与真》中所歌唱的：

人必须用诗找寻理性的光，

人必须用诗通过丑恶的桥梁，

人必须用诗开拓生活的荒野，

人必须用诗战胜人类的虎狼，

人必须同诗一路勇往直前，

即使中途不断受伤。

是的，他在生活的坎坷路途上不断地跌跤，不断地受伤，但他却百折不回，同诗一起呼啸着前进。

绿原，1922年生于湖北省黄陂县，1941年开始发表诗歌作品。已出版的诗集有《童话》（1942）、《又是一个起点》（1948）、《集合》（1948）、《从一九四九年算起》（1954）等。近年来在《诗刊》等刊物上发表了《听诗人钱学森演讲》、《西德拾穗录》、《重读〈圣经〉》等诗歌新作。诗人四十年来的一本诗歌选集《人与诗》已由人民文学出版社出版。另外，他解放前后还发表和出版过一些翻译作品。1962年以后，曾以"刘半九"为笔名从事外国文学译介工作。

《小时候》这首诗选自绿原的第一本诗集《童话》，它是诗人早期作品的代表作。《童话》写在诗人的生活和心境比较平静的岁月，那时诗人还没有接触严酷的社会现实，对生活充满了瑰丽的幻想和美好的憧憬，诗歌作品大都单纯明快，洋溢着童真。"小时候，/我不认识字，/妈妈就是图书馆。/我读着妈妈——"这首诗一开头就写得自然新颖，流露出盎然的情趣和甜蜜的母爱。人们的童年时代大都受到母亲的抚爱和熏陶，妈妈往往是孩子的第一个老师。从妈妈那里孩子开始认识事物，了解世界，向着未来展翅奋飞。诗人说"妈妈就是图书馆。/我读着妈妈——"这样的诗句道别人所未道，发别人所未发，是最贴切、最朴实不过的诗句。紧接着，在第二三两小节中诗人展开想象的翅膀，向我们展示了妈妈描述过的崭新的世界。在那里没有战乱，没有灾荒，没有为金钱财富而进行的欺诈和角逐。"金子用来做房屋的砖，/钞票用来糊纸鹞，/银币用来飘水纹……"那是一个美满富足的社会，金钱的罪恶被彻底埋葬了，人们生活在一个完全净化过了的世界里。诗的第四节诗人进一步驰骋奇妙的幻想，畅想自己骑着从埃及国飞来的红鹤，带着镀金的苹果和银发的蜡烛，遨游世界，"去向糖果城的公主求婚，"获得甜蜜的爱情……《小时候》写得瑰美、明净，充满了赤子的诗情。诗中这些奇特的幻想看来有些荒谬，其实非常符合少年儿童的心理特征。就在这些荒诞不经的描写中包含着生活的真实，同时也可以看到诗人少年时代对现实世界的不满，对美好未来的追求。

诗人在他后来的诗歌中曾经吐露过：

> 我曾悲哀于我的童年
> 它既单调而又惨淡
> 诗教我在黑暗中学习大胆
> 诗教我永远追赶时间

（《诗与真》）

绿原用他的诗——他的纯真的歌声，在黑暗中探寻光明，他追赶着时间，编织出了希望的花环。牛汉在评论绿原的诗歌时说得好："绿原创作《童话》的时期，他浑身都是敏感的触角，对人生觉得广阔而新鲜，虽然朦胧闪烁，但心灵并不虚浮。他这种天真的梦境我是非常熟悉的。不过他的童年和少年生活比我更为凄苦和不幸。他试图用自己编织的童话弥补命运的缺憾。"（《荆棘和血液——谈绿原的诗》）

然而，童话般的幻想只能作为精神上的一种慰藉，却改变不了严峻的现实。诗人终究必须回到现实中来，直面惨淡的人生，去生活，去奋斗。所以《小时候》这首诗的结尾写道："但是，妈妈说：/'现在你必须工作。'"据说诗人为了谋求出路，七岁便从农村到了汉口，跟着比他大很多的哥哥，生活在一条狭窄而潮湿的小巷里。他们住的简陋的木楼，是用砖头、竹片、泥巴盖起来的，座落在京汉铁路高高的路基下面。"绿原的家里，充满了灰尘、煤屑和动荡不安的气氛。火车日夜隆隆地带着一阵阵的旋风，从他家的屋顶上急驰而过，他时刻觉得有被冲倒和辗压的危险。他的床铺和书桌不停地抖动，小学课本上布满了抹不尽的尘屑。深夜他常常被凄厉的汽笛声惊醒，久久睡不着……他就在这种时刻有被冲倒和辗压的危险的震荡空气中度过了童年和少年。"（引文同上）没有金子来做房屋的砖，没有银币来飘水纹，《童话》中所讴歌的那种"小时候"的平静生活结束了，从此诗人登上了人生的旅途，"向复杂的现实生活搏斗，与现实的人生并进"，用他的歌叹息，用他的歌射击，同四十年代的抗战文艺一同成长起来。

（摘自《现代抒情诗选讲》）

听绿原讲演兼介《另一只歌》

华 子

早些时候听说绿原将随同中国文化出版代表团来港参加"中国书展"，而且还将在讲座上谈谈"中国新诗的现状和发展趋向"，立即将当年的《新华月报》有关胡风事件的材料找来看看，凡是出现绿原名字的段落，都不放过，然而不知怎的，页缝里，行缝里，字缝里，怎样找来找去都搜不出什么"罪证"来，心里头颇有些异样的感觉。

今天终于听到了绿原先生的讲演。在回答一位听讲人的问题时，他约略介绍了一段往事，原来事缘舒芜的《论主观》一文引起当年文艺界的争论，而解放后，"批判者成为领导者，这个问题就复杂了。"舒芜的反戈一击，使原本属于哲学思想的论争转化为政治问题，而且舒芜"作为一个集团的成员来检讨，于是乎把这样一大堆与他的哲学思想毫无关系的作者，象我们（指绿原）这样的人，都揪到审判台下，斗了四十年，……"所以，这又把政治问题跟文艺问题混为一谈了。

这个历史教训是巨大的。胡风为此付出了最大的代价，而绿原也为之坐了七年牢，他的一段关于在时空中航行的描述，最是令人动容。所以，最后他即场朗读《另一只歌》诗集中的一首诗时，许多听众的感情给带动起来了，一个个都跟着拿出那本诗集，翻到第七十二页——诗题为《所以，诗……》

"所以，诗永远是/人类最想说/而又没有说过/而又非说不可/而又只好这样说的/话。"

这一辑诗叫《酸葡萄集》。为什么要以伊索那句名言作为题目呢？

绿原先生说，因为他一直认为"诗很难写，这里有我的苦恼，有我的选择，有我想尝的东西，有我对诗的寻找，结果我又没有寻找到诗。归根到底诗是什么呢？"于是，便有了这一组诗。

绿原于四十年代成名。那时，许多爱国青年高声朗诵绿原的诗参加示威行列，因为他的诗富于战斗性，很鼓舞人。那些诗后来很少人有机会读到。近年来，内地出版社重新整理出版了绿原的诗集，其中便有这本新集作《另一只歌》。

《另一只歌》是诗刊社主编的"诗人丛书"中的一种。集中有几组诗，且先不说，但那一组《丈八沟杂记》便已使人为这位"出土文物"诗人感慨万千。组诗中的《兵马俑在耳语》，又是耳语，又是低诉，又是悲怆，又是激昂，将读者引入沉思之中。而《亭·池·山》这首诗，写的是张学良、蒋介石、杨玉环、秦始皇，一个地方，三个风景点，五个历史人物（包括绿原自己）呼之欲出。诗人跃马疾驰的激情，使该诗超出一般怀古的格调，同时也表明绿原仍未失政治讽刺诗人本色。

（原载1985年12月20日香港《文汇报》）

风铃小作（五则）

张念青

一、读痖弦文偶记

看痖弦的对于绿原作品的《初探》，我有一点甚有同感，即："绿原在我国四十年代的诗坛上自有其不可忽视的地位。他虽然为胡风所倚重，为'希望社'的论评家们所吹捧，但绿原作品之所以能站立起来，乃是由于其作品中的艺术品质，而不是因为偶然的机缘和时会。"看作品本身的"质"，这是很对的，用我们普通的话说，便是：一个作家是靠其作品而"存在"的，作品若真有水准，历史终究绝对不会埋没他；反之，则无论动员了多少人为的努力，也造就不了他不倒的地位。中国现代文学史上，已经有不少例子证明了这一点，随着时间的推往，随着各种客观条件的进一步发展演变，同样的例子相信会越来越多。我们不妨拭目以待。

看痖弦的文章，我还有个看法，就是在中国现代文学作家的研究上，有些讯息的闭塞是很糟糕的事。就说绿原吧，痖弦文内竟写据某人说，他已于1956年左右"被迫在汉口投江自尽"，事实当然全非如是。绿原本人倘看到这段"猜测"，想必有无限感慨。但得到这样的"待遇"的，他并非第一人。冰心也一样，梁实秋还特地为此写了一篇悼念文字。这一切自然与政治因素不无关系。中国现代文学受累于兹于矣、大矣，唯愿这种不幸早点绝迹。

二、绿原是个证据

我希望文坛的"不幸"不再象过去那样残酷地出现，自然不只指讯息的"闭塞"以致连生死下落都不明这一点，更主要的是祈愿所有从事文学创作的人，在人身自由之外，还有创作的真正自由——发表的自由。

绿原的经历正好可以作为这种愿望的反证。他因为一场现在已被认为"冤案"的"运动"，一坐就坐了七年监。据说，那是可怕的单身牢房。一进去，就完全失去时间的观念。只靠一口小窗外的马缨花的开落，来判断季节。除了"闭门思过"之外，什么都不须做。但"思过"思过了头，不免有"危机"。这"危机"就是：假如不用其他"东西"来添满心脑，随时会发疯。绿原拿什么来"添"呢？他唯一的选择是：学习外语。但从前学过英语，这时想通过英语再掌握德语。多亏那时的牢房还有这一点可能：可以读点书。他安排了严格的作息时间，每天坚持学。非凡的毅力使他达到了自己的目的。七年之后，他出了牢，马上可以从事德语文学的翻译。此后，这成了他的最主要的工作。内地许多外国文学名著丛书的出版，都留有他的劳绩。虽则如此，然而，我们毕竟要为中国新诗坛失去了一个才华横溢的歌者感到惋惜。如今，他固然有机会复出写诗，却已是六十几岁人了。

三、抗疯靠什么？

听过绿原的讲演，情不自禁地要常常想起他说的，在单身牢房里，看马缨花来判断季候的那个生活经历。人一旦与外界完完全全失去联系，会是何种滋味，我们似乎无论怎样想象，也想得不真切，非得亲历不可。然而，老天保佑，我宁愿不能体会，也不要有相似的经验。有些经验，是情愿一辈子都没有的好，这就是其中一样。绿原建议我们看茨威格的一篇小说。那说的是一个不幸被判坐单身监房的人，因为抵受不了恐怖的空虚，去偷了看守所的一本书，讵料那不是什么有趣的读物，而是一本棋谱。不过，此际有也好过没有。为打发时间，竟强迫自己读起棋谱。读懂了，又照棋谱的路数自己跟自己下。如此这般,他的棋艺突飞猛进,大约四个月之后,他简直成为一个"棋王",可是,这时候,他也已经不是一个正常的人了。"他只四个月便疯了,我却是七年,但我没有疯!"绿原说。这可能是一个兴趣文学的人的"幸运"吧,我想。有人说,音乐是治疗心灵创伤的灵丹,文学也许亦有相同的功用。不过,再想深一层,也不是这么简单。能够不疯,一定心里有"支柱"。这"支柱"是什么?我猜是"理想"。我如今有了这样的看法:怀抱"理想"不难,最难最难的是——坚持"理想"。

四、有 诗 为 证

我说是一种"理想"支持着绿原活下去,这话并非凭空乱说。有诗为证。

绿原在七年坐监的日子里,写过诗,如今,我们在他自编的诗选《人之诗》里,可以找到其中一首(也仅有这一首),题为《又一名哥伦布》。诗人以十五世纪在波涛之上"苦斗",不断战胜孤寂的那位大航海家自喻,歌着:"今天,二十世纪/又一名哥伦布/也告别了亲人/告别了人民,甚至/告别了人类/驾驶着他的'圣玛丽亚'/航行在时间的海洋上/……一切都很遥远,一切都很朦胧/……这个哥伦布形销骨立/蓬首垢面/……漂流在时间的海洋上/他凭着爱因斯坦的常识/坚信前面就是'印度'!/即使终于到达不了印度/他也一定会发现一个新大陆。"十年"文劫"时,他写的《重读〈圣经〉》也有如下的表白:"无论如何,人贵有一点精神。/我始终信奉无神论:对我开恩的上帝——只能是人民。"稍后的《信仰》甚至写道:"你永远也监禁不了我/你在梦里也休想扑灭我/除非——愿上帝与你同在——/把这个人的生命一同取走。"这首诗的"你",不用说是人民之敌的代称。如今,人民已经将之抛弃。与其说绿原有幸活了下去,倒不如说,人民有幸赢得了胜利。

五、赤 子 之 心

谈绿原,连续谈了好几天,总觉得还有好些话题,但写到这里,想到反正将来或许仍有说的机会，还是先告个段落吧。今天，借"收尾"之际，再写几句。

见到绿原、听到他的讲话之前，总以为他在公开的场合，也许难以激动。然而，这种主观的估计，全然不对。当他说"我不是理论家，我是写诗的；写诗的人，难免有片面性"时，我发现他身上有一种非常难得的"诗人气质"。这气质，用一句我们见惯的话概括，便是：不乏赤子之心。从事文学事业的人，倘若失了"赤子之心"，他的作品，绝难引起读者的共鸣。

要举例，仍然可举绿原自己的作品，也还是那首《重读〈圣经〉》。这是"联系现实"的诗。你听，诗人如是说《圣经》："里面见不到什么灵光和奇迹，/只见蠕动着一个个的活人。/论世道，和我们的今天几乎相仿，/论人品（唉！）未必不及今天的我们。"接着，他以一个历尽沧桑的诗人的身份，重新评价书中的人物。他的品评颇为精辟，待到诗末又有以下四句："今天，耶稣不止钉一回十字架，/今天，彼拉多决不会为耶稣讲情，/今天，马丽娅·马格黛莲注定永远蒙羞，/今天，犹大决不会想到自尽。"何等沉痛、何等透彻、何等"斩钉截铁"！

（原载 1985 年 12 月 18—22 日香港《东方日报》）

从《另一只歌》谈起

——谈谈绿原在挫折中对诗的追求

黎 之

　　得绿原新诗集《另一只歌》，很高兴。集册不厚，却颇有些份量。其中诗意清新，浓郁，深邃，表现了作者对于诗的真与美的不断追求。从一九四二年出版第一本诗集《童话》算起，绿原在诗歌创作道路上曲曲折折探索了四十多年，共出版了近十本诗集。他带着浪漫憧憬的"童音"走上文坛，又带着直面人生的政治抒情的呼喊跨进学生运动的行列。面对着旧社会的黑暗统治，发出愤怒的呼声，他的诗情如江河激荡，引起广大青年学生的共鸣。他当时奋笔直书，一发而不可收，在短短的几年间，写出了《破坏》、《给天真的乐观主义者们》、《终点，又是一个起点》、《悲愤的人们》、《伽利略在真理面前》、《复仇的哲学》、《你是谁》等为当时青年学生所争相传诵的诗篇。

　　全国解放以后，绿原满腔热情地投入宣传、新闻工作，在工作之余又写了一些歌颂新生活的诗。一九五三年他出版了新时期的《从一九四九年算起》，这些诗虽然并不十全十美，作者的感情却是真挚的。但是，由于"十分复杂"的原因，诗人在探索道路上遇到种种困难。一九五五年的所谓反"胡风反革命集团"的斗争使诗人受到意想不到的不公正的待遇，由于人民内部的思想、艺术上的不同意见而被作为敌人审查。此后二十余年，绿原完全失去了发表作品的机会。就在这种情况下，绿原没有失去对党的信念，他仍然坚持在挫折中写作，《又一名哥伦布》、《重读〈圣经〉》等名篇就是这个时期写的。在隔离几年间，他为了不浪费光阴，同时为了将来直接阅读马恩经典原著，还勤奋地学习并掌握了德语。十一届三中全会以后，党为胡风错案平了反，并纠正了对绿原的错误处理，恢复了他的中共党籍。随着党的拨乱反正，随着祖国的"四化"大业的开展，绿原在工作、创作上又开始了新时期。他在《献给我的保护人》（一九八○）一诗中写道，一想到党，我的冤屈，我的折磨，我的痛苦，我的悲伤/又象轻烟一样，淡雾一样/完全化为乌有——一切都过去了/唯愿自己象一朵蒲公英/把最后一点微甘的苦汁分泌出来/唯愿对您所领导的/亿万父老兄弟所奔赴的/未来世界/子子孙孙所迎候的、所接应的/伟大的'四化'长征/贡献出一点点即使不到/一达因的力量。"诗人正是以这样诚挚的态度对待过去对他的不公正待遇的。但是，一九五五年"材料"中有关诗人的一些不实之词，至今尚未公开澄清。多年来以讹传讹，不能不严重影响读者对诗人的正确了解。

一九五五年发表的《关于胡风反革命集团的第三批材料》中摘录了"一九四四年五月十三日绿原给胡风的信（自重庆）"。这份材料公布以后，绿原不仅作为一名所谓"胡风分子"受到批判，还作为一个"中美合作所的特务"受到了声讨。他过去所写的那些热情诗篇都被当作"特务"的宣言，甚至连《从一九四九年算起》这样的书名也被看作是反革命的暗语。事实上，这完全是一个莫须有的罪名。绿原在中学时代就追求进步，大学时代又写了不少革命倾向鲜明的诗作，受到国民党特务的注意。一九四四年，国民党当局要征调一批大学生充当来华美军译员。绿原当时学的是英语专业，也随着被征调，但在分配过程中却被认为"有思想问题"，并被通知到"中美合作所"去"洗刷"。那时绿原并不了解这个机构的性质，当即写信与胡风先生商量（即《材料》中的那封信）。他的朋友们（包括胡风）都认为，因"思想问题"而调"中美合作所"是十分危险的，并帮助他在国民党当局的暗令通缉下逃离了重庆。

他的这段经历，早已由公安部调查清楚，证明他根本没有到过"中美合作所"，更不是什么"特务"。但是，读者长期以来没有也不可能了解绿原的这段历史真相，而是根据当年的宣传材料，一直保持着先入为主的不符合事实的印象。甚至在"四人帮"垮台以后，有的文章和书籍还继续这种以讹传讹的诬蔑。时至今日，有人在报刊上看到绿原的诗作，仍满腹疑团。"曾参杀人"的故事今天还在重演，早已查清的事实竟然讹传了三十多年，不能不令人遗憾。

绿原在他的坎坷人生中已经跨过了几个阶段。诗人年过花甲，但壮心不已，仍立足于新的起点。他在满腔热情地从事出版工作的同时，仍然勤奋地致力于诗歌创作和文学翻译。三中全会以后，他出版了三本诗集和一些外国文论的译著，就是证明。曲折的经历使他思考得更加深沉，长期的磨练使他在诗艺上更加纯熟。《另一只歌》的出版使我想起，除了这本诗的本身价值外，更应当谈谈诗人在重重挫折中的追求精神。祝诗人写出更多的优秀诗篇，愿读者能更好地理解诗人和他的作品。

（原载1986年4月4日《人民日报》第8版）

那些音色悲哀的歌

——七月诗丛时期的绿原

陈嘉农

　　绿原是中国四十年代诗坛所谓"七月派"的主要诗人之一。"七月派"一词的来源，乃是中国抗日战争期间，有一些诗人的作品发表于胡风创办的《七月》文艺刊物上而得名。不仅如此，他们的作品后来又收入胡风所主编的《七月诗丛》。《七月》杂志诞生于一九三七年十月，停刊于一九三九年八月，是一份以战斗性文学为中心的文艺刊物；《七月诗丛》则出版于一九四二年之后，是当年国防文学的代表作品。一般诗评家或文学史家，往往把一些与《七月》或《七月诗丛》有关系的诗人称为七月派。因此，用最松懈的说法，七月派便是横跨三四十年代之交，以胡风为中心，以战斗诗为主调的一个诗人集团，纵然这个集团并不是一个很有系统的组织。

　　然而，绿原的作品却从未在《七月》上发表过。他之所以被归入七月派，主要是他的诗曾经发表在胡风的另一份刊物《希望》；后来他的诗集《童话》也列入《七月诗丛》。绿原的另一册诗集《又是一个起点》，在四十年代末期出版时，也被胡风收入《七月诗丛》之中。以诗的风格来说，绿原的《童话》在《七月诗丛》之中是比较特殊的，因为他使用的文字并不显得粗犷、豪放，与当时呐喊式的战斗诗全然不同。他的诗风较为柔弱，带着一股淡淡的悲哀。不过，在诗史上为了方便讨论起见，他总是被视为七月派。绿原本人也不否认自己也是此一流派的一个成员。

正因为他是胡风集团的一个成员,因此五十年代中国内部展开疯狂的整肃时,绿原也没有躲过被斗臭斗垮的命运。他日后遭遇之坎坷,远比他早期的诗歌还更象一支悲歌。

一

我读过的绿原的两册诗集《童话》与《又是一个起点》,是分别在芝加哥大学远东图书馆与史坦福大学胡佛图书馆找到的。一九七八年,我有机会南下加州去探访柏克莱加州大学与史坦福大学,那是我所看到最丰富的收藏。尤其是史坦福,那里所收中国三、四十年代的文学书籍,恐非其他图书馆所能望其项背。在浩翰书籍的寻觅中,绿原的《又是一个起点》是我的一个收获。《童话》这本诗集,则必须等到一九八二年我自波士顿回航西海岸途中,路过芝加哥大学时才发现的。在此之前,我只知道痖弦曾经在台湾介绍过《童话》,那篇文章已收入他的《中国新诗研究》。最近,我才又知道,绿原在一九四九年之前的作品,还结集在另一册题为《集合》的诗集里,但那是在一九五○年以后才出版的。

《童话》共收了二十首诗,于一九四二年由"希望社"在桂林出版,列入《七月诗丛》。我看到的版本,则是一九四七年在上海再版的。诗集的封面采用英国 John Tenniel 的木刻,黑白两色,朴素异常。《又是一个起点》收了七首长诗,包括《终点,又是一个起点》这首主题长诗。诗集封面也是木刻,是俄国 P·Y·Pvatiouv 的《国内战争之一幕》。胡风所编的诗集和刊物,大多采用木刻做为封面和插画。这是可以理解的,因为胡风是鲁迅的忠实信奉者,而鲁迅在战前曾经积极提倡木刻艺术运动。

绿原在诗风上的转变,可以用这两册诗集来说明。《童话》的声音近于抒情,其中的哀叹多过抗议;《又是一个起点》的作品,却诞生于抗日战争结束到中国内战初起之间,愤懑与呐喊是诗中的主要色调。比较起来,前者的诗质精练、简洁,后者则近于散文的分行,清澈一如透明的水。

从艺术的成就来看,《童话》应该是可以获得肯定的。然而,在一九八三年出版全部诗作的选集《人之诗》时，绿原在序言中如此评断《童话》："这本幼稚的习作出版后，仅仅由于其中一些当时显得新鲜的想象，一度引起注意。但是，对于作者来说，它只是一个偶然的开始，同时也是一个必然的结束。"绿原所说"偶然的开始"是可以理解的，因为他早期之所以开始写诗，起缘于发现一册前辈诗人的诗集。他承认当时的自己"简直象发现了一盘珍珠，虽然它的题目偏偏叫做《鱼目》。"（见《人之诗》自序）。这本前辈诗人的诗集，其实就是卞之琳的《鱼目集》。卞之琳的诗，以跳跃的意象为最大特色，也许就是这个原因而使少年时期的绿原为之着迷吧。然而，绿原说《童话》也是一个必然的结束，则近乎不可解。他在《人之诗》的自序里表示，抗日战争的爆发，使他失去了少年的愁情，这自然是可以理解的。不过，他又说，一九四四年后，他觉悟到"必须通过实际的生活实践"才能写诗，更使他获得极大的鼓舞。如果绿原就这样结束他的《童话》时期，这不仅是矫情的，而且也是可悲的。

从这两册在一九四九年以前出版的诗集来看，绿原创作的血缘显然与艾青比较接近，纵然他最初曾受到卞之琳作品的冲击。为什么说接近艾青的诗风呢？在形式上，绿原与艾青一样，全然都是以自由诗来表现。诗句往往比较短，而且不断换行，使诗的速度加快了不少。在主题上，绿原较倾向于写政治诗，这也是绿原作品的主要特征。一九八一年，绿原编选了一册《白色花：二十人集》，其中所选作品都是以"七月派"的诗人为中心。在这本书的序言里，绿原认为艾青与他同时代的一些诗人开创了一个中国新诗传统，那就是"把诗从沉寂的书斋里、从肃穆的讲坛上呼唤出来，让它在人民的苦难和斗争中接受磨练，用朴素、自然、明朗的真诚的声音为人民的今天和明天歌唱。"绿原说，七月派诗人是追随这个传统的；他们都欣然承认，"他们大多数人是在艾青的影响下成长起来的"。绿原是如何受艾青的影响，恐需另辟长文讨论。不过，从绿原的自剖，至少可以知道他是在怎样的传统下成长的。

二

《童话》是绿原少年时期创作的总结。他的诗一方面带着浪漫的狂想，一方面也有着日后走向现实的预告。收在这册诗集的第一首诗《惊蛰》，就兼具这两种特色：

> 当星逃出天空的门槛
> 向这痛苦的土地上谢落
> 据说就有一个闪烁的生命
> 在这痛苦的土地上跨过
>
> 那么，我想
> ——十九年前，茂盛的天空
> 那一片丰收着金色谷粒的农场里
> 我是哪一颗呢

这首诗想必是写在十九岁那年，那时他已认识到人间的痛苦。他把自己比喻为殒落的星辰，在苦痛的时代中流浪。身为一个农家子弟，他也有自己的梦想。但是，他并未明确表示，痛苦是什么，梦想又是什么。在诗的最后一节，他只隐约透露些许信息：

> 但我也要回去的
> 等我唱完了我底歌
> 等我将歌声射动雷响
> 等我将雷声滚破了
> 人类底喧哗的梦

如果绿原所说的"唱歌"，是指新诗创作的话，那么他确实做到了他自己少年时代的许诺。他许愿要在生命的过程中，把内心的声音完全抒发出来，而且要把心声"射动雷响"，这不能不说是少年诗人的野心吧。这首诗题为《惊蛰》，带有预告春天来临的暗示。从这点来看，绿原有意把自己的诗歌当做一种春雷，以他的生命来唤醒"喧哗的梦"。喧哗的梦，应该是指现实社会的混乱吧。那么，以诗做为批判现实的武器，或者以诗提升现实灵魂的境界，便是绿原的意向了。从出发的最初，就立下了这样的意向，可以说已划出他日后作品的主要性格。

不过，他对现实的批判，并非是使用坚强、阳刚的语言，他往往使用一种悲戚的调子。读他的诗，可以受到哀伤的感染。他在《乡愁》一诗中，就这样说：

> 春风吹
> 果实衰弱着色彩
> 花朵象慧星

句子非常干净、简洁，短短三行便写出春天的匆促易逝。春风吹来时，原是百花盛放的季节。但是，陷入乡愁里的绿原，果实有着衰弱的色彩，而花朵如慧星一般谢落。其中第二行是倒装句，并以形容词的"衰弱"当做动词使用，这是刻意强调果实的瘦弱，同时衬托春天色彩的黯淡。以慧星来形容花朵，也是为了反应他内心的伤感落寞。

绿原也并不是不浪漫的。他的情诗，总是有着许多奇幻的联想。例如在《碎琴》的那组诗里，他怀想着一个女孩：

> 夜好白啊
> 月光象一只小河
> 响过你水晶的梦……

以"一只"来形容小河，予人突兀的感觉；而且这样的月光，还会发出声响。他这样写，无非是要使他的想念变得更具体，更可抚触。在《春天与诗》里，也有着类似的技巧：

> 风吹着
> 风吹着宽阔的少女底胸部

摇响两只小铃子

少女的胸部一直是许多诗人歌颂的题材；但在绿原的诗中，微风中的少女的胸部，竟如两只小铃子般响起。这种手法是一种内心的投射；也就是说，真正有铃声响起的，是诗人自己内心的震动，而不是少女的胸部。在这里有诗人的狂想，也有客观景物的描述，同时达到声东击西的效果。

在七月派的诗人群里，绿原的语言比较稠密。他虽受过艾青的影响，但在意象经营方面，比艾青还更下过功夫。同样的，他运用的诗句也较为精练，读起来不象喝白开水一般，只是解渴而已，而是有更多的余味。这点可以解释他之所以在七月派中较受人注意的原因。他在语言方面的锻炼，往往带给读者突兀错愕的感觉，但却又是可以接受的。正因为有了专注锻炼，才使诗有了可供推敲的余地。在《夜记》里，为了表达内心的憎恨，他写出如下的诗行：

　　痉挛的雨
　　和昏厥的夜
　　雨射击着夜呀
　　雨捆绑着夜呀

这里所说的痉挛、昏厥、射击、捆绑，岂非都是你憎恨情绪的投射。"雨射击着夜"，隐喻他痛恨之情的迸发；"雨捆绑着夜"，则又暗示内心的苦闷。用"射击"与"捆绑"分别来形容雨，使得平面的文字变成立体的感觉。

三

绿原的悲伤，当不止属于他个人，也属于他的时代。他诗中，不时可以看到许多苦痛的倒影。当他看到一个哑者，立即就想到自己没有说话的自由。《哑者》一诗的最后七行，是一种强烈的批判：

亲爱的兄弟
为什么我如此熟悉你呢
是不是因为
我也如你一般是
忍受着一切损害和侮辱
被不平的命运
扼住呼吸的哑者啊

　　他的控诉，是因为他感觉到，自己也如哑者一般受到损害与侮辱。这种心情，恐怕是四十年代中国抗战与内战中的青年曾共同分担过吧。然而，绿原并不只为知识青年抒发心声而已，他也为工厂的劳动者，祈求免于压榨的生活。在《雾季》里，他表现了如此的愿望：

啊，劳碌的雾季啊
我不过是一个被病痛鞭打着瘦弱的孩子
也用双手抚按着胸脯
对着灰茫茫的天地
想唱一只健康的歌呀

　　为工人与农民讲话，为社会中下阶层的穷者发出正义的声音，几乎是大部分四十年代中国新诗工作者的共同基调。不过，绿原并没有为了急于把那种抗议的声音用粗糙的语言表达。他宁可一方面为弱者说话，一方面不使他的作品丧失诗质。绿原在这点上，划清了他与同时代诗人的分野。具体一点说，他并未粗制滥造诗作，他也不迷信庸俗的大众化。他的作品，仍然是可解的，但并不是清澈见底的易解。他维持了诗的品质，却又不阻挠自己对社会大众的关切。由于有这样的节制，才没有使他的作品走向滥情滥调。例如，在《越狱》一诗里，他称颂着在狱中的一位劫富济贫的巨盗，他写出狱外的人们对巨盗的怀念与期待，诗的最后，他以这样的诗行结束：

而在无数间冷落的矮檐下

> 有人念着一个闪烁的名字
> 正是他底名字

这首诗不但传诵了一位代天行道者的人格，而且提出另一种巨大的社会抗议。

《童话》所收作品，大致不脱个人的哀伤与时代的创痛。诗集的名字虽叫童话，但并不是童话诗，更没有童话的题材。最近，中国有一篇讨论《童话》的评文，对于此诗集的语言，甚以为病。这篇文章说："用童话诗这种形式来反映现实，毕竟是迂回曲折的，特别是诗人对现实的解剖的确欠深刻，对战斗的呼唤也实在不够有力。"（见张如法：《论绿原的诗》，《中国现代文学研究丛刊》，1983年第一辑。）事实上，把《童话》当做童话诗来看，纯粹是一种望文生义的错误，而并未就诗的内容去仔细观察。以为要用特定的语言才能解剖社会现实，以为要用特定的题材才能提出有力的战斗呼唤，那只不过是一种教条的、陈腐的腔调。中国四十年代的许多诗人，都是因为迷信（或被迫相信）这种文学观，才使得新诗的发展倒退走。绿原恐怕也是其中的一位牺牲者。

四

《又是一个起点》，可能就是有了觉悟写出的诗集。在《童话》时期，绿原也尝试写较长的诗，但都写得比不上短诗。长诗的特色，不在于它的幅度漫长，而在于它的结构庞大。离开结构而去经营长诗，就象建筑高楼无需骨架。很不幸的，收在《又是一个起点》的七首长诗，在结构上可以说相当散漫，甚至在语言与意象方面，都没有看到诗人努力的痕迹。

这七首长诗包括：《终点，又是一个起点》，《复仇的哲学》，《咦，美国！》，《伽利略在真理面前》，《轭》，《悲愤的人们》，和《你是谁？》。这些诗都一致反映了战后中国社会的混乱、贫穷、饥饿、压迫与失望。如果说，在那样挫折的时代，诗人并没有心情去经营语言、意象等等技巧，这应该是可以谅解的。而且，这种呐喊式的作品，在当时也激起过无数的热情，这也是可以相信的。正因为如此，这样的长诗在那个时代乃在于完成特定的使命与任务。当时代过去之后，长诗的史料价值便超过艺术价值了。倘若一定要主张《又是一个起点》的艺术成就高于《童话》，那是因为批评者未能把诗和历史的界限区别开来。

绿原在《童话》中，已经显现了他的抗议精神。不能因为他的文字比较柔弱，或音调较为低沉，就说他没有战斗的意志。但在《童话》里曾经留下这样的句子：

> 现在
> 战斗常从夜间开始
> 如果黎明没有来
> 而我死去
> 也好，夜就是碑……

（见《神话的夜啊》）

诗中的意志，并不见得就比较脆弱。相形之下，《又是一个起点》自然使用较多刚烈的文字，在语气上、音调上也显得凄厉无比。但是，既然要在艺术上来评价，就不能不评价它的好坏成败，不能不在语言、意象、结构等方面来衡量。否则可以不必痛苦的称它为"诗"，而称之为散文的分行即可。当然，绿原的第二册诗集也并不是写得很糟糕，除了《咦，美国！》一诗沦为呐喊之外，其他六首长诗仍有可读之处。至少，它比同时期田间或臧克家所写的诗还好一些。《又是一个起点》的失败，乃在于毫无节奏可言，句子的长短漫无节制，一个字、两个字可以单独成为一行，长达二十字的句子也可成为一行。它的另一失败，是没有结构可言。也就是说，任何一首诗多增一节，或减少一节，并不影响大局。一首长诗的发展，既没有结构，那么何处是低潮，何时是转折，何时是终结，都使读者陷于迷惑。

五

　　比较绿原的两册诗集，《童话》确实较为可喜。到现在，仍然难以了解为什么要以《童话》命名？也许那是出于诗人的谦卑，自认作品仍属稚嫩，所以就称之为童话。然而，这也只是臆测而已。对于一位坎坷的诗人来说，《童话》中的苦难写照，显然就是一生的写照。当年他曾下过志愿要滚破人类的"喧哗之梦"，但事实上并没有，他反而被压在喧哗的梦之下。绿原的妻子罗惠，曾经写过一篇《我写绿原》（《新文学史料》，一九八三年第二期），叙述了绿原童年的折磨，成年的挫伤。这位批判过现实的诗人，在五十年代、六十年代、七十年代都一再受到政治迫害。在八十年代被"平反"后，他这样写："党与人民对我的关怀，我衷心感激并将永远珍惜。虽然自己已经年老，还希望能为人民写下去，为此需要好好学习。"（《人之诗》自序）

　　在结束本文之前，愿引用他早期的一首短诗《萤》。若他重新捧读，想必思量着当年他所追寻的自己的灯塔和自己的路吧：

　　　　蛾是死在烛边的
　　　　烛是熄在风边的

　　　　青的光
　　　　雾的光和冷的光
　　　　永不殡葬于雨夜
　　　　啊，我真该为你歌唱
　　　　自己的灯塔
　　　　自己的路

　　　　　　　　　　（原载1986年《香港文学》16期）

论绿原的《童话》

张如法

　　呵，《童话》、《童话》，多么令人困惑的《童话》！它里面没有一篇真正的童话，却偏偏取名为《童话》。诗人告诉我：这是他写作的童年时期的产物，取其幼稚之意。在《人之诗·自序》中，作者又把这些作品称为"梦幻式的小诗"，"试图用朦胧的语言来表达当时同我一样没有见过世面的青年们的苦闷和追求"。我似乎找到了什么，又失落了什么。我好象朦胧地感到这些小诗确实象童话。不，我又醒悟到这些小诗只能取名为《童话》。童话，童话，那时的年轻绿原，他梦幻着能过童话中的生活，而现实却偏偏是地狱。理想与现实犹如天地之殊的巨大落差，使诗人苦闷，愤恨，彷徨，而又不断追求。

　　熟悉绿原的人都知道，他的童年乃至青少年时代的生活，都是颇为艰辛痛苦的。三岁丧父，十二岁失母。几个姐姐都给人家当了童养媳，有一个甚至被逼自杀。绿原则依靠比他年长十九岁的胞兄过活。他的童年是不幸的，不值得留恋的，他过早地经历了他所不懂的、也不应该懂的人世的艰辛和残酷。他只希望能快快长大，以为长大了就自然会改变这种面貌，但现实却给他以无情的打击。一九三八年武汉沦陷，十六岁的绿原离家流亡，后来辗转到了重庆，这已是一九四〇年底的事情。他为了生活，在中国兴业公司钢铁部当练习生，负责管理职工阅览室，业余则开始写作《童话》集中的一些诗歌。他哀叹他的童年的辛酸，却在他的笔端、描绘一幅幅美满幸福的童话世界或神话世界的图画，以寻求安慰和寄托希望。他在白天为罪恶无耻所刺激，却幻想在夜晚能得到宁静、舒展和自由,能进入美丽的梦境……他的确是心中滴着血在吟唱这些美的诗歌的,难怪有人称为:溅了血的《童话》。他在诗中企望生活在童话世界,却并非脱离现实,那人生给予的痛苦和引起的悲愤,会按捺不住地冒出来,无情地刺破那些天真的、动人的梦幻皂泡。这就造成了绿原《童话》诗的一个重大特色:巨大的反差和尖锐的不和谐,却又统一在带着忧郁色彩的一首首动听的诗歌中。例如他的著名的《小时候》一诗:

> 小时候,
> 我不认识字,
> 妈妈就是图书馆。
> 我读着妈妈——
>
> 有一天,
> 这世界太平了:
> 人会飞……
> 小麦从雪地里出来……
> 钱都没有用……
>
> 金子用来做房屋的砖。
> 钞票用来糊纸鹞,
> 银币用来飘水纹……
>
> 我要做一个流浪的少年,
> 带着一只镀金的苹果,
> 　一只银发的蜡烛
> 　和一只从埃及国飞来的红鹤,
> 旅行童话王国,
> 去向糖果城的公主求婚……
>
> 但是,妈妈说:
> "现在你必须工作。"

361

这不是在写童话，而是在揭示现实。诗歌所描绘的想望中的童话王国，越是甜美，越是动听，越是诱人，那最后一句的告诫，虽然带着母爱的柔情细声，却越是刺骨透髓，震撼人心。这不是在形象地抒写劳动创造世界、工作实现理想的道理，不，绝不是。"我"没有金色的童年，母亲给他幻想这就是唯一可以给予的温暖，然而幻想毕竟不能填饱肚子，对这样一个还是不识字的孩子，不能让他去读书学习，不能让他去享受童年应该享受的幸福，却只能说："现在你必须工作"，这的确是无奈的，是一种现实的残酷！"现在你必须工作"，象一声惊雷震破了"我"的幻梦。这种自天而坠的巨大落差，在绿原的《童话》集中比比皆是，随处可见，他在甜美的夜晚，"将芒鞋做舟叶/划行在这潮湿的草原上"，抬头一望，却看见："呀，星……/星是被监禁在/云的城墙和云的楼阁里去了"，这种景象正是诗人痛感人类被囚禁的思绪的移情作用和折射反映所产生的，于是他在诗末高喊：他要用歌声射动雷响，使雷声滚破那掩盖社会生活真相的"人类的喧哗的梦"（《惊蛰》）。他在落雪的日子，曾经幻想天上仿佛在下着白茫茫的面粉，"这日子/仓屋该被谷粒膨胀着/白天该没有乞丐/夜间该没有盗贼"，他甚至"不敢惊动烛树下的梦"而"悄悄拍落身上的雪"，但这却是枉然的，因为风象箭，不仅他那贫血的手冰麻冰麻，而且连"动脉也凝冻了"，他不能不哀叹道："没有房屋住呵"！（《落雪》）他在"太阳呈扇形的放射没落了"的时候，说着"童话"：耶稣骑着驴子回到耶路撒冷去，圣人在想着一幅田园诗般的图画——烟水边的田螺回到贝壳里去了，城楼上的晚钟被十字架的影子敲响了，上帝总在抚慰和召唤着每一个人；然而残酷的现实却是：他象一个行脚者正摸索向远村的旅栈，不仅没有温暖的家，而且没有找到可以暂时栖身的处所；如果说安徒生童话中卖火柴的女孩擦着火柴却终于暖不了自己身体的话，那么绿原童话中的行脚者却呼唤："夜深了，请给我一根火柴……"他迫切地需要点燃他所买的风灯，以寻找到那远处的、十分迷茫的旅栈（《忧郁》）。正因为诗人是一个"被不平的命运"扼住呼吸的被损害和被侮辱者，所以他的最"甜蜜"的诗歌里也带着涩涩苦味，有着理想与现实高反差的隐隐黑影。即如《弟弟呵，弟弟呵》一诗，以奇妙的想象，呼唤"弟弟"该从童话的王国里醒来了，回来了。"是不是/那个野胡子吹着小唢呐/将你盛进他的黑布袋里去了/是不是/那位扶着手杖的老姆姆/请你到她的矮草屋/去唱一只歌呢，去喝一杯茶呢/或者是/沿着池塘去访蝌蚪哥儿/……你躺在潮湿的水草地上睡着觉呢"。这个童话王国的梦很美，不过是穷人孩子的梦。那呼唤"弟弟"回来的哥哥，他醒着所做的梦也很美，不过也只是穷人孩子的梦。他所能诉说的"想着小主人回来"的，不过是些吱吱哪哪的小风车儿，红色的瓜儿和青色的豆儿，麻褐色的胡桃儿和绿色的橄榄——一些多么可怜的，却为穷人孩子拿来眩耀的财富。梦境是虚幻的，唯一真实和值得安慰的是："醒来便是妈妈底手臂……"这个结尾带着淡淡的忧愁和微微的辛酸——现实世界能给孩子安慰的就只是梦境和母爱了。好一个现实世界！

《童话》中的许多诗歌都带着孩子般的梦幻色彩，带着理想与现实的巨大落差所造成的忧郁情调，但也有一些诗歌是完全现实的，是以诗为箭的，如《憎恨》：

不问群花是怎样请红雀呼唤着繁星开了，
不问月光是怎样敲着我的窗，
不问风和野火是怎样向远夜唱起歌……

好久好久，
这日子
没有诗。

不是没有诗呵，
是诗人的竖琴
被谁敲碎在桥边，
五线谱被谁揉成草发了。

杀死那些专门虐待青色谷粒的蝗虫吧，
没有晚祷！
愈不流泪的，

愈不需要十字架；
血流得愈多，
颜色愈是深沉的。

不是要写诗，
要写一部革命史啊。

这里所说的"诗"是美的，善的，幸福的，喜悦的象征。这里也有巨大的落差或反差，但不是理想与现实的矛盾，却分明是革命与反革命的对立。两方面都十分坚决：刽子手扼杀一切诗歌和谷粒，制造死一般的寂静和荒芜，他们不流泪，不忏悔，而人民却要杀死这些"蝗虫"，用实际行动写出"一部革命史"。《憎恨》一类诗歌好象与《童话》中的大部分诗歌在色彩上不大协调，实际上却都是涉世未深的青少年时代的绿原，面对现实不断苦闷，不断追求，这种心境的不同侧面的反映。

少年的绿原就曾接受过鲁迅作品的熏陶，鲁迅先生一辈子为唤醒同胞，鼓舞他们向前向上，并与一切黑暗势力作斗争的伟大志向，宽广的胸怀及高超的艺术才能，深深地激动着绿原，使他暗下决心要不断实践先生的这份诗教。此外，抗战时期的各种报刊也打开了绿原的眼界，他知道了世界上还有延安、八路军和共产党，心中产生了对革命的憧憬。但从初中开始，绿原又同时受到中外现代派文学的影响，诗中抒写的那种找不到出路和前途的忧郁、惆怅、空虚、悲哀、彷徨、苦闷的情绪，正与绿原那时的心境有相通之处。这些诗歌的唯美色彩和优雅情趣，也深深地吸引着绿原。虽然，他逐渐感到这类诗歌里的幽趣"同严酷的现实怎么也协调不起来。……就象故事里说的，沙漠上一名渴得要命的过客，狂喜地拾到了一个水袋，不料打开来，竟是一满袋子猫儿眼"（《人之诗·自序》），但是，他受这些诗歌的影响还是有一定深度的。于是，就出现了上述《童话》诗集中的复杂状态，既有带着苦味的几丝甜蜜，又有梦幻与现实的巨大落差，也有直露的诅咒、仇恨和对革命的热情呼唤。这些都属于同一个绿原，那个既浪漫又现实的绿原，既苦闷又兴奋的绿原，既彷徨又追求的绿原。

《童话》集中的诗歌无疑是美的。

它的每一首诗歌都有着一连串的令人神奇，使人不禁捋衣挽裤涉水探胜的奥秘和巧谜。人类的童年就是从谜语中生活过来的。中国六书中的会意乃"比类合谊，以见指伪，武信是也"（许慎），就是一种谜语原则的运用。古希腊神话中，食人怪兽让人猜谜语，以猜中与否决定其生存或死亡的命运，但无人能猜中，结果英雄俄狄浦斯破了"早晨四只脚走，中午两只脚走，晚上三只脚走"是什么的谜底，并因而被第伯司人选为国王。某些诗歌也是一种谜语，英国诗人柯勒律治论诗的想象，认为它的特点在见出事物中不寻常的关系。诗人把这种不寻常的关系，生动、形象地抒写或描绘出来，而使它们呈现出似隐似现、若藏若显的状态，这就造成一种艺术的谜语，使人一旦悟出其中奥妙，就得到欢愉宽慰的美学享受。据亦门介绍，童年的绿原，"他底善于猜谜，曾经荣誉地被称为'神童'"，他"考大学就象猜中了一个灯谜"，而他那称为"财产"的箱子里，其重量主要在一堆书籍上，"在十本左右的英文版的《国际文学》里面，却夹了几本《灯谜大观》"（《绿原片论》）。看起来，传统的灯谜和中外现代派的诗歌的确对绿原的《童话》产生了影响。关于后者，绿原的妻子罗惠在其回忆中也谈到过："一九三八年武汉沦陷，我们就分别了。……这期间，我们有过十分艰难的通讯，一封信要走半年之久。读着他的信，往往使我感到莫名其妙，扑朔迷离，就象现代派的诗，实在令人费猜。回想起来，可能他那时正把对家乡的思念和遥远的爱情当作素材，开始写诗了吧。"（《我写绿原》）现代派的诗歌是以让人猜谜而成为其一个显明特色的。谜有一种惝恍的深奥，搜索底奇丽，将其技巧运用得好，是能造成相当迷人的效果的。我们来看看绿原《惊蛰》一诗的前三段：

当羊队面向栅栏辞别了旷野
当向日葵画完半圆又寂寞地沉落
当远航的船只卸卷白帆停泊了
当城市泛滥着光辉象火灾

从没有灯和烛的院落出来
我将芒鞋做舟叶
划行在这潮湿的草原上

草原上，我来了
好不好，你
蓝色的　海的泡沫
蓝色的　梦的车轮
蓝色的　冷谷的野蔷薇
蓝色的　夜的铃串呀

那第一段诗歌所描绘的四个画面，立体似地突现在读者面前，生动，多彩，田园交响曲般地悦耳，它们都必然地指向一个方向，却又与这个方向存在着一段需要用想象跳跃的距离。它们所描绘的都是落日和黄昏时的景象，但诗句中却又没有"落日"或"黄昏"的字眼，当读者具体形象地想象出它们之间巧妙的关系时，就不能不产生美的喜悦。或许第三段更妙了，谜底与谜面都写在诗上，却让人去寻求其中的不寻常的联系。那每一个"蓝色的"，都是一幅广阔的生动的美的画面。"海的泡沫"，不错，令人想起风吹动草原，草的向阳面与背阳面的颜色交替翻滚出现，如绿色的大海不断吐着白色的泡沫。"梦的车轮"，真神奇，这是夜的朦胧的草原呵，草波翻滚如车轮向前。"冷谷的野蔷薇"，"夜的铃串呀"，都很美妙，它们用声色味去描绘视觉的形象，给人以广阔的想象余地。绿原还有些诗歌，诗本身是谜面，而题目就是谜底，它们写得含蓄、蕴籍，使颜色富丽变幻，结构新颖奇巧，能启人想象，发人深思。如"蛾是死在烛边的/烛是熄在风边的//青的光/雾的光和冷的光/永不殡葬于雨夜/呵，我真该为你歌唱//自己的灯塔/自己的路"，这是在歌唱什么啊？题目《萤》就是它的答案；而更深一层的谜底却在它所包含的深刻的哲理思想：永远不熄灭地发出光亮，永远用自己的灯塔去照亮自己所要找寻的路，永远如前哲一样："吾将上下而求索"……

《童话》时期的绿原，有许多梦幻，但并不愿逃避现实，他也有苦闷感和孤独感，却决心向人民靠拢。因此，在绿原和谜的关系上来说，诚如亦门所指出的："在绿原，主要的，那他不是在制谜，而是为了答谜的，他企图解决历史和人生向他提出的伟大问题；他不是华而不实的谜面，而是呼之欲出的谜底，他所触到了的是这个大的疑问号后面的大的惊叹号"（《绿原片论》）。当然，亦门所谈及的已经涉及到他那"火海一样其势熊熊的政治诗了"，然而我们要知道，《童话》正是迈向那步的一个必要准备。

绿原是极善于选择和捕捉意象的。克罗齐指出："艺术把一种情趣寄托在一个意象里，情趣离意象，或是意象离情趣，都不能独立。"（《美学》）然而，选择和捕捉最恰当的意象来寄托特定的情趣，进而深入一步，使情趣与意象达到完美契合和水乳交融的景界，却并不是所有诗人都能达到的一种艺术极致。很幸运，绿原在这方面有得天独厚的艺术修养和才能。我们从《童话》中可以看到，绿原所选择和描绘的意象，其恰切与精巧，生动与美妙，在现代诗歌史上都是属于最优秀之列。如描绘那寄托着惆怅情趣的落雪时天空："天空变得象丘陵/再也不是/溶解般的蓝色的平原了"（《落雪》）。如描绘那带来诗歌的春天的风："风吹着/风吹着宽阔的少女的胸部/摇响两只小铃子……//风是滚动在天河里的流水"（《春天与诗》）都令人拍案叫绝。然而更使人叹为观止的是，绿原能在一首诗中，不仅表现出意象的多侧面和多层次，而且随着诗人情趣的转移，其意象的色彩、音调及其他具相都瞬即变幻，使人如观万花筒一般。我们试举《神话的夜啊……》为例，看看绿原《童话》诗的高超艺术水准。当诗人描写荒凉、凄惨的夜的时候，夜呈现出下述的一些面貌：

潮湿的
昏眩的夜呀

枭旅行
蝙蝠回家……的夜呀
闪电锯断乌云
雨滴象木屑

367

凄然而落……的夜呀

磷火纺织着
惨绿的唾沫……的夜呀

亏诗人想得出来，闪电象一把锯子，在那里"锯断"乌云，而乌云就象木头，落着"木屑"般的雨。也亏诗人想得出来，漆黑夜幕中的滴滴磷火，犹如"惨绿的唾沫"（也是星星点点的啊），而萤的飞舞造成磷火的流动，就似在纺织着一样。这种新奇的比喻，神妙的想象，而且用的是排比的形式和复沓的节奏，它们非常传神地体现出诗人对昏眩、悲凉的夜的立体式的感受。阿米尔说得好："一片自然风景就是一种心情。"当诗人想到"现在，战斗常从夜间开始"，而"明天"将有更雄伟的"队伍"，他应该好好睡觉以迎接黎明时，夜就呈现出醉人的姿态：

夜是一个赌徒
有无数颗珍珠
和一枚银币……

有小河在喃喃做梦
有玉蜀黍象宝石放光
有虫乐在交响……

在诗人的愉悦情趣中，夜就变得这样富贵和迷人。然而它却不能和黎明相比，于是在将要鸡啼的时候，将要歌唱的时候，夜就呈现出一付可怜相：

进行着
停留着
溃退着……的夜
苍白了

病了
摇摇摆摆……的夜

有光芒
象牛乳流出云槛
最好说是夜的泪……

特别是中间一段："苍白了/病了/摇摇摆摆……的夜"，用拟人化手法，把从黑暗转向黎明，那夜色逐渐消退的流程与诗人为之欢欣的神情，都活现在读者面前。在一首诗里，夜的形象与色彩竟如此丰富变化，可见诗人选择意象、描绘意象之深厚功力。

绿原自己做梦也想不到，他四十年代初期在西南播下的诗种，过了十年左右的时间，竟在台湾的诗坛上有了收获。台湾有个被誉为"天才诗人"的杨唤，他的许多诗歌是从《童话》变化而来的。我读过他的一首被选作台湾国文教材的《夏夜》之诗，那开头的"蝴蝶和蜜蜂们带着花朵的蜜糖回家了，/羊队和羊群告别了田野回家了，/火红的太阳也滚着火轮子回家了"，那中间的"撒了满天的珍珠和一枚又大又亮的银币"，"听完了老祖母的故事/小弟弟和小妹妹也合上眼睛走向梦乡了"，那整个诗的情调，都明显地是受了绿原的《弟弟呵，弟弟呵……》、《惊蛰》、《小时候》、《神话的夜啊……》等诗的启发和影响而写出来的。据了解，杨唤乃辽宁兴城人，生于一九三〇年，他初中毕业后，便开始写诗。十八岁就担任青岛《青报》副刊编辑。一九四八年随国民党军队到台，任上士文书。一九五四年三月七日，因赶看电影，在台北市西门平交道被火车轧死。看来，这位诗人虽有天才，但一生遭遇颇为坎坷。他上学不多，家庭的经济状况不好，又是孑身飘泊，想必家庭也象绿原那样有一部四零五散的痛苦史吧。到台后，压抑紧张，看他去电影院那种匆迫的情景，最后竟死于非命，就可以知道了。他的《夏夜》里写小妹妹、小弟弟各自梦见或变做蝴蝶在花园里忽东忽西地飞，或变做一条鱼在蓝色的大海里游水，那种自由自在的生活，正是他在现实中所缺少的，这点与绿原写作《童话》时的情况有相似的地方。《童话》从心理分析的角度来说，正是没有正常、幸福的童年生活和有过一点苦中之乐但却被摧残破坏的情绪的自然流露。《童话》诗中有时甚至过分美化了他童年的梦境，他童年生活的家乡，原因也在于此。杨唤可能由于各种社会原因，这首《夏夜》诗里没有不满，更没有愤怒，而只有夏夜的甜美，并且描写有"椰子树"、"竹林"这两个南方景色的特点，但我疑心他和绿原当年那样有种特殊的"乡愁"，《夏夜》中的许多景色的描写和老祖母讲故事等情节，很可能是他童年有过的一段经历，是数不清苦中的片断之乐，他也在美化，也在怀念。从杨唤的诗歌，我们从一个侧面看到了台湾文艺与大陆文艺的血肉关系、渊源关系，不仅古代存在，近代存在，而且现在继续有着这种联系。

《童话》也有缺点，诗人对现实接触不紧、了解不深的弱点造成了诗歌比较空幻的局面。随着诗人的认识和实践的不断深化，他逐渐地迈向《又是一个起点》。这就是绿原自己所说的，《童话》"对于作者来说，它只是一个偶然的开始，同时也是一个必然的结束。原始的童音是不能持久的，我此后再也没有写过那样的诗，而且要写也写不出来了"，因为他后来"在一定程度上体验了当时到处存在的人民群众的疾苦，……周围不绝于耳的喘息和呻吟使我为《童话》里的浪漫憧憬感到惭愧"，诗人逐渐坚定了如下的艺术信念。"如果游离和疏隔了人民的喜怒哀乐，诗人又何必要提笔啊"（《人之诗·自序》）。

我们欣喜地看到海峡彼岸和港澳地区的一些作家和评论家，越来越注意对绿原诗歌的研究，他们写出了一些很有份量的研讨文章。我们有许多共同的语言，但也因背景与情趣的不同，存在着认识上的一些分歧，这都是很正常的事情。但有一个误解是应该消除的：以为绿原的自述和我的一篇评论文章（《论绿原的诗》，载《中国现代文学研究丛刊》一九八三年第一期），是在完全否定《童话》的思想与艺术价值。决不是的。我个人对《童话》的评价很高。我只是从历史的进程与诗人前行的轨迹，来论述《童话》应得到的地位及其被诗人后来逐渐克服的一些缺点。本文也算是我进一步阐述自己的观点，并对某些误解所作的一个答复吧。

（原载《河南大学学报》1987年第5期）

著译系年和研究资料目录

绿原著译系年

绿原单篇作品目录

爸爸还没有回来（短篇小说）
1939年作；载1939年《时事新报》，署绿原。

憎恨（诗）
1940年12月作；署绿原（诗歌创作皆署此名，以下从略）；初收希望社1942年12月初版《童话》。

夜的风景诗（诗）
1941年1月作；载《诗创作》1942年3月31日第9期。

小时候（诗）
1941年3月作；初收希望社1942年12月初版《童话》。

沙原上（散文）
1941年3月作；载1941年《时事新报》，署绿原。

送报者（诗）
1941年5月作；载1941年8月11日《新华日报》。

星的童话（诗）
1941年6月作；载1943年11月5日《文学杂志》第1卷第2期，又载《诗创作》1942年3月31日第9期。

我们也是这土地底儿子（诗）
1941年8月作；载《文学杂志》1943年7月创刊号。

黑店（诗）
1941年9月作；载《诗创作》1941年12月15日第6期；初收希望社1942年12月初版《童话》。

乡愁（诗）
1941年10月作；载《诗创作》1941年12月15日第6期；初收希望社1942年12

月初版《童话》。

雾季（诗）
1941年10月作；载《诗垦地》1942年
第1辑《黎明的林子》；初收希望社1942
年12月初版《童话》。

落雪（诗）
1941年10月作；初收希望社1942年
12月初版《童话》。

夜记（诗）
1941年10月作；载《诗创作》1941年
12月15日第6期（题为《夜》）；初
收希望社1942月12月初版《童话》。

小歌（诗）
1941年10月作；载《诗创作》1941年
12月15日第6期。

我确信着大地底丰收（诗）
1941年10月作；载1942年4月11日
《国民公报》。

萤（诗）
1941年10月作；载1942年4月16日
《国民公报》，初收希望社1942年12
月初版《童话》。

标本小集（诗）
1941年10月作；载1942年4月16日
《国民公报》；又载《诗垦地》1942年4
月16日副刊第6期。

厕所（诗）
1941年10月作；载《诗创作》1942年4
月31日第10期。

今夜（诗）
1941年10月作；载《诗丛》1942年3
月10日创刊号。

前进，歌唱（诗）
1942年1月作；载《诗创作》1942年4
月31日第10期。

在今夜（诗）
1942年1月作；载《诗创作》1942年3
月31日第9期。

花朵（诗）
1942年2月作；载《诗创作》1942年3
月31日第9期；初收希望社1942年12
月初版《童话》中。

这一次（诗）
1942年2月作；载《诗创作》1942年3
月31日第9期；初收希望社1942年12
月初版《童话》。

读《最后一课》（诗）
1942年3月作；载《现代文艺》1942
年5月25日第5卷第2期；初收希望
社1942年12月初版《童话》。

惊蛰（诗）
1942年作；载《诗垦地》1943年3月1日

第4辑《高原流响》；初收希望社1942年12月初版《童话》。

弟弟呵，弟弟呵……（诗）

1942年4月作；载《诗》1942年11月第3卷第4期；初收希望社1942年12月初版《童话》。

碎琴（诗）

1942年6月作；载《诗垦地》1943年3月1日第4辑《高原流响》；初收希望社1942年12月初版《童话》。

催眠（诗）

1942年6月作；载《诗垦地》1943年第3辑《春的跃动》。

旗（诗）

1942年6月作；初收希望社1942年12月初版《童话》。

工作——我从钢铁工厂回来……

1942年9月作；载《现代文艺》1942年10月25日6卷1期；初收泥土社1951年1月初版《集合》。

响着的刀（诗）

1942年9月作；载《文学报》1943年5月10日新第1卷第1期，又载1943年6月10日《诗月报》创刊号；初收泥土社1951年1月初版《集合》。

颤抖的钢铁——悼念一群死在敌后的

民族战士（诗）

1942年10月作；载《诗垦地》1943年第5辑《滚珠集》；初收泥土社1951年1月初版《集合》。

给C.T.（诗）

1942年10月作；载1943年1月23日《国民公报》；又载《诗垦地》1943年1月23日副刊第16期。

圣诞节的感想（诗）

1942年12月作；载《诗垦地》1943年4月10日副刊第22期；又载《文学报》1943年5月10日新第1卷第1期；初收泥土社1951年1月初版《集合》。

圆周（组诗）

包括《生日》、《错误》、《想象》、《一个人》、《愿》、《存在》、《有一个同志》、《自杀》、《信仰（1）》、《闪》等10首。1943年6月辑；初收泥土社1951年1月初版《集合》。

我睡得不好（诗）

1943年11月作；初收泥土社1951年1月初版《集合》。

忏悔（诗）

1944年作；载《诗垦地》第六辑《白色花》。

不是忏悔（诗）

1944年9月作；初收泥土社1951年

1月初版《集合》。

给天真的乐观主义者们（诗）
1944年12月作；载《希望》1946年3月
第1集第3期；初收泥土社1951年1月
初版《集合》。

是谁，是为什么（诗）
1944年12月作；初收泥土社1951年
1月初版《集合》。

不要怕没有同志（诗）
1944年12月作；初收泥土社1951年
1月初版《集合》。

破坏（组诗）
包括《破坏》、《虚伪的春天》、《游
记》、《坚决》、《给化铁》、《给
我的女人的嘱咐》、《集合》、《无
题》、《自由》、《死刑》、《猫头
鹰》、《是和应该是》、《一个人》、
《观念论者》、《是的》、《扬子江》、
《小甲虫有火光照着的梦》等17首。
1944年冬至1945年春辑；其中《破坏》、
《虚伪的春天》、《游记》《坚决》、
《给化铁》等五首载《希望》1946年1月
第1集第2期；组诗十七首初收泥土社
1951年1月初版《集合》。

给CF（诗）
1945年8月作；初收泥土社1951
年1月初版《集合》。

终点，又是一个起点（诗）
1945年8月作；载《希望》1946年4月
第1集第4期；初收青林诗社1948年
10月初版《又是一个起点》。

我是白痴（诗）
1945年10月作；初收泥土社1951年
1月初版《集合》。

复仇的哲学（诗）
1946年5月作；载《希望》1946年10月
18日第2集第4期；初收青林诗社1948
年10月初版《又是一个起点》。

唉，美国！（诗）
1946年6月作；载《希望》1946年7月
第2集第3期；初收青林诗社 1948年
10月初版《又是一个起点》。

伽利略在真理面前（诗）
1946年6月作；载1946年11月19日
《大公报》，又载《文艺》第8期；初
收青林诗社1948年10月初版《又是一
个起点》。

人和沙漠（诗）
1947年1月作；初收泥土社1951年1月
初版《集合》。

轭（诗）
1947年1月作；初收青林诗社1948年
10月初版《又是一个起点》。

悲愤的人们（诗）

1947年3月作；载《希望》1946年7月第2集第3期；初收青林诗社1948年10月初版《又是一个起点》。

你是谁？（诗）

1947年5月作；载《荒鸡》丛书之一《天堂底地板》（题为《口号》），又载《中国作家》1947年10月1日创刊号；初收青林诗社1948年10月初版《又是一个起点》。

我们是怎样活着（组诗）

包括《我们是怎样活着》、《动物园》、《雾》、《我的一生》等4首。1947年8月作；初收青林诗社1948年10月初版《又是一个起点》。

给东南亚（诗）

1948年10月作；载1948年11月7日《大刚报》；初收泥土社1951年1月初版《集合》。

亲爱的阿Q（组诗）

包括《中国，看你的》、《百年战争》、《敌人和公正人》、《自由主义者》、《给亲爱的阿Q》、《一个中国母亲》等6首。1948年10月至12月辑；初收泥土社1951年1月初版《集合》。

微雨（组诗）

包括《微雨》、《论英雄崇拜》、《为了自由》、《无题》、《小鼓手和将军》、《生命在歌唱》、《诗与真》等7首。1948年10月至12月辑；初收泥土社1951年1月初版《集合》。

一个什么在诞生（诗）

1948年作；初收宁夏人民出版社1983年初版《人之诗续编》。

荒野的力量（诗）

1948年作；初收宁夏人民出版社1983年初版《人之诗续编》。

诗人们（诗）

1949年1月作；初收泥土社1951年1月初版《集合》。

中国，1949年（诗）

1949年1月作；初收新文艺出版社1953年7月初版《从一九四九年算起》。

踏青小集（组诗）

包括《孩子和泥土》、《手》、《清明节》、《早晨》、《月光曲》、《到罗马去》、《草》、《航海》、《晴》、《诗人》、《春雷》等11首。1949年1月辑；载1949年3月《大刚报·大江》副刊；初收泥土社1951年1月初版《集合》。

五月速写（组诗）

包括《江南春光》、《音乐会》、《拥抱》、《过程》、《信仰（2）》等5首。1949年5月作；初收人民文学出版社1983年初版《人之诗》。

"九一八"，第十八年（诗）
1949年9月作，初收新文艺出版社
1953年7月初版《从一九四九年算起》。

党日（诗）
1949年11月作；载1950年《长江文艺》
1月号；初收新文艺出版社1953年7月
初版《从一九四九年算起》。

为重庆《新华日报》复刊而作（诗）
1949年12月作；初收新文艺出版社
1953年7月初版《从一九四九年算起》。

从一九四九年算起（诗）
1949年12月作；初收新文艺出版社
1953年7月初版《从一九四九年算起》。

读诗速记（文）
1950年作；载《长江文艺》1950年2
月号。

答读者问诗（文）
1950年作；载《长江文艺》1950年4
月号。

一个新女性（英文小说）
1950年3月作；载1950年7月15日《密
勒氏评论报》周刊。

战斗的朝鲜（诗）
1950年10月作；初收新文艺出版社
1953年7月初版《从一九四九年算起》。

一分钟不能忘记（诗）
1950年10月作；俄译文载莫斯科版《俄
语教科书》；初收新文艺出版社
1953年7月初版《从一九四九年算起》。

中国人民志愿军之歌（诗）
1950年10月作；初收新文艺出版社
1953年7月初版《从一九四九年算起》。

《集合》后记（文）
1950年12月作；初收泥土社1951年
1月初版《集合》。

不是羊，也不是狼（诗）
1951年1月作；初收新文艺出版社
1953年7月初版《从一九四九年算起》。

不准！——为反对美帝国主义重新武
装日本而写（诗）
1951年3月作；初收新文艺出版社
1953年7月初版《从一九四九年算起》。

七月一日唱的（诗）
1951年7月作；初收新文艺出版社
1953年7月初版《从一九四九年算起》。

怎样写诗（文）
1951年7月作；初收新文艺出版社
1953年7月初版《从一九四九年算起》。

和青年学生们谈话（诗）
1952年2月作；初收新文艺出版社
1953年7月初版《从一九四九年算起》。

亲爱的党，伟大的党（诗）
1952年7月作；初收新文艺出版社
1953年7月初版《从一九四九年算起》。

《从一九四九年算起》后记（文）
1953年3月作；初收新文艺出版社
1953年7月初版《从一九四九年算起》。

儿童节献诗（诗）
1953年5月作；载1953年6月1日《大
刚报》。

沿着中南海的红墙走（诗）
1953年5月作；载《人民文学》1954年
3月号；初收人民文学出版社1983年初
版《人之诗》。

到公园去玩（诗）
1953年5月作；载《人民文学》1954
年3月号。

雪（诗）
1953年5月作；载《人民文学》1954
年3月号。

天安门（诗）
1953年5月作；载1954年4月6日《北
京日报》。

北京的风沙（诗）
1953年作；初收人民文学出版社1983
年初版《人之诗》。

夜里（诗）
1953年作；初收人民文学出版社1983
年初版《人之诗》。

高些，更高些（诗）
1953年作；初收人民文学出版社1983
年初版《人之诗》。

向第五个十月致敬（诗）
1954年作；载《新观察》1954年第19、
20期。

唱歌的少女（诗）
1954年作；初收人民文学出版社1983
年初版《人之诗》。

快乐的火焰（诗）
1954年作；初收人民文学出版社1983
年初版《人之诗》。

给一位闹情绪的同志（诗）
1954年作；初收人民文学出版社1983
年初版《人之诗》。

火车在旷野里奔跑（诗）
1954年作；初收人民文学出版社1983
年初版《人之诗》。

小河醒了（诗）
1954年作；初收人民文学出版社1983
年初版《人之诗》。

短短十年（诗）

1954年作；初收人民文学出版社1983年初版《人之诗》。

听一位诗人谈诗（诗）

1954年作；初收宁夏人民出版社1983年初版《人之诗续编》。

王府井的人行道（诗）

1954年作；初收宁夏人民出版社1983年初版《人之诗续编》。

演说家（诗）

1954年作；初收宁夏人民出版社1983年初版《人之诗续编》。

记住那句话（诗）

1954年作；初收宁夏人民出版社1983年初版《人之诗续编》。

给一个外国同志（诗）

1954年作；初收宁夏人民出版社1983年初版《人之诗续编》。

书店（诗）

1954年作；初收宁夏人民出版社1983年初版《人之诗续编》。

反官僚主义（诗）

1954年作；初收宁夏人民出版社1983年初版《人之诗续编》。

明朗与晦涩（诗）

1954年作；初收宁夏人民出版社1983年初版《人之诗续编》。

老实的小毛驴（诗）

1955年作；初收人民文学出版社1983年初版《人之诗》。

又一名哥伦布（诗）

1959年作；初收人民文学出版社1983年初版《人之诗》。

海涅论莎士比亚女性人物（译文）

1962年译；载人民文学出版社《古典文艺理论译丛》，署刘半九（此后凡译作与外国评论文章均署此名，下略）。

断念（诗）

1969年作；初收宁夏人民出版社1983年初版《人之诗续编》。

重读《圣经》（诗）

1970年作；载1980年《芳草》第9期；初收人民文学出版社1981年8月初版《白色花》。

谢谢你（诗）

1970年作；载1981年《长安》第3期；初收宁夏人民出版社1983年初版《人之诗续编》。

母亲为儿子请罪（诗）

1970年作；载1981年《长安》第3期；

初收宁夏人民出版社1983年初版《人之诗续编》。

我的一生（诗）

在五七干校时作；载《文汇》月刊1982年第9期（牛汉《荆棘和血液——谈绿原的诗》中引用了这首诗）。

往往（诗）

1970年作；初收宁夏人民出版社1983年初版《人之诗续编》。

但切不要悲伤（诗）

1970年作；初收宁夏人民出版社1983年初版《人之诗续编》。

信仰（诗）

1971年作；载《长安》1981年第3期；初收人民文学出版社1983年初版《人之诗》。

给一个没有舌头的人（诗）

1971年作；载《长安》1981年第3期；初收宁夏人民出版社1983年初版《人之诗续编》。

陌生人之歌（诗）

1972年作；初收宁夏人民出版社1983年初版《人之诗续编》。

一点光明（诗）

1978年作；载《文汇月刊》1980年第4期；初收人民文学出版社1983年初版《人之诗》。

不是奇迹（诗）

1978年作；初收人民文学出版社1983年初版《人之诗》。

《阴谋与爱情》序（评论）

1978年2月作；初收人民文学出版社1978年初版《阴谋与爱情》。

《玩偶之家》序（评论）

1978年5月作；初收人民文学出版社1978年初版《玩偶之家》。

《格林童话选》序（评论）

1978年7月作；初收人民文学出版社1978年初版《格林童话选》。

给诗人钱学森（诗）

1979年第四次文代会期间作；载《诗刊》1980年3月号，题为《听诗人钱学森讲演》；初收人民文学出版社1983年初版《人之诗》。

尽管我再也不会唱（诗）

1979年作；载《长安》1981年第3期；初收人民文学出版社1983年初版《人之诗》。

为新歌手们鼓掌（诗）

1979年作；载《长安》1981年第3期。

燕归来（诗）

1979年作；初收宁夏人民出版社1983年初版《人之诗续编》。

一本反映歌德精神面貌的书（评论）

1979年作；载1979年5月29日《光明日报》。

《茨威格小说四篇》序（评论）

1979年5月作；初收人民文学出版社1979年初版《茨威格小说四篇》。

曹雪芹不是叔本华（评论）

1979年8月作；载《红楼梦研究集刊》1980年第3辑。

中国人民欣赏德国文学（文）

1979年作；载《中国建设》德文版1979年第2期。

德国浪漫派和海涅的《论浪漫派》（评论）

1979年作；载人民文学出版社1979年版海涅《论浪漫派》。

《十九世纪文学主流》序（评论）

1979年作；载人民文学出版社1979年版〔丹〕勃兰兑斯著《十九世纪文学主流》。

喜读《外国文学家的故事》（评论）

1979年作；载《读书》1979年第3期。

它山之石，可以攻玉（评论）

1979年作；载《新文学论丛》1979年第2辑。

《豪夫童话选》序（评论）

1979年作；初收人民文学出版社1979年版《豪夫童话选》。

《绿衣亨利》序（评论）

1979年12月作；初收人民文学出版社1980年初版《绿衣亨利》。

给你——（诗）

1980年1月作；初收人民文学出版社1981年初版《白色花》。

安徒生之为安徒生（评论）

1980年作；载《读书》1980年第1期。

献给我的保护人（诗）

1980年作；初收人民文学出版社1983年初版《人之诗》。

记阿垅（文）

1980年10月作；载《大地》1981年第1期。

为诗一辩（文）

1980年11月作；载《读书》1981年第1期。

《白色花》序（评论）

1980年11月作；载《当代》1981年

第3期。初收人民文学出版社1981年
8月初版《白色花》。

《十九世纪文学主流》浅说（评论）
1981年作；载《文艺报》1981年第9期。

《蔡特金文学论文选》序（评论）
1981年作；初收人民文学出版社1978
年初版《蔡特金文学论文选》。

诗，科学，教科书（评论）
1981年作；载《文学书窗》1981年2
月13日总第12期。

简评《丹东之死》评论）
1981年作；载《文学书窗》1981年。

《论德国文学与艺术》序（评论）
1981年作；初收人民文学出版社1981
年初版〔法〕史塔尔夫人著《论德国
文学与艺术》。

歌德：《自然》并前记（评论）
1981年作；载《艺丛》1982年第1期。

斯蒂芬·茨威格长诗《罗丹》并后记
（评论）
1981年作；载1981年8月20日《文学
报》第12期。

特里林：《弗洛伊德与文学》（评论）
1981年作；载《美国文学》1981年第
1期。

德、奥、美现代诗选（翻译）
1981年译；散载1981年《诗刊》、《世
界文学》、《外国文学季刊》各期。

歌德二三事（诗）
1982年作；载《诗刊》1982年第2期；
初收人民文学出版社1983年初版《人
之诗》。

歌德：文学史上的一颗恒星（评论）
1982年作；载《文汇月刊》1982年第
3期。

美国现代诗简介（评论）
1982年作；载《外国文学季刊》1982年
第3期。

浪漫主义故乡的浪漫派（评论）
1982年作；载《外国文学季刊》1982年
第4期。

《人之诗》自序（文）
1982年作；载《当代》1982年第4期；
初收人民文学出版社1983年初版《人
之诗》。

《人之诗》编后（诗）
1982年作；载《文汇月刊》1982年第
9期；初收人民文学出版社1983年初版
《人之诗》。

《人之诗续编》序（文）
1982年作；载1983年《新月》第1期；

初收宁夏人民出版社 1983 年初版《人之诗续编》。

西德拾穗录（组诗）
1982 年作；载《诗刊》1982 年第 12 期；初收四川文艺出版社 1985 年 5 月初版《另一只歌》。

答问（关于《西德拾穗录》）（文）
1983 年 1 月 10 日作；载《作品与争鸣》1983 年第 3 期。

活的诗（文）
1983 年 3 月作；载《读书》1983 年第 2 期。

丈八沟杂记（组诗）
1983 年作；载《长安》1983 年第 12 期；初收四川文艺出版社 1985 年 5 月初版《另一只歌》。

酸葡萄集（组诗）
1983 年作；载《诗刊》1984 年 1 月号；初收四川文艺出版社 1985 年 5 月初版《另一只歌》。

谢幕（诗）
1984 年作；载《十月》1984 年第 2 期。

你的重庆，我的重庆（诗）
1984 年作；载《红岩》1984 年第 3 期；初收四川文艺出版社 1985 年 5 月初版《另一只歌》。

一个读者对译诗的几点浅见（文）
1984 年作；载《外国文学研究》1984 年第 3 期。

十九世纪文学主流和《十九世纪文学主流》（文）
1984 年作；载《读书》1984 年第 4 期。

海外诗人郑愁予（文）
1984 年作；载《读书》1984 年第 7 期。

美学初探（译文）
1984 年译；载中国文联出版公司《文艺理论译丛》（2）。

秋水篇（诗）
1984 年作；载《延河》1984 年第 7 期；初收四川文艺出版社 1985 年 5 月初版《另一只歌》。

泪之谷（诗）
1984 年作；载香港《诗风》1984 年终刊号。

紫禁城漫与二题（诗）
1984 年作；载《紫禁城》1984 年第 27 期；初收四川文艺出版社 1985 年 5 月初版《另一只歌》。

深圳的启示（文）
1984 年作；载《文艺研究》1984 年第 5 期。

一九八四年诗抄（诗）

1984年作；载《中国》1985年第1期。

《葱与蜜》题解（文）

1984年作；载《随笔》1985年第1期。

路翎这个名字（文）

1985年作；载《读书》1985年第2期。

终于没有揭开神像面纱的席勒（诗）

1985年作；载《诗刊》1985第6期。

诗十首（旧体诗）

1985年作；载1985年《长江日报》。

悼念为艺术真理而献身的胡风同志
（文）

1985年作；载《人民文学》1985年第
7期。

温故而知新——关于"七月诗派"的
几点记忆和认识（文）

1985年作；载《香港文艺》1986年2
月号。

绿原著译书目

童话（诗集）

希望社1942年12月桂初版；列为胡风
编选的《七月诗丛》第一集。收入：《惊
蛰》、《憎恨》、《忧郁》、《乡愁》、
《花朵》、《这一次》、《小时候》、
《神话的夜呵》、《碎琴》、《弟弟
呵，弟弟呵》、《读〈最后一课〉》、

《萤》、《哑者》、《春天与诗》、《雾
季》、《落雪》、《黑店》、《越狱》、
《夜记》、《旗》。

又是一个起点（诗集）

青林诗社1948年10月初版；列为胡风
编辑的《七月文丛》第一集。收入：《终
点，又是一个起点》、《复仇的哲学》、
《咦，美国！》、《伽利略在真理面
前》、《轭》、《悲愤的人们》、《你
是谁？》。

黎明（[比]维尔哈伦著）（翻译）

上海海燕书店1950年初版。

文学与人民（[苏]乔瑞里·柯瓦列夫
等著）（翻译）

武汉通俗图书出版社1950年11月初
版。

集合（诗集）

泥土社1951年1月初版；列为胡风编
辑的《七月诗丛》。收入：《圣诞节
的感想》、《琴歌》、《人和沙漠》、
《不是忏悔》、《工作》、《圆周》
（包括《生日》、《错误》、《想象》、
《一个人》、《愿》、《存在》、《有
一个同志》、《自杀》、《信仰（1）》、
《闪》）、《破坏》（包括《破坏》、
《虚伪的春天》、《游记》、《坚决》、
《给化铁》、《给我女人的嘱咐》、《集
合》、《无题》、《自由》、《死刑》、
《猫头鹰》、《是和应该是》、《一

个人》、《观念论者》、《是的》、《扬子江》、《小甲虫有火光照着的梦》）、《我是白痴》、《我睡得不好》、《响着的刀》、《我们是怎样活着》（包括《我们是怎样活着》、《动物园》、《雾》、《我的一生》）、《给CF》、《颤抖的钢铁》、《给天真的乐观主义者们》、《是谁，是为什么》、《不要怕没有同志》、《亲爱的阿Q》（包括《中国，看你的》、《百年战争》、《敌人和公正人》、《自由主义者》、《给亲爱的阿Q》、《一个中国母亲》）、《微雨》（包括《微雨》、《论英雄崇拜》、《为了自由》、《无题》、《小鼓手和将军》、《生命在歌唱》、《诗与真》）、《踏青小集》（包括《孩子和泥土》、《手》、《清明节》、《早晨》、《月光曲》、《到罗马去》、《草》、《航海》、《晴》、《诗人》、《春雷》）、《给东南亚》、《诗人们》。

苏联作家谈创作（［苏］微拉·潘诺娃等著）（翻译）
武汉中南人民文学艺术出版社1952年初版。

大虎和二虎（叙事诗）
上海泥土社1951年6月初版。

从一九四九年算起（诗集）
上海新文艺出版社1953年7月初版。收入：《战斗的朝鲜》、《一分钟不能忘记》、《中国人民志愿军之歌》、

《不准！——为反对美帝国主义重新武装日本而写》、《"九一八"，第十八年》、《不是羊，也不是狼》、《七月一日唱的》、《亲爱的党，伟大的党》、《党日》、《和青年学生们谈话》、《为重庆〈新华日报〉复刊而作》、《中国，一九四九年》、《从一九四九年算起》。附录：《怎样写诗》、《后记》。

黑格尔小传（［苏］阿尔森·古留加著）（翻译）
商务印书馆1978年初版。

德国的浪漫派（《十九世纪文学主流》第二分册，［丹］勃兰兑斯著）（翻译）
人民文学出版社1981年7月初版。

白色花（二十人集）（诗集）
人民文学出版社1981年8月初版。收入：绿原的《憎恨》、《小时候》、《给天真的乐观主义者们》、《伽利略在真理面前》、《诗与真》、《诗人》、《航海》、《重读〈圣经〉》、《给你——》。

人之诗（诗集）
人民文学出版社1983年初版。收入：《序》、《惊蛰》、《忧郁》、《乡愁》、《这一次》、《神话的夜呵》、《春天与诗》、《雾季》、《旗》、《信仰（1）》、《存在》、《扬子江》、《小甲虫有火光照着的梦》、《工作》、

《响着的刀》、《颤抖的钢铁》、《破坏》、《虚伪的春天》、《游记》、《坚决》、《动物园》、《雾》、《微雨》、《无题》、《为了自由》、《诗与真》、《生命在歌唱》、《春雷》、《凯撒小传》、《论英雄崇拜》、《孩子的泥土》、《手》、《清明节》、《早晨》、《月光曲》、《草》、《航海》、《诗人》、《晴》、《到罗马去》、《五月速写》（组诗）、《给天真的乐观主义者们》、《终点，又是一个起点》、《复仇的哲学》、《伽利略在真理面前》、《你是谁》、《沿着中南海的红墙走》、《北京的风沙》、《夜里》、《雪》、《高些更高些》、《唱歌的少女》、《快乐的火焰》、《给一位闹情绪的同志》、《火车在旷野里奔跑》、《小河醒了》、《老实的小毛驴》、《小小十年》、《又一个哥伦布》、《重读〈圣经〉》、《信仰》、《不是奇迹》、《"一点光明"》、《听诗人钱学森讲演》、《尽管我再也不会唱》、《献给我的保护人》、《歌德二三事》、《编后》。

人之诗续编（诗集）

宁夏人民出版社1983年初版。收入：《序》、《小时候》、《读〈最后一课〉》、《萤》、《哑者》、《落雪》、《夜记》、《愿》、《圣诞节的感想》、《人和沙漠》、《荒野的力量》、《我的一生》、《有一个同志》、《是的》、《一个人》、《观念论者》、《自由主义者》、《敌人和公正人》、《我睡得不好》、《我是白痴》、《悲愤的人们》、《轭》、《是谁，是为什么》、《给东南亚》、《咦，美国！》、《一个什么在诞生》、《闯将们》、《诗人们》、《大虎和二虎》、《党日》、《战斗的朝鲜》、《一分钟不能忘记》、《儿童节》、《天安门》、《王府井的人行道》、《演说家》、《听一位诗人谈诗》、《记住那句话》、《给一个外国同志》、《书店》、《反官僚主义》、《明朗与晦涩》、《往往》、《但切不要悲伤》、《谢谢你》、《断念》、《给一个没有舌头的人》、《母亲为儿子请罪》、《陌生人之歌》、《给你》、《燕归来》。

另一只歌（诗集）

四川文艺出版社1985年5月初版；列为《诗人丛书》第4辑。收入：《丈八沟杂记》（1.《兵马俑在耳语》；2.《大雁塔的传说》；3.《读〈感时伤悲记〉》；4.《半坡村的下午》；5.《亭·池·山》）、《西德拾穗录》（1.《威利巴德埃森，一座少女雕像》；2.《帕德博恩的拜占廷教堂》；3.《戈廷根的鹅姑娘》；4.《波恩，访贝多芬故居》；5.《科隆，登大教堂》；6.《日耳曼古森林的怪石群》；7.卡塞尔，从威廉高堡（古典画廊）到documenta 7（现代画廊）；8.过罗雷莱；9.特里尔，吊古罗马人遗址；10.《白云书简》、《秋水篇》（之一）（1. 读桑戈尔；

2. 读聂鲁达；3. 读里克尔；4. 读惠特曼；5. 读波特莱尔）、《酸葡萄集》（1. 我的苦恼；2. 我的选择；3.我想唱；4. 我寻找你；5. 我寻找的不是你；6. 所以，诗；7. 另一只歌；8. 假如我是；9. 谢幕）、《题一幅画，等等》（1. 题一幅画；2. 致即将诞生的中国宇航员；3. 你的重庆，我的重庆；4. 爱就是痛苦；5. 给一个周岁半的小同志、《北京连环画》（1—15））。

葱与蜜（诗集）
北京三联书店1985年5月版；列为"新诗话丛书"之一。

请向内心走去：德语国家现代诗选（翻译）
湖南人民出版社1988年版；列为"诗苑译林"丛书之一。

现代美学析疑（[美]马尔库塞著）（翻译）
文化艺术出版社1987年出版。

《叔本华散文》（翻译）
人民文学出版社2008年版

绿原研究资料目录索引
关于绿原（路翎）
《荒鸡》文艺丛书之一《天堂底地板》
自生书店1947年重庆版。

诗的步武——从文汇报和大公报的诗特辑想起的（铁马）
《文萃》1946年第8期。

内战窒息了新文艺的发展　回顾歉收的一年间
1947年1月1日《华商报》。

新缪司九神礼赞（郭沫若）
1947年1月17日《华商报》。

"患麻疯病的疙瘩们"（耿庸）
1947年1月28日《联合晚报》。

为人民的方向（洁泯）
《文萃》1947年第22期。

绿原片论（亦门）
北京五十年代出版社《诗与现实》第三分册。

诗的新生代（唐湜）
《诗创造》第8期。

诗人绿原的道路（李瑛）
《诗号角》1984年（北平）。

评《又是一个起点》（天风）
1948年11月7日《大刚报》。

片感——关于《又是一个起点》（方亮）
1948年12月12日《大刚报》。

中国新文学史稿（第三编第十二章 三 "《七月诗丛》及其他" 第四编第 十七章 三 "政治讽刺诗"）（王瑶） 新文艺出版社1954年版。

从一首诗看反革命的绿原（童乐春等） 《新观察》1955年7月。

我们也《从一九四九年算起》——关 于反革命分子绿原的一点补白（李冰） 《长江文艺》1955年7月。

"诗人"——刽子手特务——绿原 （钟汉） 《长江文艺》1955年8月。

绿原在 "作品" 中所表现的法西斯思 想（力扬） 《中国青年》1955年8月。

天才诗人的解剖（台湾斯泰斗） 台湾《幼狮文艺》1960年2月3日。

溅了血的《童话》（台湾痖弦） 台湾《创世纪》第32期。

中国新文学史（第五章中 "新文学第 三期诗歌创作"）（台湾周锦） 台湾长歌出版社1977年版。

中国现代抒情诗一百首（香港璧华） 香港天地图书有限公司1978年版。

中国现代文学史（第十二章 "国统区 的文学创作"）（唐弢 严家炎主编） 人民文学出版社1980年版。

从徐志摩到余光中（《绿原的〈小时 候〉》）（香港罗青） 白色花——七月派诗选述评（刘岚山） 《诗刊》1981年第9期。

七月派诗人（香港许定铭） 香港《大拇指半月刊》1981年9月15日。

无罪的诗人（姜牙子） 1981年12月25日香港《文汇报》。

闪烁着时代光彩的《白色花》（戈金） 《北方文学》增刊《诗》1981年第1期。

四十年代战斗的声音——访牛汉谈 《白色花》（湘菲） 1982年2月18日香港《新晚报》。

读《白色花》——兼评七月派诗人的 创作特色（郁梅） 《读书》1982年第4期。

时代激情的冲击波——读二十人集 《白色花》（屠岸） 《诗刊》1982年第4期。

并没有凋谢——评二十人集《白色花》 （牛汉） 《中国文学》（英文版）1982年第8期。

不曾凋谢的鲜花——读《白色花》随想（孙玉石）

《诗探索》1982年第1期。

他们的诗曾经是血液——评《白色花》（杨匡汉）

《文学评论》1982年第5期。

荆棘和血液——谈绿原的诗（牛汉）

《文汇月刊》1982年第9期。

读《白色花》（邵燕祥）

《文艺报》1982年第12期。

献给他们白色花（谢冕）

《新文学论丛》1982年第4期。

射向敌人的子弹和捧向人民的鲜花——论绿原的诗（张如法）

《中国现代文学研究丛刊》1983年第1期。

我写绿原（罗惠）

《新文学史料》1983年第2期。

试论"七月诗派"（文振庭）

《新文学论丛》1983年第1期。

忆《诗垦地》（邹荻帆）

《新文学史料》1983年第1期。

关于《七月》和《希望》的答问（胡风）

《书林》1983年第2期。

悬岩边的树曾卓（郑松）

1983年2月6日纽约《北美日报》。

论"七月"流派（吴子敏）

《文学评论》1983年第2期。

罗雷莱在远方歌唱——读《西德拾穗录》（杨匡汉）

《作品与争鸣》1983年第3期。

星湖散记（关于《夜记》）（台湾张香华）

台北市学英文化事业有限公司1983年版。

绿原的诗（罗洛）

《读书》1984年第1期。

《白色花》学习笔记（公刘）

《艺谭》1984年第2期。

《拾穗》随拾（吴嘉）

《名作欣赏》1984年第3期。

绿原和他的诗——读《人之诗》（曾卓）

《诗刊》1984年6月。

诗心似火——读绿原的诗（蒋力）

《诗探索》1984年第12期。

从诗人到"特务"的前前后后（张如法）

1985年11月2日《河南日报》。

389

霹雳的诗——从绿原的诗《你是谁》
想到的（木斧）
《诗探索》1985年第13期。

绿原的《小时候》（吴奔星）
《现代抒情诗选讲》。

听绿原讲演兼介《另一只歌》（华子）
1985年12月20日香港《文汇报》。

风铃小作（五则）（张念青）
1985年12月18—22日香港《东方日
报》。

从《另一只歌》谈起——谈绿原在挫
折中对诗的追求（黎之）
1986年4月4日《人民日报》。

那些音色悲哀的歌——七月诗丛时期
的绿原（陈嘉农）
《香港文学》1986年第16期。

论绿原的《童话》（张如法）
《河南大学学报》1987年第5期。

编后记

　　这本书虽然很薄，但从动手工作到最后完稿，却经历了数年左右的时间。

　　当我接受这项任务的时侯，有些同志用极其婉转的方式劝我重新考虑考虑。长期以来"左"倾错误所留存下来的后遗症，特别是十年浩劫在人们精神上所造成的严重恶果，不是轻易地、很快地能消失或被清除的。远的不说，我们这里就有一个中年同志，因为上初中时曾向远在千里之外的一个据说是"胡风集团"外围组织的作家，写信请教过文学问题，而在文化大革命中屡遭审查清算。难怪人们会心有余悸了。我这时虽然还不知道党中央已给胡风等错案彻底平了反，但三中全会的精神极大地鼓舞了我，周围也有不少同志鼓励我从事这项有意义的工作。

　　用"白手起家"这几个字来形容这项工作，可能比较恰当。绿原是否还在人间呢？我不知道。绿原发表过哪些作品呢？经过屡次清查、焚毁，我所在大学的图书馆已经找不到任何一个"胡风分子"的任何著作了。更不消说关于绿原及其作品的评论资料了；我就此问题请教了好几位老先生，他们也都遗憾地摇摇头——提供不出任何材料。这里的确出现了一个人为制造的"空白"。

　　1981年春天，我出差到南方，途中在沪稍作停留。在一位学友的帮助下，访问了母校华东师大中文系的应义律老师。我这才知道：绿原同志还活着，并正在努力地为党工作。应老师又介绍我去见耿庸同志，说他知道绿原同志的工作单位、家庭地址和诗歌创作情况。我不愿为自己藏拙。我出生在30年代末期，40年代崛起的绿原诗歌，我因为太年幼了毫无所知。50年代也只知道被批判被斗争的绿原……耿庸同志说出绿原的几部诗集名称，这在我是个很大的收获了。我从事这项工作，是从零开始的。按理说，处于这种情况下的我，是并不适合编这本资料的。然而为什么竟会把我的名字与此项工作连在一起呢？说来好笑，我是这一套现代文学资料丛书编写队伍的后到者，由于种种原因，最后只剩下几个项目尚未有人接受，绿原研究资料即是其中的一个，而我又性喜了解我原来所不知道的东西，于是命运就作了这样的安排。

过了八个月，我到了北京，按照耿庸同志提供的地址，找到了那时还在天坛南门附近的绿原同志的家。素昧生平，我不知道绿原同志对我是什么印象。我的最初感觉是：一个年过半百的文弱书生，毫无诗人的浪漫气质，在人丛中会消失得无踪无影，没有任何显眼之处。他性格内向。第二次见面，按照我预先提出的希望和要求，他个把小时就把五六十年的生活经历都讲完了，好像很吝啬他的言语。他的妻子、童年时代的女友罗惠同志倒是在一旁不断地提醒他说些什么。他或者笑一笑，然后简单地补充上一二句；或者说"书里不用写得太复杂"，就算回答了。但是他却提供了一份他自己记得的作品目录索引，工工整整地写了好几页，非常宝贵。以后，他和罗惠同志又不断地把近几年来对他的有关评论文章，剪贴下来，陆续邮寄给我。

我的工作于是有了较快的进展。从此，跑图书馆，进报刊库，访问，搜寻，复印，抄写，校正，核对，以至陆续编写出一部分又一部分的资料，并请绿原同志过目补充与改正。

这本书能够编完，是应该感谢上面提到的一些同志，特别是绿原和罗惠同志的。

哦，这里我还应该多说罗惠同志几句。已经过去的政治压力、生活重担及其他不幸，使她一脸病容。她有委屈，然而更有忍耐力、毅力和信心。此资料将编完的时候，我总觉得还缺少些什么。然而绿原同志却总是忙而又忙（当时他担任人民文学出版社外国文学编辑室副主任的职务，现在则挑起了人民文学出版社副总编辑的重担）没有时间写一些有关生活经历和创作背景的更为详细的材料。于是我决定向罗惠同志约稿。我知道她长期在报社工作，文字是极好的，几经动员，她终于答应了。这就是书中的《我写绿原》的来由。本书责任编委徐迺翔同志，见到此文后，也认为很好。于是他建议以编委会名义向《新文学论丛》推荐。编委们很热情，很热心，这是使我深为感动的。

编者才浅学疏，见识不广，只是做了一些力所能及的事情。稍可安慰的是，发现了一些作者本人也已忘却了的诗篇，找到了为作者大部分所不知晓的解放前的评论文章和资料。

此资料如有遗漏和错误之处，敬希广大读者指示和指正！

编　者